CAY RADEMACHER

BRENNENDER MIDI

Ein Provence-Krimi
mit Capitaine Roger Blanc

3

DUMONT

Von Cay Rademacher sind im DuMont Buchverlag außerdem erschienen:

Der Trümmermörder
Der Schieber
Der Fälscher
Mörderischer Mistral
Tödliche Camargue
Gefährliche Côte Bleue

Eine Leseprobe von ›Gefährliche Côte Bleue‹ finden Sie am Ende des Buches.

FSC
www.fsc.org
MIX
Papier aus verantwortungsvollen Quellen
FSC® C083411

Mai 2017
DuMont Buchverlag, Köln

Umschlaggestaltung: Lübbeke Naumann Thoben, Köln
Umschlagabbildung: © Lionel Montico/Hemis.fr/laif
Satz: Angelika Kudella, Köln
Gesetzt aus der Sabon und der Trade Gothic
Druck und Verarbeitung: CPI books GmbH, Leck
Gedruckt auf säurefreiem und chlorfrei gebleichtem Papier
Printed in Germany
ISBN 978-3-8321-6411-9

www.dumont-buchverlag.de

Vaincu, pleure, et l'Angoisse atroce, despotique,
Sur mon crâne incliné plante son drapeau noir.
Charles Baudelaire

Der gefallene Engel

Capitaine Roger Blanc hatte noch nie eine Hexe gesehen. Und er hatte auch noch nie einen lachenden Toten gesehen. Das änderte sich in jener Nacht, in der ihn Lieutenant Marius Tonon anrief und lauter als notwendig sagte: »Wir haben hier einen Haufen Scheiße, den du dir ansehen musst.«

Es war Sonntag, kurz nach 22.00 Uhr. Blanc saß im Büro der kleinen Gendarmeriestation von Gadet und tippte mit tauben Fingern unzählige Meldungen in seinen antiquierten Dienstcomputer. Morgen war der erste Montag im September, *la rentrée,* das Ende der endlosen Sommerferien. Der Tag, an dem die Nation mit einem ordentlichen Kater aus ihrem langen Mittagsschlaf erwachte.

Nachtdienst vor *la rentrée* war wie einst Nachsitzen in der Schule: Stunden öder Arbeit und zwischendurch den Müll vom Pausenhof aufsammeln. Denn dann kehrten die Familien zurück, die ihre Ferien bis zur letzten Stunde ausgequetscht hatten. Tausende an 364 Tagen im Jahr ganz normale Franzosen boxten sich in dieser finalen Sommernacht gegenseitig mit ihren Renaults und Peugeots von den Straßen und kämpften auf den Rastplätzen mit blanken Fäusten um die Plastikbecher der Espresso-Automaten. Blanc ahnte, dass ihm sein Commandant diesen Nachtdienst aufgebrummt hatte, weil er nicht gerade der Liebling der Brigade war. Seine Aufgabe war es, missgelaunte Uniformierte mal zu einer Péage-Station, mal zu einem Kreisverkehr zu schicken. Wenn die Kollegen von ihren Einsätzen zurückgekehrt waren, musste Blanc Berichte über eingedrückte Kotflügel und aufgeplatzte Oberlippen in einer Computerdatei speichern, die wahrscheinlich nie wieder jemand öffnen würde.

Sein Freund Tonon war einer jener Gendarmen, die in die Nacht ausgeschwärmt waren. Es hatte eine ebenso vage wie hysterisch klingende Meldung eines Anwohners gegeben, der in der Nähe von Lançon einen »grauenhaften Unfall« gesehen haben wollte.

Tonon meldete sich nie per Funk, weil er in seiner Ausbildung den Funkunterricht verschlafen und es in dreißig Dienstjahren nicht für nötig gehalten hatte, diese Wissenslücke zu schließen. Blanc erkannte Tonons Namen auf dem Display seines Nokias.

»Sag mir nicht, dass ich für deinen Haufen Scheiße eine Route nationale sperren muss«, erwiderte Blanc jetzt seufzend. »Dafür müsste ich Verstärkung anfordern.«

»Der Unfall blockiert nicht einen Zentimeter Asphalt. Wir haben einen Toten in einem Olivenhain.«

»*Merde.* Wer ist so bescheuert und fährt mitten in der Nacht zwischen Olivenbäumen herum?«

»Unser Toter ist nicht gefahren. Er ist geflogen.«

Blanc brauchte zwei Sekunden, bis er das begriffen hatte. »Ein Flugzeugabsturz? Sag nicht, dass …«

»Keine Sorge, es ist kein deutscher Airbus.« Tonon lachte freudlos. »Bloß eine kleine Propellermaschine, die auf einen Hain bei Lançon niedergegangen ist, neben der Route départementale 113. Ein toter Pilot, ein toter Olivenbaum. Keine nationale Katastrophe, aber spektakulärer als die verbeulten Familienkombis am Straßenrand. Das wird es morgen bis auf die Seiten von *La Provence* schaffen, die ersten Reporter sind schon hier. Ich halte sie von der Unfallstelle fern, aber wir sollten zeigen, dass wir uns angemessen um den Vorfall kümmern.«

»Wie viele Leute hast du vor Ort?«

»Die Besatzung von drei Streifenwagen. Jemand hat schon bei der Gerichtsmedizin angerufen. Und wahrscheinlich werden Flugunfall-Experten kommen. Und ganz sicher ein Offizier der Luftwaffe.«

»Ein Militär? Du hast gesagt, es sei bloß eine Propellermaschine!«

»Komm es dir einfach ansehen.«

Lançon thronte sechs Kilometer von Gadet entfernt auf einem Hügel und wirkte, als hätte sich der Kulissendesigner eines Historienfilms hier einmal richtig austoben dürfen. Verborgene Scheinwerfer strahlten eine Burg an, die nur aus wuchtigen Außenmauern zu bestehen schien. Das Licht flackerte gelbrot über die schrundige Festung, als würden plündernde Horden irgendwo in den Gassen unterhalb der Wälle Fackeln entzünden. Die Dächer der mittelalterlichen Häuser darunter waren nur zu erahnen. In den Steinwänden waren Türen und Fensterläden verrammelt. Blanc war in den wenigen Wochen, die er schon in der Provence lebte, noch nie dort gewesen.

Zwischen Lançon und der Route départementale standen Olivenbäume in Reihen wie Kreuze auf einem Soldatenfriedhof. Ein Turm leuchtete im Lichtkegel der Autoscheinwerfer auf, ein zehn Meter hoher Zylinder mit schrägem Dach und glasierten Fliesen, die in das Mauerwerk eingelassen waren. Blanc fragte sich flüchtig, was dieses filigrane Monument wohl sein mochte, wie ein Wehrturm sah es nicht aus. Er bremste seinen alten Espace ab, in dessen Armaturenbrett seit drei Tagen eine Warnleuchte blinkte, deren Bedeutung er nicht kannte. Es waren bereits alle Streifenwagen im Einsatz gewesen, also hatte er sein Privatauto genommen. Er bog nach links ab. Über den von Traktorenreifen zerschundenen Asphalt eines Feldwegs steuerte er vorsichtig zu jenem kleinen Zelt aus Licht, das zwei mobile Scheinwerfer der Gendarmerie über die Unfallstelle gebreitet hatten.

Ein qualmendes Flugzeugwrack, noch vierzig Meter entfernt und bloß undeutlich auszumachen. Etwa zwei Dutzend *cavaliers jaunes* sprenkelten schon den Boden – »gelbe Ritter« nannten die Flics jene mit Ziffern versehenen Plastikhütchen, die dort aufgestellt worden waren, wo Wrackstücke oder andere Spuren lagen. Blanc hatte seit seinem Abschluss der Gendarmerieschule in Melun zwanzig Jahre zuvor kaum je eine dieser Markierungen angefasst, weil er die meiste Zeit bis zu seiner Versetzung als Aktenfresser verbracht hatte.

Rot-weiße Plastikbänder waren von Olivenbaum zu Olivenbaum in einem weiten Kreis um die Unfallstelle gespannt worden. Mehrere, zumeist verbeulte Wagen parkten an der Absperrung, ihre Fahrer waren in der windstillen Nacht ausgestiegen und wurden von einem müden Brigadier überwacht. Manche Journalisten rauchten, andere hielten Spiegelreflexkameras oder Digicams in die Höhe. Blanc bezweifelte, dass die Medienleute auf diese Entfernung brauchbare Bilder des abgestürzten Flugzeugs zustande bringen würden. Er erkannte Gerard Paulmier wieder. Der schmächtige Reporter war eigentlich schon Rentner, doch schrieb er weiterhin als freier Mitarbeiter für *La Provence*. Blanc war ihm bei seinem ersten Fall im Midi begegnet, wo Paulmiers alter Toyota von einem flüchtenden Mörder zu Schrott gefahren worden war. Nun lehnte er, ein wenig abseits der Kollegen, an der Motorhaube eines hochbeinigen Dacia Dusters, dessen Silberlack noch glänzte wie aus dem Prospekt. Er hatte als Einziger Blancs heranrollenden Minivan erblickt und setzte sich langsam zu ihm in Bewegung, unbeachtet von den anderen Journalisten.

Blanc stoppte weit vor dem Plastikband, neben einem Olivenbaum, dessen Laubkrone den Lichtschimmer der mobilen Scheinwerfer schluckte, sodass man den Wagen kaum noch sah. Er trug keine Uniform und nicht einmal die Armbinde mit der Aufschrift »Gendarmerie« über dem Ärmel seines T-Shirts. Blanc hoffte, dass ihn außer Paulmier kein weiterer Journalist erkennen würde. Er wollte sich lieber zunächst ungestört umsehen, bevor er vor die Presse treten musste.

Paulmiers graue Haare hatten die Länge von jemandem, der sich seit Wochen sagte, dass er eigentlich mal wieder zum Friseur gehen müsste. Sein verwaschenes Hemd und seine Stoffhose undefinierbarer Farbe hatten mal einem Mann gehört, dessen Körper größere Muskeln modelliert hatten. Ein süßlicher Tabakhauch umhüllte ihn.

»Ich weiß weniger als nichts«, begrüßte ihn Blanc und schüttelte ihm die Hand.

»Das hört man nicht oft von einem Flic.« Der alte Reporter lächelte milde. »Reden wir miteinander, wenn Sie mehr wissen?«

»Es könnte ein, zwei Stunden dauern, bis ich Zeit für Sie habe.«

»Ich bin Rentner«, erwiderte Paulmier und zog eine Pfeife aus der Hosentasche. »Ich warte auf Sie und auf den Tod. Wenn der liebe Gott es so einrichtet, dann in dieser Reihenfolge.« Blanc blieb stehen, bis Paulmier zu seinem Dacia zurückgekehrt war. Dann trat er vom Feldweg ins Dunkle und näherte sich unter den Laubschirmen der Olivenbäume der Unfallstelle. Der geharkte Boden krümelte unter seinen Sohlen wie Mürbeteig. Die Äste wanden sich aus verknoteten Stämmen. Blanc war fast zwei Meter groß und musste sich gelegentlich ducken, um sich nicht an einem von ihnen die Stirn zu stoßen. Zum Glück schimmerten die Blätter im schwachen Mondlicht wie abgegriffene Silbermünzen. Irgendwo stieß eine Eule ihren hohen Jagdruf aus. Blanc wandte den Kopf.

Da erblindete er.

Ein Schlag traf ihn, nicht wie von einer Faust, sondern eher wie eine Schaufel voll Sand, die ihm ins Gesicht geschleudert worden war. Seine Augen brannten. Er taumelte, riss die Hände hoch. Zu spät. Salz. Er spürte das Brennen, fühlte den Geschmack auf der Zunge. Er hörte Schritte auf dem trockenen sandigen Boden. Versuchte verzweifelt, irgendetwas zu fokussieren.

»Madame, beruhigen Sie sich. Der Monsieur hier gehört zu uns.« Tonons Bass.

Blanc tastete durch die Luft, suchte vergebens nach einer vertrauten Form. »*Merde*, Marius, was geht hier vor?«

»Ich habe eine Flasche Vittel dabei. Gleich ist wieder alles gut.«

Blanc bekam einen zweiten Schlag ins Gesicht, diesmal ein Schwall lauwarmen Wassers.

»*Putain.*« Er rieb sich die Augen. Durch einen Schleier hindurch sah er nun den älteren Lieutenant, die geöffnete Plastikflasche noch in der Hand, so, als wollte er ihm eine zweite Dusche verpassen. »Schon gut«, keuchte Blanc.

»Du siehst aus wie ein begossener …«

»Marius, was ist passiert?«

»Du hast den Weg einer Hexe gekreuzt.«

»*Merde*, ich …« Da erkannte Blanc einen zweiten Schemen neben seinem Kollegen. Er blinzelte, fischte schließlich sein Handy aus der Hosentasche und schaltete dessen Taschenlampe ein: eine kleine, ausgemergelte Frau, vielleicht vierzig Jahre alt, obwohl das schwer einzuschätzen war. Ihre Augen groß und so blau wie arktisches Eis. Ihre wirren grauen Haare sahen aus, als hätte sie sie nach dem Zufallsprinzip mit der Nagelschere traktiert. Sie trug Jeans und Sweatshirts, die man bei der Altkleidersammlung verweigern würde. Blanc sah auf ihre Füße: Sie war barfuß, die Haut so schmutzig und schrundig, als hätte sie schon sehr viele Kilometer ohne Schuhe zurückgelegt. In ihrer linken Hand hielt sie ein Stoffsäckchen. In ihrer Rechten glitzerten weiße Kristalle. Er konnte sich denken, was das war.

»Was, zum Teufel, hat das zu bedeuten?«

»Was wissen Sie schon vom gefallenen Engel?« Ihre Stimme klang heiser.

Marius trat dazwischen. »Ich bin sicher, dass es sich um einen Irrtum handelt«, sagte er in versöhnlichem Ton.

»Ich wusste nicht, dass er ein Flic ist«, verteidigte sich die Frau. »Ein Mann in Schwarz, der zwischen den Bäumen herumschleicht. Er hat den bösen Blick. Da musste ich ihm Salz in die Augen werfen.«

»Kann mir endlich jemand erklären, was hier gespielt wird?«

»Das ist mein Schutzzauber!«, keifte sie.

»Diese Dame hier ist eine Zeugin des Flugzeugabsturzes«, erklärte Marius freundlich. »Ich habe sie gebeten, zwischen den Bäumen auf dich zu warten, bis du sie befragst. Es ist hier ...«, Marius zögerte und machte eine kaum merkliche Kopfbewegung Richtung Journalisten, »... bequemer für sie.«

Blanc holte tief Luft. Dann nahm er sich zusammen. Kein Flic kann sich seine Zeugen aussuchen. Mal hast du ein Fotomodel vor dir. Und ein anderes Mal eine Wahnsinnige, die dir Salz in die Augen schleudert. »Ich werde Sie zu gegebener Zeit befragen, Madame«, presste er hervor.

»Aber nur, wenn Sie mich nicht mehr so anstarren!«

»Die Lektion habe ich gelernt.« Blanc ließ sie stehen, nickte Marius zu und ging Richtung Absperrband. »Wer ist das?«, zischte er.

Sein Kollege blickte ihn erstaunt an. »Ich hätte darauf gewettet, dass du sie kennst.«

»Ich sehe sie zum ersten Mal, wenn man das ›sehen‹ nennen kann.«

»Sie ist Ziegenbäuerin. Schon ihre Mutter war in Gadet als Hexe verschrien. Die Frau hatte zwei Töchter. Eine hat sich als junges Mädchen im Wald erhängt. Niemand weiß, warum. Es gibt da Gerüchte ... Na, jedenfalls, auch die andere Tochter ist nicht hundertprozentig klar hinter den blauen Augen. Praktisch jeder, der hier lebt, kennt sie. Wenn sie nicht irgendwo ihre Herde hütet, zieht sie mit Plastiktüten beladen die Straßen entlang – keiner weiß, wohin sie geht oder warum sie das tut. Aber man munkelt so dies und das. Ein Wunder, dass sie einen Mann abgekriegt hat.«

»Sie ist verheiratet?!«

»Madame Ange Douchy.«

»Douchy! Sie ist die Frau von meinem bescheuerten Nachbarn?«

»Deshalb dachte ich ja, dass du sie kennst.«

Blanc fasste sich an den Kopf, und es war nicht bloß das Salz, das ihm Schmerzen verursachte. Seit gut zwei Monaten lebte Blanc jetzt im Weiler Sainte-Françoise-la-Vallée. Mit seinen wenigen Nachbarn verstand er sich gut – bis auf einen, der am anderen Ufer der Touloubre hauste, die Blancs hinfällige ehemalige Ölmühle umfloss. Serge Douchy. Douchys stinkende Ziegen hatten ihm schon den uralten, haushohen Oleander kahl gefressen, seine cholerischen Flüche und sein von allen Schalldämpfern befreiter Traktor hatten ihn schon öfter aus dem Schlaf gerissen. Er wusste bloß, dass es auf Douchys verfallenem Hof eine Frau gab, doch hatte er sie noch nie gesehen. Er wünschte, es wäre so geblieben.

»Diese Nacht ist beschissen«, sagte er.

»Die nächsten Stunden werden das Niveau auch nicht mehr heben«, brummte Tonon und hob das Absperrband, damit Blanc seinen Körper darunter hindurchfalten konnte.

»Keine Presse!«, rief ein älterer Brigadier und kam über den Feldweg zu ihnen.

»Das ist ein Kollege«, erklärte Marius, doch der Gendarm tat so, als hätte er das nicht gehört.

Blanc wusste, dass sein Freund bei den Kollegen einen schlechten Ruf hatte. Er seufzte, zückte seinen Dienstausweis und stellte sich vor. Danach wühlte er in seinen Hosentaschen, bis er das Band mit der Aufschrift »Gendarmerie« herausgefischt und sich über den linken Oberarm gestreift hatte.

»Ich wusste nicht, dass es während des Sommers eine Versetzung gegeben hat, *mon Capitaine*«, stammelte der Brigadier.

»Ich war von der Versetzung nach Gadet genauso überrascht wie Sie«, versicherte Blanc. *La rentrée*, Rückkehrer überall. Er würde sich in den nächsten Tagen noch viele neue Gesichter merken müssen. »Ich sehe mich hier etwas um.«

»Kein schöner Anblick«, erwiderte der Brigadier, als müsste er sich auch dafür entschuldigen.

Die einmotorige Maschine hatte eine mindestens zehn Meter lange Schneise in den rostroten Erdboden gepflügt, bevor sie an einem Baum zerschellt war. Der vordere Teil des Flugzeugs hatte gebrannt, aber offenbar nicht lange: Zwischen dem grotesk verbogenen Propeller und dem zerschmetterten Cockpitglas war die einstmals weiße Motorhaube rußgeschwärzt. Auch der Stamm war zu zwei Dritteln niedergebrannt. Doch das Feuer hatte sich nicht weiter ausgebreitet, war wohl schon von alleine erloschen, noch bevor der erste Gendarm an der Unfallstelle aufgetaucht war.

Der tote Pilot saß noch angeschnallt im Cockpit, sein junges Gesicht war zu einem schrecklichen Lachen verzerrt. Blanc hätte nicht für möglich gehalten, dass die Züge eines Leichnams zu so einer Grimasse erstarren konnten. Sie wirkte wie ein missglückter Schockeffekt eines zu billig produzierten Horrorfilms. Vielleicht ist diese Fratze vom finalen Schmerz gezeichnet worden, dachte er, oder vom Schock in der allerletzten klaren Sekunde, als der Pilot erkannt hatte, dass sein Leben nur noch einen Herzschlag lang währen würde. Er atmete flach, denn durch die milde Nachtluft wehte der Gestank nach Flugbenzin und verschmortem Fleisch, nach heißem Öl und Kunststoff. Darüber schwebte der würzige Hauch von glimmendem Holz aus dem zerschmetterten Baum, ein ganz und gar unpassender angenehmer Duft, der in den archaischen Schichten von Blancs Gedächtnis Erinnerungen an Lagerfeuer vor dem elterlichen Zelt wachrief.

Ein abgerissener Ast steckte seitlich im Cockpitfenster und warf einen Schatten wie eine skelettierte Hand. Flammen mussten bis in den rußgeschwärzten Fußraum des Cockpits gezüngelt sein, von dort drang der Gestank nach angebranntem Fleisch heraus, und er wollte lieber nicht zu genau hinsehen. Die Flügel der Maschine waren noch einigermaßen intakt, nur an ihren Rückseiten waren die Landeklappen abgerissen und metallische, wurmförmige Gebilde ragten heraus. Möglicherweise Kabel, vermutete Blanc, oder Hydraulikleitungen, doch es war schwer, das in diesem Licht genauer zu erkennen. Der Rumpf hinter dem Pilotensitz und das Heckleitwerk waren kaum beschädigt. Deutlich waren die aufgemalten Buchstaben und Zahlen der Kennung zu lesen und darüber leuchtete eine rot-weiß-blaue Kokarde.

»Das war tatsächlich ein Flugzeug der Armee«, stellte Blanc erstaunt fest.

»Es war nur eine Frage der Zeit, bis einer von denen mal hier abschmiert«, erwiderte der Brigadier ungerührt. »Zwischen Salon und Lançon liegt die Base Aérienne 701. Die bilden da ihre neuen Piloten aus.«

»Ist die Ausbildung so schlecht?«

Der Brigadier starrte ihn verblüfft an.

»Das Unglück hat Sie nicht sonderlich überrascht«, erklärte Blanc geduldig.

Der ältere Uniformierte hüstelte. »Die fliegen hier jeden Tag herum. Starts, Landungen, Starts, Landungen, das hört sich an wie die Luftschlacht um England.« Er holte umständlich einen neuen Notizblock aus seiner Brusttasche, auf dem nur die erste Seite bekritzelt war. Er brauchte ziemlich lange, um seine eigenen Worte zu entziffern. »Die Meldung vom Absturz ging um 21.44 Uhr bei der Feuerwehr ein, noch vor dem Alarm bei der Gendarmerie. So oder so: Die Flieger müssen nachts geübt haben. Und es sind halt Anfänger.« Er hob die Hände. »Das musste einfach irgendwann mal geschehen.«

Blanc sah sich um. Sein Blick fiel wieder auf jenes seltsame Bauwerk zwischen den Olivenbäumen. »Gehört das zur Basis? Ist das so eine Art Funkfeuer, das der Pilot angesteuert haben könnte?«

Der Brigadier lachte auf eine Art, die Blanc klarmachte, dass er ihn ab jetzt in die Kategorie der ahnungslosen Städter einordnete. »Das ist der Pigeonnier de la Goiranne«, antwortete er mit mehr als einer Spur Herablassung in der Stimme. »Da flatterten früher die Brieftauben der Burgherrn von Lançon herum.«

»Die Ritter waren Taubenzüchter? Ich dachte immer, diese Kerle haben sich mit Lanzenkämpfen und Edelfräulein vergnügt.«

»Im Mittelalter war der Handyempfang hier noch nicht so gut. Das war die Basis der Brieftauben. Und heute liegt nebenan die Basis der Luftwaffe. Witzig, nicht?«

Blanc und Marius wechselten einen Blick. In dem Moment trat ein weiterer Uniformierter auf sie zu. Eine andere Uniform. Luftwaffe. Ziemlich viele Streifen am Ärmel. »Colonel Hubert Duret.« Befehlsgewohnte Stimme. Zackiger militärischer Gruß.

»Mein Beileid«, erwiderte Blanc und reichte dem Offizier die Hand.

Duret schüttelte sie verblüfft. Er war höchstens einsfünfundsiebzig groß, hielt sich so gerade, als hätte ihm jemand eine Eisenstange an das Rückgrat geschweißt, hatte millimeterkurze graue Haare, eine Hakennase, dünne, farblose Lippen und einen nervösen Tick, der das Lid über seinem linken Auge in hoher Frequenz tanzen ließ. »Ich bin Ausbildungsleiter der Basis«, erklärte er.

Blanc stellte sich vor und bemühte sich, nicht auf die zuckende Hautfalte im Gesicht seines Gegenübers zu starren. Das musste die Hölle sein für die Rekruten. »Es handelt sich um einen Ihrer Schüler, *mon Colonel*?«

Der Offizier räusperte sich. »Bedauerlicherweise. Ich war im Tower, drüben, auf der Basis. Alle Schüler waren oben. Es war der letzte Anflug für heute. Finale Landung.« Er lachte kurz.

Das war die Nacht der miesen Scherze, dachte Blanc. »Haben Sie den Unfall gesehen?«

»Nicht direkt, dafür war es schon zu dunkel. Ich habe die Positionslichter der Maschinen und den Funkverkehr der Piloten verfolgt. Doch selbstverständlich hatte ich nicht alle Schüler die ganze Zeit im Blick.«

»Selbstverständlich.«

Duret räusperte sich wieder. »Ich habe einen dumpfen Knall gehört und den Lichtschein nach dem Aufschlag im Olivenhain gesehen. Wahrscheinlich ausgetretener Kraftstoff auf dem heißen Motor. Dann kamen Meldungen von den Piloten herein, die noch über der Basis kreisten. Ein bedauerlicher Unfall. Äußerst bedauerlich.«

Sie waren wieder nahe an das Cockpit herangetreten. Blanc zog ein Notizheft aus der Tasche, das aussah, als habe er es schon auf einer Amazonas-Expedition dabeigehabt. Dann zückte er einen blauen Supermarktkugelschreiber. Der Colonel starrte beides missfallend an, doch Blanc ignorierte den Blick. »Wie heißt der Tote?«, fragte er.

Duret nahm sich zusammmen. »Aspirant Arnaud Matelly. Dreiundzwanzig Jahre alt, er fliegt schon, seit er sechzehn ist, schon vor seiner Armeezeit: Ultraleichtflugzeug, Drachen, einmotorige Maschine. Morgen hätte er seine Abschlussprüfung gehabt.«

Blanc glaubte, eine winzige schwarze Perle des Missfallens aus den Worten des Offiziers herauszuhören. »War Matelly ein guter Schüler?«, hakte er nach.

Der Colonel zuckte mit den Achseln, was bei einem durch und durch militärischen Mann beinahe wie eine obszöne Geste wirkte. »Matelly hätte den Kurs bestanden.«

Blanc dachte an den deutschen Airbus und dessen wahnsinnigen Piloten. »Hatte Monsieur Matelly«, er zögerte, »persönliche Schwierigkeiten?«

Duret hatte ganz genau verstanden, worauf er anspielte. »Unsere Piloten sind geistig stabil«, versicherte er empört. »Bei uns stürzt sich niemand freiwillig vom Himmel!«

»Sie hatten noch nie einen Selbstmord auf der Basis?«

Der Colonel sah aus, als ringe er mit sich, die Wahrheit zu sagen. »Wir haben alle unsere Dienstwaffen, und die Ausbildung ist äußerst anspruchsvoll …«, gestand er schließlich. »Aber wir haben jetzt Präventionsprogramme, psychologische Tests, das ganze Spektrum. Ich bin seit zehn Jahren in Salon, und seither hatten wir keinen Vorfall dieser Art mehr!«

»Vorfall«, murmelte Blanc, notierte den Begriff und unterstrich ihn mehrmals.

Die Rettungssanitäter, die mit den ersten Gendarmen beim Wrack eingetroffen waren, hatten dem Piloten den Helm abgenommen, um Wiederbelebungsmaßnahmen zu starten. Aber sie hatten so rasch aufgegeben, dass sie sich bereits nicht mehr die Mühe gemacht hatten, seine Gurte zu lösen und ihn aus der Maschine zu hieven. Im Licht der Scheinwerfer glänzten die kurzen hellblonden Haare Matellys auf der linken Kopfseite in einem unheilvollen Schwarz-Rot. Auch auf der Innenseite der Cockpitscheiben und den Instrumenten klebte Blut. Trotz der Kopfverletzung und der lachenden Todesfratze erkannte Blanc, dass Matelly ein gut aussehender Mann gewesen sein musste: Die weit geöffneten, ins Leere starrenden Augen waren ozeanblau, das Kinn so markant, als wäre es mit Meißeln aus Marmor herausgehauen worden, die Nase ebenmäßig wie bei einem antiken griechischen Götterbild. »Hat Matelly Hinterbliebene, die wir informieren müssen? Eltern? Eine Frau oder Freundin?«

»Seine Eltern sind vor zwei oder drei Jahren bei einem Verkehrsunfall gestorben. Er war Einzelkind. Wenn er irgendwelche weiteren Verwandten hatte, dann werden wir sie finden. Und *wir* werden sie dann auch verständigen«, erwiderte Duret knapp.

Blanc nickte bloß. Die Benachrichtigung der Angehörigen: eine Sorge weniger. In seinen Block kritzelte er: *M sieht aus wie Brad Pitt – keine Freundin?* »Haben Sie denn schon eine Vermutung, warum Matelly abgestürzt ist?«

Der Colonel brachte es fertig, sich noch straffer aufzurichten. »Das werden wir herausfinden. Ein Fehler im Landeanflug? Hat er etwa die Höhe falsch eingeschätzt? Ein zu steiler Anflugwinkel? Ein nicht korrekt abgelesenes Instrument? Das Flugzeug war auf jeden Fall in einwandfreiem Zustand und …«

»Das müssen wir erst noch herausfinden«, unterbrach ihn ein Mann, der bis dahin unbeachtet neben einem der kleinen gelben Hütchen gekniet hatte und sich nun keuchend zu kolossaler Größe aufrichtete. Er war etwa dreißig Jahre alt und ungefähr so groß wie Blanc, aber mindestens doppelt so schwer. Seine fettigen schwarzen Haare fielen ihm bis auf die Schultern, seine Schuppen glänzten wie verstreute Salzkristalle, auf die Gläser seiner altmodischen Hornbrille zauberten Fettflecken winzige Regenbögen. Seine Haut war teigig, sein T-Shirt zu klein, und die verbeulte Hose war so weit heruntergerutscht, dass er Blanc, als er sich einmal kurz umdrehte, den Appetit verdarb. Wäre er ihm zufällig in Paris begegnet, er hätte ihn wohl für einen jener Spieler gehalten, die dreiundzwanzig Stunden am Tag vor dem Computer kauerten und in der verbliebenen Zeit hervorkrochen, unbeholfen wie Maulwürfe, um ihre Vorräte an Zwiebelchips und Diet-Coke aufzufüllen. Doch um den massigen Leib des Mannes flatterte eine gelbe Warnweste mit dem Aufdruck »BEA«, die ihm eine offizielle Aura verlieh, obwohl Blanc nicht wusste, welche Einheit damit gemeint sein könnte.

Der Dicke, der seinen Blick bemerkte, erklärte herablassend: »*Bureau d'Enquêtes et d'Analyses pour la Sécurité de l'Aviation Civile.*«

»Flugunfalluntersuchungsbehörde«, murmelte Duret. Er klang nicht glücklich.

Der Experte hielt eine Ledermappe in seiner wulstigen Hand, in der auf der einen Seite ein iPad blau leuchtete, in die andere Seite war ein Block mit Millimeterpapier geheftet. An seinem Gürtel baumelte ein Maßband. »Sie suchen die Black Box?«, fragte Blanc.

»Das abgestürzte Flugzeug ist eine Cirrus SR20. Die hat weder Flugdatenschreiber noch Voice Recorder.« Er klang, als hätte man Steve Jobs nach einem Windows-Update gefragt.

»Wie wollen Sie dann die Unfallursache herausfinden?« Blanc bemühte sich, höflich zu bleiben.

»Wir untersuchen vierhundert Vorfälle im Jahr. Wir finden heraus, was geschehen ist, verlassen Sie sich darauf. Gehen Sie einfach zurück in Ihr Büro und warten Sie auf unseren Bericht.«

»Wie lange wird das dauern?«

»Ein paar Wochen meistens. Manchmal ein paar Monate. Höchstens ein Jahr.« Er drehte sich um, watschelte zum Flugzeugheck und ließ eine Wolke aus Verachtung und Achselschweiß zurück.

»Der hat es nicht einmal für nötig gehalten, sich unsere Namen zu notieren«, zischte Duret.

»Dann kann er sich auch nicht über mich beschweren«, erwiderte Blanc und lächelte dünn.

»Was wollen Sie tun? Sie untersuchen nicht vierhundert Flugunfälle im Jahr.«

»Eben. Ich habe nur einen einzigen Absturz an den Hacken. Könnte sein, dass meine Ermittlungen schneller voranschreiten als seine.«

Für einen winzigen Augenblick glaubte Blanc, dass der Colonel erschrocken zusammenzuckte. Dann salutierte er rasch und verschwand in der Nacht.

Tonon räusperte sich und deutete zum Feldweg, wo ein metallicgrüner Range Rover herangebraust kam, als wollte dessen Fahrer die Gendarmerieabsperrung durchbrechen. Erst im letzten Moment hielt der schwere Geländewagen. Ein Mann von Mitte sechzig stieg aus, dessen dünne graue Haare quer über den Kopf gekämmt waren. Sein massiger Körper steckte in einer eleganten hellen Leinenhose, einem rosafarbenen Hemd und einem karierten Jackett. Ein Brigadier ließ ihn widerstandslos das rot-weiße Band passieren. Als er näher kam, hatte Blanc für einen Moment den irritierenden Eindruck, der Mann hätte kein Gesicht. Dann erkannte er, dass seine Brille diesen Effekt auslöste: Die Gläser waren so dick und so seltsam geschliffen, dass sie die dahinterliegenden Augen zugleich vergrößerten und verzerrten, als wären es die seelenlosen Sinnesorgane eines Roboters.

»Monsieur Hervé Bondard«, murmelte Tonon. »Ihm gehört dieser Olivenhain.«

»Kein Grund, ihn einfach durch die Absperrung zu lassen.«

»Wenn Monsieur Bondard irgendwo hinmarschiert, dann lassen Sie ihn besser marschieren, *mon Capitaine*«, riet der ältere Brigadier.

»Wer hat hier das Sagen?«, rief Bondard, als er näher an das Flugzeug getreten war. Der Anblick des toten Piloten schien ihn nicht zu interessieren.

Blanc dachte an Colonel Duret und den namenlosen Flugunfallexperten – und dann lächelte er. »Ich habe hier das Sagen.«

»Dann verlange ich, dass ...«

»Verlangen Sie es auf dem Feldweg. Würden Sie mich bis zurück zur Absperrung begleiten, Monsieur Bondard?«

Er spürte einen abschätzenden Blick hinter diesen Panzergläsern. »Ich kenne die Flics der Gegend. Sie kenne ich nicht.«

»Sie werden mich schon noch kennenlernen«, versicherte Blanc und ging zum rot-weißen Band. Der Landbesitzer folgte ihm nach kurzem Zögern. Marius und der Brigadier tauschten Blicke und schlossen sich den beiden an.

»Wir werden uns bei unseren Untersuchungen bemühen, den Olivenhain nicht zu beschädigen«, versicherte Blanc, als sie sich jenseits der abgeriegelten Zone befanden. Einige Journalisten blickten neugierig herüber, aber niemand traute sich näher heran. Zwei oder drei Reporter packten sogar bereits ihre Kameras in Taschen und gingen zu ihren Wagen.

»Der Baum, den diese dämliche Maschine erwischt hat, ist hin«, beschwerte sich Bondard.

»Der Pilot in der Maschine ist auch hin«, erinnerte ihn Blanc.

»Wissen Sie, wie viel ein hundert Jahre alter Olivenbaum kostet?«

»Ich bin sicher, dass Sie der Luftwaffe eine präzise Rechnung stellen werden, Monsieur Bondard. Aber ich bin bei der Gendarmerie. Ich will nicht wissen, wie viel ein Olivenbaum kostet. Ich will bloß wissen, ob Sie Zeuge des Absturzes waren oder uns sonst irgendeinen sachdienlichen Hinweis zu diesem Vorfall geben können.«

»Sachdienlicher Hinweis, eh?« Bondards Riesenaugen fixierten ihn. Jetzt dachte Blanc weniger an einen Roboter als an eine Krake. Ohne diese verdammten Gläser hätte er vielleicht erkannt, ob der Landbesitzer kurz davor war, die Kontrolle über sich zu verlieren, oder ob er zu den Männern gehörte, die immer herumschrien, weil es ihnen einfach Spaß machte, herumzuschreien.

»Lançon ist das, was die Planer bei uns im Gemeinderat eine ›Schlafstadt‹ nennen. SCHLAFSTADT«, brüllte Bondard. »Achttausend Bürger, die schlafen wollen. Achttausend Bürger, die mittags ihre Siesta halten wollen. Achttausend Bürger, die nachmittags auf den Terrassen sitzen und zum Aperitif anstoßen wollen. Und was machen diese *connards* von der Base Aérienne?« Er deutete mit seiner behaarten Hand Richtung Flugzeugwrack. »Sie brummen über unsere Dächer, so dicht, dass Sie das Grinsen in den Gesichtern der Piloten sehen können. Morgens, mittags, abends – und, wie Sie merken, auch nachts. Geschieht denen ganz recht so!«

»Sie wohnen in Lançon?«

»Mein Haus ist nicht zu übersehen. Und ich bin im *conseil municipal*, seit zwanzig Jahren. Früher mal Gaullist, doch die tun ja auch nichts. Heute ohne Liste. Und außerdem«, setzte er triumphierend hinzu, »bin ich Vorsitzender von ›Albas‹!«

Blanc sagte nichts.

Bondards Krakenaugen musterten ihn einen langen Moment, als wartete er darauf, dass seinem Gegenüber doch noch die Erleuchtung kam. »*Association de lutte contre le bruit aérien Salon-de-Provence*«, trompetete er schließlich. »Die größte Anti-Fluglärm-Initiative in der ganzen Provence.« Er deutete auf die hell erleuchtete Burg. »Das ist meine, verstehen Sie? Ich baue nicht bloß Oliven an. Ich habe diesen Kasten da oben vor dreißig Jahren gekauft und renoviert. Ich habe dort Ferienappartements. ›Le Château de Raymond‹, aufgenommen in die ›Gîtes de France‹, fünf Sterne. Da erwarten die Gäste einen gewissen Luxus, verstehen Sie?«

»Fünf Sterne sind drei zu viel für mein Beamtengehalt.«

Bondard ignorierte den Einwurf. »Luxus!«, schrie er. »Das bedeutet auch: Ruhe! Stille! Frieden! Es gab Tage, da waren in der Apotheke von Lançon die Ohrstöpsel ausverkauft! Ich habe Albas gegründet, um diese Piloten endlich aus unserem Himmel zu vertreiben. Wissen Sie, wie viele Stornierungen ich inzwischen habe, nur weil diese Spinner hier Krieg spielen? Noch ein paar Flugmanöver, und ich kann meine Burg bei Ebay einstellen!«

»Ich vermute, dass zumindest morgen niemand fliegen wird«, versicherte Blanc.

»Ein erster Erfolg!«

Irgendetwas an dieser sarkastischen Erwiderung machte Blanc stutzig. Wenn er dem Kerl doch bloß in die Augen sehen könnte. »Ihre Aussage, Monsieur Bondard«, erinnerte er ihn, »was haben Sie gesehen?«

»Gar nichts«, gab der Landbesitzer schließlich zu. Seine Stimme klang auf einmal beinahe normal. »Ich war oben auf der Burg und habe mit meiner Frau Fernsehen geguckt, als ich einen Knall gehört habe. ›Jetzt werfen die auch noch Bomben ab!‹, habe ich zu ihr gesagt. Aber wir haben nicht einmal aus dem Fenster gesehen, da wir dachten, dass der Lärm vom Flugfeld kommt. Einer meiner Mitarbeiter ist aber zufällig ein paar Minuten später über die Route départementale 113 gefahren und hat das Feuer gesehen. Er ist bis zu mir hinaufgefahren und hat mich geholt. Ich wäre vor euch Flics hier gewesen, wenn nicht irgendein Idiot meinen Range Rover eingeparkt hätte. Marouani und ich mussten die Karre erst wegschieben.« Bondard deutete mit einer herrischen Bewegung auf einen alten, himmelblauen Citroën Berlingo am Rand des Feldweges, der hinter dem Range Rover angehalten hatte. Blanc erkannte, dass ein älterer Araber am Steuer saß, neben ihm ein junges Mädchen. Beide starrten nervös in die Dunkelheit, und es war nicht zu entscheiden, ob sie auf das Flugzeugwrack oder auf Bondard blickten.

»Der Mann im Auto ist Ihr Mitarbeiter, der den Unfall gesehen und Sie alarmiert hat?«

»Ja, er ist schon seit Jahren bei mir. Bloß ein Landarbeiter, aber ...«

»*Bonne nuit,* Monsieur Bondard«, sagte Blanc und ging auf den Berlingo zu.

Der weiße Schriftzug des Wortes »Gendarmerie« auf Blancs Armband glänzte im Scheinwerferlicht wie ein Warndisplay. Als Marius und er näher kamen, öffnete der Araber schon seine Tür und trat heraus, als erwartete er, dass er gleich seine Hände auf das Wagendach legen müsste.

»*Bonsoir,* Monsieur«, begrüßte ihn Blanc und schüttelte eine Hand, deren Haut so hart war wie die Sohle eines Trekkingschuhs.

Der Mann blickte ihm einen Moment lang überrascht ins Gesicht. »Marouani«, stellte er sich vor, »Tahar Marouani.« Er sprach im kehligen Dialekt der algerischen Einwanderer. Der ist noch drüben geboren, vermutete Blanc. Er war ungefähr so alt wie Blanc, zwanzig Zentimeter kleiner, drahtig, die kurz geschnittenen Haare halb grau, halb schwarz, die Augen dunkel und glänzend wie Obsidian. »Meine Tochter Zineb, ich habe sie gerade vom Unterricht abgeholt«, setzte er hinzu und deutete vage in ihre Richtung, als habe er kurzzeitig vergessen, dass da noch jemand im Wagen saß. Blanc erkannte nicht mehr als einen dunklen, schlanken Teenager, eine Gestalt, die starr geradeaus sah, die um die Wangen fallenden Bahnen ihres Kopftuches legten undurchdringliche Schatten über ihr Gesicht.

»Sie haben Monsieur Bondard informiert?«, fragte Marius.

»Ich bin gerade von der 113 auf die Straße Richtung Lançon abgebogen, als es passiert ist.«

Blanc räusperte sich. »Haben Sie den Absturz beobachtet?«

Marouani wägte seine Worte sorfältig ab. »Nicht direkt«, antwortete er schließlich. »Natürlich habe ich schon auf der Route départementale die Flugzeuge gehört. Und auch ihre Lichter gesehen, weiß und rot und grün. Aber«, er hob entschuldigend die Hände so, dass die Handflächen nach oben wiesen, »die Flugzeuge sehen wir hier fast alle Tage. Da achtet man irgendwann nicht mehr darauf.«

Monsieur Bondard achtet jeden Tag darauf, dachte Blanc, doch er nickte verständnisvoll. »Und dann?«

»Plötzlich habe ich einen Knall«, er zögerte, »*eh bien*, einen Knall gespürt. Auf meinen Ohren, wie zwei Ohrfeigen mit Luft. Danach habe ich erst etwas gehört. Ich habe mich erschrocken, hab mich nach rechts und links umgedreht. Ich dachte, irgendwo wären zwei Wagen zusammengekracht. Und da sah ich, links von der Straße, Feuer im Olivenhain. Und die Flammen kamen aus einem Flugzeug. Da habe ich Gas gegeben.«

»Sie haben nicht angehalten?«

»Ich arbeite für Monsieur Bondard, seit ich in Frankreich angekommen bin. Und das war doch sein Hain!«, erklärte er entschuldigend. »Da war es sicherlich das Beste, dass ich meinem *patron* so schnell wie möglich Bescheid gesagt habe.«

Blanc dachte an den Anblick des toten Piloten. Matelly hatte nicht so ausgesehen, als hätte ihm Marouani noch helfen können. »Ich danke Ihnen. Sie haben mir den Weg zur Burg erspart, um Monsieur Bondard zu informieren.«

»Kann ich jetzt gehen? Meine Tochter muss ins Bett. Sie hat morgen einen langen Tag vor sich.«

Erst, als Blanc die Rücklichter des Berlingos auf dem Feldweg verschwinden sah, fiel ihm auf, dass Marouani behauptet hatte, seine Tochter vom Unterricht abgeholt zu haben. Dabei waren die Sommerferien doch heute zu Ende gegangen.

Als er sich umwandte, sah er eine schlanke Frau am Flugzeugwrack stehen. Sie war Mitte dreißig, trug eine riesige Brille, ihre brünetten Haare fielen ihr offen bis weit über die Schultern. Mit routinierten und erstaunlich kraftvollen Bewegungen hob sie den toten Piloten aus seinem Sitz und legte ihn auf den Boden neben die Maschine. Blut benetzte ihren weißen Kittel und ihre Gummihandschuhe, doch das schien sie nicht zu stören.

Der massige Flugunfallexperte watschelte so rasch zu ihr, wie es ihm möglich war. Blanc verstand nicht, ob er ihr helfen oder sie verscheuchen wollte. Doch nach einem Wortwechsel von wenigen

Sekunden eilte er schwer atmend wieder von dannen. Er sah nicht so aus, als würde er in der nächsten halben Stunde noch einmal wiederkommen wollen.

»Hatten Sie ein interessantes Expertengespräch, Doktor?«, begrüßte Blanc die Frau, als er näher trat.

»Wir haben alle Unklarheiten beseitigt.« Fontaine Thezan, *médecin légiste* am Krankenhaus von Salon-de-Provence, bot ihm ihre Wange zum Kuss. »Was ist mit Ihren Augen passiert?«

»Zu viel Salz«, erklärte Blanc vage.

Die Ärztin bedachte ihn mit einem spöttischen Blick und begrüßte Tonon mit einem Nicken. »Lassen Sie mich bitte ein paar Augenblicke ungestört, *Messieurs.*«

Blanc und Marius traten respektvoll zurück. Die Gerichtsmedizinerin rückte einen der beiden mobilen Scheinwerfer näher heran und richtete seinen Lichtkegel auf den Toten. Fontaine Thezan öffnete ihren Arztkoffer und holte Geräte heraus, deren Funktion Blanc vom Schatten eines Olivenbaums, unter den er sich zurückgezogen hatte, nicht erkennen konnte. Er wollte auch gar nicht allzu genau hinsehen. Sie untersuchte den Körper des Toten und dessen Kopf. Inzwischen waren ihre ganzen Unterarme voller Blut.

Nach einigen Minuten richtete sich die Gerichtsmedizinerin auf. Blanc war ihr dankbar, dass sie sich Handschuhe und Kittel abstreifte, bevor sie zu ihnen kam. »Ein prachtvoller Kerl«, sagte sie.

»Nur ein bisschen schweigsam«, erwiderte Blanc.

Sie lächelte müde. »Unter diesem Syndrom leiden die meisten meiner Patienten. Dieser junge Mann hier hat ein schweres Schädel-Hirn-Trauma erlitten. Frakturen links im Os frontale, Os parietale und Os temporale.«

»Ich weiß nicht, wovon Sie sprechen, aber es klingt nicht gut.«

»Mehrere Brüche links an der Stirn und an der linken Schädelseite. Vielleicht ist er beim Absturz des Flugzeugs mit dem Kopf irgendwo im Cockpit hart aufgeprallt. Wahrscheinlich sind dabei nicht nur die Knochen gesplittert, sein Gehirn wird wohl schwere Blutungen und Quetschungen aufweisen. Es fühlt sich außerdem so an, als sei auch sein Genick gebrochen. Aber das alles werde ich mir auf dem Seziertisch noch genauer ansehen.«

»Sieht so aus, als habe er nicht lange leiden müssen«, kommentierte Marius.

»Er war sicherlich sofort bewusstlos und wahrscheinlich schon tot, als das Feuer vom Motor bis in den Fußraum des Cockpits vordrang.« Fontaine Thezan deutete auf Matellys halb verschmorte Pilotenschuhe. »Verbrennungen dritten Grades an beiden Füßen und Unterschenkeln.«

Blanc seufzte. »Reichen Ihnen Kopf und Füße? Oder muss es das volle Programm sein? Was werden Sie sich noch ansehen, wenn Sie ihn aufschneiden, Doktor?«

»Den Rest zwischen Kopf und Füßen.«

»Sie meinen das Prachtexemplar ...«, entfuhr es Marius.

Fontaine Thezan legte den Kopf schräg und betrachtete ihn mit einer Art klinischer Neugier. »Sie haben wirklich eigenartige Vorstellungen von meinem Beruf, *mon Lieutenant*«, erklärte sie. »Ich dachte eher an Herz, Leber und Magen. Hat der Pilot vielleicht einen Infarkt erlitten und ist deshalb abgestürzt? Oder kann ich in seinen Verdauungsorganen Alkohol, andere Drogen, Medikamente oder Gifte nachweisen? Vielleicht ist der Pilot ja nicht abgestürzt und deshalb gestorben, sondern gestorben und deshalb abgestürzt. *Bonne nuit, Messieurs.*«

Während Marius bei der Maschine blieb, begleitete Blanc die Gerichtsmedizinerin bis zum Feldweg. Er erkannte ihren weißen Jeep Cherokee etliche Meter neben dem Asphaltband. Die grobstolligen Reifen des Geländewagens hatten ein Muster in den geharkten Boden zwischen den Bäumen gefräst. »Das wird den Besitzer des Olivenhains nicht glücklich machen«, stellte Blanc fest.

»Verpfeifen Sie mich nicht.«

»Verlassen Sie sich auf mich.«

Fontaine Thezan hatte schon die Fahrertür geöffnet, doch nun hielt sie inne. »Ich soll mich auf Sie verlassen? Wenn ich in den paar Wochen, die ich Sie jetzt kenne, eines gelernt habe, *mon Capitaine,* dann das: Wenn man sich auf Sie verlässt, dann kommt immer alles ganz anders, als man denkt. Erlebe ich gerade wieder eine Überraschung? Sie haben den Toten so seltsam angesehen. Glauben Sie etwa nicht, dass dieser Absturz ein Unfall war?«

Blanc lächelte. »Und Sie, Doktor Thezan? Glauben Sie tatsächlich, dass ein«, er zögerte, »dass ein Prachtexemplar wie Matelly schon vor dem Absturz durch einen Herzinfarkt oder eine Prise Heroin außer Gefecht gesetzt wurde?«

»Ich glaube gar nichts. Ich seziere.«

»Aber wenn Sie jetzt sofort Geld wetten müssten: Worauf würden Sie setzen?«

Sie schob ihre extravagante Brille aus dem Gesicht bis in ihre Haare. »Ich würde darauf wetten, dass dieser Pilot im Vollbesitz seiner Kräfte war, als sein Flugzeug aufschlug.«

»Sehen Sie«, erwiderte Blanc.

Er sah dem Jeep der Ärztin nach, bis dessen Rückleuchten zwischen den Olivenbäumen verglommen waren, dann erst blickte er sich um: Bondard und der Colonel waren schon lange verschwunden, ebenso wie inzwischen auch die meisten Journalisten. Der namenlose Experte der Flugunfallbehörde hatte seinen Leib halb ins Cockpit der zerstörten Maschine gewuchtet, leuchtete mit einer Taschenlampe hinein und notierte sich irgendetwas. Einige Brigadiers waren davongefahren, andere bewachten nur noch pro forma die Unfallstelle. Zwei hatten sich so weit entfernt, dass sie dachten, sich nun eine Zigarette anzünden zu können, ohne dass ausgelaufenes Flugbenzin den ganzen Hain in Flammen setzen würde. Der alte Reporter Paulmier saß pfeiferauchend in seinem Dacia, hatte die Innenbeleuchtung angestellt und las in einem Taschenbuch.

Marius stand nicht allzu weit entfernt wartend da. Ein Lichtschimmer fiel auf sein Gesicht. Er schmunzelte.

»Ich weiß nicht, ob mir dein Lächeln gefällt«, sagte Blanc.

»Vorfreude«, erklärte sein Partner. »Ich habe neben Madame Douchy noch zwei Zeugen für dich aufgespart.«

»Noch mehr Hexen?«

»Nicht ganz so schlimm.«

»Dann bin ich erleichtert.«

»Aber beinahe so schlimm.«

»Ich wusste, dass ich deinem Grinsen nicht trauen darf.«

Blanc starrte einen Moment lang in den Himmel. Die Sterne sandten ein kaltes Licht durch die Schwärze des Alls. Als würden da oben Tausende Scheinwerfer die Orte Tausender schrecklicher Unglücke erhellen. Er erkannte den Großen Wagen, sonst fand er sich am Firmament nicht zurecht. Wozu auch? In Paris hatte der Schimmer der Straßenlaternen und Werbeschriften jedes Sternenlicht gefressen. Er wünschte, er wäre wieder dort.

»Bringen wir es hinter uns«, sagte er. Er merkte selbst, dass das nicht gerade höflich klang, aber er war zu müde, um es wiedergutzumachen.

Marius knipste eine Taschenlampe an, führte ihn ein Stück den Feldweg zurück und von dort auf einem Trampelpfad bis zum Kreisverkehr, der im pulsierenden Blaulicht eines Streifenwagens leuchtete. Neben dem Renault Mégane stand ein riesiger silbrig schimmernder Tankwagen auf dem Standstreifen. Gegen den Kotflügel lehnte sich ein muskulöser Mann von Mitte zwanzig, kahl geschorener Schädel, Unterhemd, beige Jogginghose, Flipflops. Der Mann zog eine Gauloises aus ihrer Packung. Blanc bezweifelte, dass es eine gute Idee war, neben einem Tankwagen zu qualmen.

»Sébastien Rognoni«, flüsterte Tonon im Näherkommen. »Der Fahrer des Tankwagens.«

»Monsieur Rognoni, wollen Sie, dass wir alle höher fliegen als die Flugzeuge der Base Aérienne?«, begrüßte ihn Blanc.

Der Fahrer blickte ihn verblüfft an, sah auf seine Zigarette, auf den Tankwagen, lachte und steckte die Gauloises wieder in die Schachtel. »Die Karre ist so sicher wie das Kondom von meinem Großvater!«

»Wenn das sicher gewesen wäre, wäre er nicht Ihr Großvater geworden.«

»Ich rauche immer beim Fahren. Nur, wenn ich den Saft aus der Karre an der Tankstelle herauspumpe, kaue ich Kaugummi.«

Blanc begann zu ahnen, warum Marius ihn vor den Zeugen gewarnt hatte. »Sie haben etwas gesehen?«

»Ich war genau hier, im Kreisverkehr, ganz allein. Ich wollte hoch nach Lançon, ich habe eine Lieferung für die Tankstelle am Intermarché dort. Ich bog gerade auf den Kreisverkehr ein, als ich das Flugzeug sah. Brennend. Feuer am Motor. Wie im Krieg. Peng, peng, peng. Ist abgeschmiert wie im Film, mit Flammen und Rauchfahne und allem Drum und Dran. Habe ich den Reportern alles schon erzählt. Rognoni, ›gn‹ in der Mitte, ich hoffe, die Kerle schreiben es richtig, sonst tätowiere ich denen einen Leserbrief in die Fresse.«

Blanc blickte wieder nach oben. Rauch am Himmel? In dieser dunklen Nacht hätte niemand Rauch sehen können. Peng, peng, peng? Ein Wichtigtuer. »Was haben Sie noch beobachtet?«

»Die Explosion am Boden. Zomm! Möchte nicht wissen, was die Maschine an Bord hatte. Ne Bombe?«

Blanc stopfte Kugelschreiber und Notizblock in seine Tasche. »Wenn Sie gerade im Kreisverkehr waren, als das Unglück passierte, warum haben Sie dann ausgerechnet hier angehalten und sind nicht weiter nach Lançon gefahren? Sie sind mit einem vollen Tankwagen in Sichtweite der Explosion geblieben.«

Rognoni starrte ihn mehrere Sekunden lang mit leerem Blick an. »Na, ich habe doch Pflichten als Staatsbürger und so«, erklärte er schließlich trotzig. »Zeugenaussagen und so. Da darf ich doch nicht gehen. Ist das nicht Unfallflucht?«

Du bist hiergeblieben, weil du es nicht erwarten konntest, den Journalisten deine Hollywoodgeschichte zu erzählen, dachte Blanc. Colonel Duret könnte morgen noch etwas unglücklicher werden, wenn er die Zeitung aufschlug. »*Merci beaucoup*, Monsieur Rognoni. Wir melden uns bei Ihnen, wenn wir Sie noch einmal benötigen.« Er machte sich nicht die Mühe, diesen Satz ehrlich klingen zu lassen.

»Diese Aussage wird eine Zierde meines Berichts sein«, brummte Blanc, als sie außer Hörweite des Tankwagenfahrers waren.

»Die beste, die du kriegen kannst«, erwiderte Marius.

»Der nächste Zeuge wird mir erzählen, dass er eine fliegende Untertasse gesehen hat?«

»Was er mir gesagt hat, klang ganz vernünftig.«

»Jetzt grinst du schon wieder so komisch.«

»Aber es kommt ja auch darauf an, wer das sagt.«

Blanc blieb stehen und starrte seinen Partner an. *»Alors?«*

Marius lächelte entschuldigend. »Farid Aklil, zweiundzwanzig Jahre alt, geboren in Canourgues. Das ist da, wo Salon aussieht wie Marseille und sich auch so anfühlt: Hochhäuser, in denen nachts die Kids mit den Kapuzenpullovern an den Eingängen stehen. Aklil war einer von ihnen und hat ein nettes Register. Verurteilt wegen Raub, Diebstahl, Drogenhandel. Zuletzt zwei Jahre Gefängnis.«

»Wie kann er dann hier sein, wenn sie ihn verknackt haben?«

»Er ist seit ein paar Monaten auf Bewährung draußen. Seither nicht mehr auffällig. Hat einen festen Job als Packer am Flughafen, einen gemeldeten Wohnsitz in einem der Blocks von Canourgues, und er hält regelmäßig seine Termine beim Bewährungshelfer ein. Scheint einer von den Guten geworden zu sein, aber das zählt ja nicht.«

Blanc nickte. Aklils Aussage würde sich in seinem Bericht nicht besonders gut machen. Denn irgendwann musste er diesen Bericht einem Untersuchungsrichter vorlegen – und Richter machten sich nicht viel aus den Aussagen von Kriminellen, gleichgültig, wie vernünftig sie im Einzelfall redeten. Aklils Worte würden nur halb so viel wert sein wie die von Rognoni.

Auf der dem Kreisverkehr gegenüberliegenden Seite parkte ein Auto, von dem Blanc dachte, dass es irgendwann in den achtziger Jahren von Frankreichs Straßen weggerostet sei: ein Renault Fuego, gelb, mit schwarzen Zierstreifen. »Gilt das noch als alte Karre oder schon als cooler Oldtimer?«, fragte er zur Begrüßung.

Der Mann, der bis dahin gleichmütig auf der Motorhaube des alten Sportwagens gesessen hatte, stellte sich hin. »Als mich Ihre Kollegen an den Eiern hatten, haben sie alles Dope in meiner Bude einkassiert und mein Bargeld gleich mit. Aber diesen Wagen wollten nicht mal die Flics beschlagnahmen.«

Aklil war unterdurchschnittlich groß und schmächtig, kleine Nase, dunkle Augen, ein offenes Gesicht, das noch zu einem Teenager passen würde. Vielleicht wollte er durch seinen Vollbart älter erscheinen, doch paradoxerweise ließ ihn die ziemlich lichte Gesichtsbehaarung jünger wirken, als er war.

»Von mir droht Ihrem Auto auch keine Gefahr«, versicherte Blanc. »Ich möchte nur wissen, was Sie gesehen haben.«

Aklil zuckte mit den Achseln. »Ich fuhr hinter dem Tankwagen da und hab mich geärgert, weil der so langsam dahinzockelte. Das Flugzeug hab ich nicht gesehen. Oder vielleicht doch, irgendwie unbewusst, aber ich hab nicht darauf geachtet. Die sind ja immer hier. Aber plötzlich gab es einen Flammenblitz am Boden, dann kam ein Knall. Das war es dann auch schon. Ich hab angehalten, weil ich neugierig war. Wollte sehen, was da passiert ist.«

»Sind Sie, nachdem Sie gestoppt hatten, die ganze Zeit über am Kreisverkehr geblieben?«

»Ich hab ein bisschen gewartet, weil ich Angst hatte, dass die Bäume anfangen zu brennen. Als die Flammen nicht größer wurden, wollte ich runtergehen, näher ran zur Action. Aber als ich auf halbem Weg im Olivenhain war, sah ich schon das erste Blaulicht. Die Flics und ich sind nicht gerade ziemlich beste Freunde. Also hab ich gedacht, ich verschwinde, bevor irgendeiner mit Uniform mir noch dumme Fragen stellt. Ich bin ja nur auf Bewährung draußen. Aber da waren am Kreisverkehr auch schon Streifenwagen. Also hab ich mir gedacht: Was soll's? Und jetzt erzähle ich halt, was ich weiß. Und Sie können mir das glauben oder es sein lassen.«

»Sie haben kein Feuer am Himmel gesehen, vor dem Absturz? Keine Rauchfahne?«

Aklil schüttelte den Kopf. »Wir sind ja nicht im Krieg.«

»Gab es ein Geräusch? Vielleicht einen ungewöhnlichen Motorenlärm?«

»Die Musik-Anlage in meinem Fuego hat mehr PS als der Motor.«

Blanc nickte resigniert. Diesmal hatte er seinen Notizblock gar nicht erst aus der Tasche gezogen. »Fahren Sie weiter und schonen

Sie Ihre Ohren.« Er gab den Brigadiers am Streifenwagen ein Zeichen, den Mann gehen zu lassen, und sah Aklils altem Renault nach, als er davonbrauste. Die rechte Rückleuchte war kaputt. Blanc seufzte und beschloss, dass er das nicht bemerkt hatte.

»Der hat seine Aussage zumindest nicht ausgeschmückt«, kommentierte Marius.

»Aklil hat gesagt, dass er hinter dem Tankwagen her in den Kreisverkehr gefahren sei. Rognoni hat gesagt, dass im Kreisverkehr kein anderes Fahrzeug gewesen sei als seines. Such dir eine Version aus.«

»Ich hätte nie gedacht, dass ich mal einem kleinen Dealer eher glauben würde als einem unbescholtenen Bürger.«

»Wenn wir also Aklil und nicht dem Tankwagenfahrer glauben, dann gab es kein einziges Anzeichen dafür, dass das Flugzeug in Schwierigkeiten war. Kein Feuer, kein Rauch, kein ungewöhnlicher Lärm. Nichts, bis Matelly plötzlich in den Boden rast und an einem Olivenbaum sein Leben aushaucht.« Blanc rieb sich die Stirn. Ein *Doliprane* wäre jetzt nicht schlecht. »Der erste Zeuge ist ein Wichtigtuer, mit dessen Aussage du dir den Hintern abwischen kannst. Der zweite Zeuge ist ein Ex-Knacki, der eigentlich gar nichts gesehen hat.«

»*Eh bien*. Vielleicht hat Madame Douchy Sachen gesehen, die die beiden anderen nicht gesehen haben«, ermunterte ihn Marius.

»Dass diese Madame Sachen sieht, die niemand sonst sieht, glaube ich sofort.«

Sie schlenderten zu den Olivenbäumen zurück. Blanc hatte es nicht besonders eilig, Ange Douchy erneut gegenüberzutreten. Seine Nachbarin. Seit Anfang Juli wohnte er im Midi und hatte sie nie zuvor gesehen. Ob sie ständig auf endlosen Streifzügen über die Hügel wanderte? Oder ob sie sich die meiste Zeit im schäbigen Haus der Douchys versteckte? Schon ihr Mann Serge wirkte auf Blanc wie einer jener Bauern, die vor mehr als zweihundert Jahren mit Sicheln und Fackeln die Schlösser gestürmt hatten, um voll grimmiger Freude Adelsfamilien zu massakrieren. Seine Frau schien aus einer anderen, noch viel archaischeren Zeit gefallen zu sein. Die Touloubre, die Blancs alte Ölmühle von ihrem Bauernhof trennte, war nur drei, vier Meter breit und kaum hüfttief. Den Bach hatte man in zehn Sekunden überwunden. Er fragte sich, ob es nicht besser wäre, an seiner Uferseite eine Mauer hochzuziehen. Eine sehr, sehr hohe Mauer. Andererseits hatte ihn seine letzte Renovierung so viel gekostet, dass auf seinem Konto gerade noch genug Geld war für die bevorstehende Scheidung von Geneviève.

Sie fanden die Frau im Schneidersitz unter einem Olivenbaum, den Rücken gegen den knotigen Stamm gelehnt. Neben ihr lag eine prall gefüllte Einkaufstasche aus Plastik mit dem Aufdruck »Intermarché«. Das Salzsäckchen baumelte an ihrem Gürtel. Eine gefleckte Ziege, die mit einem groben Strick am nächsten Baum angebunden war, erhob sich und blökte sie an.

»Sie haben einen Wachhund mit Hörnern, Madame Douchy«, begrüßte Marius sie. Er sprach so freundlich, als sei es das Normalste auf der Welt, mit einer Ziege und einer Plastiktüte nachts unter einem Olivenbaum zu hocken.

»Tiere spüren das«, antwortete sie.

Blanc fragte sich vergebens, was sie damit wohl gemeint haben könnte. Da sie keinerlei Anstalten machte, sich zu erheben, und er andererseits nicht von oben herab mit ihr reden wollte, faltete er auch seine Beine zum Kreuz und hockte sich der Zeugin gegenüber. Er achtete allerdings darauf, einen gewissen Sicherheitsabstand zu ihr einzuhalten. Marius ließ seinen massigen Leib in einer Art Sturzflug zu Boden plumpsen. Sie hockten nun zusammen wie zwei Trapper vor einer alten Indianerin. Was mochten die Brigadiers am Flugzeugwrack denken? Blanc blickte sich um: Die Wagen der Journalisten waren vom Feldweg verschwunden. Nur der silberne Dacia stand noch am Rand, doch es war unmöglich zu erkennen, ob Paulmier ihn beobachtete oder nicht, denn die Innenbeleuchtung war inzwischen erloschen.

»Madame«, begann Blanc, »in diesem Olivenhain ist bedauerlicherweise ein Flugzeug abgestürzt und …«

»Ich bin nicht bescheuert«, unterbrach sie ihn. »Ich habe Augen im Kopf.«

Marius hüstelte. Blanc räusperte sich. »*Bon*. Madame Douchy, wo waren Sie zum Zeitpunkt des Absturzes?«

»Genau hier. Mit meiner Ziege.«

»Das Land gehört Monsieur Bondard.«

»Scheiß drauf.« Marius' Husten verstärkte sich.

»Warum waren Sie hier? Spätabends, mit einer Ziege? Was haben Sie hier gemacht?«

»Das würden Sie sowieso nicht verstehen.«

Blanc verspürte den irrationalen Wunsch, Ange Douchy ein Paar Handschellen anzulegen und sie den Rest der Nacht in einer Zelle schmoren zu lassen. »*Alors*, Madame, Sie waren hier, warum auch immer, an diesem Baum?«

»Sie brauchen immer etwas länger, eh?«

»Der Baum steht keine hundert Meter von der Absturzstelle entfernt. Was haben Sie gesehen?«

»Das Flugzeug kam herunter. So steil wie ein Falke, der sich auf eine Maus stürzt.«

Blanc blickte sie plötzlich aufmerksam an. »Sie haben die Maschine also noch in der Luft gesehen? Niemand sonst hat auf die Propellerflugzeuge geachtet, weil sie ständig hier herumkreisen. Aber Sie haben etwas bemerkt?«

»Ich habe die Gabe, wissen Sie.«

»Die Gabe, Flugzeuge zu sehen?«

»Sie sind wirklich langsam, selbst für einen Flic. Die Gabe, verstehen Sie nicht? Ich habe gespürt, dass das Flugzeug verhext wurde.«

»Verhext?«

»Das Flugzeug ist abgestürzt, das ist doch sogar selbst Ihnen aufgefallen?«

»Und Flugzeuge stürzen ab, weil sie verhext worden sind?«

»Dieses hier ja.«

Blanc sah Marius hilfesuchend an. Doch der litt an einem sehr hartnäckigen Husten und hatte inzwischen Tränen in den Augen.

Dann starrte Blanc auf seinen schmuddeligen Notizblock und den Stift. Seine Hände weigerten sich, diese Aussage zu Papier zu bringen. Ein verhextes Flugzeug. Wenn er das in den Bericht schreiben würde, würden ihm die Kollegen nicht einmal mehr zutrauen, bei einem Ampelausfall den Verkehr zu regeln.

»Ich habe gesehen, wie das Flugzeug verhext wurde«, setzte Ange Douchy trotzig hinzu, die ihn aus ihren unfassbar blauen Augen aufmerksam musterte.

»Sie können Hexenzauber sehen?«

»Ein grünes Leuchten erfüllte den Himmel. Und dann ist das Flugzeug vom Himmel gekommen wie ein gefallener Engel.«

»Ein grünes Leuchten?«

»Ein grünes Licht. Grüner als Gras. Und dann kam der Tod.«

Grünes Leuchten – Ange Douchy, kritzelte Blanc schließlich in seinen Block, damit sie glaubte, dass er sie ernst nahm. »*Merci beaucoup*«, sagte er und sprang auf. Er wollte bloß fort von dieser Frau.

»Soll Sie einer unserer Wagen nach Hause bringen, Madame?«, fragte Marius, während er sich ächzend vom Boden stemmte.

»Ich gehe zu Fuß.«

Blanc, der sich schon halb von ihr abgewandt hatte, drehte sich verwundert um. »Haben Sie eine Taschenlampe?«

»Sehe ich so aus?«

»Wie finden Sie dann Ihren Weg über die Hügel? Sie sind barfuß, Sie müssen in den Wäldern höllisch aufpassen, wo Sie hintreten.«

»Meine Fußsohlen sind härter als Ihre dämlichen Turnschuhe. Und ich habe Ihnen schon mal gesagt, dass Sie nicht vom Teufel sprechen sollen.«

»Noch so ein paar Zeuginnen wie diese, und ich bewerbe mich als Leuchtturmwächter auf einem Felsen im Atlantik«, flüsterte Blanc, als er hoffte, dass sie sich außer Hörweite von Ange Douchy befanden.

»Wir haben also drei Zeugen, deren Aussagen nichts taugen. Wir haben einen Experten der BEA, der sich einen Scheißdreck um die

Gendarmerie schert. Wir haben einen Luftwaffen-Offizier, der dir versichert, dass eigentlich alles in Ordnung ist. Wir haben einen cholerischen Politiker, der diesen Unfall als Munition für seine Kampagne nutzen wird. Wir haben die Arschkarte gezogen«, resümierte Marius.

»Wir haben einen toten Piloten.«

»Du willst doch nicht etwa wegen Mord ermitteln?« Marius lachte.

»Wir ermitteln die Unfallursache, nichts weiter. Aber wir werden ziemlich schnell präzise Antworten liefern müssen.« Blanc deutete mit dem Kinn auf Paulmiers Dacia. »Die Journalisten werden spekulieren. Das ist eine Geschichte, mit der sie ihre Leser fesseln können, weil sich offenbar der halbe Midi über die Flieger der Armee ärgert.«

»Sollen die Schreiberlinge spekulieren. Das ist ihr Job«, erwiderte Marius leichthin.

Blanc schlug ihm freundschaftlich auf die Schulter. »Und wenn in der Zeitung steht, dass die Gendarmen keine Ahnung haben, was geschehen ist?«

»Dann schreiben sie ausnahmsweise die Wahrheit.«

»Aber diese Wahrheit wird unseren Chef sehr unglücklich machen. Sollen seine Leute wie Idioten dastehen? Da schmiert ein Flugzeug mitten in der Provence ab – und der örtliche Commandant der Gendarmerie muss bekannt geben, dass er leider keinen blassen Schimmer hat, was geschehen ist?«

»Nkoulou könnte auf einer Pressekonferenz verkünden, dass das Flugzeug verhext worden ist.«

Blanc blieb stehen. »Mach darüber keine Witze. Schlimm genug, dass der Angeber Rognoni bereits mit den Reportern geredet hat. Wenn es aber diese Hexengeschichte bis in die Seiten von *La Provence* schafft, dann sind wir geliefert. Wir werden wie *connards* aussehen, allein schon, weil wir mit einer Verrückten wie Ange Douchy auch nur geredet haben. Nkoulou wird einen Anfall bekommen, wenn ausgerechnet seine Einheit zum Gespött wird.«

»Und was willst du dagegen unternehmen?«, fragte Marius. »Das klingt nach Arbeit. Ich dachte, wir hätten das Wichtigste bereits erledigt: Unfall aufgenommen, Zeugenaussagen protokolliert, ein paar Brigadiers räumen die Schweinerei weg, fertig.«

Blanc hob entschuldigend die Hände. »Ich werde erst einmal mit Paulmier reden. Er wird Verständnis dafür haben, dass wir den Unfall nicht so rasch rekonstruieren können. Das gibt uns ein paar Tage Zeit für unsere Nachforschungen, bevor er und seine Kollegen wieder neugierig werden.«

»Unsere Nachforschungen? Wo willst du forschen?«

»Ich habe keine Ahnung.«

Marius ging zu seinem Mégane der Gendarmerie und fischte eine Roséflasche aus dem Innern. Alkohol im Streifenwagen. Gut, dass die meisten Journalisten schon fort waren, dachte Blanc, während er zum Dacia schritt. Er öffnete die rechte Wagentür, ließ eine Wolke Pfeifentabak in die Nachtluft entweichen und setzte sich auf den Beifahrersitz.

»Alors?« Paulmier öffnete das Fenster und klopfte erkaltete Asche aus dem Pfeifenkopf.

Blanc hatte sich auf dem Weg zum Auto überlegt, was er preisgeben wollte. Er berichtete in knappen Worten vom Zustand des Piloten und seines Flugzeugs. Matellys Namen nannte er nicht, das sollte Duret tun. »Leider haben wir keine brauchbaren Zeugenaussagen«, schloss er.

»Überrascht mich zu hören, *mon Capitaine*. Die Geschichte dieses Tankwagenfahrers klang ziemlich brauchbar. Er hat uns viele Einzelheiten in die Blöcke diktiert.«

Blanc seufzte. »Ich glaube dem Kerl kein Wort.«

»Darf ich das so schreiben?«

»Das ist meine Privatmeinung. Ich habe seine Aussage selbstverständlich aufgenommen. Und Sie dürfen Rognoni selbstverständlich zitieren. An Ihrer Stelle würde ich allerdings vorsichtige Formulierungen wählen. Monsieur Rognoni hat seine Beobachtungen ...«, Blanc zögerte, »... möglicherweise etwas ausgeschmückt.«

»Verstehe.« Paulmier tippte auf das Radio im Armaturenbrett. »Die lokalen Stationen bringen Rognonis Version schon in den Nachrichten. *La Provence* kann das nicht ignorieren. Wenn die Zeitung morgen herauskommt und etwas nicht bringt, das auf allen Sendern schon seit Stunden herausgeblökt worden ist, dann stehen wir wie Idioten da.«

»Ich weiß, wie sich das anfühlt«, versicherte Blanc. »Hatten Sie so eine Geschichte schon mal in Ihrem Lokalteil? Ein Flugzeug im Olivenbaum?«

Der alte Reporter lachte. »Meine Zeitung ist sozusagen ein Album der tollkühnen Männer in ihren fliegenden Kisten. Hier im Süden ist Fliegen noch ein echtes Abenteuer! Antoine de Saint-Exupéry ist vor Marseille ins Meer gestürzt, wussten Sie das nicht?«

»Wir reden hier nicht vom kleinen Prinzen.« Aber von Hexen, dachte Blanc, doch das konnte er dem Journalisten ja schwerlich auf die Nase binden.

Paulmier lächelte nachsichtig, hob die Rechte und zählte an seinen Fingern ab: »1996 wird ein Airbus aus Paris-Orly auf dem Flughafen Perpignan direkt nach der Landung von einigen Bewaffneten überfallen, noch bevor er überhaupt am Terminal angelangt ist. Die Maskierten öffnen den Frachtraum und rauben innerhalb von zweieinhalb Minuten fast vier Millionen Franc. Siebenundzwanzig Kilogramm Geldscheine! Aufklärungsquote: null Prozent. Ihre Kollegen haben bis heute keine Ahnung, wer diese Sache durchgezogen hat oder wo die Mäuse geblieben sind. 2010 wird ein Airbus auf dem Flughafen Marseille von fünf Bewaffneten überfallen. Da die Maschine jedoch keine Wertsachen an Bord hat, stehlen die Angreifer dem Piloten und dem Copiloten kurzerhand die Brieftaschen. Aufklärungsquote: null Prozent. Und neulich haben am selben Flughafen Ihre Kollegen von der Hundestaffel junge Vierbeiner trainiert; sie haben im Airport Pakete mit Plastiksprengstoff versteckt, jeweils 100 Gramm C4, jedes Paket ist groß wie ein Stück Seife und fühlt sich an wie Knetgummi. Aber die Hunde waren zu blöd, das letzte Paket zu erschnüffeln. Und die Gendarmen waren zu blöd, sich daran zu erinnern, wo sie das Paket versteckt hatten. Bis heute liegt irgendwo in Marseille-Marignane ein Paket herum, mit dem Sie ein Haus in die Luft jagen könnten. Aufklärungsquote …«

»Schon gut«, unterbrach ihn Blanc. Ein Königreich für ein *Doliprane*. Er konnte sich inzwischen ganz gut vorstellen, was ihm in *La Provence* drohte, wenn auch seine Aufklärungsquote null Prozent betragen sollte. »Überfälle am Flughafen. Dummheit von Mensch und Tier. Das sind alles keine Flugzeugabstürze.«

»Haben Sie den deutschen Airbus vergessen, den der Copilot gegen einen Berg gesteuert hat?«

»Das hier war kein Airbus. Das hier war auch kein Alpenberg. Nichts, was irgendjemanden in der Provence mehr erschüttern müsste als ein tragischer, doch ganz gewöhnlicher Autounfall.«

»Das sehen unsere Leser aber ganz anders.« Paulmier hob unbeirrt den nächsten Finger. »4. August 2014, ich weiß es noch, als wäre es gestern gewesen: Crash einer Mirage 2000 von der Basis Istres. Mitten in der Provence, nicht in den Alpen, kein fremder Flieger, sondern ein französischer Jet, *mon Capitaine*. Die Kampfflugzeuge in Istres tragen Atombomben. Angeblich hatte die Unglücksmaschine keine dabei. Das haben zumindest die Offiziere der Basis gesagt. *Eh bien*. Aber was, wenn in der Provence nicht bloß eine Handvoll Plastiksprengstoff verloren gegangen ist, sondern eine Hiroshimabombe?«

»Haben Sie das geschrieben?«

»Angedeutet.«

»*Merde*. Monsieur Paulmier, tun Sie mir einen Gefallen: Deuten Sie nichts an! Der unglückliche Kerl in der Propellermaschine hatte nicht einmal einen Knallfrosch dabei. Er stand kurz vor seiner Abschlussprüfung. Vielleicht war er einfach bloß nervös und hat eine Sekunde lang nicht aufgepasst.«

»Das wäre möglich. Und es wäre auch möglich, dass es reiner Zufall ist, dass ein Flugzeug ausgerechnet auf das Stück Land kracht, das dem größten Flugzeug-Gegner der Region gehört.«

»Monsieur Bondard besitzt einen Olivenhain genau in der Einflugschneise der Base Aérienne. Die Wahrscheinlichkeit, dass dort ein Flugzeug abstürzt, ist nicht gerade klein.«

»Kennen Sie Bondard?«

»Ich hatte vor einer Stunde zum ersten Mal das Vergnügen.«

»Gratuliere. Sie sind der Erste, der Vergnügen daran hat, Hervé kennenzulernen. Ich folge seinem Weg schon seit Jahren, rein professionell. Als Lokalpolitiker mischt er überall mit. Er hätte seinen bescheuerten Anti-Fluglärm-Verein, dessen Vorsitzender, Schatzmeister, Hauptsponsor und Pressereferent er ist, am liebsten täglich in den Seiten von *La Provence*. Noch letzte Woche hatte Albas im Gemeindesaal mal wieder eine Versammlung. Hunderte zornige Bürger, Bondard am Mikrofon, ich war da und habe Notizen gemacht. Hervé hat sich in Rage geredet und Dinge von sich gegeben, die man unmöglich drucken konnte.«

»Zum Beispiel?«

»Dass er, wenn er könnte, die Flugzeuge eigenhändig vom Himmel schießen würde.«

Blanc starrte durch die Frontscheibe in die Nacht. Einen Augenblick lang versuchte er, sich den älteren, dick bebrillten Mann mit einem fernrohrgespickten Jagdgewehr vorzustellen, versteckt unter den Ästen eines Olivenbaums. Das Brummen des Propellers, der Schatten des Flugzeugs, ein Schuss ... War Rognonis Aussage etwa doch nicht so hirnrissig? Absurd. Konnte man mit einem Gewehr überhaupt ein Flugzeug abschießen? Und dann noch nachts? Wenn man halb blind war wie Bondard? Dann konnte man auch gleich an Hexenzauber glauben. »Es gibt Experten, die das Wrack untersuchen«, erwiderte er müde. »Ich bin sicher: Wenn es eine Kugel war, dann werden die sie finden. Es könnte bloß ein paar Monate dauern.«

Paulmier musterte ihn, als läge ihm eine Frage auf der Zunge. Doch dann lachte er, griff seine Pfeife, stopfte frischen Tabak in den Kopf und sagte: »Vielleicht kommt der Tod doch schneller als Sie mit Ihrer Geschichte.«

Später, der pensionierte Reporter war längst davongefahren, schlug Marius Blanc vor, zur Gendarmeriestation zurückzukehren. »Der Leichenwagen für Matelly ist da. Die Experten der BEA werden das Flugzeugwrack zur Untersuchung in einen Hangar der Base Aérienne bringen«, erklärte er. »Kranwagen und Tieflader sind schon angefordert. Ich bleibe mit zwei Brigadiers hier, bis wir die Scheiße verladen haben.« Marius roch nach Wein und sah erschöpft aus.

Blanc zögerte, ihn am Unglücksort zu lassen, aber wer hätte sonst aufpassen sollen? Blanc selbst konnte schlecht die ganze Nacht an einer einzigen Unfallstelle bleiben. »Bis morgen also«, erwiderte er. Eher aus einer Laune heraus, denn aus irgendeinem konkreten Grund beschloss er, auf Umwegen zu seinem Espace zu gehen. Er wollte noch ein wenig die Umgebung erkunden und schaltete die Taschenlampe seines Handys ein. Er ging quer durch den Olivenhain, immer weiter fort von der Route départementale, vom Kreisverkehr, vom Scheinwerferlicht, das den Toten und sein Flugzeug beinahe schon obszön zur Schau stellte. Nach einigen Hundert Metern stieß er auf ein schmales Band aus Teer und Kies. *Ancienne Route de Salon* stand auf einem Straßenschild. Mehrere Bauernhöfe säumten den Weg, zumindest vermutete Blanc, dass es sich um Höfe handelte: Mindestens zwei Meter hohe Steinmauern umwallten die Anwesen, die schweren Eisentore waren verschlossen, die Häuser dahinter lagen, soweit er das erkennen konnte, im Dunkeln. Zu einem Hof führte eine lange Platanenallee. Am ersten Stamm hing ein weißes Schild: *Privé*. Es war in vier Metern Höhe ins Holz genagelt worden, als sollte man es schon von Weitem lesen können. Oder als wollte der Besitzer verhindern, dass man es herunterreißen konnte. Die Höfe wirkten wie düstere Grabmonumente, die eine längst aufgegebene antike Straße säumten. Nicht einmal ein Hund bellte, als Blancs Sohlen leise auf dem Asphalt knirschten. Keine Zeugen, dachte er. Es war sinnlos, am nächsten Tag noch einmal einen Kollegen vorbeizuschicken, um die Anwohner zu fragen, ob sie etwas gesehen oder gehört hatten.

Er würde es trotzdem tun.

Die wenigen verbleibenden Nachtstunden brütete Blanc in Gadet über seinem Bericht. Es war ruhig geworden auf den Straßen. Die letzte Atempause. Zur *rentrée* mussten alle Beamten der Station am nächsten Morgen antreten, auch die, die Nachtdienst gehabt hatten. Also wartete Blanc bis sechs Uhr, als die Kollegen des Frühdienstes kamen, um nach Sainte-Françoise-la-Vallée zu fahren, wo ihm eine kalte Dusche und ein heißer Kaffee helfen würden, den Tag zu überstehen.

Die Route départementale, die bis zu seiner alten Ölmühle führte, war zu dieser Stunde leer wie eine Wüstenpiste. Die Hügelkuppen glänzten unter den ersten Sonnenstrahlen, als hätte Gott Honig über die Felsen gegossen. Der Himmel strahlte hellblau wie dünnes Glas. Auf einer halb verfallenen Steinmauer, die einst zwei Felder voneinander getrennt hatte, thronte stolz eine schwarze Katze. Blanc ging vom Gas, sah auf die Landschaft und trank mit den Augen die Farben. Das müsste ich festhalten, sagte er sich. Doch er wäre sich lächerlich vorgekommen, jetzt sein Nokia zu zücken und Bilder zu knipsen, als würde ein derart profaner Akt diese Schönheit entweihen. Er beschleunigte wieder.

Seine Bleibe lag noch im Zwielicht des Tals. Dohlen pickten auf dem Boden vor dem Haus und stoben mit ärgerlichem Gekreisch auf, als der Wagen heranrollte. Totengeister, dachte er, die in die Baumkronen flohen und warteten. Fragt sich, worauf. Ihm war plötzlich kalt, er sehnte sich nach der Dusche, nach frischer Kleidung, einem starken Kaffee.

Als er ausstieg, atmete er den Duft der Ölmühle ein, der ihm langsam vertraut wurde: Erde und Stein, Oleander, altes Holz, das süßliche Aroma von warmem Wasser, das aus der Touloubre hochdampfte. Ist das Heimat, dachte er, wenn du den Duft deines Hauses unter allen Gerüchen herausriechen kannst? Die Tür war aus mehreren verwitterten Eichenbalken zusammengefügt, ein wuchtiges Rechteck, das auch eine Ritterburg hätte schützen können. Sie hing an zwei handgroßen, schmiedeeisernen Angeln, die Blanc eingefettet hatte, bis sie endlich nicht mehr quietschten. Der eiserne Schlüssel war so lang, dass er ihn im Pistolenholster hätte tragen müssen. Blanc hatte sich längst angewöhnt, ihn unter einem Stein im Oleander an der Hauswand zu verstecken, damit er ihn nicht mitschleppen musste. Wer würde hier schon einbrechen?

Die Tür klemmte im Rahmen, als Blanc sie aufziehen wollte. Verzogen. Das sah nach der nächsten Renovierung aus. Immerhin würde er sich nicht mit Handwerkern und Kostenvoranschlägen herumärgern müssen, denn er hatte kein Geld mehr für einen Spezialisten. Wie, zum Teufel, schliff man eine Eichentür ab, die zu schwer war, um sie aus den Angeln zu heben?

Zum Teufel … Ob Ange Douchy inzwischen nach einer kilometerlangen Nachtwanderung in ihrem Haus angelangt war? Ob sie ihn musterte, irgendwo hinter einem der Fenster des verwahrlosten Bauernhofs am Ufer gegenüber? Oder irgendwo im Wald, verborgen im Schatten unter einem Baum? Er schüttelte sich und schloss die widerstrebende Tür hinter sich ab, bevor er duschte.

Als er die Ölmühle geerbt hatte, hatte Blanc einen schlichten Bauernschrank aus schokoladenfarbenem Nussbaumholz gefunden und aufpoliert. Seine meisten Habseligkeiten hatte er hier hineingestopft, weil er noch keine Zeit gehabt hatte, sich andere Schränke zu besorgen. Als er nach dem Duschen herumwühlte, bis er ein frisches T-Shirt fand, fiel ihm plötzlich eine Kamera in die Hände: eine alte Leicaflex SL mit dem 135er Teleobjektiv, mehr als vierzig Jahre alt, so metallisch solide wie eine Pistole. Er hatte sie in den besten Zeiten seiner Ehe auf einem Pariser Flohmarkt erstanden, um Porträts ihrer Kinder zu machen. Seit Jahren hatte er keinen Film mehr eingelegt. Ob es heute überhaupt noch Filmrollen gab? Damit Fotos zu machen wäre schon etwas anderes, als bloß auf den Auslöser des Smartphones zu drücken … Blanc nahm die Kamera mit, als er in die Küche ging, um sich einen Kaffee aufzubrühen. Er drehte den Spannhebel und lauschte dem leisen mechanischen Geräusch aus dem Innern der Kamera. Er dachte an die Bilder der Kinder, die er damit gemacht hatte. An die Bilder von Geneviève. Wo mochten die Fotos heute sein? Bei ihr? Im Altpapier? Hatte Geneviève das Album mitgenommen, zu ihrem Neuen? Ein sorgfältig zensiertes Fotoalbum, mit Bildern von ihr und den Kindern und einigen verräterisch hellen Flecken auf den Seiten? Oder verbarg sich das Album irgendwo im Chaos seines eigenen Schranks? Er blickte durch den Sucher der Kamera, drehte am Einstellring des Teleobjektivs, bis er es auf einen Stein seiner Hausmauer fokussiert hatte, schrundig und rissig, als wäre er eine Million Jahre durch den Weltraum geflogen. Ein sattes »Klack«. Er hatte den Auslöser gedrückt. Kein Film. Blanc schüttelte den Kopf, verwundert über sich selbst, und starrte auf die Leica. Er hielt sie immer noch in der Hand, als er wieder in den Espace stieg.

Such nach der Geldquelle!

Blanc stellte die Leicaflex auf seinen Schreibtisch neben den Monitor. Sie passte gut zu seinem hoffnungslos veralteten Computer. Er würde sich in den nächsten Tagen erkundigen, ob man noch irgendwo Filme kaufen konnte. Und dann würde er wieder Bilder machen; *merde*, er konnte doch nicht alle seine Zeit mit bescheuerten Ermittlungen verbringen! Richtige Fotos, für die er sich Zeit nehmen musste, Fotos, bei denen er mit Belichtungsmesser und Blende und Verschlusszeit hantieren musste und scheiß drauf, wenn mal eines verwackelte.

Acht Uhr. Der Appell bei Commandant Nkoulou war für neun Uhr angesetzt. Marius war noch nicht aufgekreuzt. Blanc schloss die Tür zum Flur und wählte eine Nummer, die er auswendig kannte und die er niemals in die Telefonanlage einprogrammiert hätte. Der Privatanschluss einer Untersuchungsrichterin.

»Allô?« Die vertraute rauchige Stimme. Im Hintergrund perlte Klaviermusik.

Blancs Herzschlag setzte einen Moment aus. Er hatte Aveline seit fast zwei Wochen nicht gesehen. »Ich bin's.«

»Sie haben einen neuen Fall für mich, *mon Capitaine*? Oder warum sonst rufen Sie mich um diese Uhrzeit an?«

Aveline Vialaron-Allègre war Untersuchungsrichterin in Aix-en-Provence. Sie würde die Ermittlungen leiten. Es war vollkommen korrekt, dass ein Gendarm eine Richterin über den Flugzeugabsturz informierte. Und doch war ihnen beiden klar, dass er nicht nur aus diesem Grunde anrief. »Wie war Ihre Woche in Paris?«, fragte er. Er wusste, dass sie die letzten Tage in der Hauptstadt verbracht hatte. Mit ihrem Mann.

»Wollen Sie das wirklich wissen?« Sie hörte sich amüsiert an.

»Sie könnten mir erzählen, wie es in meinem alten Jagdrevier aussieht. Wenn wir uns treffen, *Madame le Juge*.«

»Falls wir uns treffen, *mon Capitaine*. Nach dem Sommer liegen so viele unerledigte Sachen herum, dass ich erst einmal meinen Terminkalender in Ordnung bringen muss.«

Blanc schmeckte die Bitternis der Enttäuschung. *Connard*, sagte er sich. Du hast keinerlei Rechte auf Aveline. Er nahm sich zusammen. »Ich habe einen neuen Fall.«

Sie hörte ihm zu, unterbrach ihn nur gelgentlich mit einer Nachfrage nach Details. Das perfekt professionelle Gespräch. Und doch hatte Blanc nach und nach das Gefühl, als wägte sie ihre Worte etwas zu vorsichtig ab, als spräche sie etwas zu gleichmütig – als wäre sie nicht allein. Unsinn, sagte er sich. Sie ist in ihrem Haus in Caillouteaux. Ihr Mann ist in diesem Augenblick im Ministerium in Paris, achthundert Kilometer entfernt. Wer sollte bei Aveline sein?

»Das wirkt auf mich wie ein Unfall«, resümierte sie, als er geendet hatte. »Tragisch für den Piloten, peinlich für die Armee. Aber nicht gerade etwas, das Sie oder mich mehr als zwei Tage beschäftigen dürfte.«

Blanc rang mit sich, was er ihr noch erzählen sollte. Ob er ihr die Sachen anvertrauen sollte, die er nicht in seinen Bericht aufgenommen hatte. *Merde*, er hatte diese Frau in den Armen gehalten! Also berichtete er ihr schließlich auch von Ange Douchy, die ein verhextes Flugzeug gesehen haben wollte. Und von Hervé Bondard, der Flugzeuge am liebsten vom Himmel schießen würde.

Das Schnippen eines Feuerzeugs, eine tiefe Inhalation. »Für die Hexe müssten Sie meinen Kollegen von der Inquisition anrufen«, spottete sie milde. »Monsieur Bondard hingegen ...« Sie nahm noch einen tiefen Zug von ihrer Zigarette. Gauloises, wie immer, dachte Blanc. Er konnte geradezu auf seiner Haut fühlen, dass da noch jemand mit ihr im Zimmer war. Verrückte Eifersucht. Er hätte sich in den Hintern treten können. »Bondard war einmal eine Stütze der gaullistischen Partei in der Region«, fuhr sie fort.

»So etwas hat er mir gegenüber auch angedeutet. Aber er gehört jetzt keiner Liste mehr an, behauptet er.«

»Bondard hat im Laufe seines Lebens schon so manches behauptet. Sie werden sehen, *mon Capitaine*, bei der nächsten Wahl wird unser gemeinsamer Bekannter sich urplötzlich als Stütze einer ganz anderen Partei herausstellen: des Front National.«

»Solche Wechsel kommen vor.«

»Was sie nicht weniger ärgerlich macht. Was immer zu diesem Flugzeugabsturz geführt hat, das Unglück darf auf keinen Fall zu einem politischen Triumph für Bondard werden. Wir würden es sehr bedauern, wenn es Bondard mit diesem Vorfall zum Beispiel gelingt, bei den zuständigen Stellen eine Einstellung aller Flüge durchzusetzen.«

»Die Bürger von Lançon würden ruhiger schlafen.«

»Und die Bürger von Lançon würden Front National wählen.«

»Das tut die Hälfte von ihnen sowieso schon.«

»Werden Sie nicht defätistisch. Wir können uns so etwas nicht leisten.«

Wir?, dachte Blanc. Aveline und ich? Oder Aveline und ihr Gatte? »Was schlagen Sie vor, *Madame le Juge*?«

»Dass Sie ermitteln selbstverständlich. Ich will Ihnen nicht vorgreifen, aber es wäre schön, wenn Sie so rasch Fortschritte erzielen, dass Bondard daraus möglichst wenig politisches Kapital schlagen kann. Oder dass Sie gar feststellen könnten, dass Bondard irgendwie in diesen Vorfall verwickelt ist.«

»Vielleicht hat Bondard das Flugzeug verhext.«

»Wir haben *la rentrée, mon Capitaine*. Die Zeit der sommerlichen Scherze ist vorüber.«

Nachdem Blanc den Hörer aufgelegt hatte, starrte er ins Leere. In der Nacht hatte ihm eine Hexe Salz in die Augen geschleudert. Nun hatte er am Telefon ein Phantom in Avelines Haus gespürt. Wenn das so weiterging, würde er bis zum Abend Vampire am Himmel und Werwölfe zwischen den Pinien sehen. *»Merde!«*, fluchte er laut – genau in jenem Augenblick ging die Bürotür auf.

Ein junger Brigadier trat ein, über dessen rosiges Gesicht wohl noch nie eine Rasierklinge gefahren war. Er prallte zurück, als er Blancs Ausruf hörte. »*Pardon, mon Capitaine*, habe ich zu leise angeklopft?«

»Schon gut …« Blanc blickte auf das Namensschild des Uniformierten »… Sylvain. Ich fluche immer, wenn mir ein Gedanke kommt. Passiert nicht so häufig.«

Der Beamte unternahm den wenig überzeugenden Versuch, ein Lächeln zu simulieren. Wieder ein Rückkehrer, dachte Blanc. Oder ein neues Gesicht. Vielleicht sein erster Posten nach der Gendarmerieschule. Ein bisschen schüchtern für einen Flic. Sylvain konnte froh sein, dass man ihn nach Gadet versetzt hatte und nicht nach Marseille. »Ich soll nur die Post vorbeibringen«, erklärte der Brigadier. »Damit ich die Büros und die Kollegen kennenlerne.«

»Willkommen in der Provence, Brigadier Sylvain. Sie werden sich hier nicht langweilen. Was haben Sie für mich?«

»Einen einzigen Brief.« Sylvain legte ihn so rasch auf den Schreibtisch, als enthielte er Anthrax-Sporen. Dann salutierte er und verschwand, sichtlich erleichtert, wieder aus dem Raum zu kommen.

Blanc blickte auf die Adresse des Absenders. Ein Anwalt aus Paris, dessen Namen er noch nie gehört hatte. Er riss den Umschlag ungeduldig auf und hielt fünf Sekunden später einen auf schwerem Papier gedruckten Brief in Händen, der ihm mitteilte, dass jener Advokat fortan Madame Geneviève Blanc vertreten würde. *Divorce par consentement mutuel.* Scheidung in beiderseitigem Einvernehmen, dachte Blanc bitter. Das traf die Sache seiner Meinung nach nicht ganz.

Der Anwalt teilte ihm in eisigster Höflichkeit mit, dass für die Scheidung ein Termin bei einem Gericht in Paris notwendig werde. Zu gegebener Zeit müsse sich Blanc dort einfinden, zusammen mit seinem Rechtsbeistand. Das ganze Schreiben wirkte so, als habe Blanc einen Krieg verloren und werde sich demnächst im Hauptquartier des Siegers melden müssen, um die fertig ausgearbeitete Kapitulationsurkunde zu unterschreiben. Geneviève hätte den Typen bitten können, den Brief an seine Privatadresse zu schicken. Das hätte ihm wenigstens die Demütigung erspart, die Scheidungspapiere von einem beinahe noch minderjährigen Kollegen zugestellt zu bekommen. Andererseits: Kannte seine Frau – seine zukünftige Exfrau – überhaupt die Adresse? Sie waren niemals in Sainte-Françoise-la-Vallée gewesen; er hatte, soweit er sich erinnern konnte, nicht einmal je mit ihr über die alte Ölmühle geredet. Jenseits der Périphérique erstreckte sich in Genevièves Augen ein von Kannibalen bewohnter Dschungel.

»Hätte nicht gedacht, dass dir eine durchgearbeitete Nacht so zusetzt. Oder ist es immer noch das Salz von Madame Douchy?« Marius trat ein, in sauberer Leinenhose und frisch gebügeltem Hemd. Ihn umwehte eine Wolke Kaufhausrasierwasser, unter seiner Lippe klebten Croissantkrümel. Er wirkte sehr mit sich zufrieden. »Hast du den Hexenzauber in deinen Bericht an Nkoulou aufgenommen?«

»Die unwichtigen Details habe ich nicht erwähnt.«

»Kluger Kollege.« Marius warf ihm eine fettfleckige Papiertüte mit dem Aufdruck der Boulangerie von Gadet zu. »Ich habe dir ein Croissant übrig gelassen, auch wenn es mir schwergefallen ist.«

Blanc, der seit dem vorigen Abend nichts mehr gegessen hatte, merkte auf einmal, wie hungrig er war.

»Gehst du nachher zu Commandant Nkoulou?«, fragte Marius, der sich setzte, aber keinerlei Anstalten machte, seinen Computer hochzufahren.

»Direkt nach dem Neun-Uhr-Appell.«

»Meinst du, der Chef lässt dich ermitteln? Vielleicht interessiert ihn das gar nicht. Ein Unfall wie du und ich. Vielleicht überlässt er die Nachforschungen der Armee. Sollen die sich um ihren Schrott kümmern.«

»Ich habe das Gefühl, dass Colonel Duret diesen Schrott am liebsten so rasch wie möglich zum Sperrmüll bringen würde. Ich muss Nkoulou dazu bringen, mir den Fall zu übertragen.«

»Wie willst du das anstellen?«

»Ich lasse mich inspirieren, wenn ich vor ihm stehe. Wie ein guter Komödiant.«

»Dann lies das vorher, du Witzbold.« Sein Partner warf ihm ein zerknittertes Exemplar von *La Provence* zu. Der Absturz hatte es auf die Titelseite geschafft. Blanc überflog die Zeilen. Paulmier hatte in den ersten Absätzen die wenigen Fakten gewissenhaft aufgeführt. Der zweite Teil seines Beitrags widmete sich ausführlich Rognonis farbenfroher Aussage. Der alte Reporter hatte seine Worte so sorgfältig gewählt, dass man sowohl denken konnte, dass er dem Zeugen alles glaubte, als auch, dass er strikt neutral die Meinung eines Mitbürgers wiedergab, die nicht unbedingt die seine war.

»Immerhin hat Paulmier den Namen des Tankwagenfahrers richtig geschrieben«, brummte Blanc und schleuderte die Zeitung auf den Schreibtisch.

»Dem Colonel der Base Aérienne wird das gar nicht gefallen«, kommentierte Marius. Er klang nicht traurig.

»Monsieur Bondard hingegen schon. Ein am Himmel brennendes Flugzeug. Eine Riesenexplosion am Boden. Das liest sich, als hätte sich ein Kamikaze auf Lançon gestürzt. Etwas Besseres kann seiner Anti-Fluglärm-Initiative gar nicht passieren.«

»Das hat uns die Bilanz der Nacht verdorben«, kommentierte Nkoulou eine Stunde später. »Ich hätte *la rentrée* gerne ohne Toten in meinem Bezirk über die Bühne gebracht.« Er hörte sich so an, als gäbe er Blanc die Schuld am Absturz.

Blanc starrte auf die gestärkten Manschetten des Commandant. Nkoulou trug bereits das langärmlige Uniformhemd, obwohl die Mittagstemperatur jeden Tag noch immer beinahe dreißig Grad erreichte. Und als ihm bewusst wurde, dass er auf diese überkorrekt getragene Uniform blickte, ahnte er plötzlich, was er sagen musste, um den Fall zu bekommen. »Wir könnten den Absturz ignorieren«, schlug er vor. »Die Armee ermittelt die Ursache, und wir nehmen deren Ergebnis zu den Akten. Das wäre der einfachste Weg, wenn auch nicht der Dienstweg.«

Nkoulous Mundwinkel zuckten. Er wirkte, als wolle er laut werden und müsse vor dem Sprechen so viel Luft ablassen, dass seine

Worte im normalen Tonfall herauskamen. »Die Luftwaffe fliegt, die Gendarmerie ermittelt, *mon Capitaine.* Das ist *mein* Bezirk, hier ermittelt *meine* Brigade, es ist *mein* Dienstweg. Ist das klar?«

»Vollkommen, *mon Commandant.*«

»Da Sie den Fall aufgenommen haben, werden Sie ihn nun auch fortführen.«

»Wie Sie wünschen.«

»Noch Fragen?«

Blanc zögerte eine Winzigkeit. Er wollte sich seine Zufriedenheit nicht anmerken lassen. Bis jetzt hatte ihn Nkoulou noch nie so bereitwillig ermitteln lassen. »Es könnte sein, dass die Kameraden der Armee nicht ganz glücklich sein werden, wenn wir ihnen mit Nachfragen kommen.«

»Manchmal machen Dienstwege nicht glücklich.« Zum ersten Mal erlaubte sich Nkoulou die Andeutung eines Lächelns.

Als Blanc in sein Büro zurückkehrte, unterhielt sich Sous-Lieutenant Fabienne Souillard mit Marius. Sie stand auf und küsste ihn zur Begrüßung auf die Wangen.

»Was hast du mit deinen Haaren gemacht?«, fragte Blanc. Seine junge Kollegin trug ihre langen braunen Haare normalerweise offen. Heute jedoch waren sie zu einem komplizierten Zopf geflochten, als wollte sie Julia Timoschenko übertrumpfen.

»Ich probiere Frisuren aus«, erklärte sie fröhlich. »Für meine Hochzeit! Roxane kann mit ihrem Raspelschnitt ja nichts machen. Gefällt es dir?«

»Du siehst großartig aus«, versicherte Blanc. Den Brief des Pariser Anwalts, der offen auf seinem Schreibtisch lag, faltete er mit möglichst beiläufiger Geste zusammen und stopfte ihn in seine Hosentasche, den Umschlag ließ er in einen Papierkorb gleiten. »Wann ist es so weit?«

Fabienne wedelte in einer Geste gespielter Verzweiflung mit der Hand durch die Luft. »Der Termin wird festgelegt, wenn Roxane und ich unsere To-do-Liste abgearbeitet haben, aber die ist so lang wie das Vorstrafenregister eines Marseiller Dealers. Wo sollen wir feiern? Sollen wir uns ein Landhaus mieten? Oder ein Restaurant? Oder romantisch am Strand? Was sollen wir essen? Welchen Kuchen nehmen wir? Sollen wir einen DJ kommen lassen oder eine Band oder soll jeder Gast selbst eine Playlist mitbringen, und wir spielen die Stücke nach und nach ab? Apropos Gäste: Wen laden wir ein?«

»Den Bürgermeister«, schlug Blanc vor. Er wusste, dass der Politiker vom Front National die Hochzeit zweier Lesben in Vitrolles verhindert hätte, wenn ihn das Gesetz nicht dazu zwingen würde, die beiden zu trauen.

»Dem überreiche ich die Einladung persönlich in der *Mairie*!«, erwiderte Fabienne triumphierend. »Ich möchte ihm in die Augen sehen, wenn er sie ablehnt!«

»Und wenn er doch kommt?«

»Dann schlägt ihn Roxane auf der Feier krankenhausreif. Das wird der Höhepunkt des Abends!«

»Kann man nicht inzwischen online heiraten?«, fragte Marius.

»Ihr beiden seid selbstverständlich auch eingeladen.«

»Damit uns deine Braut ebenfalls zusammenschlägt? Hast du außer dem Typen vom FN und zwei abgehalfterten Flics noch andere Männer eingeladen?«

»Seit wann interessierst du dich für Männer? Es werden Frauen da sein, jede Menge Frauen!«

»Das klingt wie ein Angebot, das ich nicht ablehnen kann«, versicherte Blanc. Er hätte seine junge Kollegin am liebsten in die Arme geschlossen. Wenigstens ein Flic hier, der seine Beziehung nicht vermurkst, dachte er. Aber er beschränkte sich darauf, ihr einen freundschaftlichen Klaps auf die Schulter zu geben.

»Und was ist mit dir?«, fragte sie.

Einen Moment lang war Blanc sprachlos vor Verlegenheit. Er fürchtete, dass sie ihn auf seine scheiternde Ehe ansprach – oder gar auf Aveline. Doch dann erkannte er erleichtert, dass Fabienne etwas über seine Unterredung mit dem Commandant wissen wollte. Offenbar hatte sie bereits mit Marius über den Flugzeugabsturz gesprochen. »*Très bien*«, verkündete er. »Nkoulou gibt uns freie Hand für Ermittlungen.«

»Nur Marius und dir? Oder braucht ihr beiden Doppellinkshänder auch jemanden mit technischem Verstand?«

»Ohne dich könnten wir nicht einmal den Streifenwagen aufschließen.«

Fabienne schnippte mit den Fingern. »Das nenne ich einen guten Start in die Woche!«

Blanc dachte an seinen eigenen Start und beschloss, dass es nun Zeit war, die Details des Einsatzes zu besprechen. »Überlassen wir das Flugzeug dem Dicken von der BEA, kümmern wir uns lieber um den Piloten. Was können wir über den Aspiranten Arnaud Matelly herausfinden?«

»Im Netz?«, fragte Fabienne hoffnungsvoll.

»Wir sind noch in der analogen Phase. Wir nehmen uns erst einmal Matellys Wohnung vor. Und dann besuchen wir seine Kameraden auf der Base Aérienne.«

»Wie altmodisch.«

Marius verdrehte die Augen. »Wenn drei Flics auf der Basis aufkreuzen, werden uns die Offiziere angucken wie Schaben auf einer Küchenfliese!«

Colonel Duret hatte ihm die Adresse des Piloten gegeben, und Blanc hatte noch in der Nacht einen Brigadier hingeschickt, um dessen Appartement zu versiegeln. Er rief bei der Vermieterin an, um sich anzukündigen. Fünf Minuten später waren sie da.

Die Wohnung war in eine ehemalige Scheune hineingebaut worden, an der schmalen Route départementale, die den Hügel nach Caillouteaux hinaufführte. Ein altes Gebäude, groß wie eine Lagerhalle, die Wände aus groben Steinen, die im Morgenlicht goldbraun glänzten wie frisch gebackene Croissants. In das Gemäuer waren moderne Fenster mit glänzenden PVC-Rahmen und falschen Sprossen eingesetzt worden.

»Das ist so geschmacklos, die Vermieterin muss blind sein«, kommentierte Marius, nachdem er sich ächzend aus dem Mégane gezwängt und das Haus betrachtet hatte.

»Und die Mieter haben es auch auf den Augen«, erwiderte Fabienne. »Zumindest scheint es keine Schwierigkeiten zu geben, diesen Kasten zu füllen.« Vier Klingeln waren in die Wand neben der Tür eingelassen, unter jeder war ein Namensschild befestigt. Matelly hatte seinen Namen auf ein Stück Karton gekritzelt und mit mehreren Schichten Tesafilm festgeklebt.

»Sieht nicht so aus, als hätte Matelly vorgehabt, hier bis ans Ende seiner Tage zu wohnen«, murmelte Blanc.

»*Eh bien*, es kommt immer anders, als man denkt«, meinte Marius.

In einer hohen Steinmauer, die das Nachbargrundstück vor neugierigen Blicken schützte, öffneten in diesem Augenblick Elektromotoren fast lautlos eine Pforte. Eine Frau trat heraus, die Blanc auf Mitte fünfzig schätzte. Ihre Haare waren zu einer Art Pagenkopf geschnitten und so dunkelbraun, dass sie beinahe schon schwarz schimmerten. Natur oder mit geschickt gewähltem Färbemittel nachgeholfen, das war schwer zu entscheiden. Sie war ungeschminkt, doch ihre Haut so glatt wie nur bei jemandem, der sehr auf sich achtgibt. Um ihren Hals trug sie eine glänzende Kette, an der ein auffallend großes Kreuz hing. Das Schmuckstück sah nicht so aus, als wäre es aus falschem Gold.

»Marie-Lourdes Rayzemo«, stellte sie sich vor. »Ihr Anruf kam nicht ganz gelegen.« Die Vermieterin hielt es nicht für nötig, ihnen die Hand zu reichen.

»Man sucht sich die Toten nicht aus«, erwiderte Blanc. »Wir werden Ihre Zeit nicht lange in Anspruch nehmen, Madame. Kannten Sie Monsieur Matelly?«

»Er hat immer pünktlich seine Miete bezahlt.« Sie hob gleichmütig die Schultern, dann schloss sie die Eingangstür auf. Dahinter erstreckte sich ein schmaler Flur bis zur Rückwand der ehemaligen Scheune. Links und rechts waren je zwei Wohnungstüren aus Holzimitat zu sehen. »Wir haben einem alten Bauern diesen halb verfallenen Schuppen abgekauft und vier Studios hineingebaut. Wie wollen Sie Ihr Geld sonst anlegen? Die Banken bestrafen Sie ja heutzutage, wenn Sie Geld auf dem Konto parken. Und Aktien …« Sie wedelte verächtlich mit der Hand. »Wir vermieten am liebsten an die Piloten der Base Aérienne. Soldaten sind so korrekt. Nach ein, zwei Jahren werden sie versetzt, wir vermieten wieder neu. Für Familien wären die Studios eh zu klein.«

»Mit anderen Worten: Sie kennen Monsieur Matelly kaum.«

»Ich mische mich nicht in die Angelegenheiten meiner Mieter ein.« Sie führte sie bis zur hinteren Tür rechts. Das Siegel der Gendarmerie am Schloss war unbeschädigt. »Monsieur Matelly hat bis zum Monatsende bezahlt. Meinen Sie, dass bis dahin jemand hier vorbeikommen wird, um seine Sachen abzuholen?«

»Ich bin sicher, dass Sie Ihre Wohnung im Oktober neu vermieten können«, erwiderte Marius.

Marie-Lourdes Rayzemo räusperte sich. »Darf ich Ihnen den Schlüssel geben? Wenn Sie hier fertig sind, werfen Sie ihn einfach in den Briefkasten neben der Pforte.«

»Vielen Dank für Ihre Bemühungen, Madame«, sagte Blanc und nahm den Schlüssel.

»Ich wünschte, wir hätten eine Vermieterin, die so diskret ist wie die hier«, flüsterte Fabienne, als sie glaubte, dass Marie-Lourdes Rayzemo außer Hörweite war.

Die Tür öffnete sich in einen großen Raum, halb Salon, halb Wohnküche. Blanc blickte auf das schwarze Ledersofa, den Beistelltisch mit Glasplatte, die helle Küchenzeile, auf einen Esstisch aus blau lackiertem Blech mit vier passenden Stühlen, einen schmalen Schreibtisch in Birkenimitat. Die Einrichtung sah aus, als hätte sie sich jemand aus dem Katalog eines nicht allzu exklusiven Möbelhauses zusammengesucht. Das Einzige, was man nicht im Prospekt hätte finden können, war ein großer Kalender mit Fotos von alten Flugzeugen. Zwei fast schulterbreite Holzpfosten standen mitten im Raum. Sie trugen ein hölzernes Mezzanin. Blanc erklomm eine Wendeltreppe bis zu dieser halben Etage: ein Bett, ein Kleiderschrank, ein Nachttisch aus Plastik im Look der siebziger Jahre, darauf ein Digitalwecker in Form eines antiken Doppeldeckers, dessen Propeller die Zeiger auf dem Zifferblatt darstellten. Neben dem Bett führte eine Tür in ein winziges, fensterloses Badezimmer.

»Kein Wunder, dass der Kerl selbst nachts im Flieger saß. Hier würde ich es auch nicht aushalten«, brummte Marius.

Blanc hatte seine erste Runde durch die Wohnung beendet und kam die Wendeltreppe wieder herunter. Er zog sein zerfleddertes Notizheft hervor.

»Irgendwann schenke ich dir ein iPad«, sagte Fabienne.

»Das ist nicht waschmaschinenfest.«

»Du wäscht deine Notizhefte in der Maschine?«

»Ich wasche meine Jeans. Manchmal gibt es Kollateralschäden.« Er lächelte dünn. »Lasst uns ein Inventar aufnehmen, nur das Wichtigste.«

»Eine Leseratte war Matelly nicht, das ist mal sicher. Außer ein paar Wanderführern und Bildbänden über Korsika finde ich kein einziges Buch«, stellte Marius missbilligend fest.

»Dafür hängt an der Wand ein Panasonic-Flachbildfernseher, der wahrscheinlich ungefähr so groß ist wie der Fallschirm eines Schleudersitzes. Die Hifi-Anlage ist mächtig genug, um eine Diskothek zu beschallen. Auf dem Schreibtisch steht ein nagelneuer iMac.« Blanc öffnete die Klappe unter der Tischplatte und durchsuchte mit routinierten Bewegungen die Regale. Dort lagen zwischen zerknitterten Rechnungen, angekauten Bleistiften und mehreren Post-it-Blöcken auch drei ältere iPhones, Kopfhörer und Ladekabel.

Fabienne war währenddessen zum Mezzanin hochgegangen und hatte den Kleiderschrank geöffnet. Sie pfiff durch die Zähne und rief: »Kaschmirpullover. Jeans von Pierre Cardin. Eine schöne Sammlung von Converse-Schuhen.« Sie ging zum Nachttisch und zog dessen Schublade auf. »Hier liegt noch ein Handy, wahrscheinlich Matellys aktuelles Modell. Ein iPhone 6. Und daneben eine Rolex.«

»Eine goldene Uhr?«, rief Marius nach oben.

»Stahl.«

»Ein bescheidener Mann.«

Blanc hatte sich inzwischen bis zum letzten Fach des Schreibtisches vorgearbeitet. In einem Plastikordner lagen, ohne ersichtliche chronologische Ordnung, Kontoauszüge der Crédit-Agricole-Filiale von Gadet. Offenbar war Matelly zu bequem gewesen, sie ordentlich abzuheften. Wozu auch? Es waren selten mehr als einige Hundert und nie mehr als zweitausend Euro auf dem Konto gewesen. Blanc blätterte die Papiere durch, es waren Auszüge der letzten zweieinhalb Jahre: Zum Monatsende überwies die Armee das bescheidene Gehalt eines Aspiranten. Der Pilot hatte Madame Rayzemo per Dauerauftrag bezahlt, dazu den Strom der EDF, Wasser, sein Mobilfunkabonnement. Einzelne Posten auf den Auszügen zeigten, dass Matelly hin und wieder im Supermarkt eingekauft und mit Karte bezahlt hatte, manchmal hatte er Bargeld gezogen, gelegentlich ein Restaurant bezahlt. Blanc lächelte und genoss eine Art nostalgischen Triumph. Nostalgisch, weil ihn das an Paris erinnerte. Triumphierend, weil er in Paris Korruptionsermittler gewesen war.

Und das hier stank nach ungewaschenem Geld.

Er zeigte die Auszüge seinen beiden Kollegen. »Keine Kartenzahlung für den Fernseher, für den Computer, für irgendeines der Handys, für seine Klamotten.«

»Vielleicht hat er das alles cash bezahlt?«, mutmaßte Marius.

Blanc nickte. »Das ist wahrscheinlich. Doch ob du nun dein Geld cash oder mit Karte verbrennst – du musst es erst einmal eingenommen haben. Matelly hat bei der Armee gar nicht genug Geld verdient, um sich seine Spielzeuge leisten zu können.«

»Maman und Papa haben ihrem Sohn hin und wieder Taschengeld zugesteckt?«, fragte Fabienne.

»Matelly ist Waise.«

»Na schön. Ein mieses Gehalt und keine milden Gaben von den Eltern – geht uns das nicht allen so? Deshalb sind Bankunterlagen doch so langweilig. Du aber starrst Matellys Kontoauszüge an, als wären es Liebesbriefe deiner Frau!« Fabienne wurde rot. »Tut mir leid, ist mir so rausgerutscht.«

»Schon gut.« In Momenten wie diesen war das Privatleben für Blanc hinter dem Horizont versunken. Die Anstrengungen der durchwachten Nacht waren verdampft. Stattdessen durchpulste ihn das pure Glück des Schatzsuchers. »Das hier«, er klopfte auf die Kontoauszüge, »passt nicht dazu.« Er deutete auf den riesigen Fernseher.

»Vielleicht hat Matelly bei einer anderen Bank einen Kredit aufgenommen? Wenn ich im Kaufrausch bin, dann …«

»… musst du es irgendwann büßen«, unterbrach Blanc Fabienne. »Du kannst nicht über Monate und Jahre Schulden hinweg anhäufen, ohne dass nicht hin und wieder Raten von deinem Girokonto abgebucht werden. Auf den Kontoauszügen ist davon jedoch nichts zu sehen. Keine Überweisung, die auch nur auf einen einzigen Kredit hindeutet.«

»Sie hatten mir doch versprochen, dass Sie nicht lange hier sein werden.« Marie-Lourdes Rayzemo stand auf einmal in der Eingangstür. Sie trug inzwischen ein helles Sommerkleid, eine graue Bluse und flache Schuhe und war dezent geschminkt. Sie sah aus, als habe sie einen Geschäftstermin, auch wenn das goldene Kreuz auf ihrer Brust nicht ganz zu ihrem Business-Outfit passte. »Als ich den Schlüssel nicht im Briefkasten fand, da …«

»Reine Routine«, versicherte Blanc ihr. »Sie müssen nicht auf uns warten.«

»Vielleicht ist es doch besser, wenn ich bleibe.« Die Vermieterin verschränkte die Arme vor der Brust und starrte sie an, nicht direkt neugierig, eher missbilligend – wie eine Lehrerin, die allein durch ihre vorwurfsvolle Präsenz eine undisziplinierte Schulklasse zur Eile antreiben will.

»Ich wünschte, wir könnten uns den Apple und die Handys unter den Nagel reißen«, flüsterte Fabienne, während sie Blanc Richtung Tür folgte.

»Matelly ist ein Unfallopfer, kein Tatverdächtiger. Wir haben kein Recht, seine Sachen zu beschlagnahmen«, erwiderte er genauso leise.

»Ich habe schon erlebt, dass du weniger Skrupel hattest.«

»Meine Skrupel wachsen mit der Zahl der Zeugen.«

Eine Minute später reichten sie der Vermieterin den Schlüssel. »Vielen Dank für Ihre Bemühungen, Madame«, sagte Blanc.

»Das war doch selbstverständlich«, versicherte Marie-Lourdes Rayzemo in einem Tonfall, der klarmachte, dass das alles andere als selbstverständlich war.

»Bon«, sagte Marius schließlich, als sie im Streifenwagen hockten. »Wir wissen nun, dass Matelly eine mysteriöse Geldquelle angezapft hat. Scheiß drauf, wir sind ja nicht vom Finanzamt. Was hat das mit dem Absturz zu tun?«

»Das weiß ich nicht«, erwiderte Blanc. »Ich weiß bloß, dass Geld stinkt. Und ich möchte wissen, wonach dieses hier stinkt.«

Marius lotste sie über kleine Straßen. Blanc fuhr vorsichtig, denn das Asphaltband war so kurvig, als folgte es der Spur eines hakenschlagenden Hasen. Manchmal krümmte es sich zu einem gefährlich engen Viertelkreis zusammen, ohne dass er im Gelände einen Grund für solche abrupten Schwenks erkennen konnte. Vielleicht mussten die Straßenbauer uralte Ländereien respektieren, vermutete Blanc, deren Grenzsteine noch in einer Epoche gesetzt worden waren, als man auf Maultierrücken oder den eigenen Schuhsohlen von Dorf zu Dorf gezogen war. Sie passierten Ölbaumhaine, ein Feld, auf dem das hüfthohe Gras von einer Mähmaschine geschnitten, zu Ballen gepresst und wieder ausgespuckt wurde, diskret hinter Pinienkronen verborgene Villen.

Hinter der letzten Hügelkuppe wurde die Route départementale so gerade und eintönig wie die weite Senke zwischen Salon und Lançon, in die sie nun hineinführte. Im Gestrüpp jenseits des Seitenstreifens flatterten weiße Plastiktüten. Eine Tankstelle, deren Schutzdach sich kathedralenhoch über Zapfsäulen wölbte, damit auch 40-Tonner dort halten konnten. Ein Händler, der Schuppen und Carports aus hölzernen Fertigteilen anbot. Rot und golden lackierte Zirkuswagen auf einem kiesbestreuten Parkplatz. Blanc kam es so vor, als sei dies der vergessene Hinterhof der Provence, die hinter Hecken versteckte Ecke im Garten, wo der Gärtner den Komposthaufen anlegt und seine zerbrochenen Harken für immer abstellt.

»Schöne Aussicht, was? Keine Sorge, gleich wird es wieder interessanter. Wir sind da«, kommentierte Marius, der seine Blicke richtig gedeutet hatte.

Sie hielten vor der Einfahrt zur Base Aérienne. Der junge Soldat am Tor starrte den Streifenwagen mit großen Augen an. Blanc wies sich und seine Kollegen aus und erklärte sein Anliegen. Der Uniformierte salutierte verlegen. »Da muss ich erst telefonieren«, erklärte er und eilte ins Wachhäuschen. Nach drei Minuten kam er wieder und sah besiegt aus. »Ich soll Sie zu Colonel Duret führen.«

»Willkommen an Bord!«, rief Fabienne und öffnete eine der hinteren Wagentüren. Er stieg ein, und seine Haltung verriet, wie unwohl er sich fühlte, in ein Auto mit der Aufschrift »Gendarmerie« zu klettern.

Eine Zufahrt führte auf einen dreigeschossigen, gelbweiß verputzten, penibel gepflegten Bau zu, der aussah, als habe sich sein Architekt nicht entscheiden können, ob er ein Schloss oder ein Krankenhaus entwerfen wollte. Zwei Flügel streckten sich vom wuchtigen Zentrum des Gebäudes fort wie bei einer Residenz. Doch die schier endlosen Reihen schmaler, hoher Fenster in der schmucklosen Fassade erinnerten eher an ein Spital.

»Ist das eine Kaserne?«, fragte Fabienne.

»Und eine Schule, eine Kantine und was Ihnen sonst noch so einfällt: das Offizierskasino, eine Krankenstation, Büros, Werkstätten«, erklärte der Soldat. Er beschloss nun offenbar, das Beste aus seiner Situation zu machen, und lächelte Fabienne schüchtern an.

Vergebliche Hoffnung, dachte Blanc mitleidig. »Schlafen alle Pilotenschüler hier?«, fragte er wie beiläufig.

»Die meisten. Nur ein paar Kameraden aus besseren Kreisen haben eigene Wohnungen. Doch für uns Normalsterbliche ist der Weg bis zum Morgenappell kürzer, da kann man zehn Minuten länger schlafen.« Er erlaubte sich wieder ein winziges Lächeln.

Sie umfuhren das Gebäude. Dahinter leuchtete eine weite Rasenfläche so sattgrün, als hätte man einen englischen Golfplatz in den Midi verpflanzt. Dort hinein war eine graue Start- und Landebahn gefräst worden. Blanc schätzte, dass sie mindestens drei Kilometer lang sein musste. In etlichen Hundert Metern Entfernung erkannte er einen Tower sowie mehrere Hangars aus grün gestrichenem Metall, sie erinnerten ihn an gigantische, umgedrehte Anglerkähne. Davor standen ein halbes Dutzend blau leuchtende Düsenflugzeuge, über deren Rumpf rot-weiße Zacken gemalt waren. Die Jets der *Patrouille de France*, die bei jeder Parade zum 14. Juli Rauchfahnen ziehend über Paris hinwegdonnerten, dass die Scheiben der Häuser klirrten. »Hier fliegen also nicht bloß Anfänger herum«, murmelte er.

»Wenn du es in diese Staffel geschafft hast, dann macht dir keiner mehr etwas vor!«, rief der Soldat enthusiastisch, bevor er sich besann und hüstelte. »Halten Sie bitte hier.«

Blanc stoppte den Streifenwagen hinter einer Reihe Magnolien, die in mannsgroßen Terrakottatöpfen neben dem Hauptgebäude wuchsen. »Sind die Piloten der *Patrouille de France* zugleich auch Ausbilder?«, fragte er, während er die Fahrertür öffnete.

»Das sind Adler, wir sind Stubenfliegen. Die reden kaum mit uns. Die Base Aérienne ist so groß, dass wir Flugschüler uns bloß das Gebäude mit den Profis teilen.«

»Bei der Gendarmerie teilen sich Eliteeinheiten nicht die Kaserne mit den Rekruten.«

»Ihnen ist das Wetter ja auch egal. Nirgendwo in Frankreich scheint die Sonne so häufig wie hier. Ideale Bedingungen, wenn man seine ersten Stunden hinter dem Steuerhorn sitzt. Und ideale Bedingungen, wenn man Loopings und Sturzflüge übt. Andererseits können sie ja nicht die ganze Provence mit Startbahnen zubetonieren. Also haben uns die Generäle zusammengesteckt.«

Sie schlenderten zwischen den Magnolientöpfen hindurch auf einen weiten, gepflasterten Hof zwischen dem Hauptgebäude und der großen Rasenfläche. In der Mitte hing eine Trikolore schlaff an einem Fahnenmast. Davor stand ein großes, plumpes Flugzeug – und dahinter knieten in zwei Reihen junge Uniformierte, als würden sie einen Götzen anbeten. »Sieht aus wie ein religiöses Ritual«, sagte Blanc.

»Es ist auch eine Taufe«, erklärte der Soldat und seufzte sehnsüchtig. »Warten Sie bitte hier, wir wollen nicht stören. Es dauert nicht lange.«

Blanc zuckte erschrocken zusammen, denn mit hustendem Grollen erwachten auf einmal die beiden Motoren des antiquierten Flugzeugs zum Leben. Blaue und schwarze Qualmwolken quollen aus den Triebwerken und waberten über den Platz, bis sie vom Luftstrom der rotierenden Propeller zerfetzt wurden. Wo will der mit seinem fliegenden Oldtimer hin?, dachte Blanc. Der Bug des Flugzeugs zeigte auf das nur wenige Meter entfernte Hauptgebäude. Die Soldaten knieten noch immer hinter der Maschine, ihre Mützen unter die Arme geklemmt.

»*Baptême dans le vent des hélices*«, rief der Soldat über den Motorenlärm hinweg, »die Taufe im Propellerstrom!« Er deutete auf die Knienden. »Sie haben den Pilotenkurs bestanden.«

Marius stieß Blanc an und deutete auf die Aspiranten, die in Zweierreihen hinter dem Flugzeug knieten. Neben einem war ein Platz frei. »Das wäre Matellys Platz gewesen«, schrie er ihm ins Ohr.

Mehrere Offiziere traten vor, unter ihnen Duret. Der Colonel hatte sich in eine Paradeuniform geworfen, deren Orden und Rangabzeichen die Sonne reflektierten. Feierlich trug er eine Magnumflasche Champagner am Flugzeug vorbei, bis er hinter dem linken Motor stand. Dort schüttelte er sie kräftig, löste den Korken, der in den Himmel schoss, sein Ploppen wurde vom Lärm verschluckt. Champagner spritzte in einer gelbweißen Wolke heraus – und wurde im Luftstrom des Propellers zu einem feinen Nebel verwirbelt, der sich wie ein durchsichtiges Tuch über die Knienden breitete.

»Was für eine Verschwendung!«, kommentierte Marius.

»Man atmet Champagner ein«, versicherte der Soldat.

Einige Sekunden später erstarben die Motoren wieder, die Propeller drehten sich langsamer und langsamer. Himmlische Stille. Die Schüler standen nun stramm. Duret heftete jedem einen Streifen an den Arm, ihr erstes Rangabzeichen. Er sprach einige Worte, doch Blanc stand zu weit entfernt, um ihn zu verstehen. Dann salutierten die jungen Piloten – und jubelten plötzlich ganz unmilitärisch. Sie umarmten einander, zückten Handys, fotografierten sich gegenseitig vor dem alten Flugzeug. Die Offiziere gingen gemessenen Schrittes Richtung Gebäude. Nur Duret blieb einen Moment stehen, eine schmale Figur, auf die niemand mehr achtete. Er sah aus, als sammle er sich, dann wendete er sich zu den Gendarmen um und eilte militärisch-zackig auf sie zu.

»Willkommen auf der Basis«, begrüßte er sie und legte die Hand an den Mützenschirm. »Kehren Sie auf Ihren Posten zurück«, befahl er dem Wachhabenden. Der salutierte, warf Fabienne einen letzten Blick zu, bevor er davoneilte. Duret sah ihm nach und hob erst wieder die Stimme, als er sicher sein konnte, dass der Wachtposten außer Hörweite war. »Madame, Messieurs, Sie haben sich für Ihren Besuch ein Ereignis ausgesucht, das man nur einmal im Jahr zu sehen bekommt. Die Noratlas ist für uns so etwas wie ein Maskottchen. Eine alte Dame, aus der schon Fallschirmjäger über Indochina abgesprungen sind. Eigentlich werfen wir die Motoren bloß noch für diese Zeremonie an.«

»Sie haben die Taufe trotz des Unfalls abgehalten«, stellte Blanc fest.

»Warum sollten wir sie absagen? Die jungen Aspiranten haben so hart gearbeitet, sie haben sich das verdient. Und außerdem drängt die Zeit.« Duret machte eine bedauernde Geste. »Die Aspiranten haben heute ihre Lizenz bekommen. Sehr bald schon werden sie versetzt. Manche werden auf Stützpunkte gehen, wo sie Transportmaschinen fliegen lernen, die modernen Nachfolger der Noratlas. Andere werden den Jagdstaffeln zugeteilt. In ein, zwei Jahren werden diese Aspiranten in Afrika oder im Mittleren Osten kämpfen. Frankreich führt mehr als einen Krieg, *mon Capitaine*, wir können es uns nicht leisten, die Ausbildung unserer Soldaten zu verzögern. Nicht um einen einzigen Tag.«

»Wir werden Ihre Zeit nicht lange in Anspruch nehmen.«

»Gut. Wollen Sie sich das Wrack ansehen? Wir haben es in einen Hangar geschafft.« Duret deutete auf die Flugzeughalle, die am weitesten vom Hauptgebäude entfernt war. »Die Experten der BEA sind auch schon da.«

»Wir kümmern uns mehr um die Menschen.« Blanc lächelte entschuldigend. »Eine reine Formalität, *mon Colonel*. Aber wir müssen alle Zeugenaussagen aufnehmen. Die Aspiranten waren gestern Abend mit Matelly in der Luft. Vielleicht hat einer etwas gesehen? Wir würden es gerne zu Protokoll nehmen. Nur für die Akten.«

»Ich glaube nicht, dass einer der Schüler etwas bemerkt hat. Sie hätten es gemeldet.«

»Dann werden wir in wenigen Minuten fertig sein.«

Duret starrte sie lange an. Sein Augenlid flackerte wie eine Fahne im Orkan. »Tun Sie Ihre Pflicht«, sagte er schließlich. »Wenn Sie mich nun für eine Weile entschuldigen wollen? Meine Pflicht ruft ebenfalls.« Der Offizier machte auf dem Absatz kehrt, ohne ihre Antwort abzuwarten.

»Ich glaube, der Colonel würde dich am liebsten zusammen mit seinem milchgesichtigen Piloten nach Afrika schicken«, brummte Marius.

Blanc zuckte mit den Achseln. »Hören wir uns um. Bin gespannt, was die Aspiranten über Matelly zu sagen haben.«

Die jungen Piloten waren nach ihrer Beförderung ausgelassen, erleichtert, aufgeregt – und zunächst nicht gerade begierig danach, die Fragen einiger Flics zu beantworten. Sie wurden erst gesprächiger, als Blanc anfing, sich nach ihrer Leidenschaft zu erkundigen, dem Fliegen. Da erzählten sie ihm stolz, dass schon Jean-Loup Chrétien auf der Base Aérienne gedient hatte, Frankreichs erster Astronaut. Dass Olivier Dassault hier seine Lizenz erworben hatte. Dass der Chefpilot von Airbus ein ehemaliger Schüler war … Blanc lenkte die Unterhaltung – inzwischen hatten sich einige junge Piloten um ihn geschart, sie standen im Schatten eines Flügels der Noratlas – auf ihre eigenen Flugzeuge.

»Wir lieben die Cirrus SR20«, erklärte eine junge Soldatin, und es klang, als würde sie über eine Modemarke sprechen.

Blanc, der diesen Namen noch nie gehört hatte, nickte bloß.

»Fast acht Meter lang«, fuhr sie fort, »eine Tonne Leergewicht, dreihundert Stundenkilometer schnell.«

»Auch bei der Landung?« Blanc dachte an Matellys schreckliche Kopfverletzungen.

Die Piloten lachten. »Da sind wir kaum halb so schnell!«, rief einer. »Wir wollen uns ja nicht ungespitzt in den Boden rammen!«

»So wie gestern Abend.«

Plötzlich herrschte betretenes Schweigen.

»Was haben Sie gesehen?«

Niemand antwortete, bis die Pilotin, die Blanc von ihrem Flugzeug erzählt hatte, sich verpflichtet fühlte, die Stille zu beenden. »Ehrlich gesagt: nichts«, gestand sie. »Es war doch für jeden von uns die letzte Nachtlandung der Ausbildung! Da hat jeder gehofft, seine Maschine heil nach unten zu bringen. Nur jetzt keinen Fehler mehr machen! Also konzentriert man sich ganz auf sein Flugzeug, auf die Instrumente, auf die Anweisungen aus dem Tower. Ich zumindest habe nicht gesehen, wie Matelly abgestürzt ist. Ich habe es erst über Funk gehört, als ich schon unten auf der Piste war. Matelly war einer der Letzten aus unserer Gruppe, der landen sollte.«

»Kein Rauch? Kein Lärm? Kein Feuer?«

Sie schüttelte den Kopf. »Nicht oben. Am Boden, ja, da habe ich dann Flammen gesehen. Im Olivenhain.«

»Kein Hilferuf per Funk? Oder zumindest ein Fluch? Ein Ausruf? Irgendetwas, das darauf hindeutete, dass Matelly in Schwierigkeiten geraten war?«

»Nein. Wir sind gelandet, einer nach dem anderen. Und plötzlich war einer weg.«

»Kam das häufig vor?«, warf Marius ein. Er hob entschuldigend die Hände. »Ich erinnere mich an meine Fahrschule. Ich habe dem Lehrer den rechten Kotflügel verbeult. War der wütend! Und das war bloß ein Auto. Flugzeuge sind doch viel komplizierter zu steuern. Passiert da nicht andauernd etwas?«

»Jeder Trottel darf den Führerschein machen, aber nicht jeder Trottel darf ins Flugzeug«, erklärte die Pilotin stolz. »Von zehn Bewerbern werden neun nicht einmal zur Ausbildung zugelassen. Wer hier ins Cockpit steigt, der hat seine Murmeln zusammen.«

Blanc fragte sich, ob Matelly in ihren Augen nun ein Trottel war. Ein toter Trottel, den es zu Recht erwischt hatte. Er blickte in die Gesichter der jungen Flieger. Niemand sah so aus, als habe er in den letzten Stunden geweint. »Dann war Matellys Unfall der einzige während Ihrer Ausbildung?«, vergewisserte er sich.

Einer der jungen Aspiranten mischte sich ein. »Ja«, erklärte er entschieden.

Blanc dachte an seine eigene Ausbildung zurück und daran, wie sich die Schlafstube der Kaserne von Monat zu Monat mehr geleert hatte. »Matelly war der Einzige, der es nicht geschafft hat?«, fragte er ungläubig.

Die Pilotin schüttelte den Kopf. »Wir haben ständig Kameraden verloren. Im übertragenen Sinn.« Sie wurde rot. »Sie haben Fehler gemacht, Prüfungen vermasselt, solche Sachen. Sie werden ausgemustert. Adieu und viel Glück in einem anderen Job. So ist das halt. Am Ende sind die meisten Leute, mit denen man angefangen hat, nicht mehr in deinem Jahrgang.«

»Wie lange hat Ihre Ausbildung gedauert?«

»Drei Jahre.« Der Aspirant klang so bedeutungsschwer, als rede er von Jahrtausenden.

Drei Jahre, dachte Blanc. Drei Jahre lang fliegt Matelly an der Seite seiner Kameraden, büffelt mit ihnen in den Kursen, besteht die Prüfungen, verbringt Tage und Nächte auf der Basis. Und am letzten Tag dieser drei Jahre fällt er vom Himmel, und niemand scheint um ihn zu trauern. »Wer von Ihnen kann mir einige persönliche Informationen über Monsieur Matelly geben?«

Die Pilotin öffnete den Mund, als wolle sie etwas sagen, besann sich dann aber und schwieg.

»Er hatte keine Freunde?«, hakte Blanc nach.

»Matelly blieb lieber für sich«, gestand sie widerstrebend.

»Wenn es jemanden gibt, der etwas über ihn weiß, dann am ehesten Victor«, mischte sich ein anderer Pilot ein. »Die sind manchmal auch in ihrer Freizeit zusammen geflogen, habe ich gehört.« Er deutete auf einen jungen Soldaten, der etwas abseits stand und mit seinem Handy Selfies von sich vor der Noratlas machte.

Blanc nickte seinen Kollegen zu. »Hört euch hier noch ein wenig um«, flüsterte er. »Notiert die Namen aller Flugschüler. Ich rede mit Matellys Freund. Unter vier Augen, vielleicht ist er gesprächiger als seine Kameraden.«

Er schlenderte auf den Piloten zu. Er war hager, hatte dunkle Haut, dunkle Augen, und sein Haar war so schwarz und dick, als hätte er es geteert. »Monsieur …«, Blanc entzifferte das Namensschild auf der Uniformbrust seines Gegenübers, »… Camoin. Darf ich Ihnen einige Fragen stellen?«

Der Pilot ließ sein Handy mit einem Seufzer sinken. »Bei einem Mädchen oder einem Flic sagt man nicht Nein, wenn sie fragen. Auch wenn ich persönlich Mädchen bevorzuge.« Er warf Fabienne einen Blick zu.

»Sie mögen keine Gendarmen?«

»Ich komme aus Marseille.«

»Sie sind ein Freund von Aspirant Matelly?«

»Ich dachte mir schon, dass Sie deshalb hier sind.«

»Das ist nicht die Antwort auf meine Frage.«

»Nein.«

»Nein, was?«

»Nein ist die Antwort auf Ihre Frage.«

Blanc schloss für einen Augenblick die Augen. Das könnte zäh werden, dachte er. Aber er war zwanzig Jahre älter als der Pilot, und wenn das Alter einen Vorteil hatte, dann den, dass man geduldiger wurde. Mal sehen, wer dieses Spielchen länger durchhält, sagte er sich. »Aber Sie haben Ihre freie Zeit mit Matelly verbracht?«

»Gelegentlich.«

So gleichmütig hätte er auch über die Kassiererin seines bevorzugten Supermarktes reden können, dachte Blanc und spürte, wie er langsam zornig wurde. »Kannten Sie ihn gut?«

»Kaum.«

»Deshalb also berührt Sie sein Tod nicht.«

Camoins Kiefermuskeln spannten sich. »Ich bin erleichtert, dass ich die verdammte Lizenz habe, *d'accord*? An andere Dinge will ich im Augenblick gar nicht denken. Die drei Jahre hier waren hart, da kann man nicht gerade traurig sein, wenn sie endlich vorbei sind. Klar, Matelly tut mir leid. Aber jeder von uns weiß, dass dich ein einziger Fehler die Karriere oder eben das Leben kosten kann. Wir sind Soldaten. Wir sind Piloten. Wir akzeptieren das. Manche kommen durch, manche nicht, so ist das nun einmal. Matelly hätte genauso reagiert, wenn ich abgeschmiert wäre.«

»Also kannten Sie Matelly immerhin gut genug, um zu wissen, wie er reagiert hätte.«

»Sie lassen nicht locker, was? Also schön, Matelly und ich sind im Fliegerclub von Eyguières. Reiner Zufall. Wer da Mitglied ist, kann sich für wenig Geld ein Flugzeug des Vereins mieten und am Wochenende ein bisschen üben. Das fand ich praktisch.«

Blanc reichte ihm seinen Notizblock. »Schreiben Sie mir die Adresse des Clubs auf.«

Camoin nahm den Stift und das schmuddelige Papier mit spitzen Fingern und kritzelte ein paar Zeilen. »Wenn ich in Eyguières trainiert habe, habe ich Matelly hin und wieder im Clubheim oder auf dem Vorfeld gesehen. Wir haben ein paar Worte miteinander gewechselt, Scherze, Bemerkungen über das Wetter, solche Sachen. Mehr nicht. Matelly hatte nie Zeit. Der Kerl war eigentlich ständig in der Luft. Da hat er sich wohler gefühlt als am Boden.«

»Ein Einzelgänger?«

»Wenn Sie mich fragen: Der hätte es irgendwann auch bei der Armee schwer gehabt. Er hatte fliegerisch was drauf, aber mit seinem Teamgeist war es nicht so weit her.«

»Keine Freunde, auch außerhalb des Jobs nicht?«

Camoin zögerte. *»Merde!«*, rief er schließlich resigniert. »Sie werden es so oder so herauskriegen. Dann kann ich es Ihnen auch gleich sagen. Da gibt es eine Exfreundin. Und nicht gerade außerhalb des Jobs.« Er deutete mit der Rechten auf eine junge Pilotin.

Einige Augenblicke später nahm Blanc die junge Frau am Ellbogen und führte sie ein Stück weit fort von den anderen. »Emanuelle Spitéri« stand auf ihrem Namensschild. Sie hatte zu jenen Piloten gehört, die sich vorhin um ihn gesellt, jedoch nichts gesagt hatten. »Warum haben Sie mir nicht verraten, dass Sie Monsieur Matelly näher kannten?«

Emanuelle Spitéri war sportlich, aber nicht eigentlich schön, fand Blanc. Die Frisur ihrer blonden Haare war etwas zu kurz, ihr Gesicht etwas zu rund, ihr Körper etwas zu muskulös. Ihre Wangen waren wahrscheinlich immer etwas rötlich, doch sicherlich nicht so leuchtend rot, wie nun, da er ihr diese Frage gestellt hatte.

»Commissaire …«, begann sie.

»Capitaine«, korrigierte Blanc. Ein militärischer Rang, in der Hierarchie weit über dem ihren. Es schadete vielleicht nicht, sie daran zu erinnern.

»Das ist alles so lange her, *mon Capitaine.*«

»Sie sehen nicht aus, als wären sie neunzig Jahre alt.«

»Dreiundzwanzig. Wie Arnaud. Ich meine, wie Aspirant Matelly. Wir waren in derselben Klasse auf dem Lycée in Bourges. Himmel, wir waren fünfzehn, sechzehn, als wir miteinander gingen! Irgendwann hat uns allerdings nichts mehr miteinander verbunden.«

»Trotzdem haben Sie Matelly doch sicherlich besser gekannt als Ihre Kameraden?«

»Die Sache ist«, sie zögerte, »komplizierter.«

»Das sind Beziehungen meistens.«

»Das meine ich nicht.« Emanuelle Spitéri suchte nach den richtigen Worten, holte Luft, lächelte unsicher. »Verstehen Sie mich nicht falsch«, fuhr sie endlich fort. »Arnauds Tod hat mich schockiert. Ich habe die ganze Nacht nicht geschlafen. Aber ich habe nicht geweint. Der Arnaud, der gestern abgestürzt ist, nun ja, das war nicht mein Arnaud!«

»Ein Doppelgänger?«

»*Mon Capitaine*, machen Sie bitte keine Scherze!« Zum ersten Mal, seit er auf der Basis war, sah Blanc echte Trauer. »Es ist nur so, dass Arnaud schon lange nicht mehr derselbe war wie früher.«

»Manchmal ändert man sich zwischen sechzehn und dreiundzwanzig.«

»Aber doch nicht so!« Sie machte eine hilflose Geste. »Ich meine, ich habe mich bestimmt auch verändert, aber ich bin auch irgendwie gleich geblieben. Das klingt verwirrt, aber ich weiß nicht, wie ich es Ihnen sonst erklären soll. Arnaud war nicht mehr derselbe wie früher. Früher hat er gelacht und geflirtet und die Nächte durchgetanzt. Ich meine, er war auf unserer Schule so eine Art Star. Ich konnte mein Glück gar nicht fassen, dass dieser Traumtyp ausgerechnet mit mir … Nun ja. Wir haben uns trotzdem irgendwann getrennt und uns aus den Augen verloren, obwohl wir ja im selben Kaff gewohnt haben. Erst hier auf der Basis haben wir wieder mehr miteinander gesprochen. Oder zumindest hätten wir Gelegenheiten dazu gehabt. Der Jahrgang ist ja klein, man verbringt endlose Stunden miteinander. Aber Arnaud war irgendwie nicht mehr derselbe. Still, richtig abweisend. Der blieb lieber für sich, hat nach dem Dienst nichts mit uns unternommen. Nie ein Wort zu früher, nie ein Insider-Witz mit mir, als wenn wir nie … Na ja. Der Arnaud Matelly jedenfalls, der gestern abgestürzt ist, war nicht *mein* Arnaud Matelly. Das war beinahe ein Fremder für mich. Deshalb fühlt es sich seltsam an, um ihn zu trauern. Es gab Kameraden, die bloß in Prüfungen gescheitert und ausgeschieden sind, um die habe ich mehr getrauert als um diesen Toten.«

»Hat sich Matelly während Ihrer dreijährigen Ausbildung so verschlossen?«

Emanuelle Spitéri schüttelte den Kopf. »Nein, der war vom ersten Tag an so. Wir sind hier auf diesem Platz zum ersten Appell angetreten. Ich habe mich gefreut, ihn in der Reihe vor mir zu sehen. Nachher bin ich zu ihm gegangen, aber«, nun glitzerten Tränen in ihren Augen, »Arnaud hat mich eiskalt abfahren lassen. Der wollte keine drei Worte mit mir wechseln.«

»Matelly hat auch nicht auf der Basis gelebt.«

Sie schüttelte den Kopf. »Der hat sich gleich eine Bude genommen.«

»Waren Sie einmal da?«

Emanuelle Spitéri lachte nur bitter auf.

»Ich hätte nicht gedacht, dass man als Aspirant genug Geld verdient, um sich eine Wohnung in der Provence leisten zu können«, fuhr Blanc fort.

»Das habe ich auch gedacht.«

»Aber Matelly konnte es sich leisten.«

»Niemand wusste, wie er das gemacht hat. Seine Eltern waren doch schon tot, da gab es keinen reichen Papa. Vielleicht eine Erbschaft?« Sie zuckte mit den Achseln.

»Warum haben Sie Matelly nie auf sein seltsames Verhalten angesprochen? Haben Sie ihn nie zur Rede gestellt? Nie wissen wollen, was mit ihm los ist?«

»Ich hatte doch kein Recht mehr, ihn zur Rede zu stellen! Wir waren schon lange kein Paar mehr. Arnaud konnte tun, was er wollte. Und das war es wohl, was er mir an unserem ersten Tag klargemacht hat.«

»Haben Sie sich nie gefragt, warum Matelly sich so abweisend gegeben hat?«

»Und ob! Aber ich habe es nie herausgefunden. Und irgendwann hatte ich dann genug von ihm und hab mich auch nicht mehr um ihn gekümmert. Es gibt ja noch ungefähr dreieinhalb Milliarden andere Männer auf dieser Welt.« Zum ersten Mal huschte ein fröhliches Lächeln über ihr Gesicht.

Blanc blickte auf ihre Hände. An ihrem linken Ringfinger glänzte ein schmaler goldener Ring. »Verstehe«, sagte er und dachte an Syrien, Mali, den Irak. »Wohin wird man Sie versetzen, Madame?«

»Nach Tours. Ich werde Jagdpilotin.«

»Die Besten der Besten.«

»Ich war schon immer eine Streberin.«

»Und Matelly? Wohin hätte man ihn versetzt?«

Emanuelle Spitéri zögerte kurz. »Zu den Transportfliegern, habe ich gehört.«

»Nicht ganz so sexy.«

»Arnaud war ein guter Pilot.«

Aber vielleicht nicht gut genug, dachte Blanc und verabschiedete sich von der jungen Soldatin mit einem nachdenklichen Nicken.

Später stand Blanc in Durets Büro. Der Höflichkeit halber wollte er ihm bloß mitteilen, dass seine Befragung beendet war. Marius und Fabienne warteten schon unten im Streifenwagen auf ihn. Der Colonel residierte im zweiten Stock, das Fenster bot einen weiten Blick auf den Hof mit der Noratlas, auf die Startbahn, die Hangars – und auf den Hügel von Lançon, kaum zwei Kilometer entfernt. Blancs Augen wanderten von der massigen Burg auf der Kuppe zu den Alpha Jets vor den Hangars und wieder zurück. Wenn die Maschinen starteten, mussten sie direkt auf die alte Festung zurasen, dachte er. Er erinnerte sich wieder an den Lärm, wenn die Düsenflugzeuge zur Parade des 14. Juli über Paris gedonnert waren. Plötzlich hatte er Verständnis für die Sorgen Bondards. »Werden Sie oft mit Anzeigen wegen des Fluglärms belästigt?«, fragte er, eine Hand schon an der Türklinke.

»Das müssten Sie besser wissen als ich. Sie sind schließlich bei der Gendarmerie.«

»Ruhestörung fällt nicht in meinen Zuständigkeitsbereich.«

Eine Sekunde lang verzog sich Durets schmaler Mund zu einem sarkastischen Lächeln. Er sah aus, als wollte er widersprechen. Dann besann er sich, verschränkte die Arme hinter dem Kopf und lehnte sich lässig in seinem Bürostuhl zurück. Blanc täuschte er nicht: Seine Anspannung war stark genug, um damit die marode Batterie seines alten Renault Espace aufzuladen. »Die meisten Bürger haben nichts gegen uns«, versicherte Duret. »Sie akzeptieren gelegentliche geringfügige Störungen als das, was sie sind: notwendige militärische Anstrengungen, um Frankreich den Platz in der Welt zu sichern, der ihm gebührt.«

»Das haben Sie schön gesagt. Sie haben allerdings nicht alle Ihre Nachbarn überzeugt, *mon Colonel.*« Blanc deutete durch das Fenster in Richtung der Burg von Lançon.

»Ah, Monsier Bondard …«, murmelte Duret, als brauchte er erst wieder einige Zeit, um sich an dessen Namen zu erinnern. »Als er die Burg gekauft hat, flogen schon seit Jahren Maschinen von unserer Basis aus los. Sie liegt ihm ja gewissermaßen zu Füßen. Ein Blick hätte genügt, und Bondard hätte gewusst, was das bedeutet. Und warum das alte Gemäuer seinerzeit so billig war. Wäre er tatsächlich so lärmempfindlich, hätte er einfach irgendwo anders eine Burg kaufen sollen. Damals standen in der Provence noch viele riesige, schlecht beheizbare Kästen leer. Warum also hat er sich ausgerechnet für Lançon entschieden?«

»Sagen Sie es mir.«

Duret hustete. »Ich kann nichts beweisen. Das bleibt unter uns, *mon Capitaine*?«

»Selbstverständlich.«

»Na, Bondard hat diese Burg gekauft, gerade *weil* unsere Flugzeuge direkt nebenan starten! Die Burg war eine Ruine, unsere Piloten flogen darüber, niemand wollte den Kasten haben. Die Gemeinde ist ihn schließlich für einen symbolischen Franc losgeworden. Ein Franc für eine Burg! Kein schlechtes Geschäft für Monsieur Bondard, finden Sie nicht? Vor allem, wenn man sich daranmacht, die Flugzeuge vom Himmel zu holen, kaum ist die Tinte unter dem Kaufvertrag trocken!«

»Bondard hat seine Anti-Fluglärm-Initiative gegründet, um den Wert seiner Immobilie zu erhöhen? Er kauft eine Burg für einen Franc, vertreibt die Flugzeuge – und schon hockt er auf einem Millionenbau?«

»Albas war jahrelang ein Witz, eine Ein-Mann-Organisation. Doch in letzter Zeit ...« Colonel Duret hob bedauernd die Hände. »Sehen Sie: Unsere Piloten müssen eine bestimmte Mindestzahl an Stunden fliegen. Vorschrift ist Vorschrift. Doch plötzlich müssen wir die Aspiranten schneller ausbilden. Wir haben unsere erfahrenen Kampfpiloten im Irak, in Mali. Wir brauchen mehr Leute als früher, und wir brauchen sie schneller als früher. Und dann war ausgerechnet letzten Winter das Wetter außerordentlich schlecht. Tagelang konnten wir nicht in die Luft. Aber der Abschlusstermin ist heilig. Also haben wir seit dem Frühjahr die verlorenen Stunden nachgeholt. Wir sind geflogen und geflogen, unsere Leute waren ständig in der Luft.«

»Und ihren Nachbarn dröhnten auf einmal ständig die Ohren.«

»Sie können den Leuten nicht mit dem Islamischen Staat kommen, wenn sie in Ruhe einen Aperitif trinken wollen.«

»Also wird Albas auf einmal stark.«

»Bondard hat Druck gemacht. Unser General hat reagiert. Wir haben den Bürgermeistern der umliegenden Gemeinden versprochen, zu bestimmten Tageszeiten nicht mehr zu starten. Erzählen Sie das einem Dschihadisten im Irak! Du kannst zum Aperitif gefahrlos deine Geiseln köpfen, denn dann fliegen die Franzosen nicht!« Duret seufzte. »Wir haben den Bürgermeistern außerdem versprochen, so viele Übungen wie möglich über der Camargue zu fliegen. Da wohnt fast niemand. Andere Missionen haben wir über Autobahnen und TGV-Linien verlegt, da stört das auch keinen. Außer, einer von uns wäre gerade dort abgestürzt. Dann hätten wir was zu hören bekommen!« Er ließ die Hände resigniert auf die Schreibtischplatte sinken. »Ich kann nicht sagen, dass wir erfolglos waren. Die Bürgermeister haben unsere Bemühungen durchaus anerkannt.«

»Manche Bürger aber nicht.«

»Ehrlich gesagt, *mon Capitaine*, Monsieur Bondard ist eine Pest. Wissen Sie, was dieser *connard* macht? Der legt sich auf die Mauer seiner beschissenen Burg und fotografiert mit einem Teleobjektiv unsere Flugzeuge. Auf den Bildern kann er danach die Kennnummer der Maschinen identifizieren. Und dann erstattet er persönlich Anzeigen gegen die Piloten! Mit Foto, Kennnummer, Uhrzeit, als wären unsere Jungs und Mädchen mit hundert Sachen an einer Grundschule vorbeigerast! Bislang vermodern die Anzeigen in irgendwelchen Ablagen. Aber womöglich ändert sich das nach der nächsten Wahl.«

Blanc starrte auf die Alpha Jets. »Bondard macht brauchbare Aufnahmen von allen Ihren Flugzeugen? Selbst von den Düsenfliegern?«

»Mag ja sein, dass er was auf den Ohren hat. Aber seine Augen sind scharf, und seine Hand ist sicher. Der knipst unsere Flieger, als wäre er ein Flakschütze, der London gegen Hitlers Luftwaffe verteidigt!«

»Ich danke Ihnen für Ihre offenen Worte.«

»Wenn Sie dafür sorgen, dass sich dieser Bondard nicht in Ihre Ermittlungen einmischt, dann lade ich Sie persönlich zu einem Rundflug über unsere schöne Provence ein, *mon Capitaine.*«

»Wenn nach meinem Tod so wenig um mich getrauert wird, dann gebe ich mir die Kugel«, verkündete Marius, nachdem sie mit dem Streifenwagen die Basis verlassen hatten.

»Keine Eltern, keine Freundin, keine Freunde. Matelly war ein einsamer Mann«, pflichtete ihm Fabienne bei. »Seine Kameraden haben sich die Feierlaune jedenfalls nicht verderben lassen.«

»Aber immerhin schien sich auch niemand über seinen Tod gefreut zu haben«, gab Blanc zu bedenken.

»Ein schwacher Trost«, brummte Marius.

»Ein Indiz dafür, dass Matelly überhaupt keinen Eindruck gemacht hat. Nicht im positiven und nicht im negativen Sinn. Niemand liebte ihn. Niemand hasste ihn.« Blanc fragte sich, wo Matelly wohl begraben werden würde. Wer das organisieren würde. Und ob man sein Grab auch nur sechs Monate später noch wiederfinden würde.

»Er war ein Pilot«, sagte Fabienne. »Er war jung, er sah gut aus. Seine Exfreundin behauptet, dass er auf der Schule ein Mädchenschwarm gewesen sei. Ich kenne mich mit Männern ja nicht aus, aber ich finde trotzdem, das klingt nach einem Kerl, für den die eine oder andere Frau die Sonnenbrille ablegen würde.«

»Wenn nicht noch etwas ganz anderes!«, rief Marius.

»Und der dem einen oder anderen Mann Minderwertigkeitskomplexe einjagen könnte«, fuhr sie unbeirrt fort. »So viel zu positiven und negativen Eindrücken. Er muss irgendeinen Eindruck gemacht haben; für allgemeine Gleichgültigkeit sah Matelly einfach zu gut aus, und sein Job war zu cool.«

»Vielleicht hat sich Matelly seine Freunde außerhalb gesucht? Jenseits der Basis?«, vermutete Marius. »Vielleicht waren ihm die Pilotinnen zu hässlich und die Piloten zu borniert, und er wollte nach Dienstschluss einfach andere Visagen sehen?«

»Seine Wohnung sah nicht so aus, als hätte er jeden Abend Partys gefeiert«, erwiderte Blanc. »Seine katholische Vermieterin hat sich nicht über ihn beklagt. Ich habe nicht einmal ein Post-it oder eine Ansichtskarte an seinem Kühlschrank gefunden. Auf seinem Nachttisch stand kein gerahmtes Foto. In seinem Schrank lag keine vergessene Damenbluse. In seinem Nachttisch keine Packung Kondome.«

»Was bei dir alles so rumliegt«, spottete Fabienne.

Marius kratzte sich nachdenklich am massigen Schädel. »Seine Ex hat ausgesagt, er sei früher ein anderer Mensch gewesen.«

»Aspirante Spitéri hat behauptet, sie sei mit Matelly befreundet gewesen, als beide fünfzehn oder sechzehn waren. Als sie ihren Dienst auf der Basis angetreten hat, war Matelly bereits ein verschlossener Mann. Die Ausbildung in Salon hat drei Jahre gedauert, sie ist dreiundzwanzig.« Blanc verdeutlichte die Zahlen mit den Fingern beider Hände, während er fuhr. Seine Kollegen blickten beunruhigt auf das Lenkrad, sagten jedoch nichts. »Matelly ist also mit zwanzig, als er sich zur Armee meldet, bereits ein anderer Mensch als mit sechzehn, als er noch Schüler war. Es war nicht das Militär, das ihn verbogen hat.«

»Spätpubertäre Wandlung«, brummte Marius. »Du kannst das Lenkrad übrigens wieder in die Hand nehmen.«

»Ich habe zwei Kinder, die ungefähr in Matellys Alter sind«, erwiderte Blanc. Soweit er sich erinnern konnte, hatte er seinen Kollegen gegenüber noch nie Astrid und Eric erwähnt. »Ich will nicht behaupten, dass sie einfach sind. Aber ich glaube, selbst mir wäre aufgefallen, wenn sich zwischen ihrem sechzehnten und zwanzigsten Geburtstag ihr Charakter dramatisch geändert hätte.«

»Meinem Vater ist erst aufgefallen, dass ich lesbisch bin, als ich es ihm ins Gesicht gesagt habe. Und ich musste es so laut sagen, dass seine Ohren rot wurden«, gab Fabienne zu bedenken. »Da vorne kommt übrigens eine Kurve.«

Blanc packte das Lenkrad wieder, aber nur kurz. »Einem Sechzehnjährigen siehst du an, wohin die Reise geht. Wenn sich dessen

Charakter in kurzer Zeit radikal ändert, dann muss er etwas Heftiges erlebt haben. Etwas sehr Heftiges.«

»Zum Beispiel einen Autounfall«, bemerkte Fabienne.

Blanc ließ die Hände auf das Lenkrad sinken. »Was haltet ihr von Selbstmord?«, fragte er.

»Reden wir von Matelly oder von dir?«, fragte Marius.

»Meine Fäuste sind schon weiß, so fest halte ich das Lenkrad umklammert.«

»Matelly also. Er rammt sich mit seinem Flieger ungespitzt in den Boden? So wie dieser Typ mit dem deutschen Airbus? Ausgerechnet am letzten Tag seiner Ausbildung? Und ohne einen Abschiedsbrief zu hinterlassen?«

»Vielleicht war für einen einsamen Kerl wie ihn die Ausbildung sein Ein und Alles. Und als die drei Jahre auf der Basis vorüber sind …«

»Oder er war enttäuscht«, schlug Fabienne vor. »Spitéri, die abgelegte Freundin, die so toll gar nicht aussieht, die unauffällige Streberin, die ehemalige Klassenkameradin aus einem Kaff irgendwo in Frankreich, ausgerechnet die wird Kampfpilotin. Und er, der Star mit dem Schauspielergesicht, der Kerl, der schon mit sechzehn Jahren als Pilot den Himmel durchkreuzt hat? Er wird Transportflieger. *Bienvenue* bei den fliegenden Lastwagen! Da geht jemand drei Jahre durch eine knallharte Ausbildung. Und dann? Statt Bomben auf irgendwelche Terroristen zu werfen, karrst du Reispakete in Erdbebengebiete. Und deine pummelige Ex, der du vor Jahren einen Fußtritt gegeben hast, ist ein Ass der Asse!«

»Und wird mit einem anderen Mann glücklich«, ergänzte Blanc.

»Ihr solltet Psychologen werden!«, rief Marius und verdrehte die Augen. »Beim Fernsehen, das wäre ungefähr euer Niveau. Matelly hätte die Ausbildung bestanden, schon vergessen? Colonel Duret hat es gesagt. *D'accord*, vielleicht ist der Steuerknüppel einer Transall weniger sexy als der einer Mirage. Aber ich kann mir Arbeitsplätze vorstellen, die weniger spannend sind als eine Pilotenkanzel.«

»Ein Streifenwagen zum Beispiel«, sagte Blanc lachend.

»Wenn der Fahrer nicht auf die Straße achtet, ist ein Streifenwagen schon ziemlich spannend«, erklärte Fabienne.

»Und Matelly hat Spitéri verlassen, nicht umgekehrt«, fuhr Marius fort. »Zumindest klang ihre Aussage so. Und das schon vor einigen Jahren. Und er hat sich danach nicht mehr um sie gekümmert. Warum sollte er sich dann plötzlich vom Himmel stürzen, wenn seine Ex einen Neuen hat?«

Blanc parkte den Mégane vor der Station von Gadet. Die Tage waren kürzer geworden. Das Nachmittagslicht war so golden, dass selbst der Betonkasten der Gendarmerie in einer Patina glänzte, die ihm zwar noch keine Schönheit, aber immerhin so etwas wie Würde verlieh. Am alten Rathaus auf der anderen Straßenseite holte ein Hausmeister die Trikolore vom Flaggenmast. Symbol dafür, dass außer ihm niemand mehr dort arbeitete und man das Leben genießen sollte, solange die Abende noch warm genug waren, um im T-Shirt unter einem Baum zu sitzen, während man einen Rosé trank.

Hinter der Schranke des Eingangsbereiches saß der diensthabende Brigadier, der Blanc einen Zettel zuschob, als dieser eintrat. Die Meldung eines Beamten, den er noch einmal zur Absturzstelle entsandt hatte: Auf den Bauernhöfen neben dem Olivenhain hatte niemand etwas gesehen. Manche hatten sogar den Knall beim Aufprall des Flugzeugs und die Sirenen von Gendarmerie und Rettungswagen verschlafen.

Marius machte sich gar nicht mehr die Mühe, in sein Büro bis in den ersten Stock zu steigen. Er sah in seinem Postfach nach, fand dort nichts, ging wieder aus der Station und zwängte sich in seinen alten Fiat. Schon am Steuer sitzend, beugte er sich noch einmal aus dem Wagen. Blanc erinnerte sich daran, dass Marius ihm neulich gesagt hatte, dass die Seitenscheibe dort weggesackt war und seither tief unten zwischen Blech und Innenverkleidung der Tür klapperte. »Der September ist der schönste Monat in der Provence, und Matelly ist toter als tot!«, rief er. »Was steht ihr noch herum? Fahrt nach Hause!«

»Er hat recht«, sagte Blanc und sah Fabienne an. »Setz dich auf deinen Feuerstuhl. Du musst eine Hochzeit vorbereiten.«

»Ich kann noch ein paar Minuten warten, bevor ich mir mit dem Helm meine Frisur ruiniere.«

»Worauf willst du warten?«

»Auf dich, *mon Capitaine*. Du stehst hier am Eingang herum, bis ich mit der Ducati um die Ecke gedüst bin – und dann schleichst du dich hoch ins Büro.«

»Woher weißt du das?«

»Ich habe mal ein Praktikum bei der Gendarmerie gemacht.«

Blanc lachte. »Mir geht diese Scheiße nicht aus dem Kopf«, gestand er. »Dieser tote Pilot …« Er zuckte mit den Achseln. »Da passen einfach ein paar Dinge nicht zusammen. Duret hat zum Beispiel behauptet, dass Hervé Bondard von seiner Burg aus die Flieger fotografiert hat, um sie persönlich anzuzeigen.«

»Nie davon gehört.«

»Ich auch nicht. Hat er sie nun angezeigt oder nicht? Und wenn ja: Was ist daraus geworden?«

Fabienne seufzte. »Du lässt nicht locker, was?«

»Fahr nach Hause.«

»Du mich auch. Wenn wir uns zu zweit an die Computer hocken, bringen wir die Sache schneller hinter uns.«

Fabienne folgte Blanc in dessen Büro und loggte sich von Marius' Rechner aus in den Datenspeicher der Gendarmerie ein. Während Blanc an seinem Computer noch mit Benutzernamen und Passwörtern kämpfte, pfiff sie bereits durch die Zähne. »Elf Anzeigen! Monsieur Bondard könnte Planespotter werden. Er hat alle seine Anzeigen mit Flugzeugfotos gepfeffert.«

Blanc seufzte, schlug auf seine Tastatur und ging um den Schreibtisch herum, bis er seiner Kollegin über die Schulter blickten konnte. Anzeigen wegen Ruhestörung, alle über Lançon, penibel waren Daten und Uhrzeiten angegeben: 8.31 Uhr, 11.14 Uhr, 16.57 Uhr … Dazu Digitalfotos, am Rechner nachträglich vergrößert. Die Ziffern und Buchstaben an den Flugzeugrümpfen waren deutlich genug auszumachen. Irgendwie war es Bondard gelungen, jedem Kennzeichen jeweils einen Namen zuzuordnen. »Da, schau mal«, sagte Blanc und deutete auf den unteren Bereich des Monitors. »Die letzte Anzeige, die vor nicht einmal vier Wochen erstattet worden ist.«

»Gegen Aspirant Matelly, Arnaud, 17. August, 17.22 Uhr.« Fabienne schüttelte bewundernd den Kopf. »Mit ein bisschen Fantasie kannst du sogar glauben, man könnte Matellys Gesicht in der Pilotenkanzel erahnen, so gut ist das Foto.«

»Bondard scheint eine gewisse Übung zu haben. Trotz seiner Glubschaugen.«

»Er hatte jedenfalls einen guten Aussichtspunkt.«

»Wenn jemand, dem die Burg von Lançon gehört, jemand, der im Gemeinderat sitzt, jemand, dem etliche Hektar Land hier gehören, jemand, der Touristen hierhinlockt, jemand, der eine lautstarke Bürgerinitiative leitet – wenn so ein Jemand Anzeige bei dir erstattet, würdest du das ernst nehmen?«, fragte Blanc.

»Ich mache mir noch etwas aus meiner Karriere.«

»Warum also verschimmeln gleich elf von seinen Anzeigen in diesem verdammten Computer? Warum bearbeitet die niemand? Warum werden die in einen digitalen Ordner verschoben, auf den keiner von uns achtet? Wer hat das getan?«

Fabienne klickte ein wenig herum und lehnte sich auf einmal im Stuhl zurück. »Wir sollten jetzt wirklich nach Hause gehen«, verkündete sie.

»Wer?«, fragte Blanc.

»Unser Chef. Commandant Nkoulou persönlich hat Bondards Anzeigen angenommen – und dann im Schwarzen Loch versenkt.«

Als Blanc endlich vor seiner alten Ölmühle stand, blickte er auf die verwitterte Tür: die Balken so rissig wie sonnengebackene Erde, die Farbe zu einem zwischen Hellblau und Türkis changierenden Ton gebleicht. Er würde seine wenigen verbliebenen Euroscheine lieber als Schmirgelpapier für die Tür zerreiben, als sie beschissenen Pariser Anwälten auf Schweizer Konten zu überweisen. Er hätte sich in den letzten Jahren hin und wieder um Geneviève kümmern sollen. Ein Essen im »Deux Magots«, ein Wochenende in Deauville. Ihr neuer Typ hatte ihr einen Karibikurlaub spendiert, das hätte Blanc sich allerdings selbst in seinen besten Zeiten nicht leisten können. Vergiss es, sie würde nie zu ihm zurückkehren.

Er ging um das Gemäuer herum bis zu den Fenstern auf der Rückseite. Deren Rahmen sahen nicht besser aus als die Tür. In die gewölbte Ummauerung davor waren allerdings Eisenstäbe eingelassen, so alt und so solide wie aus einem mittelalterlichen Folterkeller. Wie sollte er zwischen diesen Stäben hindurch das Holz des Fensterrahmens abschleifen? Blanc kehrte um und riss die Tür auf. Marius hatte recht: Der September war ein wundervoller Monat. Wenn er jetzt nicht renovieren wollte, wann dann?

Er holte Baguettes und Banon aus der Küche und stellte beides auf einen wackeligen Eisentisch im Freien; dazu Rosé, den er aus einer Kaffeetasse trank, weil seine Gläser schon seit Tagen ungewaschen in der Spüle standen. Als er gegessen hatte, zog er seinen alten Plattenspieler bis in den Türrahmen. »Graceland« von Paul Simon. Das würde seinen Händen den nötigen Rhythmus geben beim Schleifen. Mit einem Blatt grobem Sandpapier machte Blanc sich über die Tür her, und nach fünf Minuten klebten Schweiß und Holzstaub auf seinen Unterarmen, und er hatte den toten Piloten und sogar den Brief des Pariser Anwalts vergessen.

»Den Song höre ich manchmal bei *Radio Nostalgie*. Minus der Schleifgeräusche.« Paulette Aybalen kam näher und betrachtete die Tür.

Blanc küsste sie auf die Wangen. »Du duftest wie eine wilde Wiese«, rief er verblüfft.

Sie lachte. »Ganz schön poetisch für einen Flic! Ich rieche wie frisch aus dem Rasenmäher. Ich habe den ganzen Nachmittag Heuballen für die Pferde eingelagert. Der Winter kann kommen.«

»Der Winter? Da, wo ich herkomme, gönnt man den Kindern bei Temperaturen wie heute hitzefrei!«

»Und da, wo du herkommst, trinkt man Wein aus Kaffeetassen?«

Blanc verschwand in der Küche und kam nach ein paar Augenblicken mit einem hastig gespülten Glas wieder zurück. Er fand Paulette ein paar Meter von der alten Ölmühle entfernt in der Hocke, sie strich mit der Rechten ein paar Zentimeter über dem Boden durch wuchernde Pflanzen, grüne Blätter und winzige weiße Blüten.

»Giftiges Unkraut?«, fragte er, leicht beunruhigt, und schenkte ihr ein.

Sie bedachte ihn mit einem mitleidigen Blick. »Einen botanischen Garten solltest du nicht bewachen. Das ist Basilikum. Wahrscheinlich war das hier mal ein Kräuterbeet.«

»Das muss vor meiner Zeit gewesen sein.«

»Um Christi Geburt herum, so wie das Beet aussieht.« Sie zupfte eine vielleicht dreißig Zentimeter hohe Pflanze aus und erhob sich. »Eigentlich schneidet man die Blüten ab, damit mehr Blätter wachsen. Vor allem im Juli und August kannst du sie ernten. Jetzt lässt man die letzten Blüten stehen, damit man Samen hat. Für das nächste Jahr. Du wirst dich um das Beet kümmern?«

»Sobald ich mit der Tür fertig bin.«

»Also nie. Für die alten Griechen war es die ›königliche Pflanze‹, das bedeutet ihr Name. Die Römer haben sie in die Provence gebracht, seit dem Mittelalter haben Frauen Basilikum-Infusion geschlürft. Das stärkte sie bei Schwangerschaft und Geburt und förderte die Milchbildung.«

»Seit dem Mittelalter …«, murmelte Blanc. Bei seiner Nachbarin hörte sich das an, als wäre es gestern gewesen oder höchstens zur Zeit ihrer Großmutter. Er starrte auf das Pflänzchen in Paulettes Hand, dann auf die rissigen Steine seiner Ölmühle. In der Provence war die Moderne bloß eine Art Schminke, so dünn wie der Anstrich auf seiner Tür und auch nicht haltbarer. Und wenn man ein wenig kratzte und schliff, dann kamen darunter wieder uralte Relikte ans Licht. »Dürfen auch Männer Basilikum essen?«

»Schon mal was von *soupe au pistou* gehört?«

»Hat das Fell oder Federn?«

»*Mon Dieu*, habt ihr in Paris nur Plastik gegessen? Ich bringe dir einen großen Topf *soupe au pistou* vorbei. Wir laden ein paar Nachbarn ein. Sagen wir: am Freitag?«

»*D'accord*«, antwortete Blanc. »Bis dahin habe ich das Geschirr gespült.«

Paulette Aybalen stand auf. »Ich will dich nicht länger von der Arbeit abhalten.«

»Mischt man Basilikum auch in einen Hexentrank?«, fragte Blanc, dem plötzlich eine Idee kam.

»Ist das schon deine zweite Flasche Rosé?«

»Ich musste nur gerade an etwas denken.«

»An Hexenzauber?«

»So in etwa.« Blanc erzählte Paulette von seiner Begegnung mit Ange Douchy.

»Du wirst sie nicht oft sehen«, beruhigte sie ihn. »Sie geht Menschen lieber aus dem Weg.«

»Gut für meine Augen.«

»Jeder von uns trägt einen Dämonen auf seiner Schulter.«

»Ange Douchy schleppt einen ganzen Dämonenzoo mit sich herum.«

»Es ist ein Wunder, dass sie noch lebt«, erwiderte Paulette, trank im Stehen ihr Glas leer und stellte es auf den Tisch. »Ich muss noch ein paar Heuballen stapeln, bevor es dunkel wird«, verkündete sie.

Blanc fragte sie nicht, was ihre letzte Bemerkung über Ange Douchy zu bedeuten hatte. Er spürte, dass seine Nachbarin ihm darauf nicht antworten wollte.

Abends hockte er an dem Eisentischchen. Inzwischen hatte er »Tusk« von Fleetwood Mac auf den Plattenteller gelegt, die Außenseite der Tür war farblos-hell und glatt und weich, das Schleifpapier zerrissen, ungefähr einhundert Splitter spickten seine Fingerkuppen, und der kühle Rosé schmeckte doch auch aus der Kaffeetasse gut. Der Himmel leuchtete wie violetter Samt. Im Osten funkelte der erste Stern. Kein Stern, dachte Blanc, der glaubte, einen rötlichen Schimmer in dessen weißem Licht zu erkennen. Der Mars. Symbol für Blut und Krieg.

Krieg: Er dachte an die jungen Piloten und wie es wäre, in einem Düsenjäger in diesen Himmel zu stürzen, auf einem nervösen Höllenwesen in den Sonnenuntergang zu reiten. Im Westen trieben einige von Windböen zerrissene Wolken, das Licht der schon hinter dem Horizont versunkenen Sonne zauberte Farben in ihre Unterseiten, schwefelgelb, blassrosa, orange. Würde Blanc, schneller als der Schall, durch diese ätherische Welt gleiten, er würde sich fühlen wie ein antiker Gott. War es das, was Matelly in den Himmel gezogen hatte? Dieses grenzenlose Freiheitsgefühl, weil man mühelos durch alle Dimensionen glitt? Ein Rausch, mächtiger als der jeder Droge und vielleicht sogar als der der Liebe? Kümmerte sich Matelly nicht mehr um die Menschen,weil er nur noch da oben sein wollte, allein und allmächtig? Würde sich ein Gott freiwillig wieder aus diesem Himmel zur Erde stürzen?

»Du hast dich nicht umgebracht«, murmelte Blanc und hob seine Kaffeetasse zu einem Gruß Richtung Wolken.

Mach, dass du fortkommst!

Am nächsten Morgen frühstückte Blanc am Eisentischchen. Die Luft war kühl und klar, Tauperlen glänzten im Basilikum, ein Rotkehlchenpaar tanzte Kapriolen in den Oleanderzweigen. Er beobachtete die nervösen Vögel, während er seinen Kaffee trank. Plötzlich hatte er eine Idee. Er rief beim diensthabenden Brigadier an. »Ich komme später. Ermittlungen.«

Er drückte den Anruf weg, bevor der Beamte etwas erwidern konnte. Dann bearbeitete er die Navigationsapp seines Nokias. Das Ballett der Rotkehlchen hatte in seinem Geist Bilder von Flugzeugen hervorgerufen, von Salti und Kurven und gewagten Landungen ... Der Flughafen von Eyguières war, so stand es auf dem Display seines Smartphones, dreizehneinhalb Kilometer entfernt. Fünf Minuten später saß er in seinem Espace und gab Gas. Da er keine Halterung für sein Handy hatte, hielt er es in der Hand und blickte hin und wieder auf den Bildschirm. Gut, dass Fabienne und Marius nicht mit im Wagen hockten.

Auf der Route départementale herrschte provenzalischer Berufsverkehr: fünf Autos, die mit achtzig Sachen hinter einem Lastwagen herzockelten und ein Wahnsinniger, der mit seinem verbeulten Peugeot 205 die ganze Kolonne überholte und erst zehn Zentimeter vor einem entgegenkommenden Wagen einscherte. Blanc blieb hinter dem Lastwagen, überquerte die A54, und die Landstraße senkte sich in die Ebene der Crau. Am Horizont drohten die grauen Felskuppen der Alpilles. Zu seiner Rechten erstreckte sich die größte Baumschule, die Blanc je in seinem Leben gesehen hatte: Im Vorbeifahren blickte er auf lange Reihen von Olivenbäumen, deren knotige Stämme aus schwarzen Plastiktöpfen wuchsen, jeder so groß wie eine Badewanne. Auf Linden, Tulpenbäume, Magnolien, Zypressen und Platanen, junge Bäume, vier, fünf, sechs Meter hoch, dünne Stämmchen, aufgereiht wie Rekruten, die man in eine feindliche Fremde versetzen würde.

Zur Linken nahm er eine Bewegung war: Ein kleines, weißes Propellerflugzeug schien plötzlich aus der Wiese herauszuwachsen, löste sich vom Boden und stieg brummend in den hellblauen Himmel. Obwohl nicht eine Wolke vorüberzog, war es im gleißenden Morgenlicht schon nach wenigen Augenblicken nicht mehr zu sehen.

Blanc entdeckte ein großes Schild, auf das jemand mit roter Farbe »Aéro-Club Auguste Sorel« gepinselt hatte, daneben die stilisierte Zeichnung eines Doppeldeckers. Er bog auf einen Feldweg ein, der nach einigen Hundert Metern vor zwei weiß gestrichenen Hangars und einem Wohncontainer endete. Der Flugplatz dahinter war nichts weiter als eine Wiese, deren Gras so kurz geschnitten war wie auf einem Golfplatz, einige in den Boden eingelassene Lampen und eine Stange, an der ein rot-weißer Windsack baumelte. Im Freien war kein Mensch mehr zu sehen, doch vor dem Wohncontainer parkten einige Autos. Also hielt Blanc dort an und ging hinein.

Als seine Augen sich an den Halbdämmer drinnen angepasst hatten, musste er sich beherrschen, um nicht aufzustöhnen. Welches Naturgesetz zwang alle Vereinsheime dazu, so auszusehen wie nie ganz fertiggestellte Hobbykeller? Er blickte auf eine Theke, die mit einer Art Plastiktapete beklebt war, die Holz imitieren sollte. Davor standen, ohne erkennbare Ordnung, alte Stühle. Manche aus Holz, andere aus Plastik, zwei hatten ein lilafarbenes Polster. Auf einem Wandregal thronten einige Pokale, denen man selbst auf fünf Meter Entfernung ihre dichte Staubdecke ansehen konnte. Eine Falttür aus Plastiklamellen trennte den Raum von einem Hinterzimmer. Wäre darüber nicht ein alter Propeller angenagelt gewesen, das Haus hätte genauso ausgesehen wie das Vereinsheim des Basketballclubs aus Blancs Kindheit.

Er sah nur einen Mann, der an einem Tisch saß und eine Liste oder ein Formular ausfüllte und aufgeblickt hatte, als er die Tür in ihren Angeln quietschen hörte. Der Mann war mittelgroß und auf eine Art fleischig, dass er weder als schlank noch als muskulös durchging, aber auch noch nicht dick war. Blonde gewellte Haare mit grauen Strähnen. Seine Haut hatte die Walnussbräune jener hellen Typen, die seit so vielen Jahren im Süden lebten, dass die Zeit ihrer Sonnenbrände vorüber war. Grünes Lacostehemd, helle Leinenhose, eine alte Heuer Monte Carlo am linken Handgelenk, ein goldenes Armband am rechten. Blanc schätzte ihn auf sechzig Jahre.

»Ein neues Gesicht in diesen heiligen Hallen!«, rief der Mann, stand auf und kam ihm mit ausgestreckter Hand entgegen. Sein Französisch war fehlerfrei, doch sprach er es weich und langsam aus, als kaute er jedes Wort durch. Engländer, vermutete Blanc, und schüttelte die dargebotene Hand. Er stellte sich vor.

»Thomas Frye«, sagte der Mann, überreichte ihm ungefragt seine Visitenkarte und bot ihm Platz am Tisch an. »Sie kommen, weil Arnaud Matelly gestorben ist?«

Blanc wollte sich gerade setzen und hielt mitten in der Bewegung überrascht inne. »Sie haben mich erwartet?«

»Ich lese hin und wieder Krimis. In diesem Clubhaus ist noch nie ein Gendarm aufgekreuzt. Aber keine achtundvierzig Stunden nach Matellys Absturz steht ein leibhaftiger *Capitaine* vor mir. Da denkt man sich seinen Teil.«

»Woher wissen Sie, dass noch nie ein Gendarm das Vereinsheim betreten hat?« Blanc ließ sich endlich auf den unbequemen Stuhl fallen. »Sind Sie schon lange Mitglied im Aéro-Club?«

»Ich habe ihn mit gegründet, gleich, nachdem ich mich im Süden niedergelassen habe.« Frye rechnete kurz nach und schnippte dann überrascht mit den Fingern. »Zweistellig! Ich bin seit zehn Jahren dabei!«

»Dann kannten Sie Monsieur Matelly sicherlich?«

»Vom Sehen. Hin und wieder haben wir ein paar Worte gewechselt. Mehr leider nicht.«

»Leider?«

»Arnaud war ein so gut aussehender Kerl.« Frye lächelte in nostalgischer Erinnerung.

Blanc räusperte sich. »Für Monsieur Matelly, habe ich gehört, war der Aéro-Club so eine Art Trainingsstudio?«

Der Engländer nickte. »In den Hangars stehen einige APM 20, mit denen wir den Nachwuchs ausbilden. Aber dem Verein gehören auch zwei Diamond DA 40.« Er schnalzte mit der Zunge.

»Mit Flugzeugen kenne ich mich ungefähr so gut aus wie mit Dörfern in Kasachstan«, gestand Blanc.

Frye hob entschuldigend die Hand. »Es ist geradezu erfrischend, einen Laien vor sich zu haben. Normalerweise wird in diesem Clubheim gefachsimpelt, dass sich die Propeller biegen. Je weniger Flugstunden, desto mehr Fabulierstunden. Wenn Sie wüssten ...«

»Monsieur Frye, ich wüsste es gerne.«

»Ja, Verzeihung. Also: Die Diamond DA 40 hat einen TDI-Motor unter der Haube, made in Germany, yes, Sir. Mit der Kiste können Sie stundenlang herumkurven. 400 Kilo Zuladung, 940 nautische Meilen Reichweite! Mehr als 1800 Kilometer. Damit fliegen Sie von diesem Kaff hier bis Marokko oder Korsika! Matelly hat sich fast jedes Wochenende eine dieser beiden Maschinen reserviert. Und wenn der erst einmal oben war, dann hast du ihn erst wieder gesehen, wenn die Sonne unterging! Oder am nächsten Tag. Wer weiß, wo der Kerl überall hingeflogen ist!«

»Wissen Sie es, oder wissen Sie es nicht?«

»Ich weiß es nicht.« Frye seufzte. »Vielleicht hat er seine Freundin besucht? Oder Arnaud hat es wie die Seefahrer gehalten? In jedem Flughafen ein Mädchen? Schade, wirklich schade.«

»Glauben Sie, dass Monsieur Matelly ein geselliger Typ war?«, fragte Blanc erstaunt.

»Nein, eigentlich nicht.« Zum ersten Mal schien Frye zu zögern. »Ehrlich gesagt, Arnaud war wohl eher ein Einzelgänger. Der hat seine Maschine übernommen und ist losgeflogen.«

Blanc kam plötzlich ein Gedanke. »Hat Matelly sich gefreut zu fliegen?«

Der Engländer blickte ihn überrascht an. »Man ist nicht gerade in einem Aéro-Club, wenn man Flugangst hat.«

»Das meine ich nicht. Hat sich Matelly gefreut wie ...«, Blanc suchte nach dem richtigen Beispiel, »... wie Jungs, wenn sie mit einem Fußball bolzen? Wie Schwimmer, die ins Wasser springen?«

Frye strich sich nachdenklich über die Haare. »Eigentlich nicht«, wiederholte er. »Wissen Sie, ich war Werber in London und habe Peter Mayle gelesen. Da habe ich mir gesagt: Was der Typ kann, das kann ich auch! Ich habe Kasse gemacht und bin mit meinem damaligen Partner in die Alpilles gezogen. Seither besteht mein größtes Vergnügen – na schön, mein zweitgrößtes Vergnügen – darin, bei herrlichem Wetter mit meinem Flugzeug von Eyguières zu starten und über diese Landschaft hier zu fliegen. Stundenlang. Ich singe dann nicht bloß, ich schmettere Songs. Freddie Mercury. Duran Duran. Einmal hatte ich das Mikro offengelassen, und ein Lotse im Tower von Marseille ...« Er lachte, schüttelte über sich selbst den Kopf, wurde dann ganz plötzlich ernst. »Nein. So war Matelly nicht. Der ist geflogen, bei fast jedem Wetter, fast jedes Wochenende. Aber, nun ja, irgendwie verbissen. Diszipliniert. Eisern. So wie jemand, der Gewichte stemmt. Aber nicht, weil ihm Bodybuilding Spaß macht, sondern weil er seine Muskeln für irgendetwas anderes braucht. So, nun ja, militärisch halt.«

»Matelly hatte keinen Spaß am Fliegen?«

»Doch, irgendwie schon. Aber ihm fehlte die Leichtigkeit, verstehen Sie?«

»Hatte er Probleme? Am Boden, nicht in der Luft?«

»Ich kannte ihn ja kaum. Natürlich haben einige Vereinskameraden und ich hin und wieder, wenn wir hier zusammensaßen, Witze über ihn gerissen. Wir machen Scherze über jeden. Ich möchte lieber nicht wissen, was meine netten Freunde sich alles über mich erzählen! Jedenfalls hat mal jemand gespottet, dass Matellys Freundin ihn hat sitzen lassen.«

»Seine Freundin?«

»Eine Pilotin von der Basis in Salon, die er schon seit der Schule kannte. Na, die soll sich einen anderen Piloten der Basis angelacht haben. Wir haben Witze gemacht, dass Matelly und sein Rivale das in der Luft unter sich ausmachen werden. Matelly als Roter Baron – oder als Snoopy, wenn Sie verstehen, was ich meine.«

»Wie heißt der Rivale?«

»Keine Ahnung.«

»Wissen Sie denn noch, wer damals den Witz über die Exfreundin und den Rivalen zum Besten gegeben hat?«

»Roland Prévoteau. Ein Geschäftsmann aus der Gegend. Keine Ahnung, in welcher Branche. Viel Geld, wenig Talent. Er war der Einzige im Club, der Matelly ein wenig besser kannte. Aber eigentlich auch nicht persönlich.«

»Sondern?«

»Matelly ist für Prévoteau hin und wieder nach Korsika geflogen. Prévoteau hat dort ein zweites Unternehmen. Eigentlich hat er bei uns Fliegen gelernt, um von seiner Firma in Marseille zu seiner Firma in Korsika zu pendeln, weil er dort Unterlagen oder was weiß ich holen muss. Doch bei Prévoteau ziehen wir noch heute jedes Mal die Köpfe ein, wenn der zur Landung ansetzt. Und er kann ungefähr so gut navigieren wie fliegen. Wenn Roland sich auf den Weg nach Korsika machen würde, würde er in Dänemark landen. Also hat er vor einiger Zeit Matelly und ein oder zwei andere Jungs aus dem Verein engagiert, wann immer er irgendetwas aus Korsika brauchte.«

»Richtig engagiert? Hat Monsieur Prévoteau Matelly dafür bezahlt?«

»Kann ich mir nicht vorstellen.« Frye lächelte. »Engangiert wohl eher im übertragenen Sinne. Fliegen kostet eine Stange Geld. Viele Vereinskameraden können sich ihr Hobby kaum leisten. Die würden ohne Honorar nach Korsika düsen, wenn Prévoteau ihnen wenigstens das Flugbenzin bezahlt.« Der Engländer erhob sich. »Ich muss jetzt auch los, *mon Capitaine*.«

»Kennen Sie Monsieur Prévoteau näher?«

»Wie gesagt: Ich weiß nicht einmal, in welcher Branche er sein Geld verdient.« Frye hatte es offenbar auf einmal eilig, ins Freie zu kommen, vermutete Blanc.

»Roland Prévoteau«, sagte Blanc zu Fabienne und Marius, nachdem er auf der Station angekommen war, »ist das ein Kunde von uns? Möglicherweise kann er uns mehr über den Toten erzählen.« Er berichtete seinen Kollegen von der Befragung im Clubhaus von Eyguières.

»Den Namen habe ich noch nie gehört«, verkündete Marius. »Fabienne erledigt das mit dem Computer. Ich hole uns einen Kaffee – der Automat ist schwieriger zu bedienen.«

»Gut, dass du ein so erfahrener Kollege bist«, murmelte Fabienne, während ihre Finger bereits über die Tasten flogen. »Prévoteaus Vorstrafenregister ist fast so blank wie mein Konto«, sagte sie nach ein paar Augenblicken. »Er hat ein Verfahren am Hals, weil man ihn vor einem Jahr mal auf der A54 geblitzt hat. Noch kein Urteil. Einunddreißig Stundenkilometer über dem Limit, mit einem BMW X6.«

»Ein gestohlener Wagen? Oder hatte er getrunken oder Drogen genommen?«

Sie schüttelte den Kopf. »Es war sein Firmenwagen. Und er war nüchtern wie ein Schweizer.«

»Ein ganz normaler Raser«, erklärte Marius und stellte drei Plastikbecher auf den Schreibtisch, in denen eine ölige Flüssigkeit dampfte. »Wer hier noch nie geblitzt worden ist, der ist verdächtig.«

»Das ist er«, sagte Fabiennne und klopfte gegen den Monitor. »Ein Foto von der Homepage einer seiner Firmen.«

Blanc kam näher. Das Bild war ein Porträt, im Freien, irgendwo am Meer, im Hintergrund waren Pinien und graue Felsklippen zu erkennen. Prévoteau hatte den Körper eines ehemaligen Boxers, der etwas aus dem Leim gegangen war und das mit Maßanzug und weitem Hemd zu verbergen trachtete. Schulterlange schwarze Haare, straff nach hinten gekämmt und mit viel Gel in Form gehalten. Dunkle Augen. Wuchtiger goldener Siegelring am rechten Ringfinger. »Sieht aus wie ein Schlagring«, murmelte Blanc und zoomte den Bereich des Fotos größer. Prévoteaus Fingerknöchel und die Außenfläche der Hand waren mit winzigen Narben übersät, weiße Risse in seiner olivenfarbenen, dicht behaarten Haut. Unter dem Bild stand zu lesen, dass er neununddreißig Jahre alt war und aus Paris stammte. »Was ist das für ein Laden?«

»RPS«, erklärte Fabienne. »Das steht für ›Roland Prévoteau Security‹, Firmensitz Marseille. Er wirbt damit, dass er Prominente beschützt, die im Süden zu tun haben. Schauspieler bei Dreharbeiten. Politiker auf Besuch. Manager.« Sie öffnete eine andere Seite: Fotos von Prévoteau und anderen massigen Kerlen in dunklen Anzügen, mal mit, mal ohne Sonnenbrillen, neben Jean Reno, Vanessa Paradis, Johnny Hallyday, Luc Besson. Mehrere Minister. Dann etliche Manager – Blanc kannte manche aus seiner Pariser Zeit. Über den einen oder anderen hatte er Akten angelegt, aber niemand war je verurteilt worden. »*Merde*«, entfuhr es ihm plötzlich. Prévoteau lächelnd neben Staatssekretär Jean-Charles Vialaron-Allègre, im letzten Jahr am Vieux Port, bei einem Wahlkampfauftritt.

»Ein Babysitter mit den richtigen Babys«, kommentierte Marius. »Der muss bei seinem Job garantiert nicht so einen beschissenen Kaffee schlürfen.«

»Ich vermute, Monsieur Prévoteau steht mehr auf die Sorte Energydrink, die von der Genfer Kriegswaffenkonvention verboten ist«, erklärte Fabienne. »Auf der RPS-Seite behauptet er zumindest, er sei mal dreifacher französischer Meister und Vize-Europameister im Kickboxen gewesen.«

Marius seufzte theatralisch. »Einer von diesen Straßenschlägern, die sich in Promi-Gorillas verwandeln.«

»Ein Gorilla mit Hirn, wie es aussieht«, murmelte Blanc. »Prévoteau ist sein eigener Boss. Haben wir noch etwas über ihn?«

»Eine zweite Firma«, erwiderte Fabienne. »RPAS mit Sitz in Ajaccio. ›Roland Prévoteau Air Service‹.«

»Ein Poet ist unser Freund nicht gerade.«

»Er mag es englisch«, warf Marius ein.

»Eine Privatcharterfirma«, fuhr Fabienne fort. »Du kannst bei ihm Businessjets, kleine Flugzeuge und Helikopter mieten, mit Piloten. Sie kutschieren dich über das Mittelmeer. Sieh dir das an.« Ein weißer Hubschrauber, ein Pilot, Prévoteau – und Nicolas Sarkozy, der in die Kamera lächelte.

»Den Ort erkenne ich wieder. Porquerolles«, erklärte Marius. »Auf der Insel hat seine Carla eine nette Hütte.« Er schlug Blanc auf die Schulter. »Sieht so aus, als sei Prévoteau gut im Geschäft. Und es sieht so aus, als sei Matelly für ihn bloß so eine Art fliegender Bürobote gewesen. Wahrscheinlich könnte er dir über seine Putzfrau mehr erzählen als über den toten Flugschüler. Das ist die Mühe nicht wert, so einen Boss zu seiner Hilfskraft zu verhören.«

»Möglicherweise hast du recht«, gestand Blanc widerwillig. Er wusste genau, was sein Freund eigentlich damit sagen wollte: Finger weg! Prévoteau hat mächtige Bekannte, die ihm Flics vom Halse schaffen könnten, wenn die lästig zu werden drohten.

»Vielleicht war Matelly aber gar nicht so unbedeutend, sondern gehörte zu den Piloten, die für Prévoteau Prominente flogen?«, mutmaßte Fabienne. Sie hatte Marius' Warnung offenbar nicht verstanden. »Mal hat er eine Schauspielerin an der Côte d'Azur abgesetzt? Mal einen Manager in den Park seiner Villa an der Costa Brava geflogen? Der Engländer hat ausgesagt, dass Matelly dauernd unterwegs war. Das würde erklären, warum Matelly die anderen Aspiranten der Basis geschnitten hat. Er hielt sich für was Besseres. Und mit dem Trinkgeld, das auf seinen Wochenendtrips anfällt, kauft er sich die schönen Spielzeuge in seiner Wohnung. Alles in bar, um keine Steuern zu zahlen. *Voilà*, das ist Matellys Geschichte!«

»Zu glatt, um wahr zu sein«, murmelte Blanc. »Warum ist Matelly dann überhaupt bei der Armee geblieben? Colonel Duret und seine Kameraden haben ausgesagt, dass es ihm vor allem ums Fliegen ging, nicht ums Militär, um Patriotismus, um das Vaterland. Matelly war kein Offizier aus Überzeugung, sondern weil er bei der Armee fliegen konnte. Also: Warum kündigt er nicht auf der Basis, wenn er doch jeden Tag für Prévoteau Prominente über das Meer fliegen könnte? Er wäre ständig in der Luft. Kein Bondard, der dich fotografiert und anzeigt. Keine Bürgerinitiative, die dich zwingt, über Autobahnen und Sümpfen Kreise zu fliegen und vor dem Aperitif wieder zu landen. Er würde frei wie ein Vogel über das Mittelmeer gleiten und dabei noch einen Haufen Geld mehr verdienen als bei der Truppe. Mehr noch: Nach seiner Ausbildung hätte die Luftwaffe Matelly zu den Transportfliegern versetzt. Fliegende Fernfahrer. Hätte er diesen Job gemacht, wenn er stattdessen Carla Bruni nach Nizza hätte kutschieren können?«

»Vielleicht fand er Carlas Beine nicht ganz so bezaubernd wie Sarkozy. Oder vielleicht hätte Matelly ja gekündigt, wenn er die Ausbildung bestanden hätte«, erwiderte Fabienne. »Vielleicht ist in solchen Kreisen eine militärische Vergangenheit so etwas wie eine Eintrittskarte. Ich wette, bei Prévoteaus Security-Gorillas tummeln sich auch ehemalige Fallschirmjäger und Fremdenlegionäre.«

»Vielleicht, vielleicht, vielleicht ... Matelly quält sich drei Jahre lang auf der Basis in Salon, bloß, um seinen Marktwert bei ein paar specknackigen Sonnenbrillenträgern zu erhöhen?« Blanc schüttelte den Kopf. »Irgend etwas stimmt hier nicht. Matelly ist hin und wieder für Prévoteau nach Korsika geflogen, mehr nicht. Mit Flugzeugen des Vereins. Das klingt nicht nach Fotomodels und Expräsidenten und auch nicht nach viel Geld und eigentlich klingt das nicht einmal wie ein richtiger Job bei RPAS. Denn dann hätte er doch eine Maschine der Firma genommen, oder?«

»Du und deine verdammten Zweifel. Und was denkst du?«, fragte Fabienne leicht beleidigt.

»Matelly fliegt in Eyguières im Club, weil er so verbissen ist. Dort lernt er dann zufällig Prévoteau kennen, der selbst gerade – nach Fryes Aussage eher schlecht als recht – das Fliegen gelernt hat. Matelly erledigt nun hin und wieder an Wochenenden Botenflüge für den Geschäftsmann, mehr nicht. Matelly war kein Bling-Bling-Pilot.«

»Wenn das so ist, kannst du dir die Befragung von Prévoteau erst recht schenken«, meinte Marius zufrieden.

Blanc sah ihn an, dann Fabienne, die seinen Blick vermied und aus dem Fenster starrte. Er dachte an Marius' Warnung. Mächtige Freunde. Er dachte an Fabiennes Züge vorhin, ein Moment lang tiefe Enttäuschung. Verdammte Zweifel. Zweifel ... »Haben wir sonst gar keine Informationen über Prévoteau?«, fragte er Fabienne.

Sie blickte noch immer angestrengt auf die Flagge am Mast vor der Mairie gegenüber. »Offiziell nichts.«

»Und inoffiziell?«

Da wandte sie sich um und sah ihm forschend ins Gesicht. »Du willst, dass ich hacke?«

»Wir sind unter uns.«

Sie lächelte zufrieden, und ihre Finger tanzten über die Tasten. Nach wenigen Sekunden schon hatte sie Blanc und Marius und alles um sie herum vergessen. Sie starrte auf den Monitor, als würde er ein Orakel offenbaren. Marius zerdrückte irgendwann seinen Kaffeebecher, heftiger als nötig, und warf ihn in den Papierkorb. Blanc machte eine beschwichtigende Geste und bedeutete ihm, keinen Lärm zu machen. Irgendwann blickte Fabienne auf, mit einem Blick, als käme sie von einem Trip zurück. Feine Schweißperlen glänzten an ihren Schläfen. Selbst Blanc hätte nicht sagen können, wie viel Zeit seit ihrem letzten Wort verstrichen war. Ein paar Minuten bloß? Eine Stunde? »Was hast du ausgegraben?«, fragte er.

»Ich war im Rechner der *Police judiciaire* in Marseille. Die Beamten der *Brigade de répression du banditisme* ermitteln seit einigen Monaten gegen Prévoteau. Geheim.«

Blanc pfiff durch die Zähne.»Die Kollegen vom organisierten Verbrechen? Was haben sie für einen Verdacht?«

»Ich kann nicht an alle Unterlagen kommen. Aber es sieht so aus, als halten sie Prévoteau für einen Drogenschmuggler. Kokain.«

»Du hast nicht zufällig den Namen und die Telefonnummer des Beamten, der diese Ermittlungen leitet?«

»Diese Frage hättest du dir sparen können, *mon Capitaine*«, antwortete Fabienne und lachte.

Später gingen Marius und Fabienne im »Le Soleil« essen. Blanc hatte zwar auch Hunger, doch er wollte für einige Zeit allein sein. Er hatte einen Anruf zu erledigen. Er wählte eine Nummer im Palais Verdun, dem Justizpalast von Aix-en-Provence. »*Madame le Juge*, auf meinem Radarschirm ist jemand aufgeblitzt, über den wir reden sollten.«

»Sie können mir alles anvertrauen.« Aveline Vialaron-Allègre klang so entspannt, dass Blanc nicht einmal wusste, ob ihre Antwort ernst gemeint oder von Spott gefärbt war.

»Kennen Sie Monsieur Roland Prévoteau?«

»Nein.« Ihre Antwort kam sofort, ihre Stimme hörte sich noch immer so gelassen an, als redeten sie über das Fernsehprogramm des Vortages.

Blanc war irritiert. »Ich habe ein Foto gesehen, das Ihren Gatten neben Monsieur Prévoteau zeigt.«

»Mein Mann ist Politiker. Halb Frankreich muss neben ihm auf Fotos zu sehen sein.«

»Es ist nicht gerade diese Hälfte Frankreichs, mit der Ihr Gatte gesehen werden will.«

Eine winzige Pause. »Manche Konversationen führt man besser nicht am Telefon, *mon Capitaine*. Wir treffen uns bei mir zu Hause. In einer Stunde.« Sie legte auf, ohne seine Antwort abzuwarten.

Blanc parkte seinen Espace im Zentrum von Caillouteaux neben einem Bagger und einem Betontransporter. Der neue Bürgermeister ließ seit ein paar Tagen die *médiathèque* bauen, die seinen korrupten Vorgänger nicht bloß das Amt gekostet hatte. Blanc eilte durch eine Gasse. Eine Katze sonnte sich auf einer Fensterbank. Er spürte den Blick ihrer grünen Augen zwischen den Schulterblättern. Hoffentlich achten nur die Tiere auf mich, dachte er. Er trat auf den kleinen Platz zwischen der trutzigen Kirche und dem Uhrenturm. Das Restaurant ›Le Beffroy‹ war geschlossen, seine Terrasse im Schatten des Uhrenturms menschenleer. Zwei Frauen blickten ihn an: eine stolze, strenge Marianne aus Bronze über einem Brunnen und eine liebliche, alles vergebende Madonna, die Blanc aus der Nische einer Hauswand grüßte. Wahrscheinlich, dachte er, war die Gottesmutter schon dankbar darüber, endlich einmal einen lebenden Menschen segnen zu können – wenn auch nur einen Sünder, der gekommen war, um wieder zu sündigen. Rue du Passe-Temps, bloß ein schmales Band aus Pflastersteinen am Rand des Plateaus, auf dem das Städtchen thronte. In einigen Kilometern Entfernung glitzerte der Étang de Berre unter der Mittagssonne wie eine zwischen die Felsen eingelassene Glasscheibe.

Er klingelte an der Tür des Hauses Nummer fünf. Blanc fühlte sich wie ein Taucher, der sich so tief unter Wasser gewagt hatte, dass eine unsichtbare Hand seine Brust zusammendrückte. Verdammte Sehnsucht. Endlich hörte er, wie die komplizierten Schlösser entriegelt wurden. Die Tür öffnete sich kaum mehr als einen Spalt breit, er schlüpfte ins Halbdunkle, mit einem satten Klacken schnappte das Schloss wieder zu. Der Duft ihrer Haut. Avelines schlanke Finger. Ihre schwarzen Haare an seiner Wange. Ihre Lippen.

Später lagen sie nackt und außer Atem auf dem schmalen Sofa in jenem stillen Raum im ersten Stock, in dem sie ihre gestohlenen Stunden verbrachten, seit ihre Affäre in diesem Sommer begonnen hatte. Sie hatten noch kein einziges Wort gesprochen. Von unten klang Klaviermusik hoch. Mussorgsky, »Bilder einer Ausstellung« – er erkannte das Thema wieder, weil es eines der wenigen Stücke war, deren Aufführung er in einem Konzertsaal erlebt hatte. Das war in Paris gewesen; er hätte jeden Abend weltberühmten Musikern lauschen können, doch meistens hatte er noch bis weit in die Nacht hinein im Büro gehockt. Was für ein *connard* er gewesen war. Blanc streichelte Aveline so behutsam über die weiche Haut an ihrem Hals, als befürchtete er, sie könnte sich unter seiner Berührung in Licht und Luft auflösen. »Ich habe Sie vermisst«, flüsterte er.

Sie lächelte. »Geben Sie mir eine Zigarette.«

Er fischte eine Gauloises aus einer zerknitterten Packung, die auf einem Tisch neben dem Sofa lag und gab ihr Feuer. Sie inhalierte tief, ihre Atemzüge wurden ruhiger. »Was hat es mit dem Foto auf sich?«, fragte sie.

Blanc beugte sich hinunter und zog seine Jeans heran, die als schwarzes Knäuel auf dem Fußboden lag. Aus einer Tasche zog er das Foto, das er auf der Station ausgedruckt hatte. In wenigen Worten berichtete er der Untersuchungsrichterin, wie er während seiner Ermittlungen im Fall Matelly auf Prévoteau gestoßen war.

»Warum erzählen Sie mir das?«

»Um einen Vorwand zu haben, Sie endlich in die Arme zu schließen.«

Sie lächelte nicht mehr, sondern musterte ihn aufmerksam aus ihren dunklen Augen. »*Mon Capitaine*, ich tue Ihnen hin und wieder den Gefallen, für Sie meine Kleider abzulegen, aber nicht mein Gehirn. Mein Mann ist der Politiker, der Ihre Karriere abgeknickt hat. Dann stoßen Sie auf ein Foto, das ihn mit einer Gestalt der Halbwelt zeigt. Warum sagen Sie mir das? Warum bewahren Sie das Bild nicht heimlich auf, um sich irgendwann an Jean-Charles zu rächen?«

»Das Foto ist nicht geheim, jeder Trottel kann es im Netz anklicken. Solange niemand Prévoteau anklagt, ist es ein harmloses Bildchen.«

»Ein Leibwächter«, murmelte Aveline. »Kein Wunder, dass mir sein Name nichts sagt. Solche Kerle umgeben meinen Mann überall. Ich fühle mich von Maschinen umstellt, wenn ich mit ihm irgendwohin gehe.«

»Die Karriere Ihres Mannes ist mir gleichgültig«, fuhr Blanc fort. Als er ihren belustigten Blick sah, hob er abwehrend die Hände. »*D'accord*, ich bin nicht Gandhi. Wenn ich Ihrem Gatten ein Bein stellen könnte, dann würde ich es tun. Aber nicht mit so einem Foto. Ich will diesen Prévoteau abklopfen, um zu sehen, ob dabei nicht etwas zu Matelly herausfällt.«

»Dann klopfen Sie.«

»Deshalb zeige ich Ihnen dieses Bild.«

»*Mon Capitaine,* ich glaube, ich weiß, worauf Sie hinauswollen. Aber ich weiß nicht, ob ich überrascht oder amüsiert sein soll. Sie denken wirklich, dass Prévoteau sich an meinen Mann wenden könnte, wenn Sie ihm auf die Füße treten? Und dass ein Staatssekretär einem Exboxer die Gendarmerie vom Hals hält?«

»Dieser Exboxer ist heute ein Unternehmer, der auf seiner Internetseite mit Ihrem Mann wirbt. Und mit dem ehemaligen Präsidenten. Und mit den Managern der größten Firmen. Und mit der prominenteren Schauspielerriege der französischen Kinocharts. Wenn ich Prévoteau auf die Füße treten sollte, dann wird er so laut heulen, dass es bis Paris klingt. Ich will verhindern, dass aus Paris ein Echo zurückkommt.«

»Ich soll dafür sorgen, dass mein Mann Ihnen den Rücken freihält?«

»Ich würde wirklich ungern schon wieder versetzt werden«, sagte Blanc und beugte sich zu ihrem Mund.

In diesem Augenblick übertönte ein elektrisches Sirren Mussorgskys Musik. »Das ist der Motor des Garagentors«, wisperte Aveline und richtete sich in einer einzigen fließenden Bewegung auf. »Es gibt neben mir nur einen anderen Menschen, der den Zugangscode kennt.«

»Ich dachte, Ihr Mann ist in Paris!«, flüsterte Blanc panisch und sprang ebenfalls hoch.

»Das dachte ich auch. Aber gelegentlich überrascht er mich mit einem spontanen Besuch. Die Garage liegt hinten und hat eine Pforte zum Haus. Wenn Sie nicht von meinem Mann gesehen werden wollen, müssen Sie durch die Vordertür verschwinden.« Irgendwie hatte Aveline es schon geschafft, sich anzuziehen, während er noch seine Sachen auf dem Fußboden zusammensuchte. Blanc fluchte. Sie betrachtete ihn, nicht im Mindesten beunruhigt. Sie zog einen Kunstband aus einem Regal, steckte das Foto ihres Gatten mit Prévoteau zwischen die Seiten und stellte das Buch zurück. »Machen Sie sich um Jean-Charles keine Sorgen«, versicherte sie.

Blanc hatte keine Zeit darüber zu grübeln, was sie damit wohl gemeint haben könnte. Ob sie glaubte, er würde unerkannt entkommen? Oder ob sie ihm versicherte, dass er gefahrlos ermitteln konnte? Er war endlich angezogen und eilte auf Zehenspitzen die Treppe hinunter. Hinten im Haus quietschte eine Pforte. Aveline stand neben ihm an der Tür und entsicherte die Schlösser. Endlose Sekunden. Schritte irgendwo im Flur. Wie lächerlich. Endlich fiel Licht von draußen herein. Blanc war schon halb im Freien, als sein Blick zufällig auf einen Papierkorb im Flur fiel. Zwischen zerknitterten Werbeprospekten und Briefumschlägen leuchtete die rote Ecke einer Marlboro-Packung. Sie raucht Gauloises, dachte er blitzartig, ihr Mann raucht gar nicht. Da fühlte er Avelines Hände an den Schultern, die ihn sanft, aber unnachgiebig hinausschoben. Sie sagte kein Wort, als sie die Tür hinter ihm so behutsam schloss, dass man die Schlösser nicht klacken hörte.

Blanc eilte in einem Tempo, von dem er hoffte, dass es gerade noch als unauffällig durchging, die Rue du Passe-Temps bis zur Kirche zurück. In deren kühlem Innern ließ er sich auf eine Bank fallen und atmete durch. Er fragte sich, wie Aveline es nun fertigbringen würde, ihrem Mann gegenüberzutreten, als sei nichts geschehen. Er fragte sich, wem die Marlboro-Packung gehört hatte. Er fragte sich, wie er so ein Idiot sein konnte, sich in eine derartige Affäre zu stürzen. Er wollte bloß noch aus Caillouteaux verschwinden.

Nachdem sich sein Herzschlag wieder etwas beruhigt hatte, spähte er vorsichtig aus einem Spalt des Kirchenportals. Niemand. Er glitt ins Freie und stand nach ein paar Sekunden vor seinem Espace. Auf dem Parkplatz daneben stand nun ein uralter weißer Peugeot 205, der ihm vage bekannt vorkam. Er erinnerte sich erst an dessen Besitzerin, als es zu spät war.

»*Salut*, Roger.« Sylvie Micheletti stand plötzlich neben ihm. Eine Nachbarin, beinahe schon eine Freundin. Sie sah erschöpft aus.

»Welche Überraschung, dich hier zu sehen«, stammelte er. Das war immerhin nicht gelogen.

Sie deutete mit einer Kopfbewegung auf ein Haus hinter der Baustelle der *médiathèque*. »Ich hatte mein wöchentliches Rendezvous. Caillouteaux ist zwar ein Kaff, aber mittendrin hat ein sehr guter Onkologe seine Praxis. Man kann ja nicht immer nur Pech haben.« Sylvie lächelte. »Und du? Was führt dich hierher?«

»Ich hatte auch ein Rendezvous«, erwiderte Blanc. Sag die Wahrheit so, dass alle sie für einen Scherz halten.

Seine Nachbarin nickte. »Ich hoffe, du willst nicht auch unseren neuen Bürgermeister verhaften. Wäre schön, wenn die *médiathèque* schnell vollendet wird, man hört das Dröhnen der Bagger bis in die Praxis.«

»Ich werde mich nicht vor den Bagger werfen.«

Sie lächelte, stieg ins Auto und fuhr als Erste vom Parkplatz. Er rollte die Route départementale Richtung Sainte-Françoise-la-Vallée hinter dem Peugeot her. Während Sylvie in den Weiler abbog und die einzige Straße zwischen den wenigen Bauernhäusern hochrumpelte, fuhr er weiter nach Gadet. Er beschleunigte auf nicht mehr als vierzig Stundenkilometer, weil er fürchtete, dass seine Hände zitterten. Avelines Mann. Seine Nachbarin. Wie oft würde er noch davonkommen? Er war gerade einmal neun Wochen in der Provence, und er musste schon sein Leben vor den Augen der anderen Menschen verstecken.

Auf der Station sagte ihm ein Brigadier, dass sich Marius »wegen einer dringenden Dienstangelegenheit« abgemeldet habe. Der Beamte verkündete es in einem Tonfall grenzenloser Missbilligung. Wahrscheinlich der Rosé, sagte sich Blanc. Fabienne hatte sich einen halben Tag freigenommen, um irgendetwas für ihre Hochzeit vorzubereiten. Ihm war das ganz recht so. Er schloss sich in sein Büro ein, starrte stundenlang aus dem Fenster und tat nichts. Aveline. Marlboros. Eine verdammte, bescheuerte Zigarettenpackung, weiter nichts! Das Garagentor. Ihre unfassbare Gelassenheit, während ihr Mann schon an der Hintertür war. Ich werde noch wahnsinnig, befürchtete er. Er harrte aus, bis es draußen dunkel war und er sicher sein konnte, dass er keinem Kollegen mehr auf dem Flur begegnen würde. Erst beim Hinausgehen sah er auf dem Display seines Nokias, dass er schon vor Stunden eine SMS bekommen hatte: *In den nächsten Tagen kein Treffen.* Aveline hasste überflüssige Worte.

Als Blanc endlich vor seiner Ölmühle stand, war er einen Augenblick lang beinahe dankbar dafür, dass er seit dem Morgen nichts mehr gegessen hatte. Denn sonst hätte er sich wohl übergeben.

An seiner frisch abgeschliffenen Tür hing eine tote Dohle.

Der Vogelkopf wies nach unten, durch jeden Flügel war ein rostiger Nagel bis tief in das Holz getrieben. Blanc blickte über die Touloubre hinweg. Douchys Haus lag in tiefer Dunkelheit.

In der Festung

Blanc hatte in der Nacht den Vogel von der Tür gelöst und begraben. Er hatte das Blut vom Holz abgewischt, bis im Schimmer einer Taschenlampe nichts mehr von seinem schrecklichen Ende kündete außer zwei Nagellöchern in den Balken. Er hatte sich seine Hände so lange gewaschen, bis die Haut rot leuchtete. An Schlaf hatte er nicht einmal gedacht. Die verbliebenen Stunden hatte er am Küchentisch verbracht, ein Glas Wasser vor sich, in Gedanken weit fort. Aveline. Eine tote Dohle. Ange Douchy. Salz in den Augen. War es möglich, dass seine verrückte Nachbarin es wusste? Dass diese Alte, die er nie sah, ihn beobachtete? Dass sie ihn belauert hatte, irgendwo versteckt nahe eines bestimmten Hauses in Caillouteaux? Niemand ahnte, wo sich Ange Douchy herumtrieb, sie könnte überall sein. War das ein Zeichen ihres Zorns über seine Unmoral? Oder war das bloß ein Ausfluss seines eigenen schlechten Gewissens, seines persönlichen Verfolgungswahns? War jenes unglückliche Wesen mit den zernagelten Flügeln nicht viel eher so etwas wie ein Hinweis auf den toten Piloten? Den verhexten Piloten? Wollte sie ihm irgendetwas über Matelly mitteilen? Blanc glaubte, dass sich in dieser Nacht zum ersten Mal die Kühle des Herbstes ankündigte.

Um wieder zu Kräften zu kommen, fuhr er am nächsten Morgen früh nach Gadet und setzte sich an einen Tisch im »Le Soleil«. Die Platanen ließen von der noch tief stehenden Sonne bloß ein grünliches Leuchten bis auf die Terrasse. Blanc fühlte sich in diesem seltsam irrealen Licht wie ein Fisch in einem Aquarium. Eine große Tasse *Café au lait*, sie wärmte nicht bloß seine Hände. *Pain au chocolat*, die Füllung sahnig-weich und backstubenheiß. Er bestellte beim verschlafenen Kellner eine weitere Tasse. Und noch ein *Pain au chocolat*. Er spürte, wie mit dem Sonnenlicht und mit der Frühstückswärme der Kampfgeist in ihn zurückströmte.

Blanc warf ein paar Euro-Scheine auf den krümelbedeckten Tisch und schob den Stuhl zurück. Auf einmal hatte er es eilig, in die Station zu kommen.

Er war nicht überrascht zu sehen, dass neben dem diensthabenden Brigadier erst ein anderer Gendarm auf dem Posten war. Commandant Nicolas Nkoulou war allerdings nicht gerade erfreut, als Blanc bei ihm hereinplatzte. Er hatte Papiere über seinen sonst stets peinlich aufgeräumten Schreibtisch gebreitet, die er mit hastigen Handbewegungen zusammenschob und in einer Schublade verschwinden ließ, sobald er seinen Besucher erblickte. Blanc konnte nicht viel erkennen: Computerausdrucke. Die Zeichnung eines Wohnungsgrundrisses mit Zahlen und Symbolen darauf, vielleicht eine Tatortskizze. Fotos einer sehr jungen, sehr mageren Frau, von vorne und im Profil.

»Haben Sie einen Moment Zeit für mich, *mon Commandant*?«

»Um diese Stunde stehen die Leute bei mir nicht gerade Schlange für einen Termin.« Nkoulou nahm seine goldgefasste Brille ab, nestelte ein Stofftuch aus seiner Hemdtasche und rieb so heftig damit die Gläser, dass man fürchten musste, sie würden ihm zwischen den Fingern zerbrechen.

Blanc räusperte sich. »Ich bin im Umfeld des toten Piloten auf einen …«, er zögerte, »möglicherweise interessanten Zeugen gestoßen. Ich möchte ihn befragen.«

»Verhören Sie, wen Sie wollen, solange sich hinterher niemand über Sie beschwert.«

»Dazu muss ich allerdings meine Nachforschungen mit den Ergebnissen der *Police judiciaire* in Marseille abgleichen«, verkündete Blanc und hielt den Atem an. Police und Gendarmerie, das waren Stadtflics gegen Landflics, Großstädter gegen Hinterwäldler, Arroganz gegen Minderwertigkeitskomplex. Es gab Kollegen, die würden eher einen Mörder laufenlassen, als sich bei ihren Ermittlungen von einem Beamten der Police helfen zu lassen.

»Bien sûr«, erwiderte Nkoulou ungerührt.

Blanc brauchte einen Augenblick, um das zu verarbeiten. Er hätte nicht gedacht, dass ausgerechnet sein Chef, der im Gebiet seiner Brigade nichts duldete, das einen Schatten auf seine Autorität werfen konnte, einen Kontakt zu den Flics von Marseille wie eine Lappalie durchwinkte. »Ich würde außerdem noch einmal Monsieur Bondard befragen«, fuhr er fort. »Mir ist bewusst, dass Monsieur Bondard einen gewissen Einfluss hat, dass er im Gemeinderat von Lançon sitzt und dass er vielleicht mehr als jeder andere unter dem Fluglärm leidet, aber ich …«

»Kann ich sonst noch etwas für Sie tun, *mon Capitaine*?«

Blanc nickte bloß zum Abschied. Auf dem Flur atmete er tief durch. Freie Hand für Prévoteau. Freie Hand für Bondard. Eigentlich sollte er sich darüber freuen. Doch er hatte das Gefühl, dass Nkoulous ungeahnte Nachgiebigkeit vor allem mit der Ermittlungsakte über jenes hagere Mädchen zu tun hatte, auf die er einen Blick hatte erhaschen können. Sein Commandant hätte ihm auch ein Attentat auf den Präsidenten erlaubt, nur, um ihn möglichst rasch wieder aus dem Büro zu haben. Und irgendwie beunruhigte Blanc dieser Gedanke.

Später versammelte er Fabienne und Marius in seinem Büro. Er hatte seine Kollegin zuvor gebeten, alle Informationen über Roland Prévoteau zusammenzutragen, die sie noch finden konnte. Und er wollte gar nicht wissen, welche Firewall sie dafür knacken musste.

»Wenn du ihn befragen willst, kannst du dir das in die Haare schmieren«, erklärte sie nun. »Unser Geschäftsmann weilt zurzeit irgendwo in Rumänien.«

»Als Leibwächter? Als Pilot?«

»Als liebender Ehemann. Seine Frau ist wunderschön und nicht ganz arm. Sie ist die führende Stylistin in Bukarest.«

»Womit bezahlen ihre Kundinnen sie? Mit Fallobst und entlaufenen Hunden?«, fragte Marius.

»Rumänien gehört zur Europäischen Union«, erinnerte Blanc ihn sanft.

»Und Madame Prévoteau ist eine Nichte des ehemaligen rumänischen Regierungschefs«, ergänzte Fabienne, etwas weniger sanft im Ton. »Das würde dir auch in Frankreich bei deinen Geschäften helfen. Wenn ich die Nichte des Präsidenten wäre, würde ich jetzt nicht in Gadet hocken und einem Bruchpiloten hinterherforschen.«

»*D'accord*. Prévoteau fliegt einen Expräsidenten übers Mittelmeer«, meinte Marius leichthin. »Und er vögelt die Nichte eines anderen Expräsidenten. Klingt so, als müssten wir die UNO rufen, wenn wir ihn befragen wollen.«

»Ich versuche es erst einmal mit der *Police judiciaire* in Marseille«, erwiderte Blanc.

»Hast du überhaupt kein Ehrgefühl mehr?«

»Du musst nicht mitkommen.«

»Jetzt fühle ich mich schon wieder besser. Ich habe übrigens auch ein wenig recherchiert«, verkündete Marius.

»Im Internet?!«, entfuhr es Fabienne.

»In der Bar von Lançon. Da schmeckt es besser als bei Google.« Marius sah zufrieden aus. »Nach drei, vier Gläsern Rosé wurde der Patron ganz gesprächig. Hervé Bondard erzählt demnach jedem, dem vom Fluglärm noch nicht beide Ohren abgefallen sind, wie großartig Marine LePen ist. Und dass er bei der nächsten Wahl für den Front National kandidieren werde.«

»Bondard soll an der höchsten Laterne baumeln«, kommentierte Fabienne.

»Du kannst ihn ja zu eurer Hochzeit einladen.«

»Das Gerücht vom Front National habe ich auch schon gehört«, warf Blanc ein, ohne sich die Mühe zu geben zu erklären, woher er das wusste. »Bondard gehört zu den Typen, die immer auf der Gewinnerseite stehen wollen. Deshalb wechselt er rechtzeitig zum Front.«

Marius schüttelte den Kopf. »Das glaube ich nicht. Nach einigen weiteren Gläschen meinte der Patron, dass Bondard nicht der großartige Stratege ist, der rechtzeitig seine Optionen wählt. Sondern dass er nur deshalb zum Front gehen wird, weil er dort mal so richtig die Sau rauslassen kann.«

»Und in welchen Garten will er die Sau jagen?«

»In unseren.«

»Weil seine Anzeigen gegen Fluglärm hier verschimmeln?«

»Und weil Bondard zu wissen glaubt, wer sie verschimmeln lässt.«

»Mach es nicht so spannend«, bat Fabienne.

»Nkoulou!«, rief Marius triumphierend.

»Ohne Computer dauert alles immer etwas länger«, erwiderte Fabienne.

Marius blickte sie erstaunt an. »Ihr wisst es schon?«

Blanc hob entschuldigend die Hände. »Wir kennen den Täter, aber nicht sein Motiv: Warum versenkt ausgerechnet unser überkorrekter Chef Bondards Anzeigen?«

»Das fragt sich Bondard auch. Er hat keine Ahnung, warum das so ist. Aber er hat Rache geschworen. Wenn die Rechten gewinnen, wird er sich Nkoulou vornehmen.«

»Gendarmerie ist Militär. Selbst wenn Bondard Bürgermeister von Lançon werden würde, könnte er uns nicht …«

»Ich rede nicht von den nächsten Gemeindewahlen, Roger. Ich meine die nächsten Präsidentschaftswahlen.«

»Merde.«

Marius lächelte sarkastisch. »Wenn wir Bondard ausquetschen wollen, sollten wir es bald tun. Sonst wird der Kerl noch Innenminister.«

Blancs Gedanken rasten. Aveline hatte ihn vor Bondards Ehrgeiz gewarnt. Duret hatte ihn verflucht. Nkoulou hatte nicht einen Moment gezögert, Blanc Ermittlungen zu erlauben. War das das ominöse »Wir« seiner Geliebten? Ein unsichtbares Geflecht hoher Innenpolitiker, Richter und Offiziere? Eine Art Verschwörung gegen den Provinzrabauken Bondard, bevor der so viel Macht erringen konnte, dass er den Etablierten gefährlich werden konnte? »Gut«, beschloss er. »Ich fahre später nach Marseille. Besuchen wir nun erst mal die Burg von Lançon.«

»Bondard ist eine große Nummer in seiner Stadt. Es wird ihn ärgern, wenn ein Streifenwagen vor seinem Kasten parkt«, gab Marius zu bedenken, als sie die Gendarmeriestation verließen.

Blanc war einen Moment lang versucht, genau deshalb einen der Méganes zu nehmen. Aber dann sagte er sich, dass es geschickter wäre, den Burgherren nicht unnötig zu provozieren. »Nehmen wir meinen Espace«, sagte er. »Falls er es bis Lançon schafft.«

»Es sind bloß acht Kilometer.«

»Vielleicht müssen wir die letzten tausend Meter zu Fuß gehen.«

Marius setzte sich nach hinten, kurbelte die Rücklehne weit zurück und schloss die Augen, noch bevor Blanc den Motor starten konnte. Fabienne blickte vom Beifahrersitz skeptisch auf das Armaturenbrett. »Das Warnlicht sieht nicht gut aus. Was bedeutet das?«

»Die Bremsen funktionieren nicht mehr.«

»Wer nicht lenkt, der muss auch nicht bremsen.« Während sie durch Gadet rollten, drückte Fabienne auf den Tasten des Autoradios herum, bis auf dem Display *Radio Maritima* leuchtete. Blanc hatte noch nie von diesem Sender gehört. Er hatte auch noch nie die Musik dieses Senders gehört. Fabienne summte zufrieden die Melodie mit. Marius war tatsächlich schon eingeschlafen und schnarchte leise. Blanc beschloss, das als Vertrauensbeweis in seine Fahrkünste zu werten.

Er bog auf die Route départementale ein, die um Bondards Olivenhain herumführte. Er starrte erstaunt aus dem Seitenfenster: Der verkohlte Baumstumpf war fort, der Boden zwischen den Stämmen so sauber geharkt, als wäre hier niemals ein Flugzeug zerschellt. Wenn Blanc im Süden eines gelernt hatte, dann, dass die Sachen hier immer etwas länger dauerten als in Paris. Wie hatte Bondard es geschafft, den Stamm mitsamt den Wurzeln so rasch ausgraben zu lassen? Und warum hatte er sich so beeilt? Weil ihn die Brandwunde in seinem gepflegten Hain gestört hatte? Oder weil er Spuren beseitigen wollte?

Der Espace wankte mit ächzenden Stoßdämpfern durch den Kreisverkehr, in dem der Tankwagenfahrer Rognoni und der junge

Araber Aklil gewartet hatten. Schließlich passierten sie einen Intermarché – Rognonis Ziel, vermutete Blanc. Hinter dem Supermarkt bog er rechts ab. Eine Straße führte wenige Hundert Meter den Hügel steil bergan. Dann wurde sie so schmal, dass er es nicht wagte, mit seinem großen Auto weiterzufahren. Er parkte den Espace am Bordstein. »Den Rest gehen wir zu Fuß«, verkündete er.

»Das sind weniger als die tausend Meter, die du uns angedroht hast«, stellte Fabienne zufrieden fest. »Und du hast während der ganzen Fahrt das Lenkrad nicht einmal losgelassen. Willst du nicht Roxane und mich zur Mairie chauffieren? Wir suchen noch nach einem stilechten Oldtimer, mit dem wir zur Trauung vorfahren.«

»Du kannst auch noch zwei Pferde vor den Espace spannen, dann ist er schneller«, schlug Marius vor und gähnte.

Das Trottoir endete nach wenigen Schritten an einem Steilhang, den die Gemeindeväter mit einigen Lavendelsträuchern, einer Holzbank und einem schmiedeeisernen Kreuz auf einem rissigen Steinsockel in einen halbherzig angelegten Park verwandelt hatten. Dahinter führte eine gepflasterte Gasse auf ein zinnenbekröntes Tor in der Stadtmauer zu. »Porte de Bouissière« las Blanc auf einer steinernen Tafel. Es war so schmal, dass zwei Menschen kaum nebeneinander hindurchgehen konnten. Jeder Mauerstein war so groß wie der Oberkörper eines Mannes und von einer feuchtigkeitsschwarzen, klebrigen Schicht bedeckt. Der einzige Farbfleck in der Mauer kam aus einem kleinen Fenster in der Rückseite eines angrenzenden Hauses: Geranien in einem Topf, die Blüten so rot wie frisch vergossenes Blut.

Jenseits der Porte de Bouissière erhob sich zur Linken eine alte, fast fensterlose Kirche. Zwischen dem Gotteshaus und der Mauer ließ eine klaustrophobisch enge Gasse kaum noch Platz für einen Menschen. Hier ist seit tausend Jahren kein Sonnenstrahl mehr bis zum Boden durchgedrungen, dachte Blanc und schauderte. Eine ältere Frau kam die Gasse hinuntergehumpelt. Doch als sie drei Fremde sah, drehte sie sich wortlos um und verschwand im Dämmerlicht.

Sie nahmen einen etwas breiteren Weg hügelan und passierten eine weitere, vier, fünf, vielleicht sechs Meter hohe Mauer. Ein zweiter Festungswall? Blanc wusste es nicht. Doch er bemerkte erstaunt, dass zwei Autos davor parkten. Wie waren die hierhergekommen? Es musste noch weitere Zugänge zum Berg geben, auch wenn er nur ein Labyrinth aus Gassen und Mauern erkennen konnte.

Schließlich standen sie vor der Burg. Wieder eine Mauer, nicht einmal mannshoch. In die bogenüberwölbte Öffnung einer alten Pforte war eine neue Stahltür eingelassen, so solide wie die Klappe eines Safes. Hinter der Mauer lag ein schmaler Garten, der sich wie ein buntes Collier aus Rosensträuchern um die Burg schmiegte. Blanc wollte gerade die Klingel unter dem protzigen Messingschild mit Bondards Namen drücken, als er erschrocken zusammenfuhr.

Ein dumpfes Grollen füllte den Himmel, rollte durch die Gassen, wurde von den Mauern zurückgeschleudert. Blanc schien es, als würde der Lärm auf seine Lungen drücken. So muss sich ein Herzinfarkt anfühlen, dachte er. Er blickte sich um und starrte über die Dächer der tiefer stehenden Häuser hinweg auf die Base Aérienne. Ein Alpha Jet rollte, immer schneller werdend, die Startbahn entlang.

Der Jet hob ab und glitt auf Lançon zu, groß und dunkel wie ein Flugsaurier. Dann war die Maschine über ihnen, ein Schatten, eine Welle aus Lärm, schließlich eine beinahe unheimliche Stille. Auf einmal waberte der Hauch einer Raffinerie durch die Luft.

»Kerosin«, keuchte Marius.

»Dagegen duftet meine Ducati wie Chanel Nummer Fünf«, sagte Fabienne, »und …«

Lärm spülte ihre nächsten Worte fort. Ein zweiter Alpha Jet hob ab. Und dann noch einer. Und noch einer. Und noch einer. Und noch einer.

Blanc folgte den Flugzeugen mit den Augen. Sie sammelten sich einige Hundert Meter über der Senke zwischen Salon und Lançon wie ein Schwarm Zugvögel. Die Maschinen flogen große Schleifen, bis der letzte Alpha Jet abgehoben hatte. Dann waren sie auf einmal Richtung aufgehender Sonne verschwunden.

»Vielleicht sollte ich Albas beitreten«, murmelte Blanc.

Wie aus dem Nichts waren die Alpha Jets wieder da. Sie rasten über die Senke. Zwei Maschinen zogen weiße Schleier hinter sich her, zwei blaue, die letzten beiden rote. Kreise, Loopings, Achten. Die *Patrouille de France* zauberte ätherische Rauchgebilde in den Farben der Trikolore durch die Luft, Blumen aus farbigen Wolken, abstrakte Muster, als würde ein gigantischer Künstler mit unsichtbarer Hand ein flüchtiges Aquarell in den Himmel tupfen.

Marius beugte sich zu Blanc, bis seine Lippen fast dessen Ohr berührten. »Die Kerle üben ihre Kunststücke«, schrie er.

»Ob Bondard sie schon alle fotografiert hat?« Blanc drückte endlich auf den Klingelknopf.

Zum Glück genossen sie ein paar Sekunden später eine Art gefilterte Halbruhe, die der in Blancs ehemaligem Pariser Appartement während des Abendverkehrs nicht unähnlich war. Ein junges Hausmädchen hatte ihnen geöffnet, schwarzes Kleid, weiße Spitzenschürze, ein Wesen, das aus dem 19. irgendwie ins 21. Jahrhundert hinübergeglitten war. »Wenn Sie mir bitte in den Rittersaal folgen wollen, Madame, Messieurs. Ich werde Monsieur Bondard Bescheid geben«, sagte sie mit professioneller Höflichkeit.

Sie durchquerten eine Empfangshalle, die durch ein Oberlicht erhellt wurde, und folgten dem Hausmädchen um mehrere Ecken und Treppenfluchten einen Gang hinunter, bis es ihnen eine zweiflügelige Tür zu einem lang gestreckten Raum öffnete, in dem man einen Historienfilm hätte drehen können. Um einen dunklen Eichentisch herum, der aus wuchtigen Balken zusammengefügt worden war, standen zwanzig lederbespannte Stühle mit gedrechselten Lehnen. Große, spitzbögige Fenster auf der der Tür gegenüberliegenden Längsseite führten den Blick hinaus, wo in der Silberbläue der Étang de Berre funkelte. Die rechte Schmalseite bestand aus einem in schwarzem Marmor gefassten Kamin, über der Feuerstelle hingen gekreuzte Schwerter und ein Holzschild mit dem Spruch *»Ne pas subir«*. Von der gegenüberliegenden Wand blickte der ausgestopfte Kopf eines Zwölfenders melancholisch auf die Tafel.

»Den Hirsch hat der Hausherr sicher nicht in der Camargue geschossen«, spottete Marius leise.

Blanc dachte an Bondards Fotos von den Flugzeugen. »Schießen kann der Kerl«, erwiderte er.

»Haben Sie diesen Lärm gehört?« Bondard trat nach einigen Minuten durch die Tür. »Wenn der Sommer vorüber ist, dann ist es immer besonders schlimm. Die Piloten kehren aus dem Urlaub zurück.«

Das Hausmädchen zog sich lautlos zurück. Blanc erhaschte einen Blick auf ihre Züge. Sie sah erleichtert aus, sich in Luft auflösen zu dürfen. »Schöne Aussicht«, sagte er und deutete auf die Fenster.

»Das geht noch besser. Kommen Sie mit!« Bondard führte sie aus dem Raum und eine Steinwendeltreppe hinauf, deren Stufen mit den Jahrhunderten wellenförmig getreten worden waren. So gelangten sie auf den Wehrgang. Von der Mauer aus wirkte die Burg, als wäre sie geköpft: kein Turm, kein Dachfirst überragte die Wälle.

»Wir wollten mit Ihnen sprechen, Monsieur Bondard!«, rief Blanc. Das Grollen der Alpha Jets war ohrenbetäubend. »Wollen wir nicht wieder hinuntergehen?«

Ihr Gastgeber blickte auf seine Uhr und schüttelte den Kopf. »Die Kisten saufen Kerosin«, schrie er zurück. »Noch ein paar Minuten, dann geht den *connards* der Saft aus.«

Blanc seufzte und blickte sich um. Im klaren Septemberlicht konnte er nach Süden nun sogar über den Étang de Berre hinweg bis auf das Mittelmeer sehen, eine blaue Scheibe der Verheißung unter der Linie des Horizonts. Im Norden und Westen, weit jenseits der Base Aérienne, die Hügel der Alpilles, ein Riesengebiss aus grauem Stein. Im Osten ein richtiger Berg, eine schiefe Pyramide, die eine Seite schroff, die andere sanft abfallend. Wie weit mochte sie entfernt sein, dachte er, dreißig, vierzig, fünfzig Kilometer? Die Erhebung kam ihm vage bekannt vor. Cézannes Berg! Die Montagne Saint-Victoire, fiel ihm plötzlich ein, bei Aix-en-Provence, der Künstler hatte sie unzählige Male porträtiert, wie die Liebe seines Lebens. Bei Aveline hing ein kleines Bild im Flur. Bei Aveline … »Sie stellen den Rauch ab!«, rief er.

Tatsächlich verwehten die letzten farbigen Schleier hinter den Alpha Jets.

»Die Scheiben in meiner *Gîte* wackeln immer noch!«, übertönte Bondard den Lärm. Er deutete auf eine Stelle unterhalb der Südmauer, wo sich der Garten etwas verbreiterte und ein Siebziger-Jahre-Bungalow aus sehr wenig Beton und sehr viel Glas stand.

»Da wohnen Ihre Gäste?«, schrie Blanc. Wenn er je einen Fünf-Sterne-Urlaub auf einer Burg hätte buchen können, dann wäre er nicht gerade erfreut gewesen, zu entdecken, dass seine Unterkunft nicht ein stilechtes Gemäuer, sondern ein öder Zweckbau war.

»Mit Whirlpool im Badezimmer!«, rief Bondard, als würde das alles erklären.

Marius beugte sich wieder bis an Blancs Ohr, sprach diesmal aber ziemlich leise. »Und der Kasten ist verglast, damit Bondard von der Mauer aus zusehen kann, wie seine Gäste vögeln.«

Die Alpha Jets flogen noch ein paar Kreise, dann setzte einer nach dem anderen zur Landung an. Himmlische Ruhe. Blanc atmete durch. Erst jetzt spürte er, dass sein Herz die ganze Zeit, seit sie vor der Burg angekommen waren, so heftig geschlagen hatte, als würde er sich über die letzten Kilometer seiner Laufstrecke jagen.

»Lançon«, erklärte Bondard und hörte sich auf einmal beinahe friedfertig an, »bedeutet ›Felsen im Sumpf‹ auf Provenzalisch: *Lan*, der Felsen, *çon*, der Sumpf. Der Ort könnte so schön sein.« Er deutete betrübt auf den Bungalow. »Der *Gîte* steht jetzt schon seit zwei Wochen leer. Und für den Rest des Monats sieht es auch nicht besser aus. Gut, dass ich meine Oliven habe. Olivenöl läuft immer!« Er lachte dröhnend. »Was wollen Sie hier?«, fragte er dann unvermittelt und in lauerndem Ton.

»Über Ihre Anzeigen reden, Monsieur Bondard.«

»Verfolgen Sie die Anzeigen?« Bondards Krakenaugen fixierten Blanc.

»Ich verfolge Unfallermittlungen.«

»Und was hat das mit meinen Anzeigen zu tun?«

Blanc holte tief Luft und deutete mit einer vagen Geste auf jene

Stelle im Himmel, in der sich gerade die letzten Rauchfahnen auflösten. »Es ist nicht so einfach, ein Flugzeug zu fotografieren, vermute ich. Erst recht nicht, wenn es so dicht über dem Boden fliegt. Der Pilot steuert keinen geraden Kurs, sondern Kurven. Er hält nicht die Höhe, sondern steigt oder fällt. Und selbst die Propellermaschinen der Flugschüler sind schneller als ein Porsche, von den Alpha Jets ganz zu schweigen.«

»Eh bien?«

»Sie, Monsieur Bondard, haben der Gendarmerie zur Bestätigung Ihrer Anzeigen trotzdem eine beeindruckende Fotoserie vorgelegt. Das heißt: Sie kennen die Manöver der Piloten so gut wie Colonel Duret von der Base Aériennne. Sie wissen, auf welchem Kurs die Maschinen herankommen, wo sie niedergehen, wo sie ihre ersten oder letzten Kurven fliegen. Sie können den Kurs abschätzen, bevor sie abdrücken! Sie müssen wissen, wohin der Pilot als Nächstes fliegen wird, damit Sie ihn mit einem Teleobjektiv einfangen können. Sie haben dieses Kunststück vollbracht, Monsieur Bondard, viele Male schon.«

»Eh bien?«

»Also hoffe ich, dass Sie mir beschreiben können, wie sich Matelly in jener fatalen Nacht wahrscheinlich dem Flughafen genähert hat. Wo ist er angekommen? Wie sahen seine letzten Meter aus?«

»Warum fragen Sie nicht diesen Duret?«

»Ich hätte gern eine Beschreibung von unabhängiger Stelle.«

Zum ersten Mal huschte so etwas wie ein befriedigendes Lächeln über Bondards Züge. *»Bon«*, erklärte er und deutete auf den Horizont. »Bei gutem, fast windstillem Wetter, wie in den letzten Tagen, kommen die Piloten meistens von Südwesten rein. Sie steuern Lançon an, der einzige Hügel in diesem Sumpf, wir sind nicht zu übersehen, das schaffen selbst Anfänger. Unser bescheuerter Bürgermeister hat diese Lampen installiert, die unser Städtchen so malerisch erleuchten, so kann man uns nicht einmal nachts verfehlen. Kurz vor Lançon gehen die Piloten dann in eine scharfe Linkskurve und, *voilà*, schon fliegen sie genau auf die Landebahn zu. Auch den Punkt, an dem sie zu ihrer Kurve ansetzen, hat unser Bürgermeister hell erleuchtet. Man könnte glauben, der *connard* hat das extra gemacht.«

»Welcher Punkt, Monsieur Bondard?«, fragte Fabienne.

»Na, der Kreisverkehr!« Der Burgherr deutete mit einer unwirschen Handbewegung nach unten.

Der Kreisverkehr, in dem der Tankwagenfahrer angehalten hatte, weil er einen spektakulären Absturz gesehen haben wollte. Blanc schwindelte. Der Kreisverkehr lag auf halber Höhe des Hügels, von der Burg aus klar zu erkennen. Die Flugzeuge, die darüber ihre Kurven zogen, flogen kaum einhundert Meter vom Mauerkranz der Burg entfernt. Freies Schussfeld. Was hatte der ältere Araber erzählt, der für Bondard arbeitete? Weiße, rote, grüne Lichter. Wenn Bondard auf der Mauer stand, konnte er die Maschinen mit Hilfe ihrer eigenen Positionslichter schon von Weitem sehen, selbst in der Nacht. Und er wusste genau, an welchem Punkt sie in die Kurve gingen. Blanc versuchte, sich an die Manöver der Alpha Jets von vorhin zu erinnern: Wenn die Flugzeuge kurvten, dann waren sie vergleichsweise langsam. Dann kippten ihre Flügel, einer nach oben, einer nach unten. Von der Mauer aus zeigten sie in dem Augenblick, da sie über dem Kreisverkehr den Kurs änderten, also ihren Rumpf und beide Flügel – die größtmögliche Angriffsfläche.

Sie waren das perfekte Ziel.

»Wahrscheinlich hat dieser Trottel in der Kurve zu viel Höhe verloren«, fuhr Bondard ungerührt fort. »Vielleicht war er zu langsam. Na, jedenfalls nimmt er Kurs auf die Landebahn, wie immer, aber diesmal ist er schon viel zu weit unten. Und er merkt es nicht, denn in meinen Olivenhainen, da leuchten keine bescheuerten Lampen. Die sind schwarz wie die Nacht. Wahrscheinlich hat der Kerl bis zur letzten Sekunde nicht einmal geahnt, dass er sein Flugzeug in den Boden rammen wird.«

»*Merci beaucoup*, Monsieur Bondard.« Blanc hatte das dringende Bedürfnis, aus dieser Burg zu stürmen, die Gartenmauer zu überwinden, die Stützmauer, die Stadtmauer, alle diese verdammten Mauern dieser verdammten Stadt.

»Was wird nun aus meinen Anzeigen?«, rief ihnen Bondard hinterher.

»Wir kümmern uns darum«, versprach Blanc.

»Glaubst du, er hat es getan?«, fragte Marius, als sie die Porte de Bouissière passiert hatten. »Bondard liegt oben auf seiner Burg und wartet auf die Flieger. Niemand sieht ihn. Die Lichter von Lançon sind im Boden eingelassen. Die Mauer strahlen sie hell an, aber Bondard müsste sich nur ein paar Zentimeter vom äußeren Rand zurückziehen, dann stünde er da in tiefster Dunkelheit. Von den Gassen aus wäre er nicht zu sehen und nicht von den Fenstern und Balkonen und nicht einmal aus einer Dachluke, denn ihm liegt die ganze Stadt zu Füßen. Er könnte dort stundenlang ausharren und vollkommen ungestört die ankommende Maschine anvisieren. Er könnte sogar ein Stativ benutzen und ein Nachtsichtgerät.«

»Und wenn er schießt, dann hört das niemand, denn der Motorenlärm übertönt alle anderen Geräusche«, ergänzte Fabienne.

»Bis vor fünf Minuten hätte ich nie im Leben geglaubt, dass an der Aussage des hohlköpfigen Tankwagenfahrers irgendetwas dran sein könnte«, gestand Marius. »Aber jetzt glaube ich, dass dieser Trottel möglicherweise recht hat.«

»Was sollen wir tun?«, fragte Blanc. »Wir können Bondard nicht auf diesen vagen Verdacht hin verhaften. Nicht, solange wir nicht wenigstens ein paar Indizien beisammen haben.«

»Dann holen wir uns diese Indizien«, erklärte Fabienne forsch. »Wir beantragen einen Durchsuchungsbeschluss und …«

Blanc lächelte und schüttelte den Kopf. »Du kannst diese Burg nicht mit Google durchsuchen. Wenn du diesen riesigen Kasten auf den Kopf stellen willst, dann brauchst du dafür eine Hundertschaft Brigadiers. Wenn du mit so vielen Leuten die Burg von Lançon stürmst, dann gibt das einen Skandal, als würden die Sarazenen wieder plündern! Bondard ist seit Jahren im Gemeinderat. Und Bondard möchte mit Hilfe des Front National noch ganz woanders hin. Ein gefährlicher Mann. Kein Untersuchungsrichter Frankreichs würde uns allein auf diese wilde Geschichte hin so einen Durchsuchungsbeschluss ausstellen. Das politische Risiko wäre viel zu groß.«

»Was Männer nicht anpacken, das schaffen Frauen allemal. Wenn du keinen Untersuchungsrichter findest, dann frag eine Untersuchungsrichterin. Du hast doch einen kurzen Draht zu dieser Richterin in Aix.«

Blanc hustete. »Diese Richterin spielt ihre Trümpfe nur dann aus, wenn sie weiß, dass sie gewinnt. Ich werde *Madame le Juge* unsere Theorie vortragen«, versprach er – wohl wissend, dass Aveline nicht wollte, dass er anrief. »Zu gegebener Zeit«, setzte er hinzu.

»Die gegebene Zeit wird schneller kommen, als du dir das denkst«, murmelte Marius und deutete mit dem Daumen Richtung Burg. »Bondard selbst sagt, dass sein *Gîte* so leer ist wie mein Bankkonto.«

»Aber er hat seine Oliven.«

»Bondard hat keine Oliven. Bondard hat Fliegen.« Marius lächelte dünn. »*La mouche de l'olive*. Die Biester legen ihre Eier im Frühjahr in die jungen Oliven. Die befallenen Früchte reifen nicht aus und fallen vorzeitig vom Baum. Gegenmittel? Fehlanzeige. In normalen Jahren verliert jeder Olivenbauer ein paar Prozent seiner Ernte an diese Schädlinge. Aber dieses Jahr war kein normales Jahr ...«

»Wir hatten einen regnerischen Frühling«, rief Fabienne, der plötzlich ein Licht aufging. »Was haben wir über den Regen im März und April geflucht!«

»Und genau in diesen Monaten legt die *mouche de l'olive* ihre Eier ab. Dieses Jahr werden die Olivenbauern in der Provence nicht ein paar lausige Prozente ihrer Ernte verlieren, sondern ...«, Marius legte eine Kunstpause ein, »zwei Drittel oder drei Viertel oder auch alles. *Rien*. Die befallenen Oliven sind jetzt schon weg, man kann schon sehen, wie katastrophal es werden wird. Monsieur Bondard wird es im November, wenn er die Ernte einbringen will, genauso ergehen wie allen anderen: Am Ende wird er aus seinen Hainen so wenig Olivenöl pressen, dass er sich die ganze Ernte in die Haare schmieren kann. Er wird dieses Jahr nicht einen müden Euro mit seinen Oliven verdienen, und er weiß das auch.«

»Wenn sein *Gîte* auch noch bis zum November leer steht …«, begann Fabienne.

»… dann ist Bondard noch vor Weihnachten pleite«, vollendete Marius.

»Also muss er den Fluglärm um jeden Preis stoppen.« Blanc lächelte. »Wenn das kein gutes Motiv ist, dann weiß ich nicht, was eines sein soll.«

Abends kramte Blanc im alten Holzschrank der Küche herum. Er war zu müde, um aufwendig zu kochen, und warum sollte er länger als zehn Minuten am Herd stehen, wenn er auch nicht länger als zehn Minuten brauchte, um zu essen? Zwischen den Nudelpackungen blitzte es metallisch auf. Verwundert zog er ein Matchboxauto hervor. Ein Cadillac Coupe DeVille, bronzemetallic, siebziger Jahre. Wie mochte das zwischen die Nudeln geraten sein? Er hatte damit als Kind wilde Verfolgungsfahrten gespielt, es war das Auto der Gangster, die vor der Polizei davonbrausten. Später hatte auch sein Sohn damit gespielt. Blanc hatte geglaubt, dass Eric es behalten hatte.

Eine Viertelstunde später schlang er die Spaghetti herunter und starrte noch immer auf das etwas zerschrammte Auto auf dem Küchentisch. Schließlich zog er eine Schublade des Küchenschranks auf und räumte es hinein. Dann griff er sich sein Notebook und fuhr es hoch. Er würde es mit Skype probieren. Eric lebte in Quebec bei Genevièves Bruder und hatte dort eine Biotech-Firma gegründet, von der Blanc bis heute nicht verstanden hatte, was sie eigentlich produzierte.

»Weißt du, wie spät es ist?«

Blanc erkannte die Stimme sofort und erkannte sie doch nicht – die Stimme eines erwachsenen Mannes, doch er würde wohl für immer die Stimme eines Jungen im Ohr behalten. Die Internetverbindung in Sainte-Françoise-la-Vallée war so schwach, dass Blanc nur Erics Stimme hörte, der kleine Digicam-Bildschirm jedoch dunkel blieb. Ob sein Sohn ihn sah? Er fragte nicht. »Bei euch drüben müsste es Nachmittag sein«, sagte er.

»Ja, Donnerstagnachmittag, ein vollkommen normaler Arbeitstag.« Schwang darin ein Hauch von Ungeduld mit? Vielleicht war es auch bloß die schlechte Tonqualität.

Blanc suchte nach Worten, er wusste plötzlich nicht mehr, was er sagen sollte. »Du hast viel zu tun?«

»Zum Glück.«

»Hier ist auch alles in Ordnung«, versicherte Blanc. *Connard*, dachte er zugleich. Du hörst dich an wie ein Großvater im Altersheim.

»Wirklich? Ich habe Mitarbeiter im Senegal, mit denen ich besser skypen kann. Sie haben dich an den Arsch der Welt versetzt, du hast noch nicht einmal einen richtigen Netzanschluss.«

Blanc hätte jetzt gern von seiner früheren Arbeit erzählt, von all den Korruptionsfällen und davon, wie wichtig es war, die Bestechlichkeit zu bekämpfen, sie aus der Demokratie herauszuschneiden wie ein bösartiges Geschwür. Davon, wie es war, von eben jenen korrupten Gestalten gegen seinen Willen versetzt zu werden. Davon, dass man auch in der Provinz einen guten Job erledigen konnte. Davon, dass hier ein Pilot vom Himmel gefallen war, der kaum älter war als sein Sohn. Aber während er sich diese Sätze noch mühselig im Geist zurechtlegte, sprach Eric schon weiter, hart und schnell, wie jemand, der im Konferenzraum eine Frage abfeuert.

»Wann lässt du dich eigentlich von Maman scheiden?«

Blanc schloß resigniert die Augen. »Maman lässt sich von mir scheiden.«

»Du hast …«

Die letzten Worte kamen nur noch abgehackt aus Blancs Computer. Nun bricht auch noch die Tonverbindung zusammen, dachte er, aber das war vielleicht auch besser so. *»Au revoir!«,* rief er noch, aber ein Icon auf dem Bildschirm zeigte ihm an, dass die Leitung bereits kollabiert war.

Blanc starrte lange auf sein Notebook. Irgendwann verdrängten die schlierigen Muster des Bildschirmschoners die Anzeige von Skype. Und irgendwann schaltete sich das Gerät in den Stromsparmodus, und er hatte sich immer noch nicht bewegt. Erst als sein Handy klingelte, zuckte er zusammen. Für einen Augenblick hatte er die absurde Hoffnung, es könnte Eric sein, der auf dieser Verbindung zurückrief. Doch es war bloß die Nummer des diensthabenden Brigadiers von Gadet.

»Es gibt da einen Todesfall«, stammelte der Beamte.

Blanc erkannte die Stimme wieder. Der Junge, der sich noch nie rasiert hatte. »Soll ich Ihnen mein Beileid aussprechen, Sylvain?«

»Das nicht, *mon Capitaine*. Das heißt, eigentlich weiß ich nicht, wer der Tote ist. Also theoretisch …«

»Quälen Sie sich nicht, Sylvain. Handelt es sich um einen Mord? Einen Unfall? Soll ich kommen? Wohin? Nach Gadet? Oder zum Fundort der Leiche?«

»Das ist, glaube ich, eine gute Idee, *mon Capitaine*. Man hat mir gemeldet, dass Sie da neulich schon einmal zu tun hatten. Der Tote liegt in einem Olivenhain bei Lançon.«

Schlaf ohne Erwachen

Es war nach dreiundzwanzig Uhr, als Blanc den Espace auf dem Feldweg abstellte, hinter zwei Streifenwagen der Gendarmerie und dem Jeep von Fontaine Thezan. Noch keine Journalisten, immerhin. Die Schatten der Olivenbäume. Einige Meter entfernt das Zelt aus Licht der mobilen Scheinwerfer. Die *cavaliers jaunes*, wie lustige Spielsachen, die ein Kind hier und dort vergessen hatte. Ein Brummen, irgendwo am schwarzen Himmel. Weiße, rote, grüne Lichter – eine Propellermaschine. *Merde*, dachte Blanc, nicht schon wieder! Er würde zu Bondard fahren, sofort, diese bescheuerte Burg stürmen, den Kerl zusammen mit dem Gewehr vom Mauerkranz zerren und scheiß auf einen Durchsuchungsbeschluss.

»Es ist der Araber«, rief ihm Fabienne zu, die im Lichtschein stand.

Blanc kam näher, erleichtert, obwohl er wusste, dass das zynisch war. Kein Flugzeug, kein toter Pilot, kein Schütze im Schatten einer Mauer. »Der Junge mit dem Fuego?«, fragte er.

»Nein, Bondards Landarbeiter.«

Er bemerkte, dass seine Kollegin blass war. »Sieht es so schlimm aus?«, fragte er.

»Jetzt ahne ich, was das Wort ›Blutbad‹ bedeutet.« Fabienne atmete tief durch und blickte auf das iPad in ihrer Rechten. »Tahar Marouani«, las sie ihre Notizen vor. »43 Jahre alt, wohnhaft Lançon, 3 Grande Rue, keine Vorstrafen. Wir wissen noch nicht, seit wann er hier liegt. Er ist für seinen Patron fast jeden Tag im Olivenhain. Erst, als er nach Einbruch der Dunkelheit nicht nach Hause gekommen ist, hat sich seine Frau Sorgen um ihn gemacht.«

»Hat sie ihren toten Gatten gefunden?«

Fabienne starrte auf das Display ihres iPads, als würde die Welt untergehen, wenn sie ihren Blick jetzt auch nur für eine Sekunde abwenden würde. »Ja. Sie ist zu Fuß gekommen, es sind ja bloß ein paar Hundert Meter vom Städtchen bis zu den Oliven. Sie hat über ihr Handy die Gendarmerie gerufen. Und sie hat«, Fabienne zögerte, »nun ja, Spuren verwischt, muss man wohl sagen. Sie hat versucht, ihren Mann zu retten. Aber der war nicht mehr zu retten.«

»Sehen wir uns den Toten an.«

»Geh du schon vor. Ich checke nur noch kurz meine Notizen.« Fabienne blickte noch immer auf ihr iPad.

Blanc berührte sie flüchtig an der Schulter. »Schon gut«, murmelte er.

Der Landarbeiter lag auf dem Rücken, die leeren Augen dem Himmel zugewandt. Fontaine Thezan kniete neben dem Körper. Der Tote trug Arbeitsschuhe, eine alte Jeans und ein weißes T-Shirt. Ein T-Shirt, das zumindest einmal weiß gewesen war. Jetzt klebte es feuchtigkeitsschwer auf seinem Körper wie ein vollgesogenes Handtuch – doch es war kein Wasser, das den Stoff tränkte. Das Blut bedeckte Brust und Bauch, die Lache erstreckte sich vom Halsausschnitt bis zum Hosenbund des Opfers. Dazu Blutstreifen und -schlieren an der Seite, an der Jeans, blutige Fingerabdrücke im Gesicht. Die Gattin, vermutete Blanc, die ihren Mann so findet, die ihn packt, die tastet, die ruft, die mit den Händen über das Gesicht streicht, die ... Er schloss für einen Moment die Augen.

»Stichwunden«, sagte die Gerichtsmedizinerin und erhob sich. »So viele, dass ich sie auf dem Seziertisch zählen muss.«

Blanc entdeckte eine Astschere auf dem Boden, einige Meter neben Marouanis rechter Hand. Ihre Sicherung war zurückgeschoben, die Feder hatte beide Klingen auseinandergedrückt. Eine gelbe Markierung steckte neben dem Gartengerät. »Könnte das die Tatwaffe sein?«

Fontaine Thezan schob ihre Brille ins Haar und rieb sich die Augen. »Möglich, aber nicht sehr wahrscheinlich. Auf der Schere ist kein Blut zu erkennen. Und die Verletzungen am Körper scheinen mir eher von einer längeren und geraden Klinge herzurühren. Ich tippe auf ein Messer. Die Obduktion und die Analysen im Labor werden uns vielleicht Gewissheit geben.«

»Wann ist er ermordet worden?«

Sie bedachte ihn mit einem flüchtigen, spöttischen Blick. »Reicht es auf zehn Minuten genau? Oder wollen Sie bis in den Sekundenbereich gehen?«

Er brachte ein entschuldigendes Lächeln zustande. »Doktor, ich weiß, dass Gerichtsmediziner nur in Filmen ...«

»Nur in schlechten Filmen, *mon Capitaine. Bon*, ich habe die Körpertemperatur des Opfers gemessen. Wenn ich sie in Relation zur Temperatur in der Umgebung setze und noch einige andere Indikatoren betrachte, dann schätze ich, dass er seit fünf oder sechs Stunden tot ist.«

»Also hat er seinen Mörder um siebzehn oder achtzehn Uhr getroffen«, mutmaßte Blanc. »Es war noch hell; Marouani war hier, um zu arbeiten. Und nicht, weil er etwas Verdächtiges gesehen hat. Oder weil ihn jemand hierhergelockt hat.«

»Sie erwarten nicht, dass ich diese Spekulationen kommentiere?«

»Marouani muss seinen Mörder gesehen haben«, fuhr Blanc unbeirrt fort. »Die Verletzungen sind ihm von vorn zugefügt worden.«

Die Gerichtsmedizinerin legte den Kopf auf die Seite. »Was halten Sie davon: Marouani liegt nach einem anstrengenden Arbeitstag unter dem Olivenbaum und ruht sich aus, schläft vielleicht sogar. Jemand nähert sich dem nichtsahnenden Mann und sticht von oben auf den Liegenden ein. Marouani hat seinen Mörder also gar nicht gesehen.«

Blanc blickte sie verblüfft an. »Das können Sie aus dem Zustand seines Körpers erkennen?«

»Nein, *mon Capitaine*. Aber wir sind hier nicht in Paris. Landarbeit ist hart. Die Sonne brennt, die Stunden sind lang. Hier schlafen die Leute manchmal an Ort und Stelle ein, wenn sie ihr Tagwerk erledigt haben. Und niemand ist so wehrlos wie ein erschöpfter Mensch im Tiefschlaf.« Fontaine Thezan deutete auf den Toten. »Sehen Sie ihn sich an! Nicht sehr groß, aber drahtig.«

Blanc erinnerte sich an Marouanis Händedruck. »Zäher Kerl«, murmelte er.

Die Gerichtsmedizinerin nickte. »Ja. Und es war hell, und die Verletzungen sind ihm im Brust- und Bauchbereich zugefügt worden. Mit einem Messer oder einer anderen Waffe, deren Klinge meiner Ansicht nach länger ist als eine Astschere. Hätte sich ein Mann wie Marouani wehrlos niederstechen lassen? Wenn er zwischen den Olivenbäumen gearbeitet hätte, dann hätte er den Angreifer bemerkt. Er hätte außerdem dessen Waffe gesehen. Seine Frau hat, in ihrem verzweifelten Bemühen, ihn zu retten und Hilfe zu rufen, den Boden überall zertrampelt und verwischt. Wir werden niemals Abdrücke identifizieren können, die uns zeigen würden, ob Marouani in seinem letzten Lebensmoment stand oder lag.« Sie kniete erneut nieder und forderte ihn mit einer Geste auf, es auch zu tun. »Aber seine Hände«, sagte sie. »Sehen Sie sich die Haut an, vor allem zwischen Daumen und Zeigefinger und auf der Innenseite. Kein einziger Schnitt, nicht ein Kratzer. Die meisten Menschen, die sich noch gegen einen Angreifer mit einem Messer wehren können, weisen dort tiefe Schnittverletzungen auf, weil sie in die scharfe Klinge greifen, um sich zu schützen oder dem Mörder die Waffe zu entwinden.«

»Wenn Marouani tatsächlich geschlafen hat«, flüsterte Blanc, »dann war dieser Mord keine Affekttat. Kein Streit, der eskaliert ist. Kein Mensch beispielsweise, der von Marouani überrascht worden ist und sich in Panik gewehrt hat.« Er dachte an Ange Douchy, die sich einen Dreck darum geschert hatte, wem der Olivenhain gehörte, durch den sie mit ihrer Ziege und ihrem verdammten Salzbeutel gewandert war. »Wer einen Schlafenden so mit dem Messer attackiert, der verübt einen kaltblütigen Anschlag. Der Mörder hatte demnach einen klaren Plan: Er hat sich an den Wehrlosen herangeschlichen, um ihn möglichst gefahrlos umzubringen.«

»Und er hat so oft zugestochen, um sicherzugehen, dass er sein Ziel auch erreicht.«

»Ein Landarbeiter«, murmelte Blanc. »Welchen Grund gibt es, einen harmlosen Landarbeiter zu massakrieren?«

»Der Wucht der Stiche nach muss es für irgendjemanden einen sehr guten Grund gegeben haben, *mon Capitaine*.«

Blanc streifte sich Handschuhe über und betastete vorsichtig den Körper. Er fand nichts weiter in den Jeanstaschen als eine alte Brieftasche: ein paar Münzen, Marouanis algerischer Pass, sein Führerschein, seine französische Arbeits- und Aufenthaltserlaubnis. Ein zerkratztes, ausgeschaltetes Nokia aus jener versunkenen Epoche, als Handys noch eine Tastatur hatten. »Er hatte nicht einmal einen Schlüssel dabei«, stellte er fest.

»Er muss damit gerechnet haben, dass man zu Hause auf ihn wartet und ihm die Tür aufmachen wird.«

»Wo ist Marouanis Frau?«, fragte Blanc Fabienne, nachdem er zu ihr zurückgekehrt war.

»In einem Streifenwagen. Mit Doktor LL.«

»LL?«

»Pardon, ich vergesse immer wieder, dass du erst seit ein paar Wochen bei uns bist. Es fühlt sich an, als wäre es schon eine Ewigkeit.« Sie lächelte schwach. »Laurence Lucas. *Doktor* Laurence Lucas. Die Psychologin der Gendarmerie. Es gibt in der Provence keinen Hinterbliebenen, dem sie nicht schon die Hand gehalten hätte.«

»Nicht dein Typ?«

»Man könnte denken, ihr macht das Spaß, den Angehörigen von Mordopfern den Arm um die Schulter zu legen.«

»Das ist ihr Job.«

»Entschuldige bitte. Ich bin müde.«

Blanc ging zu dem Mégane, auf den seine Kollegin gedeutet hatte. Bevor er ganz herankam, öffnete sich die Fahrertür. Eine Frau versperrte ihm den Weg, mehr als einen Meter achtzig groß, kräftiger Körper, mondrundes Gesicht, halblange, leicht gewellte Haare. »Jetzt noch nicht, *mon Capitaine.*«

»Sie kennen mich?«

»Ich erhalte Kopien der Personalakten von allen Gendarmen, die zu uns versetzt werden.«

Blanc bildete sich ein, dass diese Frau bereits seine intimsten Geheimnisse kannte und ihn mit einer Art klinischem Blick musterte.

Er musste sich sehr, sehr zwingen, seine Gefühle in einer Region seines Herzens einzumauern, von der aus sie ihn nicht verraten konnten. »Ich muss Madame Marouani befragen, auch wenn es noch so schwer ist für sie.«

»Das verstehe ich vollkommen. Warten Sie einfach, bis sich Narjasse Marouani etwas gesammelt hat. Ich vermute, dass sie in einer oder zwei Stunden in der Lage sein wird, Ihr Verhör zu überstehen.«

»Ich will sie nicht mit Waterboarding bearbeiten!«

»Kein Grund, aggressiv zu werden, *mon Capitaine*. Ich habe Sie nicht provoziert.«

Er atmete tief durch. »*D'accord*. Sie sind die Spezialistin, Madame Lucas.«

»Doktor Lucas. Ich werde die Dame zu ihrem Haus begleiten. In ihrer vertrauten Umgebung und außer Sichtweite von dem Ort, an dem sie ihren toten Mann gefunden hat, wird sie sich ein wenig von diesem Schock erholen.« Die Psychologin reichte ihm eine Visitenkarte mit Goldrand. »Rufen Sie mich in einer Stunde auf dem Handy an. Ich denke, dass ich dann keine medizinischen Einwände mehr gegen eine Befragung haben werde.«

Er nahm die Karte und tat, als würde er sie studieren. Tatsächlich jedoch blickte er verstohlen zum Streifenwagen. Narjasse Marouani saß auf dem Beifahrersitz, eine dunkle Wachsfigur. Sie war jünger als ihr Mann, schätzte Blanc, vielleicht Mitte dreißig. Ihre Wangen waren rund und glatt, die Augen sehr groß, die Nase lang und gerade. Ein Tuch umschlang ihren Kopf, eine dunkle Bluse verbarg die ausladende Form ihres Körpers. Sie sah nicht aus, als hätte sie geweint. »In einer Stunde also«, murmelte er.

Auf dem Rückweg zum Tatort hielt Blanc verblüfft inne. Neben dem Toten kniete Nkoulou. Er hätte nie gedacht, dass sein Chef sich je persönlich zu einem Einsatz hinausbegeben würde. Noch weniger hätte er gedacht, dass er dort einen Fleck auf seiner makellosen Uniform riskierte, indem er sich dem staubigen Erdboden näherte.

»Was wissen wir?«, fragte der Commandant, während er sich aufrichtete.

Blanc registrierte, dass Nkoulou »wir« gesagt hatte. Rasch erzählte er, wer der Tote war, was ihm Doktor Fontaine Thezan gezeigt hatte und welche Folgerungen er daraus zog.

»Glauben Sie, dass dieser Mord etwas mit dem Flugzeugabsturz zu tun hat?«

»Zwei gewaltsame Todesfälle auf demselben Stück Land und im Abstand weniger Tage, das ist schon ein merkwürdiger Zufall«, erwiderte Blanc vorsichtig. »Allerdings ist das Leben voller merkwürdiger Zufälle.«

»Sonst wären Sie nicht von Paris nach Gadet versetzt worden«, versetzte Nkoulou säuerlich. »Sie werden auch diesen Fall lösen, *mon Capitaine.*«

»Selbstverständlich.«

Der Commandant lächelte dünn und grüßte zum Abschied militärisch mit der Hand am Mützenschirm. Er drehte sich um und ging zu einem dunkelblauen Peugeot 607, dessen Scheiben in der gleichen Farbe getönt waren, sodass es wirkte, als wäre die Limousine nicht aus Blech und Glas gebaut, sondern aus einem einzigen Block eines dunklen High-Tech-Materials herausgeschnitten worden. Als er bereits die Fahrertür geöffnet hatte, wandte er sich noch einmal Blanc zu. »Was immer Sie hierfür an Unterstützung benötigen, das fordern Sie einfach an!«

»*Merde*«, murmelte Blanc, nachdem der Peugeot in einer Staubwolke verschwunden war. »Was sollte dieser Auftritt?«, fragte er Fabienne, die neben ihn getreten war. »Ich dachte, Nkoulou interessiert sich ausschließlich für seine Laufbahn. Ob wir den Mörder eines Landarbeiters finden oder nicht, das ist für seine Turnübungen auf der Karriereleiter doch vollkommen egal.«

»Der Chef nimmt das persönlich. Marouani war ein Immigrant aus Afrika. Niemand kommt in Nkoulous Bezirk mit einem Mord an einem Immigranten aus Afrika davon. Also sollten wir nicht bloß Marouanis Mörder finden. Wir sollten ihn auch schnell finden.«

»Ich habe nicht vor, mir Zeit zu lassen«, erwiderte Blanc. »Ich habe die Verletzungen des Toten gesehen. Dass jemand, der einen Schlafenden so zurichtet, irgendwo hier frei herumläuft, macht mich nervös.«

Fabienne lächelte gezwungen. »Wenn der Chef nervös ist und wenn du nervös bist, dann ist es ja keine Schande, wenn ich auch nervös bin.«

»An den Anblick von Blut gewöhnt man sich nie.«

»Ich wollte mich heute Abend mit Roxane in einem Restaurant treffen. Test-Essen für das Großereignis. Wie soll ich mit meiner Liebsten über Hummer und Hühnchen und Tiramisu reden, wenn ich das hier im Kopf habe?« Ihre Stimme verklang. »Weißt du«, fuhr sie nachdenklich fort. »Roxane sagt mir, ich soll mir nach der Hochzeit einen anderen Job suchen. Ich sei Computerspezialistin, ich könne überall arbeiten, sagt sie. Sogar als Selbstständige würde ich nicht so viele Überstunden schieben wie hier. Und ich müsste so etwas auch nicht mehr sehen.«

Blanc warf ihr einen verstohlenen Blick zu. *Ich vergesse immer wieder, dass du erst seit ein paar Wochen bei uns bist.* Zugleich wusste er, dass sie recht hatte. Dafür musste er bloß in den Spiegel gucken. Lange Stunden, kurze Ehe. *Merde, merde, merde.* »Ihr solltet beim Restaurant anrufen und ein Mitternachtsmenü reservieren. Und zum Essen müsst ihr auch die Wein- und Champagnerkarte durchtesten.«

Sie lächelte schief. »Du möchtest, dass ich mich betrinke?«

»Apropos ...« Er deutete auf einen Mégane, der am Feldweg anhielt. Marius schälte seinen massigen Leib vom Beifahrerplatz. »Da kommt die Verstärkung, die mir Nkoulou versprochen hat.«

»Ihr Männer schafft das nicht allein. Ich bleibe.«

»Fabienne, ich befehle dir hiermit, in dein verdammtes Restaurant zu gehen und deine Liebste unter den Tisch zu trinken!«

Sie öffnete empört den Mund, dann lächelte sie zaghaft. »Hummer und Champagner für mich, Leichen und Witwen für dich?«

»Das Leben ist nicht immer fair.«

Eine Viertelstunde später schritt er an Marius' Seite durch die steilen Gassen von Lançon. Im Park unterhalb der Mauer und auf den Dächern einiger Häuser standen Lampen, so groß wie Flakscheinwerfer. Ihre gelben Strahlen umhüllten die Burg, als wäre sie ein steinernes Ufo, das über einer schwarzen Masse schwebte. Denn in den Gassen und Straßen glommen bloß wenige Laternen, durch deren milchige, seit Jahren nicht mehr geputzte Gläser ein Licht quoll, das, einem Nebel ähnlich, die Sicht eher verwirrte als verbesserte. Blanc sah winzige, schulterbreite Wege oft erst, wenn sie sich plötzlich zu seiner Rechten oder Linken öffneten. Die Kronen einiger mindestens fünfzehn Meter hoher Micocouliers, die aus ummauerten Innenhöfen ragten, überwölbten die Gassen wie Zelte aus schwarzer Seide. Brunnen und Denkmäler ragten aus dem Zwielicht, als wären sie Ruinen einer anderen Zeit. Würde nicht hinter manchen geschlossenen Fensterläden Fernseher bläulich glimmen, er hätte glauben können, durch ein mittelalterliches Dorf zu irren. Durch ein Dorf im Jahr des Schwarzen Todes, denn kein Schritt hallte über das Pflaster, und den Hausmauern entströmte der Gestank von Feuchtigkeit und Schimmel. Wenn sich doch einmal ein Schatten bewegte, dann gehörte er einer davonhuschenden Katze. Oder vielleicht einer Ratte.

»Lançon gehört die Zukunft«, kommentierte Marius, der seine nervösen Blicke bemerkt hatte.

»Wenn das Frankreichs Zukunft ist, dann wird es Zeit, über Auswanderung nachzudenken.«

»Ich mache keine Witze. Lançons Einwohnerzahl hat sich in den letzten Jahren verdoppelt. Sie bauen hier neue Schulen, neue Supermärkte, sie wollen sogar eine Gendarmeriestation einrichten.«

»Und die Flics werden nachts in Rüstung und mit Fackel in der Hand Streife gehen. Du nimmst mich doch auf den Arm: Hier wohnen nur noch Gespenster.«

»Die Zugezogenen haben ihre Häuschen unten in der Ebene gebaut, wo die Grundstücke groß genug sind, um sich ein Schwimmbad im Garten zu gönnen. Aber irgendwann werden sie ihre malerische Altstadt entdecken. Wenn ich Schotter hätte, dann würde ich diese schimmeligen Buden jetzt kaufen, solange sie noch billig sind. Ich würde sie schick restaurieren und später wieder verkaufen. Oder ich würde sie vermieten, damit man dort edle Boutiquen und Seifen-Läden aufmacht. So war das in Gordes. So war das in Roussillon. So war das überall im Lubéron, bis man dort keine zwei alten Steine mehr finden konnte, die man noch renovieren durfte. Jetzt sind wir hier im Süden dran. Unsere Dörfer werden schick, unsere Bauern werden reich.«

»Oder unsere Burgherren.« Blanc dachte an Bondard. Ein lächerlicher Euro, und dann wartest du ein wenig und hockst irgendwann auf einer Million. Es müssten bloß noch die Flugzeuge verschwinden.

An der Pforte zur Burg mussten sie einige Minuten warten, bis jemand auf ihr Klingeln reagierte. Schließlich öffnete ihnen das Hausmädchen, die Haare wirr, die Wangen gerötet, ihren Körper in einen viel zu großen, altmodischen, blassblauen Herrenbademantel gehüllt. Sie sah nicht so aus, als habe sie darunter noch viel an.

Marius betrachtete sie wohlgefällig. »Dürfen wir eintreten, Mademoiselle? Wir müssen mit Monsieur Bondard sprechen. Es ist dringend.« Schon hatte er seinen Leib durch die Öffnung gezwängt.

Wie macht er das?, fragte sich Blanc, während er ihm ins Innere folgte. Das Mädchen ist mehr oder weniger nackt, und da stehen mitten in der Nacht zwei Flics vor ihm. Der eine von beiden starrt es unverhohlen an und drängt sich an ihm vorbei ins Haus, bevor es auch nur etwas sagen kann. Und was macht das Mädchen? Das lächelt Marius an und entschuldigt sich und ordnet mit hastiger Geste sein Haar und würde sie wahrscheinlich direkt in sein Schlafzimmer führen, wenn man es darum bäte. Das muss seine Stimme sein. Sein Timbre, sein Klang, sein Was-weiß-ich. Blanc hatte noch nie einen Kollegen kennengelernt, dem die Leute so hingebungsvoll vertrauten wie Marius Tonon.

»Ich hoffe für Sie, dass Sie sehr gute Gründe haben, mich mitten in der Nacht zu behelligen«, raunzte Bondard, als er endlich geruhte, zu ihnen in den Rittersaal zu kommen, wohin das Mädchen sie geführt hatte. Er trug einen Pyjama aus bordeauxfarbener Seide, die über seinem fassförmigen Bauch so spannte, dass sie glänzte. Am Herzen war ein orientalischer Drache eingestickt, auf beiden Ärmeln leuchteten komplizierte Muster aus gelben Seidenfäden. Blanc hatte keine Ahnung, wo man so etwas kaufen konnte, doch ihm kam der Verdacht, dass der Mann für seinen Schlafanzug mehr Geld ausgegeben hatte, als er in einer Woche verdiente.

»Mein Beileid, Monsieur Bondard«, erwiderte Blanc.

Der Burgherr benötigte einige Sekunden, um darauf zu antworten. »Was hat das zu bedeuten?« Seine Stimme klang nun vernünftig. Seine Maschinenaugen fixierten die Besucher.

»Bedauerlicherweise ist heute Abend Ihr Mitarbeiter Tahar Marouani zu Tode gekommen«, erklärte Marius.

»Er ist ermordet worden. In Ihrem Olivenhain«, ergänzte Blanc. Mit seinem Charme konnte Marius seinetwegen Hausmädchen beglücken, doch nicht diesen Kerl. Er wollte Bondard überrollen, ihn schockieren, er wollte einen Mann, der aus dem Schlaf gerissen und deshalb nicht auf dem Gipfel seiner Aufmerksamkeit war, in Verwirrung stürzen. Manchmal sagten verwirrte Männer Sachen, die sie in wachem Zustand niemals preisgegeben hätten.

»Merde!«, entfuhr es Bondard. Er ließ sich schwer auf einen Stuhl an der Rittertafel fallen. Diese verdammte Brille. Sein Blick war einfach nicht zu deuten. »Was ist passiert?«, fragte Bondard, nachdem er sich gesammelt hatte.

Blanc erklärte es ihm in wenigen Worten: der höchstwahrscheinlich schlafende Landarbeiter, die zahllosen Messerstiche, die Gattin, die den Toten findet. »Kannten Sie Monsieur Marouani gut?«, fragte er anschließend.

»Er hat für mich gearbeitet.«

»Schon lange, wenn ich recht informiert bin.«

Bondard legte den Kopf nachdenklich auf die Seite. »Könnte sein, dass er sein Zwanzigjähriges schon hinter sich hat. Ich müsste mal in seinem Arbeitsvertrag nachsehen.«

»Sie haben kein Jubiläum gefeiert?«

»Tahar war nicht meine Ehefrau.«

»Dann wissen Sie nichts über seine Familie? Seine Freunde? Seine Feinde?«

Bondard bedachte ihn mit einem langen Blick. »Hören Sie mir gut zu, *mon Capitaine*. Tahar war ein harter Arbeiter. Niemals krank. Hat sich nie beklagt. Der hat nie auch nur einen Tag auf Kosten der *Sécurité sociale* gelebt wie Tausende von seinesgleichen!«

»Seinesgleichen?«

»Araber. Sie wissen sehr gut, was ich meine. Sie sind Flic. Sie haben jeden Tag mit denen zu tun.«

»Nicht mit Monsieur Marouani.«

»Werden Sie nicht spitzfindig. Ich will bloß sagen, dass Tahar korrekt gearbeitet hat. Ich habe ihn korrekt bezahlt. Das ist alles, nicht mehr und nicht weniger. Wenn Sie wissen wollen, wer seine Freunde und Feinde waren, dann müssen Sie seine Freunde und Feinde fragen.«

»Wann haben Sie Monsieur Marouani zuletzt gesehen?«

»Nach dem Mittagessen kam er kurz vorbei, bevor er wieder in den Hain ging.«

»Was haben Sie besprochen?«

»Ich wollte, dass er einen Zaun um mein Land zieht.«

»Warum?«

Bondard zögerte. »Wegen der verdammten Hexe, deren Ziege mir überall auf den Boden scheißt.«

»Sie fühlen sich von Ange Douchy bedroht?«

Er lachte. »Diese Irre bringt mich nicht um den Schlaf! Aber ich will meinen Olivenhain sauber halten. Sauber von Dreck. Und sauber von dieser Wahnsinnigen. Mit der Ange können Sie ja nicht vernünftig reden. Also wollte ich einen Zaun setzen, damit sie merkt, dass sie unter meinen Bäumen kein Nickerchen mehr machen darf. Ich kann nicht auch noch *Clochards* bei mir aufnehmen, ich habe schon Ärger genug.«

»Die *mouche de l'olive*?«, fragte Blanc freundlich.

In Bondards Brillengläsern spiegelte sich Mondlicht von draußen.

»Fliegen kommen. Fliegen sterben auch wieder. Eine schlechte Ernte lässt einen Bauern noch nicht verhungern.«

Blanc nickte. »Ist Ihnen in letzter Zeit an Marouanis Verhalten irgendetwas aufgefallen? Hat er sich verändert? Hat er möglicherweise etwas Ungewöhnliches gesagt oder getan?«

»Nichts an Tahar war ungewöhnlich«, erwiderte Bondard, nun hörbar gereizt. Dann jedoch zögerte er. »*Eh bien*. In den letzten Tagen schien er mir, nun, etwas gehetzt zu sein.«

»Gehetzt?«

»*Putain*, ein besseres Wort fällt mir eben nicht ein! Tahar war immer schweigsam. Aber zuletzt hat er noch weniger gesagt. Er schien irgendwie unter Druck zu sein. So, als ob er nie ganz da war, obwohl er da war, verstehen Sie? Ich meine, mit dem Kopf war er woanders, auch wenn er vor mir stand.«

»Haben Sie ihn darauf angesprochen?«

»Ich habe mich manchmal geärgert, wenn ich Tahar etwas gesagt habe und dabei den Eindruck hatte, dass der Kerl mir gar nicht richtig zuhört. Aber warum sollte ich ihm deshalb ins Gewissen reden? Seine Arbeit hat er nämlich weiterhin erledigt. Wenn die in Afrika alle so gewissenhaft wären, dann würde von denen keiner mehr auf Schlauchbooten übers Meer paddeln, um unser Kindergeld zu kassieren!« Er lachte.

»Oder um sich von ein paar jugendlichen Schlägern verprügeln zu lassen«, warf Marius ein. Seine Stimme hatte einen sanften, beinahe mitfühlenden Klang bekommen. »Ihr Sohn Charles gehörte doch auch zu einer Gruppe *Ados*, die im vorletzten Jahr in Lançon zwei afrikanische Landarbeiter verprügelt haben?«

Mit einer Behändigkeit, die bei seiner Leibesfülle erschreckte, sprang Bondard vom Stuhl auf. »Was soll dieser Scheiß?«, brüllte er.

»Sie wecken noch Ihre Gattin auf, Monsieur Bondard«, sagte Marius, noch immer liebenswürdig. Blanc starrte seinen Kollegen an, mindestens so überrascht wie Bondard. »Es stimmt doch, dass Ihr Sohn zu einer Bewährungsstrafe verurteilt worden ist? Weil er mit einigen Freunden zwei Männer zusammengeschlagen hat, die sich abends nach der Arbeit zwischen den Olivenbäumen hingelegt hatten?«, fuhr Marius fort.

»Wenn Sie es wagen …«

»Wo ist Ihr Sohn, Monsieur Bondard?«

Der Burgherr atmete schwer. »Er ist noch nicht zurück. Er arbeitet nämlich.«

»Wo?«

»Bei Athémis. Charles hat seine Lektion gelernt. Der Junge macht keine Dummheiten mehr, der macht jetzt Karriere. Er arbeitet dort im Vertrieb. Er ist ein richtiger Manager geworden. Kommen Sie ihm bloß nicht mit diesem Kinderstreich! Er ist noch in der Zentrale. Die Firma bereitet schon das Weihnachtsgeschäft vor, die Abende nach der *rentrée* sind immer lang.«

»Was ist Athémis?«, fragte Blanc.

»Frankreichs größter Bio-Tee-Händler«, erklärte Marius.

Blanc kam sich vor, als steckte er in einem wirren Traum fest. »Bio-Tee? Ich denke, so etwas schlürfen nur Deutsche und Holländer. Und so eine Firma stellt einen verurteilten Schläger ein? Als Manager?«

»Der Laden gehört einem Mann, der die Welt verbessern will.«

»Jean Coudoulette hat meinem Sohn eine Chance gegeben«, polterte Bondard. »Sie werden nicht …«

»Wir werden nur prüfen, ob Ihr Sohn auch tatsächlich in der Firma ist«, unterbrach ihn Marius. »Ich werde dort anrufen. Ist Ihr Sohn in der Firma, ist alles bestens. Ist Ihr Sohn nicht in der Firma …«, er vollführte eine nonchalante Geste.

»Ihren Namen«, keuchte Bondard und starrte Marius an. »Ich will Ihren Namen wissen, Sie Arschloch! Sie werden noch von mir hören!«

»Da bin ich mir sicher. *Bonne nuit*, Monsieur Bondard«, erwiderte Marius, drehte sich um und verließ den Rittersaal.

»Wir finden den Weg nach draußen alleine«, sagte Blanc und folgte rasch.

»Ihre beiden Namen!«, schrie Bondard ihnen hinterher. »Ich werde Ihre Namen im Ministerium melden!«

»Wo kommt denn plötzlich dieser Sohn her?«, flüsterte Blanc, als sie vor der Burg standen. »Fabienne hat Bondard überprüft. Sie hat keinen Sohn in ihren Datenbanken gefunden.«

»Kinder zeugst du nicht in Datenbanken.« Marius klopfte ihm aufmunternd auf die Schulter. »Ein Sohn aus Bondards erster Ehe. Charles Sapin. Nach der Scheidung hat er den Nachnamen der Mutter angenommen. Er lebt aber beim Vater auf der Burg. Allerdings hat er ein eigenes Appartement mit separatem Eingang, auf der gegenüberliegenden Seite des alten Kastens. Deshalb hat er nicht nur einen anderen Nachnamen als der Alte, seine Adresse ist auch eine andere, denn seine Wohnung liegt ja an einer anderen Straße. Das alles verrät dir Google nicht.«

»Aber der Patron der Bar von Lançon?«

»Ich liebe diese harte Fahndungsarbeit.« Marius fischte sein altes Handy aus der Hosentasche. »Ich rufe im Büro von Athémis an. Mal sehen, ob Charles Sapin wirklich dort ist.«

»Ich glaube nicht eine Sekunde an diese Geschichte vom seltsamen Karrieresprung.«

»Halt deine Uhr an. Ich kenne Jean Coudoulette seit Jahren. Wir waren einige Zeit in derselben Klasse, bevor seine Eltern nach Lançon gezogen sind. Ein Mann, der zu gut ist für diese Welt, aber seltsamerweise niemals einen in die Fresse bekommt. Ein Mann, der immer an das Gute glaubt und der keine zwei Zahlen korrekt addieren kann. Ausgerechnet Coudoulette hat in diesem verschlafenen Ort einen Laden aufgemacht und Bio-Tee verkauft, irgendwelche Kräuter, die langhaarige Kerle in den Alpilles anbauen. Das ist keine zehn Jahre her. Und jetzt ist er die Nummer eins in Frankreich. Importiert Yogi-Tee aus Indien und irgendwelches Zeugs, das sie sich in den Anden hinter die Binde kippen, um nicht vom Lama zu fallen. Du kannst seine Sachen im Internet kaufen. Läuft fast so gut wie Cannabis und ist auch genauso teuer. Ich habe keine Ahnung, wie

Coudoulette das geschafft hat. Wahrscheinlich weiß er es selbst nicht so genau. Ihm gelingt einfach alles, was er anpackt. Und das wäre typisch für ihn, ausgerechnet einen Schläger wie Sapin in seinem Laden zu resozialisieren. Und es wäre typisch, wenn er damit auch noch Erfolg hätte.«

Marius tippte eine Nummer ein. Er hatte nie begriffen, wie man Telefonnummern im Handy speichert, doch das war auch nicht nötig, denn er hatte jede Verbindung, die er einmal gewählt hatte, für immer im Kopf. Blanc hörte ihm einige Minuten lang zu, wie er scherzend mit Coudoulette sprach, bevor er das Gerät wieder ausschaltete.

»*Bon*«, verkündete Marius. »Bondard hat leider recht: Coudoulette hält eine Vertriebskonferenz, seit sechzehn Uhr schon. Sie sind alle müde, sie werden noch ein, zwei Stunden weitermachen, das Weihnachtsgeschäft wird großartig werden, die Welt wird wieder etwas gerechter sein, und mein Verdacht ist am Arsch. Charles Sapin sitzt neben dem Chef und führt das Protokoll. Er war in den letzten Stunden nicht mal zum Pinkeln vor der Tür. Wäre auch zu schön gewesen.«

»Was hat Sapin vor zwei Jahren getan?«

»Sieben Halbstarke aus Lançon hatten beschlossen, es den *clandos* mal so richtig zu zeigen. Für die waren alle Ausländer klandestine Einwanderer, Schmarotzer, Betrüger, du hast diese Sprüche da oben auf der Burg gerade gehört. Sie haben das nachgeplappert. *Eh bien*. Die Kerle waren jung, einige noch minderjährig, sie haben Rosé gekippt, sie haben per SMS *une battue aux clandos* organisiert. Alles bis dahin unauffällige Jungs, Maurer, Bauern, Schüler, ein Gemüseverkäufer. So unerfahren, dass sie nach der Tat nicht einmal ihre Textnachrichten gelöscht haben. Die Fahndung war ein Kinderspiel. Sie sind spätabends in die Olivenhaine gestiegen. Dort trafen sie auf zwei schlafende Arbeiter, einen Algerier und einen Senegalesen. Die haben gedacht, dass ihr letztes Stündlein geschlagen hat. ›Das war enorm. Wir haben sie mit der Pumpgun bedroht, dass sie so laut geschrien haben, dass ihre Stimmbänder gerissen sind.‹ Das haben sich die sieben Helden danach per SMS geschickt. Ein Geständnis erster Klasse. Ein Beamter hat die verletzten Arbeiter am nächsten Tag im Krankenhaus besucht, sich Personenbeschreibungen geben lassen, zwei Jungs verhaftet, die Handys gelesen, die anderen fünf verhaftet – *et voilà*, am Nachmittag war die Sache aufgeklärt. Später haben sie zwölf bis achtzehn Monate bekommen, auf Bewährung.«

»Hervé Bondard war garantiert nicht begeistert.«

»Wie man es nimmt. Du hättest auch nicht gerne, dass dein Sohn vorbestraft ist. Andererseits hat er jedem, der es hören wollte, verkündet, wie stolz er auf Charles ist und dass der Junge nur das getan hat, was jeder anständige Franzose tun sollte. Ich glaube, viele in Lançon denken ähnlich. Und wahrscheinlich hat Coudoulette ihm gerade deshalb eine Chance gegeben. Charles Sapin bekommt einen vernünftigen Job und wird ein vernünftiger Mensch, und Coudoulette zeigt den Spießern hier, dass die Welt ein besserer Ort werden kann. Scheint in diesem Fall funktioniert zu haben, leider. Sapin hat ein bombenfestes Alibi. Er war von sechzehn Uhr an bei Athémis, und es gibt ein Dutzend Leute, die das bezeugen könnten.«

»Bleiben noch sechs andere Jungs übrig.«

»Wir werden das nachprüfen. Und den Vater haben wir auch noch nicht vom Haken.«

»*D'accord*. Geh zum Tatort zurück und sieh den Kollegen von der Spurensicherung auf die Finger. Sag ihnen, dass unser Chef ihnen die Eier abreißt, wenn sie auch nur einen Fingerabdruck übersehen.«

»Und was machst du?«

»Ich bleibe hier. Ich habe noch einen Termin, vorausgesetzt, Madame Lucas lässt mich jetzt mit Marouanis Witwe sprechen.«

»Doktor Lucas, sonst sind es deine Eier, die abgerissen werden.«

Die Witwe

Die Uhr am Kirchturm schlug zwölfmal, ein Totenglöcklein, dessen Klage sich in den Gassen verlor, dachte Blanc. Er gelangte auf einen Platz, kaum größer als die Terrasse vor seiner Ölmühle, überwölbt von einem steinernen Bogen, der die Rückseite eines uralten Hauses abstützte. Die Grande Rue, in der Marouani gewohnt hatte, führte von hier den Hügel hinab. Sie war weder groß noch eine richtige Straße, bloß ein schiefes, gepflastertes Band zwischen dunklen Gebäuden. Das Haus des Landarbeiters war dreigeschossig, kaum vier Meter breit, die Steine an den Ecken waren rundgemeißelt worden, die Fenster sahen aus, als stammten sie noch aus dem Mittelalter, nur eines war mit hässlichen Brettern aus dem Baumarkt vernagelt. Die Mauer war wahrscheinlich einmal hell gewesen, doch war sie seit so vielen Jahren nicht mehr gereinigt worden, dass sich schwärzliche Pilze in ihre poröse Oberfläche eingenistet hatten.

Aus dem Fenster im Erdgeschoss glomm gelbes Licht, dessen Schimmer die Tür kaum erleuchtete. Blanc fand keine Klingel, aber einen bronzenen Türklopfer. Als er ihn schlug, hatte er das Gefühl, das ganze Haus würde dröhnen. Doktor Lucas öffnete ihm, ihr Blick, wie es Blanc schien, vorwurfsvoll, weil er so viel Lärm gemacht hatte.

»Kommen Sie herein«, sagte die Psychologin. Sie sprach so gedämpft, als stünde sie bereits bei der Beerdigung neben dem Sarg.

»Das ist nicht nötig.« Narjasse Marouani tauchte hinter ihr im schmalen Eingangsflur auf. Sie begrüßte Blanc, indem sie ihre Rechte kurz zur Brust führte und den Blick für einen Moment senkte. Zum ersten Mal hatte Blanc Gelegenheit, sie genauer zu mustern. Die Wangen glänzend und glatt wie poliertes Holz, große, dunkle Augen, die zu anderen Zeiten wahrscheinlich fröhlich geleuchtet hätten. Ein modisches, teuer aussehendes Kopftuch mit einem Muster in Blau, Rot und Gold. Sie sprach wie jemand, der im Midi geboren wurde. »Lassen Sie uns hinausgehen.«

»Sie wollen das Haus verlassen, Madame Marouani?«, vergewisserte sich Blanc.

»Auf dem Plätzchen steht eine Bank. Wir nennen das ›unser Wohnzimmer‹. Wir sitzen an milden Abenden dort gerne noch und …« Ihre Stimme verklang, als sie realisierte, dass es dieses »wir« nie wieder geben würde. Narjasse Marouani straffte ihre Schultern. »So wecken wir wenigstens nicht meine Tochter. Sie bleiben doch hier und passen auf, Doktor Lucas?« Sie wartete nicht auf die Antwort der Psychologin, sondern ging mit raschen Schritten zu einer Bank unter dem Gewölbebogen.

Blanc folgte ihr nachdenklich. Er fragte sich, ob Marouanis Witwe bloß aus Sorge um ihre schlafende Tochter das Haus verlassen hatte. Oder ob sie nicht auch dem aufmerksamen Blick der Psychologin entkommen wollte. »Mein Beileid«, murmelte er, nachdem er sich neben sie gesetzt hatte. Seine Worte klangen hohl. Sie klangen immer irgendwie ungenügend nach solchen schrecklichen Taten, aber was sollte er sonst sagen?

»Finden Sie den Mörder.« Narjasse Marouani sah ihn nicht an, sondern blickte auf ein Pflänzchen, das es geschafft hatte, sich zwischen zwei Pflastersteinen hindurchzuzwängen.

Blanc dachte daran, dass diese beherrschte Frau noch vor wenigen Stunden den blutüberströmten Leichnam ihres Mannes in den Armen gehalten hatte. Zur Hölle mit allen Psychologen dieser Welt, sagte er sich, diese Frau wird nicht zusammenbrechen, wenn ich ihr einige Fragen stelle. »Ich vermute, dass Ihr Gatte nicht das zufällige Opfer eines schrecklichen Verbrechens wurde, sondern dass der Täter von Anfang an geplant hat, ihn zu töten«, begann er. Dann erklärte er ihr in wenigen Sätzen, was er bislang wusste. Ihr Körper blieb reglos, sie lauschte ihm so aufmerksam wie einer Sondermeldung aus dem Radio.

»Mein Mann hatte keine Feinde«, erwiderte sie schließlich.

»Das war kein Freund, der ihm das angetan hat.«

»Tahar hatte niemals Ärger mit den Flics. Er hatte nie Ärger mit den Nachbarn. Er hat sich niemals geschlagen. Er hat nicht getrunken. Ich glaube sogar, dass er in seinem ganzen Leben nicht einmal laut geworden ist. Er war kein Mann, der Streit gesucht hat.«

»War Ihr Gatte in den letzten Tagen oder Wochen irgendwie anders? Hat er sich anders verhalten?«

Narjasse Marouani schüttelte entschieden den Kopf.

»Wirkte er gehetzt? Unter Druck? Abwesend?«

»Ich verstehe Ihre Fragen nicht. Tahar war wie immer.«

Blanc erinnerte sich an Bondards Worte. Der hatte sich so wenig um seinen Landarbeiter gekümmert, dass er nicht einmal wusste, wie lange der schon bei ihm angestellt war. Könnte es wirklich sein, dass ausgerechnet ihm bei Marouani etwas aufgefallen war, das der eigenen Ehefrau entgangen wäre? »Wie lange kannten Sie Ihren Mann schon?«

»Mein halbes Leben lang. Beinahe zumindest, wenn Allah mir das gegönnt hätte.« Sie lächelte schwach. »Ich habe Tahar an meinem achtzehnten Geburtstag geheiratet. Jetzt bin ich fünfunddreißig. Niemand kennt ihn so gut wie ich.«

»Sie haben Kinder?«

»Eine Tochter. Zineb ist jetzt fünfzehn.« Narjasse Marouani warf Blanc einen raschen, forschenden Blick zu. »Wir wollten mehr Kinder haben«, fuhr sie fort. »Tahar hat sich so sehr einen Sohn gewünscht. Wir haben gedacht, dass es viellleicht an mir liegt. An meiner Arbeit«, setzte sie hinzu. »Ich war Putzfrau. Das ist sehr anstrengend. Wir haben gedacht, dass sich mein Körper erholen sollte. Wir kommen auch mit Tahars Gehalt alleine gut klar.« Es klang, als habe sie sich schon oft gerechtfertigt.

»War Ihr Gatte der erfahrenste Mitarbeiter von Monsieur Bondard?«

»Das kann man wohl sagen!« Zum ersten Mal leuchteten Narjasse Marouanis Augen auf. »Tahar hatte Hände für Olivenbäume. Er hatte Augen für Olivenbäume. Er hat gespürt, was die Bäume brauchen, verstehen Sie?«

»Ich komme aus Paris.«

Sie lachte kurz. »Olivenbäume sind wie eine Ziegenherde. Sie lieben dich, wenn du sie pflegst. Bei uns zu Hause wachsen sie fast von alleine. Aber hier in der Provence …« Ihre Stimme verklang. »Ist Ihnen aufgefallen, dass alle Bäume im Midi jung sind?«

Blanc schüttelte bloß den Kopf.

»Sie können Hunderte Jahre alt werden«, fuhr sie fort. »Stämme, so dick wie ein Imam. Richtige knorrige Alte. Aber hier sind die Bäume noch rank und schlank. Die ältesten sind kaum sechzig Jahre alt, da sind Olivenbäume praktisch noch im Kindesalter.«

»Ich dachte, dass es im Süden schon immer Oliven gibt.«

»Nicht in der Provence. Im Winter 1956 ist die Temperatur an einem einzigen Tag um zwanzig Grad gefallen. Nachmittags haben die Leute noch vor ihren Häusern gesessen und Kaffee getrunken; es war ein schöner Tag, fast wie im Frühling. Und dann ist das Thermometer nach unten gegangen, immer tiefer, bis es beinahe minus zwanzig Grad erreicht hatte. Am nächsten Morgen waren alle Olivenbäume in der Provence erfroren. Man musste sie neu anpflanzen.«

»Droht uns das jetzt wieder, alle Bäume neu zu pflanzen?«

»Es wird heute Nacht nicht gerade schneien.«

»Ich dachte eher an ein Insekt.«

Sie schüttelte den Kopf. »Die *mouche de l'olives* verdirbt die Früchte, aber nicht den Baum. Im nächsten Jahr wird die Ernte wieder gut.«

»Dann ist es für manche Bauern vielleicht zu spät. Ist Monsieur Bondard in Schwierigkeiten? Hat Ihr Mann mit Ihnen darüber geredet?«

Narjasse Marouani zögerte. »Er hat sich Sorgen um seine Arbeit gemacht«, gab sie endlich zu. »Er hat gesehen, wie es den Bäumen ging. Er war machtlos. Er hat auch geahnt, dass es oben nicht gut ging.«

»Oben?«

»In der Burg. Monsieur Bondard hat keine Gäste mehr.«

»Wegen der Flugzeuge?«

Sie lachte kurz und freudlos auf. »Deswegen vielleicht auch.«

Blanc nickte. Er hatte seinen Block unauffällig herausgeholt und machte sich im Dämmerlicht Notizen. »Wann haben Sie zuletzt mit Ihrem Mann gesprochen?«

»Kurz nach dem Mittagessen. Tahar war oben bei Monsieur Bondard gewesen und kam noch mal zu mir, bevor er in den Olivenhain hinunterstieg. Sie haben über die nächste Ernte geredet, wie immer. Wenn man das denn Ernte nennen kann. Tahar hat gehofft, dass er mindestens ein Viertel der Oliven retten kann. Weit mehr als auf den anderen Hainen. Aber was ist schon ein Viertel? Außerdem haben sie, nun ja«, sie zögerte, »über die Hexe diskutiert.«

»Madame Douchy?«

»Sie sind der Einzige, der diese Frau ›Madame‹ nennt.«

»Sie glauben auch, dass sie eine Hexe ist?«

»Mir läuft ein Schauder über den Rücken, wenn sie mich nur ansieht.«

»Ange Douchy treibt sich oft im Olivenhain von Monsieur Bondard herum?«

»Die läuft hier überall herum. Die lacht doch nur, wenn sie ein Schild mit der Aufschrift ›*Propriété Privée*‹ sieht.«

»Monsieur Bondard wollte, dass Ihr Mann das Land mit einem Zaun schützt.«

»Tahar war damit nicht einverstanden. Viel Arbeit für nichts. Er meinte zu mir, dass er an einem Tag die Pfähle für den Zaun in den Boden rammt, und am nächsten wird Ange Douchy sie wieder ausreißen. Gegen Hexen helfen keine Zäune.«

Blanc notierte: *Ange Douchy – Zaun – Motiv?* »Hat Ihr Mann auch Monsieur Bondard gesagt, dass er sich wenig davon erhofft?«

Sie schüttelte den Kopf. »Monsieur Bondard ist der Patron. Wenn er einen Zaun haben will, dann bekommt er einen Zaun.«

»Wann haben Sie heute zum ersten Mal etwas Ungewöhnliches bemerkt, Madame?«, fragte Blanc behutsam.

»Tahar war nicht zum Abendessen zurück. Er ist immer pünktlich gewesen. Ich habe gedacht, dass er vielleicht etwas mehr als sonst zu tun hat. Wegen der *mouche de l'olives* oder weil er den Zaun setzt oder warum auch immer. Als er eine halbe Stunde überfällig war, habe ich ihn angerufen. Aber er ging nicht dran. Tahar geht immer an sein Handy. Er braucht es kaum. Ich bin praktisch die Einzige, die ihn anruft. Manchmal sprechen wir und …« Ihr fiel auf, dass sie in der Gegenwart redete. Sie starrte wieder auf den Boden.

Blanc fühlte sich unwohl. Wenn sie weinen würde, sagte er sich, das wäre besser. Besser als diese Maske, die sie über ihr Gesicht zwingt. »Und dann sind Sie hinuntergegegangen?«

»Ja. In den Olivenhain, um nachzusehen.«

»Wann war das?«

»Nach einundzwanzig Uhr. Ich habe Zineb gebeten, das Essen warm zu halten, dann habe ich mich auf den Weg gemacht. Als ich bei den Bäumen war, da …« Sie blickte ihn kurz an. »Muss ich das erzählen?«

»Ja«, erwiderte Blanc und hasste sich dafür.

»Ich war im ersten Augenblick wütend«, fuhr Narjasse Marouani fort, sehr leise, sehr langsam. »Ich habe gedacht: ›Der Kerl hat verschlafen!‹ Obwohl ich die dunklen Flecken auf Tahars T-Shirt sofort gesehen habe. Aber ich habe sie irgendwie auch nicht gesehen. Ich habe einfach nicht begriffen, was das bedeutet! Erst, als ich näher gekommen bin, da habe ich gesehen, dass es Blut war. Tahars ganzer Körper war voller Blut und der Boden um ihn, und er hat nicht geatmet, und seine Augen waren offen.«

Blanc ließ ihr Zeit, sich wieder zu sammeln. Lange Minuten saßen sie schweigend auf der Bank und sahen einander nicht an.

»Haben Sie noch etwas bemerkt?«, fragte Blanc schließlich und hob die Hand, als sie protestieren wollte. »Madame, ich weiß, dass es ein Schock für Sie ist. Aber denken Sie nach, so quälend es ist. Erinnern Sie sich an den Abend. An den Olivenhain. An den Augenblick, als Sie alles sahen. Gab es da noch etwas? Eine Bewegung? Eine Gestalt? Ein Geräusch?«

»Es war still. Es war alles so still.«

»Kein Motorgeräusch? Von einem davonfahrenden Auto? Keine

Geräusche von Schuhsohlen auf dem Erdboden? Kein knackender Zweig?«

»Im ersten Moment habe ich nichts gehört. Und dann habe ich … so laut geschrien, dass ich nur noch mich selbst gehört habe. Ich wollte ihn retten und wusste doch, dass es zu spät war«, fuhr sie irgendwann fort. »Ich wusste es einfach. Und trotzdem wollte ich ihn retten. Verstehen Sie?«

Blanc lächelte müde. »Wenn ich Ermittlungen führe, dann will ich die Toten retten. Ich weiß, dass niemand sie mehr retten kann, aber ich denke, wenn ich ihre Mörder finde, dann rette ich sie doch irgendwie.«

»Werden Sie Tahars Mörder finden?«

»Ich denke, wir sollten jetzt zu Ihrem Haus zurückkehren, Madame Marouani. Die Nacht wird kühl.«

Sie hörten die Schreie schon drei Schritte vor der geschlossenen Eingangstür. Ein hysterisches Heulen, unterbrochen von den beschwörenden Worten Doktor Lucas'.

»Zineb!«, rief Narjasse Marouani und eilte ins Haus.

Im Flur glomm eine gelbe Birne. Blanc, der vor dem Haus geblieben war, erblickte einen schönen Teenager, schlank und groß, goldene Armreifen an beiden Handgelenken, Ringe, das Kopftuch war verrutscht und bändigte nicht länger die langen, stark gelockten schwarzen Haare. Zinebs Augen waren verheult. Tränen liefen über ihr Gesicht und ihren Hals, sie färbten schon ihr graues T-Shirt auf der Brust dunkel. Doktor Lucas stand neben ihr und redete besonnen auf sie ein, doch Blanc war klar, dass die Stimme der Psychologin gar nicht bis in Zinebs Geist gelangte. Ihre Mutter packte sie energisch an den Schultern, drehte sie um wie eine Schaufensterpuppe und zwang sie über eine Treppe nach oben, halb schob sie ihre Tochter, halb hob sie sie an. Die Psychologin folgte beiden, der Lärm verklang.

Blanc wartete nachdenklich auf der dunklen Gasse, unentschlossen, ob er ohne Abschiedswort gehen oder ausharren sollte. Gerade, als er schließlich aufbrechen wollte, kehrte Narjasse Marouani zurück. »Bitte entschuldigen Sie meine Tochter«, flüsterte sie.

»Sie müssen sich nicht entschuldigen.«

»Ich habe Zineb direkt die Wahrheit sagen müssen. Ich habe ja bei Tahar gewartet, bis die Gendarmerie da war. Und dann erst, viel zu spät, bin ich nach Hause gekommen. Und Doktor Lucas war bei mir und auch ein Flic. Meine Tochter hat sofort gewusst, dass etwas Schreckliches passiert ist.«

»Ihre Tochter hat sofort gewusst, dass ihr Vater gestorben war?«

»Zineb macht niemand etwas vor. Sie hat den Gendarmen gesehen, und sie hat mein Gesicht gesehen, und bevor ich auch nur den Mund aufmachen konnte …« Sie atmete tief durch. »Doktor Lucas hat ihr eine Spritze gegeben und mir gesagt, dass meine Tochter die Nacht durchschlafen würde.« Sie lächelte matt. »Wie es scheint, hat sie sich geirrt. Sie ist jetzt wieder oben bei ihr.«

Blanc hätte die Tochter gerne befragt, doch es war klar, dass er das auf ein anderes Mal verschieben musste. »Zineb ist in einem schwierigen Alter«, fuhr er stattdessen mitfühlend fort. Er hätte lieber etwas weniger Banales von sich gegeben. Doch als Astrid und Eric in diesem Alter waren, da hatte er sie kaum gesehen.

»Sie ist ein ganz normales Mädchen. Handy, Freunde, das Collège und ihre Eltern sind ihr wichtig. In dieser Reihenfolge.« Sie hob die Schultern. »Ich bin anders erzogen worden, aber das ist Frankreich, nicht wahr? Zineb ist so wie alle Kinder in ihrem Alter.«

»Vielleicht ein wenig fleißiger. Ihr Mann hat sie am Sonntagabend vom Unterricht abgeholt. War es eine Nachhilfeschule?«

Narjasse Marouani blickte ihn überrascht an, dann schüttelte sie rasch den Kopf. »Zineb nimmt jetzt Arabischstunden. Es war ihr eigener Wunsch. Tahar fährt sie jeden Sonntag zu einem Lehrer nach Salon.«

»Warum will Zineb Arabisch lernen?«

»Sie hat gesagt, dass sie sich wie ein Baum fühlt, dessen Wurzeln gekappt sind. Sie will wissen, wo sie herkommt.« Narjasse Marouani deutete verlegen auf das Haus und anschließend in einer ausholenden Geste auf die düstere Stadt. »Zineb ist ein kluges Mädchen. Sie hat sehr gute Noten. Sie ist ein guter Mensch, doch das hier – Lançon, die Landarbeit ihres Vaters, eine Mutter als Hausfrau –, das ist einem Mädchen wie ihr zu eng. Das ist nicht ihre Welt.«

»Und was ist ihre Welt?«

»Die Moschee. Das Internet. Und wenn sie mit der Schule fertig ist, dann Aix-en-Provence oder Marseille oder sogar Paris. Sie will studieren.« Narjasse Marouani starrte in den Nachthimmel. »Tahar und ich haben gespart, um ihr das Studium zu finanzieren. Ich weiß nicht, ob es jetzt reichen wird.«

Blanc räusperte sich. »Ich melde mich wieder bei Ihnen, Madame. Versuchen Sie zu schlafen.«

Er ging durch die Gassen und zuckte zusammen, als sein Handy klingelte. Marius.

»Wir haben Marouanis Citroën Berlingo am Rand des Olivenhains gefunden. Die Spurensicherung kümmert sich um ihn. Er ist nicht aufgebrochen worden, das wäre auch nicht nötig. Die alte Karre ist nicht einmal abgeschlossen gewesen.«

»Gibt es schon etwas Neues zu den anderen Jungen, die mit Bondards Sohn zusammen die Landarbeiter verprügelt haben?«

»Genug, um die Geschichte zu vergessen. Vier der sechs Kerle sind nach ihrer Verurteilung aus Lançon fortgezogen und seither hier nie wieder gesehen worden. Einer lebt bei seinen Eltern. Ich habe einen Brigadier hingeschickt. Der hat ihn schlafend im Bett angetroffen, seine Eltern haben ausgesagt, dass er den ganzen Abend zu Hause war.«

»Sie könnten ihren Sohn schützen wollen und ein falsches Alibi fabrizieren.«

»Es hörte sich zumindest ziemlich echt an. Ich glaube, das ist nicht unser Mann.«

»Es fehlt noch einer aus der Gruppe.«

»Ein Fernfahrer. Nach Aussage seiner Freundin müsste er gerade irgendwo hinter Barcelona über die Autobahn rollen. Wir haben die spanischen Kollegen informiert und das Kennzeichen des Lastwagens durchgegeben. Vielleicht finden sie ihn bald.«

»Sieht so aus, als wären wir in einer Sackgasse.«

»Wie ist es bei dir gelaufen?«

Blanc berichtete von Narjasse Marouani und ihrer Tochter.

»So, wie ich Bondard einschätze, wird er der Witwe nicht einmal Tahars Gehalt bis zum Monatsende ausbezahlen«, meinte Marius.

»Narjasse Marouani ist nicht dumm – und sie hat eine eiserne Selbstbeherrschung. Sie wird sich durchschlagen. Aber ihre Tochter …« Er schwieg nachdenklich.

»Diese Wunde wird ihr Leben lang schmerzen.«

Blanc atmete tief durch. »Es ist nicht allein das«, fuhr er langsam fort. »Irgendetwas stimmt hier nicht. Ich kann dir nicht genau sagen, warum, doch ich habe das Gefühl, dass mir Narjasse Marouani etwas verschweigt. Vielleicht erzählt sie mir nicht alles über ihren Mann. Oder über sich. Oder über ihre Tochter.«

Ein rätselhafter Anruf

Am nächsten Morgen hatte sich Marius krank gemeldet.

»Es ist ja auch Freitag«, kommentierte Nkoulou.

»Und wie war dein Abend?«, fragte Blanc Fabienne, nachdem sie das Büro ihres Chefs verlassen und sich in ihres zurückgezogen hatten.

»Während der ersten Hälfte der Nacht habe ich versucht, die Erinnerung an den toten Landarbeiter in Champagner zu ertränken.«

»Und während der zweiten Hälfte?«

»Ist mir das gelungen.«

Das Telefon klingelte. Fabienne blickte erstaunt auf das Display. »Eine spanische Nummer.«

»Das ist für Marius«, vermutete Blanc. Er hatte den Apparat aus seinem Büro zu dem seiner Kollegin umgeleitet und hob ab. Tatsächlich hatte er einen Comisario Puig aus Barcelona am anderen Ende der Leitung. In makellosem Französisch teilte er Blanc mit, dass man auf das Ersuchen der Kollegen hin einen Fernfahrer auf der Stadtautobahn angehalten und seine Papiere überprüft hatte. »Liegt etwas gegen ihn vor?«

»Ganz im Gegenteil, Comisario. Sie haben soeben die Unschuld eines Mannes bewiesen.«

»Wenn alle meine Jobs so leicht zu erledigen wären wie dieser, dann wäre ich schon Innenminister.«

Blanc bedankte sich und legte auf. Er erzählte Fabienne von den unschönen Flecken im Leben von Bondards Sohn.

»Ich wusste gar nicht, dass der einen Sohn hat. Welche Frau ist so bescheuert und lässt sich von diesem Kerl ein Kind machen?«

»Sie hat sich von Bondard scheiden lassen.«

»Immerhin hat sie ihren Irrtum erkannt.«

Blanc dachte an das Schreiben des Pariser Anwalts und räusperte sich. »Wie auch immer: Charles Sapin und seine sechs Kumpane von früher scheinen in der Tatnacht entweder gar nicht in Lançon gewesen zu sein, oder sie haben ziemlich gute Alibis. Ich vermute, dass wir Marouanis Mörder anderswo suchen müssen.«

Fabienne deutete auf den Computermonitor. »Eine Mail der Spurensicherung mit dem vorläufigen Bericht ist gekommen. Sie haben den Citroën untersucht. Jede Menge Fingerabdrücke, die meisten vom Opfer selbst, etliche von seiner Frau und seiner Tochter, viele weitere verwischt. Keine Blutspuren, keine Waffe im Auto, nicht der Hauch einer Droge. Die Karre sieht so harmlos aus wie ein Kindergartenausflug. Durch das Haus haben sie, aus Rücksicht auf die Witwe und die Tochter, nur schnell die Spürhunde gejagt, nachdem sie den Frauen Fingerabdrücke abgenommen hatten. Nichts. Keine Drogen, keine Knarre, keine Hehlerware, kein Einbruchwerkzeug. Der Mord an Marouani war kaum eine Abrechnung unter Ganoven.«

»Keine Fremdenhasser, keine Milieutat. Wenn die Ermittlungen weiter so laufen, hängt mich Nkoulou in zehn Minuten an den Galgen.« Blanc schob ihr Marouanis Handy zu. »Sieh mal, ob du im Speicher irgendwas Brauchbares findest.«

Fabienne beäugte das uralte Nokia mit skeptischem Blick. »Wenn das unsere heißeste Spur ist, kann unser Chef schon mal anfangen, den Knoten zu knüpfen.«

Blanc meldete sich für eine Stunde ab und fuhr nach Salon, um provenzalisches Geschirr zu kaufen. Seinen alten Tellern und Gläsern sah man an, fand er, dass er von ihnen niemals mit Genuss gegessen oder daraus getrunken hatte. Er hatte in der Provence nun schon öfter farbenfrohe Teller gesehen, mit aufgemalten Olivenzweigen oder Zikaden. So etwas musste er sich besorgen, bevor Paulette Aybalen und die Nachbarn mit der *soupe au pistou* zu ihm kamen. Was immer das sein mochte.

Blanc parkte seinen Espace am Rand der Place Morgan und ging die wenigen Meter, bis er in die Gassen der Altstadt eintauchte, die sich um den Felsen schmiegte, auf dem das Château de l'Empéri thronte. Der erste Durchgang war düster, an den Mauern klebte Taubendreck. Neben einem Hintereingang lagen leere Fünf-Liter-Plastikeimer, in denen Ketchup- oder Soßenreste eingetrocknet waren. Irgendetwas bewegte sich dort. Blanc ging schneller und erreichte restaurierte Gassen. Boutiquen, Konditoreien, eine Kunstgalerie – ob es tatsächlich in Lançon auch bald so aussehen würde? Die Fassaden waren aus sorgfältig zurechtgehauenen Sandsteinen, so gelb und so körnig, als wäre die ganze Altstadt aus Mürbeteig gebacken. Auf einem versteckten kleinen Platz rückte ein Kellner eiserne Tische und Stühle zurecht, aus dem vietnamesischen Restaurant dahinter duftete es nach Gewürzen, die Blanc nicht einmal dem Namen nach kannte.

In einem kleinen Laden fand er Teller in einem leuchtenden Van-Gogh-Gelb, mit grünen Zierstreifen und winzigen roten Mohnblüten. Es waren die fröhlichsten Farben, die er je gesehen hatte, er kaufte für unvernünftig viel Geld gleich ein ganzes Set kleiner und großer Teller, Schüsseln und Schalen. Die junge Verkäuferin packte alles in einen stabilen Karton und betrachtete ihn mit einem besorgten Blick. »Das ist schwer, Monsieur. Wenn Sie wollen, dann schicken wir Ihnen das Geschirr nach Hause.«

Blanc erkannte, dass sie ihn für einen Touristen hielt. »Nicht nötig«, erwiderte er. »Ich wohne hier.« Erstaunt stellte er fest, dass er stolz war, das zu sagen.

Er balancierte den Karton aus der Ladentür, er konnte kaum darüber hinwegsehen. Als er erst zwei Schritte draußen war, wäre er beinahe schon gestolpert. Denn nur wenige Meter vor sich sah er Aspirante Emanuelle Spitéri, die Exfreundin des toten Piloten Matelly. Und Aspirant Victor Camoin, den einzigen Kameraden, der Matelly etwas näher gekannt hatte. Sie trug ein helles Sommerkleid, er Jeans und T-Shirt. Sie gingen Hand in Hand, und vor einem moosüberwucherten Brunnen blieben sie stehen und küssten sich, als wären sie allein auf der Welt.

Blanc hob den schweren Geschirrkarton bis vor sein Gesicht, um sich zu verbergen, und wählte einen Umweg, damit er den beiden nicht zu nahe kommen musste. Eine Frau. Ein Mann. Ein anderer Mann. Die älteste Geschichte der Welt. Weder Spitéri noch Camoin hatten ihm gesagt, dass sie ein Paar waren. Und das mussten sie auch nicht, denn streng genommen ging es Blanc gar nichts an. Und doch … Während Blancs Unterarme langsam ertaubten und er immer rascher ausschritt, um den rettenden Kofferraum seines Renaults zu erreichen, flogen ihm Bilder durch den Kopf wie Szenen halb vergessener Filme: Matelly, der verschlossene Einzelgänger, der vor Eifersucht explodiert, als seine ehemalige Liebhaberin mit einem Kameraden anbändelt … Camoin, der Emanuelle Spitéri begehrt, aber erkennen muss, dass seine Freundin immer noch an ihren früheren Liebhaber denkt, und der deshalb den Rivalen für immer ausschalten will … Der letzte Flug in der Ausbildung … Ein Manöver, nachts, wenn niemand es sieht …

Zurück in Gadet wollte Blanc Fabienne von dem erzählen, was er gesehen hatte – und brach rasch wieder ab, weil er merkte, dass seine Kollegin ihm nicht zuhörte. Sie schob Marouanis Nokia über den Schreibtisch. »Sieh dir mal das Display an«, sagte sie bloß.

Er las eine Nummer: *0800 00 56 96*. Blanc zuckte mit den Achseln. »Irgendein kostenfreier Anschluss. Welche Firma ist es?«

»DGSI. Der Inlandsgeheimdienst.«

»Merde.«

»Sieht so aus, als könnte sich Nkoulou mit seinem Galgen doch noch etwas Zeit lassen. Wir haben eine Spur – und was für eine!«

Blanc schloss die Augen. Er hatte während seiner Laufbahn nur einmal davon gehört, dass die DGSI eine Telefonnummer für die Öffentlichkeit eingerichtet hatte: Irgendwann nach den schrecklichen Morden des Mohammed Merah in Toulouse 2012 hatte jemand im Innenministerium die Idee gehabt, eine kostenfreie Hotline zu schalten. Dort konnten Bürger bei der DGSI anrufen, wenn sie merkten, dass jemand in den islamistischen Terror abzugleiten drohte: Eltern, deren Kinder sich plötzlich Poster des IS an die Wand ihrer Zimmer hefteten; Kinder, deren Brüder oder Schwestern sich Tickets für irgendwelche türkischen Städte nahe der syrischen Grenze besorgten; Imame, deren Gemeindemitglieder auf einmal ganz anderen Predigern lauschten; Lehrer, die Drohungen ihrer Schüler hörten. Am anderen Ende der Leitung saßen Psychologen und pensionierte Anti-Terror-Flics. Sie gaben den besorgten Anrufern Rat – und nahmen die Daten aller Verdächtigen auf. Der DGSI waren zu diesem Zeitpunkt schon Hunderte Franzosen durch die Kontrollen geschlüpft, die seither mit Kalaschnikows und Messern im Irak und in Syrien kämpften. Die Agenten suchten verzweifelt nach jedem Hinweis auf den nächsten islamistischen Terroristen. Aber die Killer von *Charlie Hebdo* hatte dort auch niemand je angezeigt.

»Die anderen Kontaktdaten in Marouanis Handy sind harmlos«, fuhr Fabienne fort. »Er hat hin und wieder zu Hause angerufen oder bei seinem Patron oder seiner Tochter. Aber diese Nummer hier hat er bloß ein einziges Mal gewählt – und er hat fast eine Viertelstunde lang gesprochen.«

»Wann war das?«, fragte Blanc.

»Am Mittwoch, den 5. September.«

»Zwei Tage nach Matellys Absturz.«

»Und vierundzwanzig Stunden vor seiner eigenen Ermordung. Rufst du jetzt auch dort an?«, fragte Fabienne. »Ich meine, wir müssen mit den Agenten von der DGSI reden, oder?«

»Das Problem ist, dass sie nicht mit uns reden werden. Ich hatte in Paris hin und wieder mit denen zu tun. Sie machen, was sie wollen. Kein Gesetz schränkt sie ein, kein Richter klopft ihnen auf die Finger, und schon gar kein Politiker wagt sich an sie heran. Erst recht nicht, seitdem wir alle Charlie sind. Alles, was auch nur einen Hauch nach Terrorismus riecht, reißt sich die DGSI unter den Nagel. Wenn wir jetzt mit denen reden, dann siehst du Marouanis Handy nie wieder und seinen alten Berlingo nicht, und wenn du dich auf weniger als hundert Meter seinem Haus näherst, dann tritt dir aus einem Schatten ein Schlapphut in den Weg. Wahrscheinlich würden sie uns sogar Marouanis Leiche aus der Gerichtsmedizin holen.«

Fabienne blickte ihn mit großen Augen an. »Verstehe ich das richtig: Du willst die DGSI nicht informieren, damit du weiter ungestört ermitteln kannst?«

»Damit *wir* ungestört ermitteln können.«

Sie lächelte. »Von dir kann man wirklich lernen, wie man seine Karriere ruiniert.«

Blanc dachte schon nicht mehr an die DGSI, sondern an Zineb Marouani, die junge Tochter des Opfers. Was hatte ihre Mutter gesagt? *Sie ist ein ganz normales Mädchen.* Aber sie hatte auch, wie nebenbei, behauptet, dass *die Moschee und das Internet* ihr Zuhause seien. Und Zineb hatte damit begonnen, Arabischunterricht zu nehmen, an Sonntagen und sogar in den Ferien … Er schrieb ihren Namen auf einen Zettel und reichte ihn Fabienne. »Mach dich auf die Suche.«

Er brauchte anderthalb Stunden, um bis ins Zentrum von Marseille zu gelangen. Blanc hätte seinen Streifenwagen am liebsten abgestellt und wäre zu Fuß weitergegangen, doch er war auf einer Hochstraße gefangen, einem Band aus Asphalt, das sich auf dreißig Meter hohen Stelzen zwischen den Balkonen von Mietskasernen hindurchwand. Es war Mittag und heißer als je in Paris, als er endlich vor dem Hôtel de Police stand. Es wurde *»Évêché«* genannt, denn es war der ehemalige Bischofspalast, ein prunkvolles Anwesen direkt neben dem schwarz-weiß gestreiften Zuckerbäckergebirge der Kathedrale La Major. Der Vieux Port war nah, Touristen umströmten das Gotteshaus. Hundert Meter weiter warteten etwa drei Dutzend Frauen und Männer in festlicher Kleidung vor dem Rathaus des zweiten Arrondissements. Musiker in lilafarbenen Hemden spielten schnelle, arabische Musik, ein mit weißen Schleifen geschmückter Porsche Panamera parkte vor der Mairie.

Blanc fragte sich zum Haupteingang der Police durch und war ernüchtert: Er lag an einem Anbau in einer Nebenstraße, fünf wuchtige Betongeschosse, deren einzige Zierde die verbeulten Kästen von Klimaanlagen waren, die aus fast jedem Fenster ragten. Die Hälfte der Fassade war eingerüstet, und das war auch gut so.

Er hatte einen Termin mit Commissaire Kader Djendelli ausgemacht, einem Fahnder der *Brigade de recherche et d'intervention de la police judiciaire*, die jedermann bloß »Brigade Antigang« nannte. Es waren die Flics, die sich seit dreißig Jahren ausschließlich mit dem organisierten Verbrechen in Marseille herumschlugen. Eine Schlacht, die sie niemals gewinnen würden. Als er das Büro schließlich erreicht hatte, blickte er als Erstes auf eine alte E-Gitarre, die hinter dem Schreibtisch an der Wand baumelte.

»Das ist eine Jimi-Hendrix-Stratocaster«, erklärte Djendelli, der seinem Blick gefolgt war. »Als Hendrix in den Sechzigern spielte, gab es kaum Gitarren für Linkshänder, also hat er eine Rechtshänder-Stratocaster genommen und umgedreht gespielt. Als die Firma dreißig Jahre später eine Gedenkserie herausbrachte, haben sie eine Linkshändergitarre genommen und verkehrt herum aufgezogen, damit wir Rechtshänder wie der selige Jimi spielen können. *Bonjour* und willkommen in Marseille.«

Djendelli war etwa vierzig Jahre alt, mittelgroß, schlank, das Wenige, das von seinen Haaren noch stand, war millimeterkurz geschnitten. In seinem verwaschenen T-Shirt und der löchrigen Jeans hätte er wie ein Gitarrist ausgesehen, wenn nicht die Pistole gewesen wäre, die er im Lederholster trug.

Blanc stellte sich vor. »Danke, dass Sie sich die Zeit für mich nehmen, *Monsieur le Commissaire*.«

»Nur Scheiß-Dealer oder Scheiß-Anwälte müssen mich so anreden! Nenn mich ›Kad‹, und alles wird gut.«

Blanc lächelte und schlug in die dargebotene Hand. Das hätte schlimmer beginnen können.

»Du siehst aus, als könntest du ein Mittagessen vertragen.«

»Das stimmt, meine Mittagspause bestand bis jetzt aus einem Stau. Ich habe mir auf dem Weg hierhin Marseille von oben angeguckt.«

Djendelli nickte mitfühlend. »Die Straßen hier sind einfach scheiße. Wir gehen zu Fuß.«

Er schloss seine Waffe in einem Stahlschrank des Büros ein und führte ihn durch einen Nebenausgang auf die schmale Rue de l'Évêché. Mietskasernen aus Beton, Telefonshops, arabische Gemüseläden. Dann, von einer Hausnummer zur nächsten, glänzten plötzlich renovierte Stadtpalais aus dem 19. Jahrhundert, kleine Cafés, Designerboutiquen, eine Galerie mit einer Spinne über dem Eingang, deren Körper aus zwei alten Militärhelmen zusammengeschweißt war. Blanc blieb vor dem Schaufenster der Galerie stehen und betrachtete die mannshohe Skulptur eines Flamingos, die aus Schrott zusammengefügt war. Der rosafarbene Tank einer alten Honda bildete den Vogelkörper. »Solche Kisten fuhren in den Siebzigerjahren herum, die 750er war der Star in meinem Motorrad-Quartett.«

»Wenn du so nostalgisch bist, dann kannst du das Ding ja kaufen. Du musst es nur selbst schleppen.« Djendelli lachte.

»Ich hätte gedacht, in Marseille könnte man bloß Shit und Kalaschnikows kaufen.«

»Die Zeiten ändern sich. Le Panier war jahrelang ein Quartier, in dem man besser zu zweit oder zu dritt durch die Straßen ging, selbst am Tag. Jetzt wird es schick.«

»Ist es schick, dann ist es zu teuer für einen Flic.«

»Da habe ich aber schon bessere Dichter gehört. Keine Sorge, wir steuern ein bezahlbares Restaurant an. Manchmal essen meine Frau und ich da zusammen, wenn wir zur gleichen Zeit Mittagspause haben.«

»Keine schlechte Idee«, murmelte Blanc und wünschte sich, ihm wäre so etwas vor einigen Jahren eingefallen.

Djendelli geleitete ihn bis zum Vieux Port, wo die Masten der Yachten in den Himmel ragten wie Seeigelstacheln. Blanc starrte auf Schiffsrümpfe aus makellos weiß lackiertem Stahl, auf glänzende Teakdecks und polierte Messingbeschläge. Wie viele Millionen Euro mochten im Vieux Port sanft in den Wellen dümpeln? Und wie hatten die Eigner aller dieser Boote wohl ihre Millionen verdient? Blanc war sich sicher, dass ihm Djendelli dazu die eine oder andere Antwort liefern könnte. Später vielleicht.

Sie umrundeten eine alte Kirche, schief und schmucklos wie die Scheune eines nachlässigen Bauern, und kamen zu einer ultramodernen schmalen Stahlbrücke, die sich über eine Straße wölbte. Sie führte sie auf die wuchtigen Mauern und Türme der Festung Saint Jean zu, die einst mit ihren Kanonen den Vieux Port vor Angriffen geschützt hatte. Daneben glänzte ein würfelförmiger Klotz, den Blanc bislang nur aus dem Fernsehen kannte: das MUCEM. »Wir gehen ins Museum?«, fragte er ungläubig.

»Mit dem Dienstausweis kommen wir ohne Eintritt rein. Die Sammlung ist scheiße, aber das Restaurant ein Geheimtipp. Jedenfalls, wenn man mutig ist. Sie bilden dort Köche und Kellner aus. Manchmal isst du dort fantastisch, und manchmal kippt dir ein ungeschickter Kellner die Soße über die Jeans. Oder der Koch mischt Gewürze ins Essen, dass du dir wünschst, der Kellner hätte es dir rechtzeitig über die Jeans gekippt.«

»Und da gehst du mit deiner Frau essen?«

»Das sind die kleinen Tricks, die unsere Beziehung spannend halten.«

Auf den Mauern der alten Festung waren Gärten angelegt worden, vom nahen Mittelmeer wehte ein erfrischender Wind. Über eine weitere Stahlbrücke schlenderten sie ins MUCEM. Das Museum war oben und an drei Seiten überwölbt von einem Geflecht aus durchbrochenen graubraunen Betonplatten. Von Weitem hatte es ausgesehen, als hätte jemand ein Tarnnetz über den Glasbau gezogen. Doch als er nahe herankam, erkannte Blanc, dass die Betonelemente oberschenkeldick waren. Das musste Tausende Tonnen wiegen, ein Wunder, dass das MUCEM nicht ins Meer sank. Eine Rampe führte sie von einer Dachterrasse außen um das Gebäude, zwischen Glasfront und Fassade. Licht und Schatten bildeten irritierende Muster, die in der Luft selbst zu schweben schienen. »Das wirkt wie ein Palast aus Tausendundeiner Nacht«, sagte Blanc.

»Wenn du es sagst. Ich war noch nie in Arabien.«

Sie spazierten schließlich zurück bis zum Restaurant im Fort Saint Jean und fanden einen Tisch im Schatten eines Sonnensegels und der Festungsmauer. Sie bestellten gedünsteten Kabeljau mit Nudelsalat in Pesto-Soße, dazu einen kalten weißen Corbières. Kein Kellner bekleckerte sie, kein Koch hatte sich in den Gewürzen vergriffen.

Blanc fühlte sich herrlich und tauschte mit seinem Marseiller Kollegen Flic-Anekdoten aus. »Kad«, sagte er schließlich, als sie satt und träge den Espresso rührten, »lass uns über einen deiner Kunden reden: Roland Prévoteau.«

Djendelli lehnte sich zurück und blickte ihn aufmerksam an. »Wo hast du denn den Namen her?«

»Das kann ich nicht sagen, tut mir leid.«

»Klar tut dir das leid. Scheiße, in Marseille kannst du nichts geheim halten. *D'accord*, reden wir über Prévoteau – aber du lässt zuerst die Hosen herunter: Warum interessiert dich dieser Typ?«

Blanc berichtete von Matellys Absturz und davon, wie er schließlich auf den Unternehmer gestoßen war.

Djendelli lächelte nun. »Wir haben Prévoteau seit dem Sommer 2013 auf dem Radar«, erklärte er. »Ein privater Charterjet ist damals in Marseille gelandet. Die Maschine kam aus der Dominikanischen Republik. Es war reiner Zufall, dass wir sie kontrolliert haben. An Bord waren sechsundzwanzig Hartschalenkoffer. Schwarze, rote, blaue nagelneue leuchtende Koffer, das sah aus, als wäre eine frisch ausgerüstete Seniorengruppe unterwegs. Es waren aber keine reiselustigen Alten im Flieger, es war außer den beiden Piloten überhaupt niemand im Jet. Seltsam, nicht wahr? Also haben wir die Koffer geöffnet. Und plötzlich war es Winter, mitten im Sommer. 682 Kilogramm Schnee sind herausgerieselt. Später haben wir nachgewiesen, dass das mexikanische Sinaloa-Kartell das Kokain geliefert hat. Nur: Wer hat es geordert?« Djendelli bestellte noch zwei Espressi. »Die Piloten haben behauptet, dass sie nichts wüssten. Sie fliegen dorthin, wohin ihr Boss sie schickt. Sie stellen keine Fragen. Dieses Privatjet-Business ist ein sehr diskretes Geschäft.«

»Es war eines von Prévoteaus Flugzeugen?«

»Ein Jet von RPAS. Also sind wir bei Prévoteau aufgekreuzt und haben ihn gefragt, wer diesen Flug gebucht hat. Als wir sein Büro zwei Stunden später wieder verlassen haben, waren wir nicht wirklich schlauer. Prévoteau hat uns weisgemacht, dass er in Saint-Tropez einen Abend in der Diskothek eines Freundes verbracht habe. Dort habe ihn ein gewisser Ryan angesprochen, ein junger Mann, der im Bentley vorgefahren sei und eine 200 000-Euro-Uhr am Handgelenk getragen habe. Sie hätten ein paar Whiskey gekippt und dann habe dieser Ryan bei ihm einen Jet reserviert, für einen spontanen Urlaubstrip in die Karibik. Ryan habe noch in der Diskothek bar bezahlt. Prévoteau habe am nächsten Tag ein Flugzeug bereitgestellt. *Et voilà*, mehr wisse er nicht. Seitdem habe er Ryan nie wiedergesehen.«

»Genauso miete ich meine Flugzeuge auch immer.«

»Die Geschichte stinkt nach Scheiße wie eine zehn Jahre alte Sickergrube. Überflüssig zu erwähnen, dass weder wir noch die Kollegen in Saint-Tropez je auch nur die geringste Spur eines Ryan entdeckt haben.«

»Was hat Prévoteau dazu gesagt?«

»Dass es unser Problem ist, wenn wir Ryan nicht finden. Prévoteau war geradezu aufreizend gelassen. Er wusste, dass es niemanden auf der Welt gibt, der seine Geschichte glauben würde. Aber das ist noch kein gerichtsfester Beweis.«

»Du glaubst, dass Prévoteau den Kokainschmuggel selbst organisiert hat?«

»Wenn du seinen Namen kennst, dann kennst du auch seinen Werdegang. Prévoteau kommt nicht gerade aus dem Priesterseminar.«

»Habt ihr noch mehr gegen ihn in der Hand?«

»Die Aussage eines Informanten aus der Szene, der gehört haben will, dass Prévoteau zurzeit der größte Schneemann im Midi ist. Sie nennen seine Firma ›Air Cocaïne‹.«

»Wenn du mit so etwas vor Gericht kommst, fließen den Anwälten der Verteidigung die Freudentränen über das Gesicht.«

»Noch sind alle Augen trocken. Offiziell liegt noch gar nichts gegen Prévoteau vor, kein Ermittlungsverfahren, erst recht keine Anklage. Wir wühlen uns noch durch den Dreck.«

»Seit 2013?«

»Bei uns in Marseille und in Nizza, Lyon und Barcelona haben wir die Flics und die Zollbeamten auf RPAS-Maschinen angesetzt. Den

Hunden sind die Flugzeuge inzwischen so vertraut wie ihre Zwinger. Die Jets waren aber seither immer sauber. Natürlich haben wir sie nicht nach jedem Flug überprüfen können. Wenn Prévoteau Sarkozy und seine Carla irgendwohin chauffiert, dann kannst du ihn ja schlecht mit einem Überfallkommando, einer Rotte deutscher Schäferhunde und einer Leibesvisitation empfangen.«

»Theoretisch schon.«

»Praktisch nur einmal. Danach würde man mich als Wächter in den Nationalpark Calanques versetzen, wo ich bis zum Ende meiner Tage Schlauchboote zählen dürfte.«

»Ihr habt jedoch niemals die kleine Propellermaschine eines Fliegerclubs in Eyguières kontrolliert«, vermutete Blanc.

Djendelli lachte. »Nein, haben wir nicht«, gab er zu. »Diese Propellermaschinen gehören nicht zu RPAS. Und du kannst mit ihnen nicht die Karibik erreichen.«

»Aber Korsika. Und Korsika ist groß ...«

Djendelli nickte. »Du glaubst, er hat dort ein Zwischenlager?«

»Vielleicht schmuggelt Prévoteau die Drogen von Mexiko bis nach Korsika. Erst für die letzte Etappe der Strecke, für den Hüpfer von der Insel zum Festland, besorgt er sich Flugzeuge – Flugzeuge, die niemand mit ihm verbindet und die niemand für groß genug hält, um damit überhaupt irgendetwas zu schmuggeln«, vermutete Blanc.

»Und er bemannt sie mit Piloten, die scheinbar ebenfalls keine Verbindung zu ihm haben. Wie Arnaud Matelly. Wer würde einen jungen Militär schon für einen Drogenschmuggler halten?«

»Wie man sich täuschen kann.«

»Wir haben in unserem Dossier über Air Cocaïne nicht nur Prévoteaus Namen. Wir haben darin alle aufgelistet, die irgendwie mit ihm zu tun haben: seine Frau, seine Piloten, seine Kunden, seine Geschäftspartner, alle, mit denen er regelmäßig telefoniert.«

»Ihr hört sein Telefon ab?«

»Möchtest du die Namensliste sehen?«

Auf dem Rückweg zur Évêché plauderten sie über Fußball. Djendelli schwärmte ihm vom neuen Trainer von Olympique Marseille vor. »Dieses Jahr werden wir Paris ficken!«, verkündete er. »Du bist doch nicht etwa ein Fan von PSG?«

»Ich war in meinem ganzen Leben noch nicht im Stadion.«

Djendelli blieb abrupt stehen. »Ein erwachsener Mann, der noch nie im Stadion war? Was machst du bloß in deiner Freizeit?«

Blanc brummte Unverständliches. Djendelli nickte wissend und schlug ihm auf die Schulter. »Nächsten Sonntag, einundzwanzig Uhr, vor dem Vélodrome: OM spielt gegen Bordeaux. Ich habe eine Karte übrig, weil ein Kollege krank geworden ist. Fahr schon nachmittags los, sonst musst du dir das Spiel im Autoradio anhören.«

»Stau am Sonntagabend?«

»Wenn OM spielt, ist niemand zu Hause.«

»D'accord«, erwiderte Blanc. Den Sonntagabend mit Djendelli zu verbringen, hörte sich besser an, als alleine in seiner Ölmühle zu hocken.

Im Büro öffnete Djendelli eine Datei. Namen schwirrten über den Monitor. »Diese Liste hast du selbstverständlich nie gesehen«, erklärte er.

»Selbstverständlich«, versicherte Blanc, ohne den Blick vom Bildschirm zu nehmen. Einige Namen kannte er: Prominente, dahinter der Vermerk »K«. »Heißt das ›Kunde‹?«, fragte er.

Djendelli nickte. »Na, geht irgendwo ein Warnlicht an?«

Blanc schüttelte den Kopf und las weiter. Plötzlich tippte er auf das Glas des Monitors. »Da leuchtet mein Warnlicht.« Er las laut vor: »Camoin, Victor – rT/H.«

»Du hast mit ihm zu tun?«

»Ein Kamerad von Matelly auf der Base Aérienne. Was bedeutet das Kürzel?«

»Regelmäßige Telefonate, ausschließlich auf Prévoteaus Handynummer, niemals auf dem Festnetz.«

»Kad, wenn du mir jetzt noch einen letzten Gefallen tust, dann verlasse ich als glücklicher Mensch dieses Haus.«

»Klingt, als wäre ich eine Nutte.«

»Kannst du mir einen Imam empfehlen, mit dem man vernünftig reden kann?«

»*Merde.* Was hat denn ein Imam mit Prévoteau zu tun?«

»Ich habe noch einen zweiten Fall am Hals.«

»Brauchst du immer Nachhilfe von uns Jungs aus der großen Stadt?«

»Wenn ich schon einmal hier bin.« Blanc erzählte vom Mord an Tahar Marouani.

»Was geht das dich an? Die Islamisten sind das Jagdrevier der DGSI.«

»Ich muss mit einem vernünftigen Imam reden, der mir ein paar Dinge über die Muslime hier erklärt.«

Djendelli starrte ihn eine endlose Minute lang schweigend an. »Du willst dem Inlandsgeheimdienst in die Suppe pissen?«, fragte er schließlich leise, wartete die Antwort aber nicht ab, sondern fuhr fort: »Ich habe sofort geahnt, dass du in Ordnung bist.« Er kritzelte einen Namen und eine Telefonnummer auf einen Zettel und schob ihn über den Schreibtisch. »Omar Gasmi.«

»Wer ist das?«

»Der Imam der Mosquée Avérroès, 23, rue Francis de Pressensé, nicht weit vom Gare St. Charles entfernt. Du kannst von hier aus zu Fuß hingehen. Mit dem Auto brauchst du länger, du findest dort keinen Parkplatz und wenn doch, dann ist deine Karre spätestens nach fünf Minuten aufgebrochen.«

»Klingt wie ein ruhiges Wohnviertel.«

»Keine Sorge, du bist Franzose. Gasmi köpft nur Amerikaner.«

»Das ist ein Witz, hoffe ich.«

»Das hoffe ich auch.« Djendelli schüttelte ihm zum Abschied die Hand.

Der Imam hört zu

Blanc suchte mit der Navigations-App seines Handys die Adresse. Er würde zu Fuß eine Viertelstunde bis zur Moschee benötigen. Aber später würde er denselben Weg zurücknehmen und sich dann von der Évêché über die verstopften Hochstraßen quälen müssen. Also beschloss er, Djendellis Ratschlag zu ignorieren und sich doch mit dem Streifenwagen ins Asphaltdickicht zu wagen.

Während er im Stau um jeden Zentimeter kämpfte, tippte er die Nummer, die ihm sein Marseiller Kollege gegeben hatte. Omar Gasmi hob nach dem ersten Läuten ab. Er schien nicht sonderlich überrascht zu sein, einen Flic in der Leitung zu haben, eher in einer milden Form resigniert. »Für Kads Freunde habe ich immer Zeit. Kommen Sie vorbei.« Seine Stimme klang so freundlich, dass Blanc sich nicht sicher war, ob in ihr Ironie mitschwang oder nicht.

Die rue Francis de Pressensé war eine orientalische Gasse zwischen hundert Jahre alten Mietshäusern. Cafés und Läden mit arabischen Schildern, ein halbes Dutzend Telefonshops, viel mehr Männer als Frauen auf den Bürgersteigen, keine Frau ohne Kopftuch. Zwei Jugendliche auf einem Motorroller zwängten sich zwischen den Autos hindurch. Der Fahrer trug ein Trikot von Borussia Dortmund, sein Sozius eines von Barcelona, keine Helme, kein Nummernschild, Sonnenbrillen so groß wie Nachtsichtgeräte von militärischen Spezialeinheiten. Der Junge auf dem Sozius zeigte Blancs Streifenwagen den ausgestreckten Mittelfinger. »Wir holen uns ganz Frankreich!«, schrie er.

Die Mosquée Avérroès hätte Blanc niemals als Gotteshaus erkannt. Es war ein ehemaliges Ladenlokal. Die Fassade war weiß verputzt und frei von den ansonsten allgegenwärtigen Graffiti, aber kein Namensschild und kein Symbol verriet, dass sich hier eine Moschee verbarg. In der Tür stand ein klein gewachsener, dicker Mann im weißen nordafrikanischen Gewand, rosige offene Gesichtszüge unter einem kurz geschnittenen, gepflegten weißen Vollbart, dicke Hornbrille, dichte graue Haare. Nur die Altersflecken auf seinem Handrücken verrieten Blanc, dass er Omar Gasmi eher auf die siebzig als auf die fünfzig schätzen sollte. Der Imam winkte den Streifenwagen näher und gebot ihm, auf dem einzigen freien Platz am Bordstein anzuhalten, direkt vor der Moschee.

»Den halten mir die Gläubigen immer noch frei, obwohl ich seit drei Jahren kein Auto mehr fahre. Die Augen«, erklärte Gasmi, als er Blanc schon beim Aussteigen die Hand schüttelte. Drei Männer an einem winzigen Tisch, der vor einem benachbarten Café auf dem Bürgersteig stand, grüßten den Imam, warfen dem Streifenwagen einen Blick zu und nickten.

Der Imam musterte ihn einen Augenblick lang aufmerksam. »Sie sind nicht bei der DGSI, nehme ich an? Sonst hätte Kad Sie nicht an mich verwiesen.«

Blanc schüttelte den Kopf. »Ich bin ein Flic aus der Provinz. Die DGSI muss nicht wissen, dass ich hier bin.«

»Dann reden wir nicht drinnen, sondern machen einen Spaziergang.«

Blanc starrte ihn überrascht an. »Ihre Moschee wird abgehört?«

Gasmi lächelte milde. »Wir haben noch nie eine Wanze entdeckt. Aber es ist halt eine Moschee und in diesen Zeiten …« Der Imam vollführte eine vage Geste. »Außerdem tut mir ein Spaziergang ganz gut. Meine Frau ist in ihrer Ehre gekränkt, wenn ich nicht alles esse, was sie mir auftischt. Dabei bin ich längst nicht mehr der junge Mann, der auf der Baustelle schuftet, aber ihre Portionen sind immer noch die gleichen. Sie müssen Ihren Wagen übrigens nicht abschließen.«

Sie schlenderten die rue Francis de Pressensé hinunter. Blanc passte sich dem gemächlichen Tempo des älteren Mannes an und beugte sich beim Gehen nach vorne, damit der Imam nicht allzu hoch zu ihm aufsehen musste. Gasmi wurde so oft von Leuten begrüßt, dass er seine rechte Hand in einer Geste ständigen Willkommens über dem Herzen hielt.

»Warum glauben Sie, dass Ihre Moschee abgehört wird?«, fragte Blanc.

»Warum sind Sie hier?« Der Imam lachte. »Ich bin vor fünfzig Jahren aus Algerien gekommen, direkt nach dem Befreiungskrieg. Oh, damals wurden Algerier in Frankreich mehr gehasst als Deutsche und Engländer zusammen! Und doch war es selbst damals nicht so schlimm wie jetzt.«

»Ich habe nichts gegen Algerier.«

»Es freut mich, das zu hören. Aber machen Sie sich nichts vor: Seit ein paar Wahnsinnige, die keine fünf Suren im Koran gelesen haben, Menschen umbringen, gilt für Muslime ein Generalverdacht. Jeder Mann ein Selbstmordattentäter, jede Frau eine Sklavin, jeder Imam ein Hassprediger. Es hat die Stimmung auch nicht gerade verbessert, dass der Imam der Großen Moschee von Paris ein paar Wochen nach den Attentaten öffentlich vorgeschlagen hat, dass man ein paar Kirchen in Moscheen umwandeln könne.«

»Die Kirchen stehen sowieso leer.«

»Nicht, wenn Sie einen Glockenturm in ein Minarett verwandeln wollen. Ich hätte umgekehrt auch einiges dagegen, wenn man meine bescheidene Moschee plötzlich in eine katholische Kapelle umweihen würde. Oder in eine Synagoge.« Er lachte und hielt sich dabei den Bauch.

»Sie kommen gut mit Ihren Nachbarn klar?«

»Jeder vierte Bürger von Marseille ist Muslim, aber sieht es hier aus wie in Damaskus? Was wollen Sie also?«

»Ein paar Informationen, damit ich klarer sehen kann.«

»Wenn Sie einen Gangster der korsischen Mafia verfolgen, *mon Capitaine*, gehen Sie dann zum Bischof, nur weil ein Korse katholisch ist?«

»Wenn es der Bischof von Ajaccio ist: ja.«

Gasmi lachte inzwischen so herzlich, dass die Falten seines Kaftans wie Wellen über seinen Bauch wogten. »Ihre Frömmigkeit scheint sich in Grenzen zu halten.«

»Meine Frömmigkeit ist begrenzter als meine Neugier.«

Blanc folgte dem Geistlichen eine steil ansteigende Straße hinauf, dann einige Treppenstufen – und fand sich plötzlich auf einer Terrasse wieder, von der aus er halb Marseille überblicken konnte. Er sah auf Dächer hinunter, in der Ferne leuchtete golden die Gottesmutter auf dem Turm von Notre-Dame-de-la-Garde, grauweiße Hochhausriegel klebten an den bläulich schimmernden Abhängen der Hügel, die sich von der Provence aus in die Bucht verliefen, und weit entfernt leuchtete das Mittelmeer. Auf der Rückseite der Terrasse spie ein großes Bahnhofsgebäude unablässig Menschen aus, die meist im Eilschritt über die Fläche stoben, und das Panorama keines Blickes würdigten.

»Ist das der Gare St. Charles?«, fragte Blanc.

»Ihre Wissenslücken betreffen nicht nur die muslimische Gemeinde von Marseille, *mon Capitaine.*«

Blanc erzählte vom ermordeten Landarbeiter und davon, dass er vierundzwanzig Stunden vor seinem Tod die Terrorismus-Telefonnummer der DGSI angerufen hatte. »Vielleicht hat dieser Anruf Marouanis Schicksal besiegelt«, schloss er. »Ich weiß nicht, weshalb Marouani diese Nummer gewählt hat. Vielleicht hat Marouani sich Sorgen um seine Tochter gemacht, aber mehr als ein paar Indizien habe ich dafür nicht. Und sie war selbst wohl nicht die Täterin, denn nach Aussage ihrer Mutter befand sie sich zur fraglichen Zeit im elterlichen Wohnhaus. Wer also dann? Wer wäre so grausam und feige, einen Schlafenden niederzustechen?«

»Bei allem Respekt: Sie wissen nichts über den Täter. Und selbst wenn er ein Muslim wäre – allein in Marseille leben 200 000 Gläubige«, erinnerte ihn Gasmi.

»Aber die allermeisten von ihnen sind keine messerschwingenden Fanatiker. Sie kennen die Zahlen, seit den Anschlägen auf *Charlie Hebdo* und dem 13. November stehen sie ja ständig in der Zeitung: Etwa 5000 Franzosen werden von der DGSI als mögliche islamistische Terroristen überwacht. Klingt viel – doch was bedeutet das für Marseille und die Provence? Auch wenn es eine große Gemeinde ist, so bedeutet das doch bloß, dass hier im Süden einige Hundert

Verdächtige leben. Einige Hundert, nicht 200000 – kommen Sie, Imam, die fallen auf in der Gemeinde!«

»Aber das ist es ja«, erwiderte Gasmi geduldig. »Die Gemeinde, von der Sie reden, gibt es gar nicht! Wir haben sechs Moscheen in Marseille und dazu weitere in den Städten wie Salon oder Aix. Aber wir haben keine Große Moschee, kein Zentrum, um das sich alle Muslime im Süden sammeln. Wir schaffen es nicht, die 22 Millionen Euro für eine Große Moschee einzusammeln, denn dafür ist die Rivalität zu groß. Wir haben eine Regionalversammlung aller Muslime im Midi – doch deren Vorsitzender lebt im Vaucluse, und er ist Marokkaner! Ich bitte Sie! Ich lebe in Marseille und bin Algerier! Vollkommen undenkbar, dass ich mich mit diesem Kerl je einigen würde!«

»Aber Sie sind doch alle Muslime!«

»Nur, weil Sie katholisch sind, beichten Sie ja auch nicht bei einem polnischen Pfarrer.«

»Ich beichte nie. *Alors?*«

»Also hat niemand hier den Überblick. Sehen Sie: Mehdi Nemmouche, der Mörder vom Jüdischen Museum in Brüssel, hat fünf Jahre in Salon-de-Provence im Gefängnis gesessen. Überfall auf einen Supermarkt, ein gewöhnlicher Krimineller. Was tut er danach? Er fliegt über Brüssel, London, Beirut und Istanbul nach Syrien, nennt sich dort ›Abou Omar‹ und köpft für den Islamischen Staat Geiseln. Irgendwann kehrt er zurück – über Malaysia, Singapur, Bangkok und Frankfurt. Dann begeht er das Blutbad von Brüssel. Kommt Marseille da irgendwo vor?«

»Nein.«

»*Eh bien.* Nemmouche entkommt nach dem Anschlag aus Belgien. Und wo wird er Tage später zufällig geschnappt? Am Busbahnhof von Marseille! Wissen Sie, was er hier zu suchen hatte?«

»Sagen Sie es mir.«

»Ich weiß es nicht! Das ist es ja! Niemand weiß es, kein Imam und auch kein Agent der DGSI. Was hatte Nemmouche am Busbahnhof von Marseille zu suchen? Ist er einfach nur abgehauen und zufällig hier gelandet? Oder hat er hier Verbündete, Helfer, Hintermänner? Kannte er niemanden hier? Oder leben hier bis heute ein paar Mordgehilfen unerkannt irgendwo in diesen Straßen? Ich habe keine Ahnung.« Gasmi ließ resigniert die Hände sinken.

Blanc schrieb Tahar Marouanis Namen auf einen Zettel und reichte ihn dem Imam. »Der Mörder muss gewusst haben, dass Marouani bei der DGSI angerufen hat. Wie kann er davon erfahren haben? Doch nur, weil er ihn kannte.«

Gasmi blickte skeptisch auf die Notiz. »Tahar Marouani. Nie gelesen. *Bon*, ich werde mich in den Gemeinden umhören. Vielleicht hat er sich bei einem Imam schon einmal über Islamisten beklagt. Oder er ist mit einem dieser Fanatiker in Streit geraten. Wenn es so etwas gegeben haben sollte, dann werden Sie es erfahren.«

»Ich danke Ihnen.«

»Mon Capitaine?«

»Ja?«

»Es waren wirklich Dutzende Messerstiche? Und dieser Mann hat geschlafen?«

»*Oui*, Imam.«

»Möge Allah Ihnen beistehen.«

Abends zerrte Blanc einen aus Eichenbrettern gezimmerten Tisch, den er in einem Schuppen hinter dem Haus gefunden hatte, bis unter die Platanen. Das Holz war durch eine uralte Lasur geschwärzt worden, die äußeren Bretter der Platte hatten irgendwann einmal Feuchtigkeit gezogen und wölbten sich nach außen. Doch als er sein neues farbenprächtiges provenzalisches Geschirr daraufstellte, fand er, dass das besser aussah als die Tafeln in den teuren Einrichtungszeitschriften, die Geneviève abonniert hatte. Nach dem Lärm und dem Schmutz von Marseille war Sainte-Françoise-la-Vallée so still und beschützend wie der Kreuzgang eines Klosters. Frieden. Er wollte nicht an die jungen Piloten denken, die sich in Salon geküsst hatten. Nicht an kleine Flugzeuge und bunte Koffer voller Schnee. Nicht an Kad Djendelli, der Gitarre spielte wie Jimi Hendrix und seine Frau mit einem risikoreichen Mittagessen zu überraschen wusste. Nicht an Omar Gasmi, der fast ihr ganzes Gespräch über gelächelt, ihm jedoch beim Abschied traurig in die Augen geblickt hatte. Und ganz, ganz sicher nicht an einen lachenden und an einen schlafenden Toten in einem Olivenhain bei Lançon.

»Du siehst wundervoll aus!«, rief er, als Paulette Aybalen den Weg zu seiner alten Ölmühle hinunterkam.

»Das hat mir noch kein Mann gesagt, dem ich einen Korb gebe!« Sie reichte ihm lachend einen großen Weidenkorb mit weißen, roten und grünen Bohnen, mit Tomaten und Gurken, mit einer Knoblauchzehe, einer Flasche Olivenöl, einem Stück hartem Käse und einer Handvoll grüner Blätter.

»Basilikum«, meinte Blanc mit Kennermiene.

»Aus einem gepflegten Garten. Nämlich meinem. Du musst nur einen großen Topf beisteuern und zwei Liter Wasser und einen Mörser.«

»Was ist ein Mörser?«

Sie blickte ihn mit schief gelegtem Kopf an und sagte seufzend: »Zeig mir einfach deine Küche.«

Die Michelettis rumpelten in ihrem alten blauen Peugeot 504 vor. Bruno holte eine Plastikkiste aus dem Kofferraum, in der, von Kühlkissen umwickelt, etliche Weißweinflaschen seiner Domaine de Bernard glänzten. Sylvie warf Blanc nur eine Kusshand zu und eilte zum Haus.

»Was machen wir, während die Frauen in der Küche zaubern?«, fragte er und blickte wie zufällig auf die Plastikkiste.

Bruno Micheletti lachte. Er hatte die raue Stimme von eintausend Gitanes, ein Souvenir aus jener längst verwehten Zeit, als er noch Kettenraucher gewesen war. »Das heben wir uns für nachher auf. Wir zaubern erst einmal mit!«, rief er und schlug ihm aufmunternd auf die Schulter.

Und so lernte Blanc, dass er in seiner Küche tatsächlich einen Mörser hatte. In der steinernen Schale zerstampfte er mit einem schweren, hölzernen Stößel Basilikum, Knoblauch und Olivenöl zu *pistou*, einem grünen, scharf duftenden Brei. Die Gäste schälten Bohnen, Tomaten und Gurken und warfen alles in den Topf, in dem sie das Gemüse zum Köcheln brachten.

»Deine Fensterrahmen müssten mal gestrichen werden«, sagte Sylvie, während sie eine weiße Bohne aufbrach.

»Ich komme nicht zwischen den Eisenstäben hindurch bis an das Holz.«

»Ich schon. Ich bin Malerin.«

»Selbst Vincent van Gogh könnte nichts an diesen Eisenstäben ändern.«

»Ich habe sehr lange Pinsel und eine sehr ruhige Hand. Ich werde das erledigen.« Sie widmete sich wieder den Bohnen.

Später saßen sie am schiefen Eichentisch, rührten *pistou* in die Suppe, streuten geriebenen Käse darüber, tranken kühlen Weißwein und sahen den Fledermäusen zu, die wie verrückt gewordene Schatten durch die blaue Nacht schossen. Blanc sagte wenig und war zufrieden, den Scherzen seiner Gäste zu lauschen. So erfuhr er nach und nach, welche Sportarten Léo, Julie und Anouk liebten, die drei Kinder der Michelettis – und dass Sylvie früher Leichtathletik gemacht hatte, »bevor sich dieser schwarze Kerl in meinem Körper eingenistet hat«. Für einen Moment musste er an den Onkologen von Caillouteaux denken und ihr zufälliges Treffen und seine Beinahe-Enttarnung, und aus mehr als einem Grund blickte er verlegen auf sein Weinglas. Paulette erzählte ihm, dass ihr Exmann eine Entziehungskur machte und sie deshalb nicht mehr so häufig anrief. Und dass sie Ten Years After und Led Zeppelin hörte. Da lachte Blanc, schleppte seinen Plattenspieler nach draußen – und kurz darauf schwebte Robert Plants Song von der »Battle of Evermore« über die Touloubre.

Sie wären vielleicht die ganze Nacht so sitzen geblieben, wenn nicht irgendwann vom anderen Ufer laute Flüche hochgebrandet wären. Serge Douchy. In seinem schäbigen Haus waren Lichter angegangen. Blanc fürchtete einen Moment, dass sein Nachbar, der jede Gelegenheit wahrnahm, um selbst Lärm zu veranstalten, sich ausgerechnet über ihre kleine Feier beschweren wollte. Da hörte er noch eine zweite Stimme.

Ange Douchy.

Es schien ihm zunächst, als ob sie heulte und zeterte. Doch nach und nach erkannte er einen Rhythmus in ihrem Geschrei, und es war, als ob sie etwas rezitierte. Ihr Mann schimpfte dazwischen, doch es schien so, als ob sie ihn gar nicht hörte. Unbeirrt rief sie immer wieder dieselben monotonen Sätze. »Tarasque«, hörte Blanc heraus, »Tarasque, Tarasque …«

»Was bedeutet das?«, flüsterte er in die Runde.

Paulette war aufgestanden und hatte angefangen, die Teller zusammenzuräumen. »Ein Monster«, erklärte sie und verschwand in der Küche.

»Bei der Stadt Tarascon soll ein Ungeheuer in der Rhône lauern, das unvorsichtige Reisende verschlingt. Eine Legende aus grauer Vorzeit«, ergänzte Bruno. Auch er und seine Gattin waren nun aufgestanden.

»Die Touloubre ist nicht gerade die Rhône. Hier macht sich ein Monster höchstens die Füße nass.«

»Wir sollten gehen, damit Anges Anfall nicht noch schlimmer wird«, erklärte Sylvie und hob bedauernd die Hände. »Sie verträgt die Stimmen von Menschen nicht gut und schon gar nicht deren Lachen. Wer kann denn ahnen, dass sie heute Nacht ausnahmsweise nicht irgendwo herumstreift, sondern in ihrem Haus ist?«

Zehn Minuten später saß Blanc allein an seinem Eichentisch. Von drüben hörte er noch lange Ange Douchys Litanei und die immer selteneren, immer kraftloseren Flüche ihres Mannes, bis irgendwann endlich Ruhe einkehrte. Schließlich zeugte bloß noch das erleuchtete Haus davon, dass am anderen Ufer zwei Menschen lebten. Blanc hätte schwören können, dass das Licht, das dort aus den Fenstern drang, grünlich schimmerte.

Wo sind die Verbindungslinien?

Am Sonntag stand Blanc mit seinem Espace schon gegen achtzehn Uhr im Stau. Wenn er der Navigations-App seines Handys trauen durfte, dann trennte ihn noch ungefähr ein Kilometer vom Vélodrome. Um einundzwanzig Uhr sollte Olympique Marseille gegen Girondins Bordeaux spielen. Könnte knapp werden.

Er dachte an das zu Ende gehende Wochenende, während er zugleich halbherzig versuchte, das Durcheinander im Handschuhfach und zwischen den sieben Sitzen etwas zu ordnen. Eigentlich müsste er das Innere des Wagens mit dem Flammenwerfer ausbrennen. Schließlich entdeckte er einen Pinsel unter dem Beifahrersitz, an dessen Borsten noch blaue Farbe klebte, die das Wageninnere mit Lackgestank verpestete. Am Samstag waren die Michelettis bei ihm aufgekreuzt, beladen mit Farbtöpfen und Pinseln und empört, als er ihnen wenigstens die Malerutensilien bezahlen wollte. Bruno hatte sich die größeren, leichter zugänglichen Flächen seiner Fensterrahmen vorgenommen, Sylvie hatte ihre schlanken Arme zwischen den Gitterstäben hindurchgewunden und mit sicherer Hand selbst dünnste Sprossen lackiert, ohne dass auch nur ein Farbtropfen auf Glas oder Mauerwerk fiel. Blanc hatte mittun wollen, doch nach seinen ersten Streichversuchen hatte sie ihm freundlich klargemacht, dass er ihr am besten helfen könnte, indem er möglichst weit fortging.

Er hatte deshalb Papierkram erledigt, den er schon längst hätte erledigen müssen. Und so hatten die Fensterrahmen seiner Ölmühle am späten Nachmittag lavendelblau geleuchtet, und seine Scheidungsunterlagen waren ausgefüllt.

Die Michelettis waren so taktvoll gewesen, Ange Douchy mit keinem Wort zu erwähnen. Sie hatten noch einen Weißwein mit ihm getrunken und waren dann davongefahren, erfüllt von der stolzen Heiterkeit der Künstler, die ein anspruchsvolles Werk vollendet hatten. Blanc hatte die Utensilien zusammengeräumt, den Müll zur Deponie gefahren und dabei wohl einen Pinsel übersehen. Als er zurückgekehrt war, hatte die Hitze die Farbe bereits getrocknet, und er hatte das Blau bewundert, das zugleich kalt und warm leuchtete. Hätte er seine Leica nicht in der Station von Gadet und auch den Kauf von Filmrollen vergessen, er hätte Detailaufnahmen gemacht, von diesem Blau im Nachmittagslicht und den gelbbraunen Steinen des Mauerwerks. Dann vielleicht doch mit dem Nokia? Er hatte den irrationalen Wunsch verspürt, ein paar Fotos zu machen und sie Aveline zu schicken. Über die Gründe dafür hatte er lieber nicht zu genau nachdenken mögen und am Ende hatte er den Apparat gar nicht erst in die Hand genommen.

Stattdessen hatte er sich seine Joggingschuhe angezogen und war in die Hügel gerannt, schneller und immer schneller. Der Abend war mild gewesen, ein leichter Westwind hatte seinen Körper gekühlt. Der Wald hatte so still wie noch nie dagelegen, seit Blanc in der Provence war. Die Zikaden, hatte er gedacht, die Zikaden fehlen. Kein Sägen der Insekten, kein Singen der Vögel, nicht einmal Hundegebell von einem der Höfe, die versteckt zwischen den mediterranen Eichen und Pinien lagen. Es war, als hielte die Natur den Atem an, misstrauisch gegen die sommerliche Wärme, als würden die Tiere schon die Kühle des Winters spüren. Er war weiter gelaufen als je zuvor, hatte einen schrundigen Feldweg entdeckt, der steil hochging und ihn nach einem endlosen Anstieg auf eine Lichtung geführt hatte, von der aus sein Blick kilometerweit über eine große Senke geschweift war: links Salon-de-Provence mit dem Burgturm im Zentrum, rechts der Hügel von Lançon, niedergehalten von Bondards massiger Festung. Und dazwischen, hatte Blanc gedacht, muss doch … Da hatte er drei kleine weiße Punkte gesehen, die Kreise über den Himmel zogen. Er hatte sich sogar eingebildet, Propellergeräusche zu hören, doch war er sich nicht sicher gewesen, denn inzwischen hatte sein Puls so heftig gepocht, dass das Blut in seinen Ohren rauschte. Schneller, immer schneller! Es war, als wollte er wegrennen von Matelly und den Erinnerungen an das lachende Totengesicht.

Blanc hatte erst gemerkt, wie erschöpft er war, als ihn plötzlich Übelkeit geschüttelt hatte und seine Beine so weich geworden waren, als hielten keine Sehnen sie mehr zusammen. Er hatte sich an den harzverklebten Stamm einer Pinie krallen müssen und sich die Seele aus dem Leib gekotzt. Später war er zurückgewankt, endlose Kilometer. Idiot, hatte er sich gesagt, Idiot, Idiot, Idiot. Der Abend hatte eine dunkelblaue Decke über den Wald gelegt, noch immer kein Laut, und er hatte nicht einmal eine Flasche Wasser mitgenommen und irgendwo da draußen mochte Ange Douchy sein und jagte womöglich wieder ein unglückliches Tier, das sie an seine Tür nageln wollte.

Am nächsten Tag, im Stau, in Marseille, umweht von Lackausdünstungen, Dieselgestank und in Wagenfenstern festgeklemmten blau-weißen Fahnen, war Blanc der Vorabend wie ein schlechter Film vorgekommen. Würde nicht der Muskelkater in seinen Oberschenkeln ziehen, hätte er glauben können, dass es bloß ein Albtraum gewesen war. Schließlich schaffte er es doch, um kurz vor einundzwanzig Uhr vor dem Vélodrome zu sein, einem neuen Stadion, das zwischen gesichtslosen Wohnblocks lag wie ein in der Mikrowelle weichgekochtes Ufo. Raffiniert versteckte Leuchten hüllten es in das gleiche blaue Licht, in dem auch die Lampen in Metzgereien strahlten, die Fliegen töten sollten. Von drinnen dröhnten schon die Schlachtgesänge der sechzigtausend Fans.

Es war nicht schwer, Djendelli auszumachen, er war einer der wenigen, die noch vor dem Eingang ausharrten. Der Marseiller Flic hob beide Hände, als er Blanc erblickte. In der Linken hielt er zwei Tickets, mit der Rechten legte er ihm einen Schal um. Er war blau-weiß wie der, den er selbst um den Hals trug, aber doch irgendwie anders.

Blanc nahm den Schal und sah ihn sich genauer an. »SSC Napoli!«, rief er. »Du lässt mich mit einem italienischen Schal hier rein?«

»Den hält jeder für einen von OM.«

»Wo hast du den her?«

»Ein Geschenk italienischer Kollegen von der Anti-Mafia-Brigade.«

Blanc folgte Djendelli durch ein graues Treppenhaus, bis er in schwindelerregender Höhe auf einen Plastikstuhl fiel. Triumphgeheul um ihn herum, zwei bengalische Feuer, der würzige Duft von Joints, deren Qualm über den Reihen in kleinen Wolken stand, weil sich in dem Stadion kein Lufthauch regte. Die Spieler liefen auf, winzige Figuren, deren Gesichter er nicht unterscheiden konnte, was nicht weiter schlimm war, denn Blanc kannte sowieso niemanden von ihnen. In der Südkurve, wo die lautesten Fans standen, blitzten Laserpointer auf – dünne Fäden aus rotem und grünem Licht, die zitternd auf den Torhüter von Girondins gerichtet wurden.

»Die in den schwarzen Trikots sind aus Bordeaux. Solange du nicht jubelst, wenn sie ein Tor machen, ist alles gut«, erklärte Djendelli.

»Hältst du mich für lebensmüde?«

»Du kommst aus Paris.«

»Woher weißt du, dass man mich versetzt hat?«

»Ich weiß sogar, *wer* dich versetzt hat. Nach deinem Besuch habe ich ein paar Erkundigungen eingezogen. Es passiert einem ja schließlich nicht jeden Tag, dass jemand in der Évêché aufkreuzt und einem Fragen zu vertraulichen Ermittlungen stellt.«

Blanc fragte sich, ob Djendelli dann auch wusste, dass ihn seine Frau in die Wüste geschickt hatte und seine Kinder kaum noch mit ihm redeten. Wie gründlich recherchierten die Kollegen von der Brigade Antigang?

»*Allez!*«, rief Djendelli. »Ficken wir Bordeaux!«

Fünf Minuten nach dem Anpfiff kannte Blanc den Refrain der Schlachtrufe auswendig, nach zehn Minuten hatte er die obszönen Spottverse verstanden, die immer dann geschrien wurden, wenn der Torwart von Bordeaux den Ball in der Hand hatte, nach fünfzehn Minuten konnte er alle Spieler von Olympique unterscheiden. Es war herrlich.

In der Halbzeitpause besorgte Djendelli zwei Flaschen Bier.

»Ich bin mit dem Auto hier«, protestierte Blanc.

»Wer kontrolliert schon einen Streifenwagen?«

»Ich bin mit meiner eigenen Karre hier.«

»Selber schuld. *À la tienne!*« Die Flaschen klirrten gegeneinander. Das Wochenende wurde immer besser.

»Ich habe übrigens ein Gerücht über unsere fliegenden Freunde gehört«, fuhr Djendelli beiläufig fort. »Air Cocaïne soll in den nächsten Tagen eine neue Ladung zu uns bringen.«

»Wann? Und auf welchem Flughafen?«, fragte Blanc im gleichen Plauderton.

»Das, mein Freund, wüsste ich auch gerne.« Djendelli stieß Blanc in die Seite. »Mandana läuft wieder auf. Konzentrieren wir uns auf das Wichtige im Leben.«

Montag, 10. September, noch nicht einmal sieben Uhr. Blanc kramte in seinem Schreibtisch, um ein Blatt Papier zu finden, das größer war als sein Notizheft. Er fand bloß den schweren A4-Umschlag von Genevièves Pariser Rechtsanwalt im Abfallkorb, zuckte mit den Achseln und bekritzelte die Rückseite. Zu irgendetwas musste seine Scheidung ja gut sein. Er notierte Namen, umkreiste sie, zog Verbindungslinien, versuchte, ein Diagramm von Opfern und Verdächtigen zu erstellen, wollte irgendein verstecktes Muster entdecken, das zwei Todesfälle miteinander verwob.

Aspirant Arnaud Matelly, abgestürzt auf dem Olivenhain von Hervé Bondard. Tahar Marouani, Landarbeiter Bondards, Zeuge von Matellys Absturz, erstochen im selben Olivenhain. Emanuelle Spitéri, Jahrgangskameradin von Matelly und seine Ex. Victor Camoin, Kamerad, Geliebter von Spitéri, Clubmitglied in Eyguières wie Matelly auch. Roland Prévoteau, Geschäftsmann, Chef von Air Cocaïne und möglicherweise jemand, der Matelly und Camoin für Drogenflüge bezahlte. Hervé Bondard, der die Piloten am liebsten vom Himmel schießen würde. Narjasse Marouani und ihre Tochter Zineb, die Blanc irgendetwas zu verheimlichen schienen. Die DGSI, die Tahar Marouani kurz vor seinem Tod angerufen hatte. Ange Douchy.

»*Merde*«, murmelte Blanc und betrachtete nach einer Stunde

sein Werk. Lauter halbe Spinnennetze. Manche Personen hatten miteinander zu tun, von wenigen Namen gingen sogar mehrere Linien ab. Doch niemand stand im Zentrum, niemand war mit allen anderen verbunden. Was hatte Bondard mit Prévoteau zu schaffen? Welcher geheime Faden könnte zwischen der jungen Pilotin Spitéri und dem Landarbeiter Marouani geknüpft sein? Was hätte der Pariser Anwalt darauf geantwortet? Er hätte Blanc gesagt, dass jemand, der wirre Muster auf die Rückseite gebrauchter Briefumschläge zeichnete, sich nicht wundern musste, dass seine Gattin davonlief. *Merde, merde, merde.* Blanc griff zum Hörer und wählte eine Handynummer. Er musste mit jemandem sprechen, der gelernt hatte, Linien zwischen Burgbesitzern, Landarbeitern, Piloten und Hexen zu ziehen.

»Monsieur Paulmier?«, rief er. Die Verbindung war schlecht. »Sind Sie noch zu Hause?«

»Am Montagmorgen um acht Uhr stehen Rentner vor dem Supermarkt und warten darauf, dass die Schiebetüren aufgehen. Oder sie stehen unter einem zwei Meter dicken Kellergewölbe und üben schon einmal für die langen Jahre in der Gruft. Ein Wunder, dass Sie durchgekommen sind.«

»Kann ich mit Ihnen reden? Nicht am Telefon, sondern unter vier Augen? In welchem Gewölbe sitzen Sie?«

»Ich lausche einer Sitzung des Stadtplanungsausschusses. Frühaufsteher, Tiefbauingenieure und andere Langweiler. Meine Redaktion will unbedingt einen langen Artikel, ich will unbedingt eine Pause. Niemandem wird auffallen, wenn ich eine halbe Stunde mit Ihnen plaudere. Sie finden mich in der ehemaligen *Mairie* von Lançon. Fahren Sie bis zum neuen Rathaus und stellen Sie den Wagen dort ab. Hundert Meter die Straße rechts hoch kommen Sie zu einem kleinen Platz mit einem Brunnen, auf dem ein übergewichtiger Engel steht. Der alte Kasten links von dem Sprudelkerl ist der städtische Bau mit Büros der Verwaltung. Ich hocke im Keller. Sie können mich nicht verfehlen, hier herrscht nicht gerade ein Gedränge wie in der Pariser Métro.«

Eine Viertelstunde später stand Blanc vor einem schmalen, hohen Barockbrunnen in einer Ecke der Altstadt von Lançon, die er bis dahin noch nie betreten hatte. Ein Platz in Form eines Tortenstücks, Stadthäuser aus dem Empire mit Stuck und schmiedeeisernen Balkongittern, Platanenschatten, Sonnenreflexe im herabrieselnden Wasser, Stille, eine helle, steinerne, viel zu kleine Madonna in einer Wandnische des größten Hauses am Platz. Blanc entdeckte ein Hinweisschild, das auf ein Antiquitätengeschäft in einer Seitengasse wies. Marius hatte recht, dachte er, das Geld erobert sich die Stadt. Was würde aus Familien wie den Marouanis werden, die sich weder renovierte Stadthäuser noch Vorortvillen im Tal leisten konnten?

Blanc betrat das ehemalige Rathaus. Auf der Treppe, die nach unten führte, musste er den Kopf einziehen, so niedrig war das Gewölbe. Ihm schlug die muffige Luft eines Weinkellers entgegen, in dem alten Gemäuer war eine Art Plastikboden ausgelegt, so weich wie ein Basketballcourt. Die Wände waren hell verputzt, in beleuchteten Vitrinen verstaubten verrostete Metallobjekte und Tonscherben. Auf einem Fragment leuchtete das fein gezeichnete Profil einer jungen Frau.

»Eine rotfigurige attische Schale«, sagte Paulmier, »oder zumindest das, was davon nach zweieinhalb Jahrtausenden noch übrig ist.« Er schüttelte ihm die Hand. Blanc blickte in den Raum, aus dem der Journalist gekommen war: Einige Männer saßen an einem Konferenztisch und studierten Pläne. »Ihr Ausschuss?«, fragte er.

»Als ich vor hundert Jahren Reporter werden wollte, hätte ich nicht gedacht, dass ich meine Tage als solcher einmal mit in jeder Hinsicht unterirdischen Sitzungen beschließen würde. Kommen Sie, gehen wir in den nächsten Raum.« Paulmier wies den Weg zu einem weiteren, etwas größeren Gewölbe. In einem gläsernen Schaukasten stand das Modell eines Hauses. »Coudonneau«, erklärte er. »So heißt ein Felsen in den Garrigue-Wäldern bei Lançon. Nach dem großen Feuer vor fünfzehn Jahren hat ein Einheimischer dort Mauern entdeckt. Die Archäologen sagen, dass es ein Bauernhof aus der Eisenzeit ist, so etwas wie eine kleine Festung, zweieinhalbtausend Jahre alt. Dort haben sie die ganzen Scherben gefunden.« Er deutete auf einige Fotos des Ortes, die an einer Wand hingen und sich unter der Feuchtigkeit wellenförmig verzogen hatten. »Nach dem Feuer haben sie alles freigelegt. Manche Mauern sind noch zwei Meter hoch. Sie haben dort einen tollen Blick bis auf den Étang de Berre. Wild wie zu Cäsars Zeiten. Sie müssen sich nur die Raffinerien am Horizont wegdenken.«

»Warum verstauben antike Scherben in einem Keller? Ich würde dafür ein Museum bauen.«

»Mit den Steuergeldern der guten Bürger von Lançon? Die Archäologen haben seinerzeit noch ganz andere Sachen ausgegraben: Amphoren, so groß wie ein Mann. Wollte niemand haben. Die Stadtväter haben den Plunder in eine Friedhofskapelle gepackt, die nicht mehr benutzt wird. Hauptsache, das Zeug ist aus den Augen, und man muss die Wohnsteuer nicht um eine Centime anheben.«

»Damit die Bürger weiter in Ruhe ihren Aperitif genießen können.«

»Apropos ruhiger Aperitif: Was machen Ihre Ermittlungen zum abgestürzten Piloten?«

»Deshalb bin ich hier.«

»Sie haben noch einen zweiten Fall an den Hacken, habe ich gehört. Bondard scheint seine Olivenbäume mit Toten düngen zu wollen.«

»Glauben Sie, dass Monsieur Bondard in beiden Fällen seine Hand im Spiel hatte?«

»Glauben Sie es? Sie sind der Flic.«

»Ich glaube an gar nichts. Ich suche.« Blanc hob die Hände. »Ich habe ein paar Informationen für Sie – vorausgesetzt, Sie versprechen, diese Informationen erst zu veröffentlichen, wenn ich damit einverstanden bin.«

»Ich soll den Mund halten oder dumm sterben?«

»Das haben Sie sehr schön gesagt.«

»Es ist nicht mein Job, den Mund zu halten.«

»Sie wollen auch nicht dumm sterben.«

Paulmier lachte. »*D'accord.* Machen Sie einen verschwiegenen Mann klüger.«

Blanc berichtete von Matellys Kontakt zum Fliegerclub Auguste Sorel von Eyguières, von seiner teuren Wohnungseinrichtung, möglichen Verbindungen zu Roland Prévoteau und Gerüchten über eine Air Cocaïne.

»Von dieser Airline habe ich noch nie gehört«, erwiderte Paulmier. »Wenn ich über Dealer schreibe, dann über die Kaïds aus Canourgues, die mit ihren BMWs den Stoff aus Marseille holen, um den lokalen Markt zu beglücken. Sie glauben gar nicht, wie viele Schneemänner in unseren idyllischen Dörfern leben.«

»Könnte Bondard einer dieser Schneemänner sein?«

Paulmier blickte ihn verblüfft an. »Bondard ist der Pastis-Typ, der zieht sich keine Prise rein. Wieso vermuten Sie, dass Hervé was mit Drogen zu tun hat?«

»Bloß ein Schuss ins Dunkle. Angenommen, Matelly arbeitet als Drogenkurier für Prévoteau. Und angenommen, Bondard wäre ein Konkurrent von Prévoteau und belieferte ebenfalls die Märkte. Vor allem jetzt, da seine Oliven verfaulen und seine Burg leer steht und er unbedingt Geld braucht. Bondard hätte dann doch ein schönes Motiv, um einen Konkurrenten vom Himmel zu schießen, finden Sie nicht? Und da Bondard einen von Prévoteaus Männern umlegt, legt Prévoteau einen von Bondards Männern um – am selben Ort. Deshalb musste Marouani sterben. Es war eine Botschaft.«

»Ein Revierkrieg unter Dealern?« Paulmier lachte und schüttelte den Kopf. »*Mon Capitaine*, Prévoteau kenne ich nicht persönlich, nur vom Hörensagen. Sein Ruf ist, *eh bien*, halbseiden. Mag sein, dass er nicht nur Models durch die Welt fliegt, sondern auch weißes Pulver. Und mag auch sein, dass jemand, der zu genau nachfragt, mit einem Stück Stahl zwischen den Rippen endet. Aber Bondard? Bondard ist zwar ein Arschloch, aber eines, das aus der Hose heraus leuchtet, sodass es jeder sehen kann. Der sitzt da oben auf seiner Burg und lärmt – ganz Lançon kriegt mit, was er macht. Als ihn seine erste Frau verlassen hat oder als sein Sohn die beiden Afrikaner zusammengeschlagen hat, wusste das am nächsten Morgen die ganze Stadt. Wenn Hervé auch nur ein Gramm Koks verkaufen würde, dann könnte Ihnen der Patron der Bar im Ort den Preis nennen und die Alten auf der Bank vor der *Mairie* wüssten, wo das Zeug versteckt ist.«

»Aber es muss eine Verbindung zwischen beiden Todesfällen geben«, erwiderte Blanc, und es gelang ihm nicht ganz, die Frustration aus seiner Stimme zu bannen. »Zwei Tote auf demselben Hain innerhalb weniger Tage, *merde*, das ist einfach kein Zufall. Wenn es keine Drogengeschichte ist, was dann?« Er überlegte kurz, ob er Paulmier auch von Marouanis Anruf bei der DGSI erzählen sollte, entschied sich jedoch fast sofort dagegen. Das war so sensibel, dass er es besser keinem Journalisten weitergab. Stattdessen nannte er Paulmier die Namen der beiden Pilotenschüler Emanuelle Spitéri und Victor Camoin und berichtete, wie er auf sie gestoßen war.

Doch Paulmier zuckte nur gelangweilt mit den Achseln. »Vögelnde Flieger. Wen interessiert das?«

»Und Ange Douchy?«

»Wollen Sie die Hexe auch zur Dealerin erklären?«

»Nein. Aber vielleicht ist sie das fehlende Glied in der Kette. Matelly stürzt auf dem Hain ab – ein tragischer Zufall. Ein Zufall auch, dass Ange Douchy gerade dort ist und als Zeugin befragt wird. So erfährt Bondard jedoch davon, dass sie mit ihrer Ziege auf seinem Land umherstreift. Bondard beauftragt seinen Arbeiter Marouani, einen Zaun zu ziehen, damit das fortan nicht mehr vorkommt. Ange Douchy wird wahnsinnig vor Wut, lässt sich das nicht gefallen – und ersticht Marouani, der sich während der Arbeit am Zaun zum Nachmittagsschläfchen hingelegt hat.«

»Mit Zäunen halten Sie Hexen nicht auf. Es gibt in diesem Land keinen Zaun, über den Ange Douchy und ihre Ziege nicht schon geklettert wären. Sie wäre auch über Marouanis Barriere gestiegen. Kein Grund, den Arbeiter deshalb abzumurksen.«

»Ich bin zu Ihnen gekommen, weil ich gehofft habe, Sie würden mir dabei helfen, ein paar Verbindungen zwischen all diesen Leuten zu knüpfen. Stattdessen zerstören Sie die wenigen Theorien, die ich mir zurechtgelegt habe.«

»Es ist doch immer schön, wenn man der Gendarmerie helfen kann.«

»Danke, dass Sie sich Zeit genommen haben, Monsieur Paulmier«, erwiderte Blanc resigniert.

»Die Geschichte von Matelly, dem fliegenden Dealer – wann darf ich die bringen?«, fragte der Journalist.

»Wenn ich Beweise habe.«

»Also wann?«

»Vertreiben Sie sich bis dahin die Zeit mit spannenden Reportagen«, sagte Blanc und deutete auf das Kellergewölbe, in dem die Männer des Stadtplanungsausschusses tagten.

Er warf dem Modell des antiken Gehöfts von Coudonneau und den halb vergessenen griechischen Scherben einen letzten Blick zu. Antike Scherben im Keller, eine Burg auf dem Hügel, Alpha Jets über den Dächern – in Lançon lagen die Epochen übereinander, von unterirdischen Gewölben bis in den Himmel hoch.

Draußen wehte eine Lautsprecherstimme durch die Gasse – jemand machte eine Mikrofonprobe. Als Blanc den Platz vor der Mairie erreichte, sah er, dass dort eine Bühne aufgebaut wurde. Einige Leute stellten davor Bänke und Tische auf, andere holten große Sonnenschirme aus einem Lieferwagen. Ein Banner flatterte zwischen zwei Platanen im leichten Wind: »Schulfest des Collège – *Bienvenue* im neuen Schuljahr!« Blanc hatte schon den Schlüssel in das Türschloss seines Espace gesteckt, als er sich noch einmal umwandte. Eine Schülerin, die beim Aufbauen half, und die er eher aus den Augenwinkeln bemerkt hatte, kam ihm bekannt vor.

Zineb Marouani.

Er beobachtete sie verstohlen. Zineb trug Hidschāb, hochgeschlossene Bluse und Jeans, konservativ und dunkel alles, doch nicht trauerschwarz. Sie war überdurchschnittlich groß und hübsch. Um ihr linkes Handgelenk glänzten zwei schmale Armreifen aus Gold, aus einer Hosentasche ragte das weiße Gehäuse eines extragroßen Smartphones hervor. Sie kicherte nicht herum wie einige andere Teenager, ihren Bewegungen fehlte jede Leichtigkeit, jedes Tänzerische. Doch niemand hätte ihr angesehen, dass sie gerade erst ihren Vater auf so schreckliche Art verloren hatte. Ein ruhiges Mädchen, vielleicht etwas schüchtern, mehr nicht.

Blanc rang mit sich, ob er den Zufall nutzen und sie ansprechen sollte. Eine minderjährige Hinterbliebene, die ohne das Wissen ihrer Mutter von einem Flic befragt wurde – wenn er tatsächlich etwas von ihr erfahren würde, was könnte ein Anwalt daraus machen? Andererseits: Wann würde er noch einmal die Chance haben, ungestört mit dem Mädchen zu reden?

Zineb entdeckte ihn, sobald er über den Platz schritt. Sie hatte einen Sonnenschirm aufgestellt und machte sich gerade auf den Rückweg zum Lieferwagen, als sie kurz innehielt, den beiden Mädchen in ihrer Begleitung etwas zuflüsterte und dann direkt auf ihn zuhielt. »Was wollen Sie von mir?«, fragte sie, als sie noch drei Schritte von ihm entfernt war.

»Sie haben mich wiedererkannt, Mademoiselle?«, begrüßte Blanc sie. »Obwohl wir uns nur einen Augenblick gesehen haben, in Ihrem Elternhaus, nachts, nur Stunden nach dem tragischen Tod Ihres Vaters? Mein Beileid.«

»Wir haben uns zweimal gesehen. Sie sind der Typ, der meinen Vater mitten in der Nacht verhört hat, als das Flugzeug abgestürzt ist.«

Das kann heiter werden, dachte Blanc. Die beiden Mädchen, denen Zineb etwas gesagt hatte, starrten hinüber, und auch zwei oder drei Elternpaare hatten in ihrer Arbeit innegehalten und blickten in seine Richtung. Er stellte sich vor. »Wollen wir uns nicht auf eine Bank setzen, Mademoiselle?«

»Ich setze mich nicht zu fremden Männern auf eine Bank.«

»Ich bin der Mann, der den Mörder Ihres Vaters sucht.«

Zineb atmetete tief durch. Plötzlich sah sie erschöpft und verletzlich aus. Und verängstigt, dachte Blanc. »Ich möchte Ihnen deshalb bloß einige Fragen stellen«, fuhr er in sanfterem Ton fort. »Natürlich nur dann, wenn Sie einverstanden sind.«

Das junge Mädchen sah sich um. »Vielleicht ist die Bank doch keine so schlechte Idee«, sagte sie und ging nicht zur nächstgelegenen, sondern zu einer, die halb verborgen im Schatten einer alten Platane stand. »Sie wollen sicher wissen, wo ich an dem Abend war und ob es dafür Zeugen gibt, so wie in den Fernsehserien«, meinte sie und versuchte, ironisch zu lächeln.

»Ich hätte mich nicht getraut, Sie das so direkt zu fragen.«

»Ich war bei meiner Mutter und habe ihr beim Kochen geholfen. Und beim Putzen. Und beim Bügeln. Und beim Nähen. Wie jeden Abend.«

Blanc blickte sie an. »Sie verlassen selten das Haus?«

»Meine Eltern sind sehr streng.«

Er dachte daran, dass Tahar Marouani am Sonntagabend seine Tochter im Auto abgeholt hatte. An Zinebs Handy. An das Schulfest, bei dem sie mithalf. »Haben Sie Hobbys?«

Sie zuckte mit den Achseln.

»Sport?«

»Ich war eine ganz passable Volleyballspielerin.«

»Sie haben aufgehört?«

»Vor drei Monaten. Sport ist«, sie zögerte, »nichts für mich.«

»Hat Ihr Vater Ihnen das Volleyballspielen verboten?«

Sie lachte freudlos auf. »Im Gegenteil! Der hätte mich am liebsten zum Training gezerrt!«

»Es sind also nicht Ihre Eltern, die Sie ans Haus fesseln.«

Sie blickte ihm direkt in die Augen. »Geht es hier um meinen Vater oder um mich?«

»Ich vermute, dass der Mörder Ihren Vater gekannt hat. Also geht es auch um alle Menschen, die Monsieur Marouani kannten. Und wer könnte ihn besser kennen als sein einziges Kind?«

»Ich weiß nichts über meinen Vater.« Zineb sagte das sehr schnell und sehr bestimmt.

»Sie standen sich nicht nahe?«

»Mein Vater war sehr autoritär.«

»Als Ihr Vater mittags das Haus verließ – ist Ihnen da etwas Besonderes aufgefallen?«

»Er war wie immer.«

»Er hat über nichts Bestimmtes geredet?«

»Er hat nie viel geredet. Zumindest nicht mit mir.«

»Und am Tag davor?«

»Ich kann mich an nichts Besonderes erinnern. Der war wohl auch wie immer.«

»Hat Ihr Vater«, Blanc zögerte, »kein Telefonat erwähnt?«

»Mein Vater hatte es nicht so mit dem Telefon. Wenn überhaupt, dann hat er meine Mutter angerufen, dass er etwas später zum Essen kommt.«

»Hatte Ihr Vater Feinde? Vielleicht aus der Gemeinde?«

»Welche Gemeinde? Lançon?«

»Nein. Die muslimische Gemeinde.«

»Wir Muslime sind nicht an allem Schuld, was in Frankreich falsch läuft. Außerdem kannte mein Vater die Moschee nur von außen. Er hat auch nie die Hadsch gemacht. Und wenn ihn dieser Mistkerl von Bondard mit Schweinefleisch bezahlt hätte, dann hätte er auch das genommen.«

»Warum ist Monsieur Bondard ein Mistkerl?«

»Wenn Sie diese Frage nicht selbst beantworten können, dann taugen Sie als Flic aber nicht viel.«

»Ist Ihre Mutter stenggläubig?«

»Sie folgt meinem Vater.«

»Und Sie, Mademoiselle? Folgten Sie auch Ihrem Vater?«

»Wie meinen Sie das?«

»Sie nehmen Arabischunterricht.«

Zineb richtete sich gerade auf. Sie saß nur noch auf der vordersten Kante der Bank. »Das ist nicht verboten.«

»Es ist auch nicht gerade alltäglich.« Blanc räusperte sich und fuhr behutsam fort: »Sie haben gerade angedeutet, dass Sie viel zu oft zu Hause sind. Dass sie Ihren Sport aufgegeben haben. Dass Sie keine besonderen Hobbys haben. Aber wenn Sie doch etwas unternehmen, dann ist es ein sicherlich äußerst anspruchsvoller Unterricht, der zudem noch sonntags stattfindet. Warum tun Sie sich das an?«

»Weil ich den Koran lesen will.« Sie hob herausfordernd das Kinn. »Ich weiß, was Sie jetzt denken: ›Die Kleine ist radikal und morgen ist sie beim Islamischen Staat.‹«

»Sie sind nicht klein.«

»Machen Sie sich nicht über mich lustig.«

»Gibt es den Koran nicht auch in französischer Übersetzung?«

»Der Prophet war nicht Voltaire. Ich will das Original lesen.«

»Warum?«

»Sind Sie ein Flic oder ein Imam?« Zineb seufzte. »Sie werden es sowieso nicht verstehen. Wie mein Vater.«

»Versuchen Sie es trotzdem mit einer Erklärung.«

Sie holte tief Luft und deutete mit einer vagen Geste rundum. »Ich bin nicht von hier, verstehen Sie? Klar, ich bin im Krankenhaus von Salon geboren und hier in Lançon groß geworden. Aber diese Mauern, diese Häuser, diese ... Leute sind nichts für mich.« Sie schüttelte sich, als hätte sie Zitronensaft getrunken. »Der Sohn von Bondard hat Afrikaner zusammengeschlagen und kriegt dafür bloß eine Bewährungsstrafe, und sein Vater erzählt auch noch überall, wie stolz er auf ihn ist. Und jetzt macht derselbe Sohn Karriere und derselbe Vater will Bürgermeister werden. Sie werden sehen: Die Leute werden den Kerl wählen. Und sein Sohn wird reich werden, und alle werden ihn für einen tollen Typen halten, der mit seinem Bio-Zeugs die Welt rettet. Ihr im Westen habt noch nicht einmal gelernt, richtigen Tee zu trinken! Diese Stadt ist verrottet. Das ganze Land ist verrottet. Meine Wurzeln liegen anderswo. Sie sind mir abgeschlagen worden, vor meiner Geburt. Wie meinem Vater, der das aber nicht wahrhaben will. Ich will zu meinen Wurzeln zurück, damit ich weiß, wer ich bin. Verstehen Sie? Sonst bleibe ich mein ganzes Leben lang hier gefangen. Ich bin Muslima, und ich bin stolz darauf. Das ist alles!«

Ist es das?, fragte sich Blanc. Er dachte wieder an Marouanis Anruf. »Seit wann nehmen Sie Arabischstunden, Mademoiselle?«

Sie dachte kurz nach. »Nächsten Sonntag sind es drei Monate.«

»Hat Ihr Vater etwas dagegen gehabt? Oder hat er Ihren Unterricht gefördert?«

»Er hat mich zu den Stunden gefahren. Wenn Sie nichts dagegen haben, will ich jetzt wieder meinen Freundinnen helfen.«

Blanc ging über den Platz zu seinem Auto zurück und spürte viele Blicke im Rücken. Tahar Marouani mochte autoritär gewesen sein, ein Vater, der mit seiner Tochter nur selten redete und wenn, dann oft bloß, um ein Verbot auszusprechen. Aber »streng« im Sinne von »strenggläubig« war der Landarbeiter nicht gewesen, vermutete Blanc. Die Algerier seiner Generation, die für die politische Freiheit gekämpft hatten, waren eher Sozialisten, die hatten Marx und Lenin gründlicher studiert als den Koran. Aber sie waren trotzdem Muslime geblieben, und das war der entscheidende Punkt: Die Jungen, die unter ihren strengen Eltern litten, konnten diese aus Protest gewissermaßen noch in der Strenge überholen – indem sie sich der Religion zuwandten. An anderen Orten und zu anderen Zeiten hatten sich die Kinder, die unter den Grenzen der Generationen litten, in politische Ideologien geworfen oder in Drogen oder eine exzentrische Kultur. Dafür wurden sie wiederum von ihren Eltern hart angegriffen. Aber wenn die Jungen sich Gott unterwarfen? Wer hätte das kritisieren sollen? Junge Muslime konnten sich mit ihrer Radikalität nicht bloß von den Alten abgrenzen, sie konnten sie zugleich mundtot machen und moralisch zerschmettern.

Moralisch zerschmettern ... Zineb Marouani trauerte an diesem Tag um ihren Vater auch nicht mehr als die jungen Piloten um ihren abgestürzten Kameraden. Hatte das junge Mädchen, hatten auf ihre Weise Hervé Bondard und Colonel Duret recht? War den Leuten alles scheißegal geworden, solange sie bloß ihren Aperitif ungestört trinken konnten? Als er schon das Lenkrad umfasste, fiel ihm auf, dass ihn Zineb gar nicht nach seinen Ermittlungen gefragt hatte. Normalerweise wollten Hinterbliebene alles wissen, jedes Detail der Arbeit, als würde ein aufgeklärtes Verbrechen ihnen irgendwie den Toten wiederbringen. Aber Zineb hatte gar keine Frage gestellt. So, als ob ihr gleichgültig sei, wer ihren Vater auf dem Gewissen hatte.

Oder als ob sie es schon wüsste.

Eine chemische Waffe

Im Büro saß Marius zusammengesunken auf seinem Stuhl. Er sah aus, als hätte er die letzte Nacht nicht geschlafen. Und die davor auch nicht. Und er sah so aus, als würde es ihn momentan nicht besonders interessieren zu erfahren, was Blanc an diesem Morgen schon alles getan hatte.

»Du hast dich zu früh wieder gesund gemeldet«, begrüßte ihn Blanc.

»Das ist mein übertriebenes Pflichtgefühl. Da kann man nichts machen.«

»Soll ich zur Apotheke gehen und dir irgendwas besorgen? Oder soll ich uns ein paar frische Croissants holen?«

Marius brachte ein Grinsen zustande. »Wie wäre es mit der Apotheke und der *Boulangerie*?«

Später kauten sie auf dem warmen Gebäck und schlürften Automatenkaffee. Marius warf zwei Doliprane in seinen Plastikbecher und rührte mit dem Finger in der lauen Brühe, bis sie sich aufgelöst hatten, während er so etwas wie »Stress in der Familie« nuschelte.

Blanc wusste bloß, dass Marius seit ewigen Zeiten geschieden war und zwei Kinder hatte, deren politische Einstellung so weit links war, dass sie sich für ihren Vater schämten. Soweit er das mitbekommen hatte, lebte Marius allein in seinem Haus in Saint-César. Er murmelte eine ebenso unverständliche Antwort.

»Meine Katze«, stellte Marius klar. »Ich spreche von meiner Katze. Wir haben uns gestritten.«

»*Mon Dieu.*« Blanc wusste nicht, ob er lachen oder mitfühlend nicken sollte. Dann fiel ihm wieder ein, dass sein Kollege ihm einmal gesagt hatte, dass das Tier unter einem Hirntumor litt und halb blind durch das Haus irrte. Marius hatte sich von ihm Geld für eine Tierarztbehandlung gepumpt, die fünfzig Euro hatte Blanc nie wiedergesehen. Scheiß drauf. »Kann ich dir helfen?«

»Du kannst mir deine Handschellen leihen. Mit meinem Paar zusammen reicht das für alle vier Pfoten dieses dämlichen Tieres.« Marius seufzte schwer. »Stunde um Stunde tigert dieser Kater durch meine Bude. Und Stunde um Stunde knallt er immer wieder gegen dieselbe Tür, denselben Schrank, denselben Stuhl. Ich bin irgendwann explodiert und wollte ihn in seinem Korb fesseln, damit er endlich einmal ruhig ist. Hat nicht geklappt.« Er drehte die Innenseiten seiner Unterarme nach oben, sodass man die frischen Kratzspuren sah. »Der Nachteil mit dem Rosé ist, dass deine Geduld abund deine Schwerfälligkeit zunimmt. Ich war zu langsam, sogar für eine hirnkranke Katze. Ich hoffe, ich schaffe es noch bis zur Pensionierung.«

Blanc blickte Marius nicht ins Gesicht. Er starrte bloß auf dessen Unterarme: rote Striche auf olivenfarbener Haut. Könnten auch von Fingernägeln stammen, sagte eine kühle professionelle Stimme in irgendeinem Winkel seines Geistes. Scheiß drauf. »Ich habe ein paar Neuigkeiten, die dir die Lust auf die Rente wieder austreiben«, verkündete er.

Es dauerte eine halbe Stunde, bis Blanc alles erklärt hatte. Er hatte sogar den bekritzelten Briefumschlag aus dem Papierkorb gezogen und über den Schreibtisch gereicht. »Wir haben lauter halbe Spuren«, schloss er.

»Was ist das für ein bescheuerter Umschlag?«

»Kannst du dich nicht auf das Wesentliche konzentrieren?«

»Was willst du jetzt tun?«

»Im Fall Marouani: abwarten. Fabienne nimmt sich Zineb vor. Der Imam hört sich in den Gemeinden um. Vielleicht stößt einer von beiden auf etwas, das uns weiterbringt. Im Fall Matelly: Da rufe ich jetzt einen schwulen Engländer an.«

Er hatte die Visitenkarte von Thomas Frye aus seiner Brieftasche gefischt und tippte dessen Handynummer in die Tasten. Er hoffte, dass der Hobbypilot nicht gerade irgendwo über ihren Köpfen schwebte. Doch Frye hob so schnell ab, als hätte er das Telefon bereits in der Hand gehalten.

»Sie fahren in den nächsten Wochen nicht für längere Zeit fort?«, wollte Blanc wissen.

»Nein«, erwiderte Frye verblüfft. »Darf ich das Land nicht verlassen? Liegt etwas gegen mich vor?«

»Im Gegenteil, Monsieur Frye. Sagen wir so: Ich erkläre Sie hiermit zum Hilfssheriff.«

»Sie kennen den Unterschied zwischen Engländern und Amerikanern?«

»Sie sollen bloß ein wenig die Augen und Ohren für mich offen halten.«

»Ich bin Ihr Spion, der aus der Kälte kam?«

»Kennen Sie Victor Camoin? Ein Kamerad von Matelly von der Base Aérienne und ebenfalls Mitglied in Ihrem Fliegerclub.«

»Selbstverständlich kenne ich ihn. Er sieht beinahe ebenso gut aus wie Matelly. Ein charmanter Bursche, einmal haben wir abends ...«

»Monsieur Frye: Sagen Sie mir einfach Bescheid, wenn Camoin im Fliegerclub aufkreuzt und sich ein Flugzeug leiht. Eine von den Maschinen, mit denen man bis Korsika kommt.«

»Hat Victor etwas ausgefressen? Hat das etwas mit Matellys Absturz zu tun? Ich mische mich da wirklich nicht gerne ein und ...«

»Sie können mich zu jeder Tages- und Nachtzeit anrufen. Ich gebe Ihnen meine Handynummer. Haben Sie etwas zum Schreiben zur Hand?«

Nachdem er aufgelegt hatte, grinste er Marius aufmunternd an. »Mal sehen, ob wir den geheimnisvollen Flugplan von Air Cocaïne entschlüsseln werden.«

Sein Kollege öffnete den Mund, um darauf etwas zu erwidern, brachte dann aber vor Erstaunen keinen Laut hervor: Doktor Fontaine Thezan stand im Rahmen der geöffneten Tür und blickte mit der gleichen klinischen Neugier in das Büro, mit der sie sonst verstümmelte Leichen analysierte.

»Madame, welche Überraschung, Sie hier zu sehen!«, rief Blanc.

Hinter der Gerichtsmedizinerin stand ein verwuschelter junger Mann. Auf seinem T-Shirt war das Schwarz-Weiß-Bild einer irgendwie altmodisch aussehenden Rockband abgebildet. »Kill Team«. Blanc hatte von dieser Gruppe noch nie gehört, dann sah er genauer hin und erkannte, dass der Drummer Adolf Hitler, der Bassist Joseph Stalin und die beiden Gitarristen Osama bin Laden und George W. Bush waren. Aus der Jeanstasche des jungen Mannes lugte ein kleiner Plastikbeutel hervor. Das Kraut darin war garantiert kein Tee. Ganz schön dreist, dachte Blanc, damit auf einer Gendarmeriestation aufzukreuzen. Er war sich nicht sicher, ob das derselbe jüngere Begleiter war, den er bereits früher zusammen mit Fontaine Thezan gesehen hatte, oder ein anderer.

»Ich fahre zu einer Fortbildungsveranstaltung in Marseille«, erklärte die Gerichtsmedizinerin, »und da Ihre Station fast auf dem Weg liegt, dachte ich, ich bringe Ihnen meine Berichte über Matellys und Marouanis Obduktionen vorbei.«

»Das wäre doch nicht nötig gewesen.«

»Das werden Sie nicht mehr sagen, wenn Sie einen der beiden Berichte gelesen haben.«

»*Alors?*«

Fontaine Thezan warf ihrem Begleiter einen Blick zu. Der nickte und schlenderte den Flur entlang Richtung Ausgang. Sie schloss die Tür.

»Hoffentlich verläuft er sich nicht«, spottete Marius, und Blanc glaubte, einen Hauch von Eifersucht auf den jungen Mann aus der Stimme seines Kollegen herauszuhören.

»Er wird im Wagen auf mich warten.«

»Sie kümmern sich wie eine Mutter um ihn.«

»Ich weiß nicht, wie Mütter sich kümmern, ich hatte keine«, erwiderte Fontaine Thezan kühl.

Blanc räusperte sich. »Ihr Bericht, Doktor?«

»Zuerst die erwartbaren Befunde«, begann sie. »Marouani ist mit einundzwanzig Messerstichen umgebracht worden. Das Tatwerkzeug hat Herz, Lunge, Kehle und einige weitere Organe verletzt, die Stöße sind mit so großer Gewalt geführt worden, dass auch acht Rippen gebrochen sind. Vermutlich war die Klinge mindestens vierzehn Zentimeter lang – ein Jagdmesser vielleicht oder ein Küchenmesser. Marouani ist wahrscheinlich gegen achtzehn Uhr gestorben, plus minus eine Stunde. In seinem Magen fand ich Reste von Lammfleisch, Couscous und Feigen, wohl sein schon mehr als halb verdautes Mittagsmahl. In seinem Körper lässt sich nicht der Hauch einer Droge, eines Medikaments oder Betäubungsmittels oder Alkohol nachweisen, keine sonstige pathologische Veränderung, nichts. Der Mann wäre hundert Jahre alt geworden, wenn er keinen Feind gehabt hätte.«

»Mal sehen, ob Sie meinen Zustand auch so loben werden, wenn Sie mich mal aufschneiden«, warf Marius ein.

»Es wird mir ein Vergnügen sein.« Fontaine Thezan bedachte ihn mit einem mitleidigen Lächeln. »Ob Matelly in der Liga der Hundertjährigen gespielt hätte, ist allerdings nicht so sicher.«

»Sein Prachtexemplar war doch kein Prachtexemplar?«

Die Gerichtsmedizinerin ignorierte Marius' Einwurf, blickte Blanc an und tippte dabei auf ihren Bericht. »Drei Punkte sind wichtig. Erstens: Matelly ist zwar an den Folgen seines Absturzes gestorben, schweres Schädel-Hirn-Trauma, gebrochenes Genick, dazu vier gebrochene Rippen, die beide Lungenflügel perforiert haben. Zweitens: Matelly war jedoch zum Zeitpunkt seines Todes nicht gesund. Auf der Makula links und rechts waren Blutungen und sogar kleine Löcher zu erkennen.«

»Doktor Thezan, ich könnte einen Oberschenkelknochen nicht von einem Unterkiefer unterscheiden«, warf Blanc ein.

»Ich bin geneigt, Ihnen das zu glauben. Die Makula ist die Stelle des schärfsten Sehens auf der Netzhaut.«

Blanc beugte sich interessiert vor. »Matelly war blind?«

»Das vielleicht nicht gerade. Aber er wird auf jeden Fall Sehschwierigkeiten gehabt haben.«

»Ein Nachtflug«, murmelte Blanc, und seine Gedanken rasten. »Drei Jahre Ausbildung – und du stellst am Ende fest, dass deine Augen hin sind ...« Er sah die Gerichtsmedizinerin an. »Das kann keine Folge des Absturzes sein? Ich meine, sein Körper wird furchtbar getroffen. Das Auge ist empfindlich. Wenn die Schädelknochen um das Auge herum brechen, dann kann das Organ selbst …«

»Lernen Sie erst einmal Oberschenkel und Unterkiefer unterscheiden, *mon Capitaine*. Matellys Sehprobleme sind nicht erst post mortem aufgetreten. Er muss sie schon vorher gehabt haben. Ob kurz davor oder schon länger, das kann ich nicht sagen. Aber vor seinem Tod, das ist sicher.«

»Der deutsche Airbuspilot«, sagte Blanc. »Hatte der nicht auch etwas an den Augen? Hat der nicht Angst gehabt, dass er deshalb nicht mehr fliegen darf?«

»Bei der Identifizierungsarbeit der Absturzopfer war ich dabei«, erwiderte Fontaine Thezan. »Aber wir haben nur die DNA analysiert, aus naheliegenden Gründen. Und die Krankenakte des Copiloten habe ich nie gesehen. Mag sein, dass ein organischer Befund der Auslöser seiner großen psychischen Krise war. Aber nicht die alleinige Ursache.«

»Eine Depression werden selbst Sie nicht auf dem Seziertisch erkennen können.«

»Auf dem Seziertisch nicht, aber mit einem Blick in seine Krankenakte sehr wohl. Fehlanzeige. Matelly hat sich niemals in psychiatrischer Behandlung befunden. Kein Arzt hat ihm je Psychopharmaka verschrieben. Beim deutschen Copiloten haben Ermittler im Nachhinein Dutzende Arztbesuche entdeckt, über Jahre hin ist seine Krise in ihm gewachsen, bis sie unkontrollierbar geworden ist. Nichts deutet hingegen bei Matelly auf eine Depression hin.«

»Trotzdem könnte er …«

»*Mon Capitaine*, ich habe da noch einen dritten Punkt«, unterbrach ihn die Gerichtsmedizinerin spöttisch. »Methylamphetamin. Ich habe so viel davon in Matellys Körper gefunden, dass ich davon ausgehe, er hat es regelmäßig konsumiert.«

»Ein Aufputschmittel?«

»Sie scheinen sich mit Drogen besser auszukennen als mit Knochen. Ja. Die Droge der Piloten. Bei den Deutschen, die das zuerst eingesetzt haben, hieß sie Pervitin. Das hat die Piloten der Luftwaffe wach gehalten – und die Panzerfahrer übrigens auch, die 1940 durch unser Land gepflügt sind. Bei den Amerikanern hieß derselbe Stoff Benzedrin. Der gleiche Wachmacher, der gleiche Einsatzzweck bei den Piloten. Sie können stundenlang fliegen, sie werden nicht müde, ihr Geist ist klar. Die ideale chemische Waffe. Beinahe.«

»Bei jeder Waffe drohen Kollateralschäden.«

»Wenn Sie Amphetamine schlucken, setzt nach zwei bis drei Wochen der Gewöhnungseffekt ein. Sie werden süchtig. Und wenn Sie erst einmal zu viele Amphetamine geschluckt haben, dann drohen Depressionen, akute Angstzustände und Halluzinationen.«

Danach war es eine Zeit lang still im Büro. »Ich habe das Gefühl, ich habe auch Benzedrin geschluckt«, sagte Blanc schließlich. »Ich sehe auf einmal klar. Matelly fliegt, er ist ständig in der Luft, die Ausbildung ist so hart, dass seine Kameraden links und rechts gefeuert werden. Irgendwann weiß er sich nicht mehr zu helfen und schluckt Amphetamine, um wach zu bleiben. Er hat das Gefühl, es sonst nicht zu schaffen.«

»Dieses ›irgendwann‹ lag vielleicht sogar schon vor dem Beginn seiner Ausbildung auf der Base Aérienne«, ergänzte Marius. »Seine Exfreundin Spitéri hat ausgesagt, dass Matelly schon zu Beginn ein ganz anderer Mensch war als noch zu ihrer Schulzeit.«

»Matelly jedenfalls fliegt in seiner Freizeit für Prévoteau. Air Cocaïne. Wer könnte ihm besser Wachmacher besorgen als ein Dealer? Für Prévoteau wiederum ist er der ideale Kurier, der dir die heißesten Ladungen nach Frankreich schmuggelt. Das geht einige Zeit gut – aber irgendwann fordert die Droge ihren Preis. Angst. Depression. Vielleicht verstärkt durch seine Sehschwäche. Die hat er bei der Aufnahmeprüfung auf der Base Aérienne garantiert noch nicht gehabt, das hätte ein Fliegerarzt wohl bemerkt. Also wird der Druck erst während der Ausbildung immer größer, je schwächer seine Augen werden. Also nimmt er immer mehr Amphetamine …«

»… und mit seinen schwachen Augen und einer Depression und vielleicht auch einer ordentlichen Halluzination rast er in seinem letzten Nachtflug ungebremst in den Boden«, vollendete Marius. »Fragt sich nur, warum niemand auf der Base Aérienne Matellys Probleme rechtzeitig bemerkt hat.«

»Selbst Matellys Tod hat niemanden dort erschüttert. Vielleicht«, Blanc zögerte, »haben seine Kameraden gar nicht so genau hinsehen wollen. Wäre doch möglich, dass noch ein paar andere junge Piloten auf die Idee gekommen sind, es den Assen von der Wehrmacht nachzumachen?«

»Klingt, als würdest du dich gerne noch einmal mit Colonel Duret unterhalten wollen.«

Fontaine hatte dem Wortwechsel gelauscht und erhob sich nun. »Das war doch eine erfolgreiche Visite. Messieurs, wir sehen uns bei der nächsten Leiche.«

Die Liebe der Piloten

Eine Stunde später saßen Blanc und Marius im Büro des Offiziers. Von Matellys möglichen Verbindungen zu Prévoteaus Air Cocaïne sagten sie nichts. Sie hatten jedoch die Zusammenfassung von Matellys Obduktionsbericht kopiert. Colonel Duret studierte die Zeilen, und sein Augenlid flatterte so, dass man Angst haben musste, es reißt. »Sie wollen also sagen, dass Matelly auch noch selbst schuld ist an seinem tragischen Tod?«, fragte er schließlich.

»Das ist ein Obduktionsbericht und keine Anklageschrift.«

»Eine Augenverletzung? Amphetamine? Was soll das?«

»Das frage ich Sie, *mon Colonel.* Wie konnte es so weit kommen, dass Matelly in einem solchen Zustand überhaupt ans Steuer eines Flugzeuges gelassen wurde?«

Duret holte einen Ordner hervor. »Matellys letzte augenärztliche Untersuchung«, sagte er und tippte auf ein Dokument. »Alles in Ordnung. Das war drei Wochen vor dem Absturz.«

»Und die Drogen?«

Der Offizier atmete tief durch. »Unsere Aspiranten müssen nicht nach jedem Flug eine Urinprobe abgeben. Wir testen unsere Kandidaten gründlich. Haben wir sie aber erst einmal auf der Base Aérienne aufgenommen, dann vertrauen wir ihnen.«

»Blindes Vertrauen. Das ehrt Sie.« Marius lächelte und klang so, als meinte er sein Kompliment ernst.

Duret blickte irritiert von ihm zu Blanc und zurück. »Was wollen Sie eigentlich hier?«

»Amphetamine finden«, erwiderte Blanc. »*Mon Colonel,* kann es sein, dass Aspirant Matelly nicht der einzige Ihrer jungen Piloten war, der mit chemischen Substanzen seinen Geist wach hielt?«

Duret wurde rot. Er stand ruckartig auf, kam um seinen Schreibtisch herum und baute sich vor seinen Besuchern auf. Blanc überkam der Wunsch, ebenfalls aus seinem Stuhl zu schnellen, denn dann würde er den Offizier um zwei Haupteslängen überragen. Aber das würde Duret nur noch mehr in Rage bringen. »Unsere Piloten nehmen keine Drogen«, zischte der Colonel.

»Einer hat es getan.«

»Wir werden unsere eigene Untersuchung des Vorfalls in die Wege leiten. Wenn Sie jedoch mit diesen«, er wedelte in Richtung des Berichts, »diesen Spekulationen losziehen und damit unsere ganze Basis in Verruf bringen, dann mache ich Ihnen die Hölle heiß!«

»Was soll ich tun?«, erwiderte Blanc ruhig. »Das sind schließlich keine Spekulationen, sondern offizielle Untersuchungen der Gerichtsmedizinerin von Salon. Soll ich dieses Dokument ignorieren?«

»Warum nicht?«

Blanc lächelte fein. »Wie die Anzeigen, die Monsieur Bondard gegen Ihre Piloten erstattet hat? Wie haben Sie Commandant Nkoulou dazu gebracht, sie im Schwarzen Loch verschwinden zu lassen?«

Duret atmete schwer. Ein Mann, der seit Jahren keinen Widerstand mehr gewohnt ist, dachte Blanc. »Jetzt hören Sie mir einmal genau zu, *mon Capitaine*. Wir bilden da draußen Frankreichs Elite aus! Junge Frauen und Männer, die noch in den entlegensten Gebieten der Welt für unser Vaterland das Leben einsetzen! Die ihren Hals riskieren, damit Typen wie Bondard und Sie hier friedlich ihren Aperitif genießen können! Die ...«

»Das beantwortet nicht meine Frage.«

Der Colonel straffte sich, dann lächelte er plötzlich sardonisch. »Sie wollen es genau wissen, eh? *Bon*. Unsere Piloten sind Helden. Auf wen sollen Sie in diesem verlotterten Land noch stolz sein? Auf unsere Fußballer? Auf unsere Manager? Da kann ich ja nur lachen. Und über unsere Politiker wollen wir gar nicht reden, denn, nicht wahr, *mon Capitaine*, deren wahre Qualitäten haben Sie so gut wie kaum jemand sonst kennengelernt, bevor man Sie in die Provence versetzt hat. Sehen Sie? Auch ich betreibe meine Nachforschungen! *Eh bien*. Trotzdem haben diese Politiker das Sagen. Und weil sie selbst nicht sonderlich beliebt sind, lieben sie unsere letzten Helden, damit ein wenig von deren Glanz auch auf sie abfällt.«

»Anzeigen wegen Ruhestörung würden diesen Glanz trüben.«

»Exakt. Also habe ich einen Freund im Verteidigungsministerium angerufen. Und der hat einen Freund im Innenministerium angerufen. Und der wiederum hat Ihren Chef Nkoulou angerufen. So einfach ist das. Und was einmal geht, das geht auch zweimal.«

»Amphetamine sind keine Ruhestörung.«

Duret lachte mitleidig auf. »Eine tief fliegende Maschine reißt die Leute aus ihrem Mittagsschlummer. Ein Pilot auf Amphetaminen lässt sie weiterschlafen. Was ist wohl schlimmer?«

»Sie wollen nicht, dass ich ermittle?«

»Sie werden nicht ermitteln.«

»Ich habe immer noch den Absturz aufzuklären. Eine zerschmetterte Maschine mitten in der Provence können Sie nicht einfach in der Ablage verschwinden lassen. Die Menschen fragen sich, was geschehen ist. Ein gewisser Journalist von *La Provence* zum Beispiel will es ganz genau wissen.«

»Sie wollen mir mit dem alten Paulmier drohen, *mon Capitaine*?«

»Ich bitte Sie um kameradschaftliche Hilfe, von Offizier zu Offizier. Irgendetwas muss ich tun, dafür ist diese Sache einfach zu groß.«

Duret drehte sich brüsk weg und begann damit, in seinem Büro auf und ab zu gehen. *»Alors?«,* fragte er schließlich.

»Ich möchte den Fall abschließen«, erklärte Blanc geduldig. »Woher hatte Matelly die Drogen? Seit wann hat er sie genommen? Hatten sie einen Einfluss auf seinen Absturz? Sobald ich diese Fragen geklärt habe, schreibe ich einen Abschlussbericht. Und der landet in einem tiefen, dunklen Regal, wo ihn nie ein Journalist zu sehen bekommt. Die Presse erhält bloß eine …«, Blanc zögerte, »redigierte Fassung, die den Glanz Ihrer jungen Piloten nicht trübt. Und ich kümmere mich danach um Matellys Drogenlieferanten. Damit verhindern wir, dass zukünftig möglicherweise weitere Aspiranten zu Amphetaminen verführt werden. Wir legen den Sumpf trocken, *mon Colonel*. Sie wollen nicht, dass dieses Teufelszeug auf Ihrer Basis geschluckt wird. Ich will es nicht. Wir stehen auf derselben Seite der Front.«

Duret nahm wieder hinter seinem Schreibtisch Platz. Das Zittern seines Augenlides war beinahe verschwunden. »Keine Presse?«, fragte er.

»Keine Presse.«

»Ich wusste von Anfang an, dass wir gut miteinander auskommen werden, *mon Capitaine*. Was wollen Sie nun machen?«

»Wir würden gerne noch einmal mit einem oder zweien Ihrer Aspiranten reden.«

»*D'accord*, sofern Sie diskret auftreten. Einige junge Piloten sind allerdings für mehrere Tage fort, weil sie sich bereits auf ihren neuen Einsatzorten umsehen.«

»Aspirante Spitéri?«

»Bedaure, die ist bei den Jagdfliegern.«

»Aspirant Camoin?«

Duret zögerte. »Der ist anwesend«, gestand er. »Meinen Sie etwa, dass auch Camoin ...«

»Ich werde äußerst diskret sein, *mon Colonel.*« Blanc und Marius erhoben sich.

»Sei vorsichtig. Wenn Duret mächtig genug ist, Nkoulou in den Schwitzkasten zu nehmen, dann kann er dich mit einer Hand zerdrücken«, flüsterte Marius, während sie einem jungen Soldaten folgten, der sie zu einem Hangar brachte, in dem die Aspiranten arbeiteten.

»Durets größte Sorge ist die Reputation seiner Base Aérienne«, erwiderte Blanc ebenso leise. »Aber ich wette, seine zweitgrößte Sorge ist die Ursache von Matellys Absturz. Der Colonel steht unter Druck: Er muss seine Schüler an die Front werfen. Er kann sich keine weiteren Abstürze leisten und schon gar keine Drogengeschichten auf seiner Basis. Sonst wird irgendjemand ihn in den Schwitzkasten nehmen, bis sein Auge nie mehr flattert. Duret brennt darauf zu erfahren, warum Matelly so ein Ende gefunden hat. Hast du gemerkt, wie er auf Doktor Thezans Bericht reagiert hat? Die Augenverletzung hat er kaum ernst genommen. Offenbar überprüfen sie hier die Sehfähigkeiten ihrer Aspiranten in kurzen Abständen. Entweder glaubt Duret, dass seine Augenärzte es besser wissen und sich Doktor Thezan geirrt hat. Oder er glaubt, dass die Verletzung nicht so schlimm ist, sonst hätten seine Ärzte ja Alarm geschlagen. Aber die Amphetamine? Vielleicht hat uns Duret die Wahrheit gesagt, und sie überprüfen die Piloten tatsächlich niemals auf verbotene Substanzen. Wenn das rauskommen sollte, dann wird man Duret in der Öffentlichkeit einige ziemlich hartnäckige Fragen stellen, so wie den Typen dieser deutschen Airline nach dem Airbus-Absturz.«

»Möglicherweise hat Duret jedoch gelogen, und es gibt doch regelmäßige medizinische Checks«, sinnierte Marius.

»Angenommen, sie haben bei Matelly Amphetamine festgestellt – ein Medikament, das die besten Kampfflieger der Welt seit dem Zweiten Weltkrieg schlucken. Werden sie ihn allein deshalb ausmustern, obwohl er alle seine Prüfungen besteht? In einer Zeit, in der die Armee jeden Mann braucht? Und in der sowieso schon sehr viele Aspiranten ausgemustert worden sind?«

»Da kneift man lieber ein Auge zu, lässt Matelly weitermachen – und versetzt ihn am Ende bloß zu den Transportfliegern, damit keine atombombengespickte Mirage unter die Kontrolle eines drogenvernebelten Geistes gerät.« Marius lächelte. »Schade bloß, dass du Paulmier das alles nicht erzählen darfst.«

»Armer Paulmier.«

»Arme Gendarmerie. Der Kerl wird irgendwann wieder etwas von ›null Prozent Aufklärungsquote‹ schreiben. Wir kriegen die Fresse voll, damit die Base Aérienne bloß keinen Kratzer abkriegt.«

»Mein Schweigen ist der Preis für meine Ermittlungen. Solange wir den Mund halten, haben wir mehr oder weniger freie Hand.«

»Was großartiger klingt, als es ist. Wir können uns bloß einen einzigen Aspiranten vornehmen.«

Sie betraten den Hangar. Drinnen war es weit und hoch wie in einer düsteren Kathedrale, das gewölbte Blechdach verlor sich im Dämmer, das halbe Dutzend Propellerflugzeuge sah aus wie nicht aufgeräumtes Spielzeug eines Gigantenkindes, es stank nach Öl und altem Reifengummi. Der Soldat führte sie auf eine etwas abseits stehende Maschine zu, bei der die Abdeckung um den Motor entfernt worden war. Die Aspiranten lauschten dort einem älteren Mann im Overall, der etwas erklärte und dabei mit beiden Unterarmen in den mechanischen Eingeweiden steckte. Niemand beachtete die Näherkommenden. Blanc tippte Camoin auf die Schulter und flüsterte: »Würden Sie mir bitte nach draußen folgen, Aspirant?«

Camoin betrachtete ihn erschrocken. »Colonel Duret …«

»… hat uns autorisiert«, vollendete Marius liebenswürdig. »Es wird bloß wenige Minuten dauern. Wenn Sie hier Wichtiges verpassen, dann erkundigen Sie sich später bei Ihren Kameraden.«

Während sie die wenigen Schritte bis zum Ausgang zurücklegten, legte sich bereits ein Schweißfilm auf Camoins Stirn. Blanc lächelte freundlich, führte den Aspiranten jedoch weiter über den rissigen Betonboden des Flugfeldes, bis sie aus dem Hangarschatten ins grelle Sonnenlicht traten. Camoins hellblaues Uniformhemd sah inzwischen aus, als hätte er es sich nach dem Duschen übergestreift, ohne sich zuvor abzutrocknen.

»Warum haben Sie mir nicht gesagt, dass Aspirante Spitéri und Sie ein Paar sind?«, wollte Blanc wissen. Er hatte seinen Block gezückt.

»Was hat das mit Arnauds Absturz zu tun?«

»Wenn Sie meine Fragen mit Gegenfragen beantworten, dann stehen wir hier noch sehr lange herum.«

Camoin machte eine verlegene Geste. »Das erschien mir«, er suchte nach dem richtigen Wort, »nicht passend.«

»Was passte nicht?«

»Emanuelle, ich meine Aspirante Spitéri hatte eine schwere Zeit hier. Wir haben alle eine harte Ausbildung gehabt. Aber bei ihr kam noch hinzu, dass sie nicht über die Sache mit Arnaud hinweggekommen ist. Sie waren nicht mehr zusammen, aber ich weiß, dass sie sich noch sehr lange«, Camoin wurde rot, »nun ja, Hoffnungen gemacht hat. Zugleich war sie verzweifelt, weil Arnaud die ganze Zeit so kalt war. Für mich war Arnaud immer ein kalter Frosch, aber Emanuelle hat mir versichert, dass er früher ganz anders gewesen ist. Kaum zu glauben. *Eh bien.* Ich hatte schon seit dem ersten Appell ein Auge auf sie geworfen, aber sie hat sich fast drei Jahre lang für niemanden sonst interessiert. Bis vor vier Wochen. Da haben wir eher zufällig einen Abend miteinander verbracht und dann, nun ja …«

»Sie und Aspirante Spitéri sind also erst seit Kurzem ein Paar?«

»Wir sind noch in der Erprobungsphase.« Er lächelte unsicher.

Blanc betrachtete den Aspiranten: klein gewachsen, schlank, dunkelhaarig. Nicht schlecht aussehend, aber ganz sicher kein nordischer Gott wie Matelly. Wahrscheinlich waren die drei Jahre auch für Camoin eine harte Zeit gewesen. »Wie hat Monsieur Matelly es aufgenommen, als er erfuhr, dass seine ehemalige Freundin sich nun für einen anderen interessiert? Hat er es überhaupt erfahren – oder haben Sie Ihre Affäre geheim gehalten?«

Camoin lachte. »Hier auf der Basis bleibt nichts geheim! Selbstverständlich hat Arnaud das gewusst, genauso wie er schon lange wusste, dass ich mich in Emanuelle verliebt hatte. Wenn ihn das gestört hätte, dann hätte er ja bloß mit dem Finger schnippen müssen und Emanuelle wäre … na ja. Aber das hat Arnaud nicht geärgert. Das nicht.«

»Was dann?«

Camoin zögerte. »Dass Emanuelle es zu den Jagdfliegern geschafft hat, während er bloß zu den Klapperkisten abkommandiert worden ist, das hat ihm zu schaffen gemacht. Arnaud war so: Das Fliegen hat ihm alles bedeutet, der Rest des Lebens ging ihm am Allerwertesten vorbei.«

»War Matelly denn kein guter Pilot?«

»Er war gut. Aber er war nicht so gut.«

»Hat er nachgeholfen?«

»Wie meinen Sie das?«

»Hat Matelly Amphetamine genommen?«

Camoin blickte ihn verständnislos an und wiederholte bloß: »Wie meinen Sie das?«

»Kommen Sie«, sagte Blanc. »Reden Piloten nie über Benzedrin?«

»Unsere Ausbilder reden darüber. Und wir kennen alle die Geschichten aus der guten alten Zeit. Aber unsere Ausbilder sagen uns, dass du auf Drogen drei Einsätze wie ein Gott fliegst. Und beim vierten kehrst du nicht mehr wieder. Wollen Sie sagen, dass Arnaud auf Amphetaminen war?«

»Würde Sie das überraschen?«

»*Mais oui.* Auch wenn wir über die Härte hier klagen, die Base Aérienne ist letztlich eine fliegende Grundschule. Wir stürzen uns nicht in Kampfeinsätze am Limit. Niemand, der es draufhat, muss hier mit Drogen nachhelfen.«

»Vielleicht hatte Monsieur Matelly es nicht mehr so drauf wie früher? Möglicherweise hat er Augenprobleme bekommen?«

»Arnaud?« Camoin lachte. »Der hatte einhundertfünfundzwanzig Prozent Sehschärfe! Ich sage Ihnen was: Wir sind einmal alle zusammen nach Marseille zur Kirche Notre-Dame-de-la-Garde gefahren. In deren Innern ist es ziemlich dunkel. Und ganz oben, an der höchsten Stelle des Deckengewölbes, ist eine Inschrift eingelassen. Ich meine, wir waren alles junge Piloten, unsere Augen waren tipptopp, hundert Prozent Sehschärfe. Aber wir haben kaum erkannt, dass da unter dem Dach eine Inschrift war – aber Arnaud hat sie uns Wort für Wort vorgelesen! Wenn ein Adler eine Eule vögelt, dann schlüpft ein Küken mit Arnauds Augen aus dem Ei. Ich kannte Arnaud nicht so gut, dass ich für ihn meine Hand ins Feuer legen würde. Also, vielleicht hat er kleine bunte Pillen geschluckt, und wir haben es alle nicht bemerkt. Er hat ja auch nicht auf der Base Aérienne gewohnt. Aber er hat garantiert keine Amphetamine genommen, um den Durchblick zu behalten! Vielleicht …«

»Vielleicht was?«, drängte Blanc freundlich.

»Vielleicht wollte sich Arnaud mit diesen Drogen bloß nach vorne pushen. In unserem Jahrgang hat er immer zum Mittelfeld gehört. Er war nie so schlecht, dass er in Gefahr kam rauszufliegen. Aber auch nie ganz Spitze. Und wenn jemand in der Luft besser war als er, dann konnte er ausflippen.«

»Ist er bei jenem letzten Nachtflug ausgeflippt?«

Camoin zuckte mit den Achseln. »Keine Ahnung. Das war ein Jetzt-bloß-keinen-Fehler-mehr-Flug, jeder hat sich ganz auf sich konzentriert. Über Funk habe ich jedenfalls nichts gehört. Und sehen konnte ich eh nicht sehr viel.«

»Wo genau waren Sie, als Aspirant Matelly abgestürzt ist?«

Camoin blickte ihn lange an. »Sie wollen doch nicht etwa andeuten, dass ich ...«, sagte er leise.

»Ich deute gar nichts an.«

»Ich war schon auf dem Boden. Ich war der Erste aus der Gruppe, der gelandet ist.«

»Und Madame Spitéri?«

Camoin schwieg. Dann atmete er tief durch. »Das ist ein verrückter Traum«, keuchte er.

»Sie war noch in der Luft?«

»Emanuelle war hinter Matelly eingeteilt. Sie war die Nächste, die nach ihm landen sollte. Sie ist auch gelandet, ohne irgendein Problem.«

»Sie war also von allen Aspiranten diejenige, die Matelly in jener Nacht am nächsten gekommen ist?«, vergewisserte sich Marius.

»Wir reden hier immer noch von einigen Hundert Metern, wir sind ja nicht bei der Patrouille de France. Emanuelle hat mir später gesagt, dass sie gar nichts gesehen hat. Als Matelly über dem Kreisverkehr die letzte Linkskurve geflogen ist, da war sie so weit hinter ihm, dass sie nicht einmal seine Lichter erkennen konnte. Und als sie dann über dem Kreisverkehr ankam, da hat sie unten bloß ein Feuer am Boden gesehen. Sie hat sich Sorgen gemacht, das hätte jeder. Sie hat das auch per Funk durchgegeben, aber aus dem Tower gab es keine konkrete Antwort, bloß eine Bestätigung, dass ihre Meldung verstanden worden ist. Emanuelle hat erst am Boden erfahren, was passiert ist.«

Nun war es Blanc, der eine Zeit lang schwieg. »Aspirant Camoin, wohin werden Sie versetzt?«, fragte er schließlich.

»Ich komme auch zu den Jagdfliegern. Ich war«, er lächelte schüchtern, »Jahrgangsbester.«

»Sie haben ja auch fleißig in Eyguières geübt«, kommentierte Blanc, steckte den Notizblock weg und wandte sich schon zum Gehen. »Haben Sie im Fliegerclub Auguste Sorel viele Freunde?«, fragte er wie nebenbei.

Camoin hob unentschieden die Schultern. »Man kennt sich.«

»Kennen Sie zufällig auch Monsieur Roland Prévoteau?«, fragte Marius liebenswürdig.

»Nein.« Die Antwort kam sofort und sehr entschieden. »Den Namen habe ich zumindest noch nie gehört«, setzte Camoin erklärend hinzu.

»Dann will ich Sie nicht länger von Ihren Kameraden fernhalten«, erwiderte Blanc und schüttelte dem jungen Piloten zum Abschied die Hand. Camoins Hemd hätte man inzwischen auswringen können.

»Entweder hat Camoin ein sehr schlechtes Namensgedächtnis, oder er ist ein ziemlich mieser Lügner«, sagte Blanc während der Rückfahrt.

»Du kannst ihn nicht mit seinen Handytelefonaten konfrontieren«, gab Marius zu bedenken. »Die Ermittlungen gegen Prévoteau sind geheim. Du kannst keinem Richter Frankreichs die abgehörten Telefonate vorlegen.«

»Ob er auch Amphetamine schluckt?«, sinnierte Blanc skeptisch. »Er war bei unserem Gespräch nicht gerade die Gelassenheit in Person, aber meine Fragen nach Amphetaminen haben ihn offenbar nicht besonders nervös gemacht. Er war zu cool für einen Junkie.«

Marius lachte. »Doktor Thezan könnte mit dir auch cool über Cannabis plaudern, obwohl sie wahrscheinlich Mengenrabatt von ihrem Dealer bekommt.«

»Bei dieser Frau geht der Puls nicht mal nach oben, wenn sie mit der Kreissäge Schädel aufschneidet. Camoin hingegen war ja nervös – er war nur nicht bei der Drogengeschichte nervös.«

»Er ist Jahrgangsbester. So schlecht können seine Nerven also auch nicht sein.«

Blanc nickte nachdenklich. »Ein Grund mehr zu vermuten, dass wir vorhin nahe an etwas dran waren.«

»Wenn es keine Wachmacher sind, was dann? Die Blondine?«

»Der Klassiker: eine Beziehungstat. Camoin weiß, dass seine Angebetete früher etwas mit Matelly hatte. Schlimmer noch: Er weiß auch, dass Emanuelle Spitéri jederzeit wieder zu Matelly ins Bett springen würde, wenn der mit den Fingern schnippt. So etwas hat schon mehr als einen Mann in den Wahnsinn getrieben«, schloss Blanc.

»Vielleicht ein gutes Motiv, aber schlechtes Timing. Camoin hat drei Jahre lang Matelly in der Nähe seiner Emanuelle ertragen. In wenigen Tagen jedoch wäre er mit ihr zu den Jagdfliegern gegangen, Matelly wäre bei einer anderen Einheit gelandet, Hunderte Kilometer entfernt. Warum hätte er den Nebenbuhler umbringen sollen, wenn der doch sowieso verschwunden wäre? Und wie hätte er das tun sollen? Er war am Boden, als Matelly abgestürzt ist.«

»Alors?«

»Meiner Meinung nach war Camoin vom ersten Moment an nervös, als wir auf der Base Aérienne aufgekreuzt sind«, behauptete Marius. »Nicht wegen Matelly oder Spitéri, sondern wegen Air Cocaïne. Schon die Tatsache, dass wir Flics sind und herumschnüffeln, hat ihn an den Rand der Panik getrieben. Er hat es ja sogar beinahe zugegeben. Camoin hat ursprünglich, wie Matelly, während der Ausbildung im Fliegerclub zusätzliche Stunden genommen. Und er hat, wie Matelly, Prévoteau kennengerlernt, der beiden einen netten, doch leider illegalen Nebenjob zugeschanzt hat. Erst jetzt erkennt Camoin, dass solche Jobs einen Preis haben: Du hast ständig Angst, erwischt zu werden. Deshalb denkt er auch nicht nach. Bei deinen Fragen nach seiner Freundin antwortet er geradeheraus, selbst wenn manche Sachen für ihn peinlich sind. Aber bei Prévoteau hat er ohne zu überlegen gelogen. Warum? Er hätte doch zugeben können, den Namen gehört zu haben. Prévoteau und er sind im selben Fliegerclub, was hätte das schon bedeutet? Es wäre geradezu unverdächtig gewesen, wenn er Prévoteau kennen würde. Und er hätte sich auch darüber wundern können, warum du ihn überhaupt nach diesem

Kerl fragst. Aber dass er sofort leugnet, ihn zu kennen, gerade das ist verdächtig! Er war in Panik, er hat nicht nachgedacht, *voilà*!«

»Und seine Nervosität wird vielleicht noch dadurch gesteigert, dass er in wenigen Tagen eine neue Lieferung für Prévoteau aus Korsika holen soll …«

»Wir sind so nah dran! Wenn dieser dämliche Fliegerclub nur nicht so abgelegen wäre. Wir könnten jemanden hinschicken, der alles im Auge behält und müssten bloß warten, bis Camoin erscheint. Aber in dieser verlassenen Baracke fällt ein Flic auf wie ein Außerirdischer.«

»Wir haben unseren Spion, der aus der Kälte kam«, erinnerte ihn Blanc.

»Ein Engländer!«, rief Marius, als wäre damit klar, dass keine Hoffnung mehr bestand.

Der Montagvormittag in Gadet fühlte sich noch immer nach August an: Es war warm, und eine der beiden Boulangerien sowie fast alle Geschäfte hatten geschlossen. Die Plätze an den winzigen runden Tischen auf den Trottoirs vor den drei Bars waren mit Frauen und Männern jeden Alters besetzt: Kaffeetassen und bauchige Oranginaflaschen und mehr als ein Roséglas funkelten in der Sonne, *La Provence* raschelte auf jedem dritten Tisch, und Blanc fragte sich, als er in seinem Streifenwagen vorbeirollte, ob die Flics und die Barkellner eigentlich die einzigen Menschen in Gadet waren, die einer regulären Arbeit nachgingen.

»Beinahe schon Zeit fürs Mittagessen«, sagte Marius zufrieden.

»Lass uns zuerst mit Fabienne sprechen«, erwiderte Blanc, leicht verdrossen.

Sie trafen sie in ihrem Büro an. »Ich wollte euch gerade anrufen«, begrüßte sie die beiden. Heute hatte sie ihr Haar zu zwei Zöpfen geflochten.

»Du siehst aus wie Pippi Langstrumpf ohne Haarfestiger«, rief Marius.

»Ich beginne zu ahnen, warum du geschieden bist«, antwortete sie und seufzte. »Also schön. Das ist wohl auch nicht die umwerfendste

Hochzeitsfrisur der Welt. Vielleicht sollte ich es mit einer gepuderten Perücke probieren, als ginge ich in Versailles auf einen Ball.«

»Du könntest in Uniform heiraten«, schlug Blanc vor.

»Damit Roxane denkt, ich bin die Schaffnerin und löse die Fahrkarten?« Sie lachte. »Habt ihr in Uniform geheiratet?«

»Ja«, erwiderte Marius stolz.

»Meine Frau hat mich erst nach drei Jahren Ehe zum ersten Mal in Uniform gesehen«, gestand Blanc. »Da musste ich zum Begräbnis eines ehemaligen Chefs antreten. Bei meiner nächsten Hochzeit werde ich es auch mit geflochtenem Haar probieren.«

Fabienne stieß ihm den Ellenbogen in die Rippen, sagte dazu jedoch nichts, sondern deutete auf ihr Notebook. »Wir haben eine Spur«, erklärte sie, nun ernsthaft. »Genau genommen haben wir sogar zwei.«

Blanc starrte auf das Facebook-Profil einer hübschen Araberin namens Fatima. »Wer ist das?«, fragte er.

»Das bin ich«, erwiderte Fabienne ohne jede Spur von Ironie. »Ein Fake-Profil, ziemlich schnell zusammengeschustert. Das Foto des Mädchens habe ich mir aus dem Netz gesaugt, ein paar Zeilen zu Schule, Freunden, Musik, Filmen und Hobbys dazu geschrieben – *et voilà*, ab ging die Freundschaftsanfrage an Zineb Marouani!«

»Und das hat sie akzeptiert?«

»Du kennst dich mit Mädchen aus, was? Klar hat sie das akzeptiert. Wenn du ein junges, unsicheres Huhn bist, dann bist du dankbar für jeden Freund. Kein Mädchen würde so eine Anfrage ablehnen. Dafür ist die gute Fatima zu nett und zu lieb.« Sie klickte auf einen Link. »So, und jetzt sind wir auf Zinebs Seite. Und da wird es interessant.«

Fabienne enthüllte ihnen das Profil eines ganz normalen Mädchens: Selfies aus der Schule, von Ausflügen, in Cafés, Hinweise auf Volleyballspiele, Links auf YouTube, Musik. »Zinebs ersten anderthalb Jahre auf Facebook sind so etwas von gewöhnlich, da schlafen dir die Zehennägel ein«, murmelte Fabienne, während sie langsam von unten nach oben scrollte. »Aber vor etwa drei Monaten hat sie ihr Profilbild geändert ...« Zineb zeigte sich zum ersten Mal in der Hidschāb. Bald gab es gar keine Fotos mehr von ihr ohne Kopftuch. Oder von irgendeiner Freundin ohne Kopftuch. Die Links zu Bands wurden durch solche auf Koranseiten ersetzt. Statt Hinweisen auf das nächste Heimspiel des Volleyballteams gab es jetzt empörte Kommentare zu Nachrichtenfotos, die Zerstörungen in Syrien zeigten. Und irgendwann postete Zineb Fotos von jungen, bärtigen Männern, die mit ihren Kalaschnikows vor einem Pick-up posierten und eine schwarze Fahne schwenkten. Die Zeile darunter konnte Blanc nicht lesen, denn sie war auf Arabisch. »Zineb gleitet ab«, murmelte er.

Fabienne nickte. »Auf Facebook sind die Kids radikaler und frecher und empörter und überhaupt emotionaler als im echten Leben. Die meisten Postings haben eine Halbwertzeit wie ein geöffneter Joghurt. Aber das hier ist zu regelmäßig, zu ernsthaft, zu ...«, sie suchte nach dem richtigen Wort, »... zu zornig, um bloß ein digitaler Spleen zu sein. Dieses Mädchen steht kurz davor, sich in den Nahen Osten davonzumachen.«

Blanc dachte an seine eigenen kläglichen Facebook-Bemühungen. »Ist ihr Vater mit Zineb befreundet?«, fragte er, ohne echte Überzeugung.

Fabienne schüttelte den Kopf. »Was Facebook angeht, so existiert Tahar Marouani nicht.«

»Wir werden vielleicht nie wissen, ob Zinebs Vater das hier gesehen hat. Aber sicherlich wird er irgendwann die Veränderung seiner Tochter bemerkt haben.«

»Wenn sie auch nur zehn Prozent von dem, was sie gepostet hat, zu Hause erwähnt hat, dann wird das gereicht haben, um seine Alarmglocken schrillen zu lassen.«

»Bis er sich nicht mehr anders zu helfen wusste, als bei der DGSI-Hotline anzurufen.«

»Dafür gab es vielleicht noch einen zweiten Grund.« Fabienne öffnete die Freundesliste von Zineb und klickte einen »Ansardine Aqumi« an.

»Der Kerl mit dem alten Renault Fuego!«, rief Blanc überrascht.

»Bingo. Farid Aklil, unser Zeuge vom Flugzeugabsturz. Aus dem Kleindealer ist in den letzten Monaten offenbar auch ein Gotteskrieger geworden. Schon sein Facebook-Pseudonym ist nicht gerade schüchtern: ›Ansardine‹ und ›Aqumi‹ sind zwei islamistische Terrororganisationen. Unter diesem Namen ist er seit vier Monaten registriert – seit er auf Bewährung draußen ist. Er hat in dieser Zeit dreizehn Videos und neununddreißig Fotos hochgeladen. Die Texte dazu verstehe ich nicht, aber man weiß auch so, worum es geht. Dazu liefert er jeden Tag einen neuen Spruch. Sieh mal etwa hier: ›Hallo ihr Muslime Frankreichs! Bleibt ihr mal weiter zu Hause, trinkt Tee und esst Sonnenblumenkerne wie Frauen!‹.«

»Ich habe noch nie eine Frau getroffen, die Sonnenblumenkerne isst«, kommentierte Marius.

»Diese Typen treffen keine Frauen, das ist ja ihr Problem.«

»Virtuell schon«, murmelte Blanc. »Seit wann ist Aklil mit Zineb Marouani bei Facebook befreundet?«

»Seit drei Monaten.«

»*Merde.* Glaubst du, dass es bloß Zufall war, dass dieser Kerl aus Salon am Absturzabend in Lançon herumgefahren ist? Nur ein paar Hundert Meter von Zinebs Elternhaus entfernt? Und praktisch direkt neben dem Hain, in dem ihr Vater kurz darauf sterben wird?«

»Es wäre möglich, dass Aklil und Zineb sich nicht bloß online kennen. Selbst mit so einer Schrottkarre wie der von Aklil bist du in zehn Minuten von den Hochhäusern Canourgues in Lançon. Vielleicht wollte er sie besuchen? Vielleicht haben sich die beiden gar schon öfter getroffen? Und vielleicht sind es gerade diese Treffen, die Zinebs Vater so viel Angst gemacht haben?«

»Und vielleicht hat Aklil da zum Messer gegriffen …«

»Apropos. Was haltet ihr von Messer und Gabel und einem ordentlichen Mittagessen?«, fragte Marius.

An einem Tisch im »Le Soleil« schlang Blanc einen Thunfischsalat hinunter. Fabienne und Marius hatten Ratatouille bestellt, es duftete köstlich, die Platane über der Restaurantterrasse warf einen kühlen Schatten, Gläser klirrten. Doch er konnte sich nicht entspannen. In Paris wäre er gleich losgefahren und scheiß auf das Mittagessen. Marius hatte noch nicht einmal die Hälfte seiner Weinkaraffe geleert, als Blanc bereits seinen Teller beiseiteschob und den zerknitterten Umschlag des Pariser Anwalts aus der Jeanstasche holte. Auf dem Diagramm war Farid Aklil bislang eine Randfigur bei Matellys Absturz gewesen. Nun umkreiste er dessen Namen und zog einen dicken Pfeil zum zweiten Todesfall: Tahar Marouani. Statt »Zeuge« schrieb er darunter: »Verdächtiger?«.

»Zineb Marouani wäre die ideale Terrorbraut«, sagte er halb laut. Es musste ja niemand von den Nebentischen zuhören. »Jung. Idealistisch. Autoritäre Eltern, die aber mit den Frömmlern nicht viel am Hut haben. Sie langweilt sich in Lançon zu Tode.«

»Der Tod droht dir eher in Syrien«, warf Marius ein, zumindest glaubte Blanc, dass er das gesagt hatte. Da sein Kollege mit einem Zahnstocher in seinem Mund beschäftigt war, litt seine Aussprache.

»Aber das ist es ja!«, erklärte Fabienne. »Hier in Frankreich passiert doch nichts! Nichts bewegt sich, alles ist erstarrt, als hätte man Blei über das Land gegossen.«

»Willst du dem langweiligen Leben auch nach Syrien entfliehen?«, fragte Marius erstaunt.

»Ich bin zur Gendarmerie geflohen, das ist wie Syrien ohne Vollbärte.«

Blanc dachte an Marouanis blutverschmierten Leichnam und Fabiennes Gesicht in jener Nacht. »Auch Farid Aklil ist, wenn man ihn sich genauer ansieht, kein schlechter Kandidat für den Djihad: ein kleiner Krimineller aus den Hochhäusern, der nach seiner letzten Haftstrafe plötzlich als Gotteskrieger aus dem Knast kommt. Wie dieser Mehdi Nemmouche, der Attentäter des Jüdischen Museums von Brüssel. Aklil hat in Salon eingesessen, wie Nemmouche. Das Gefängnis ist der ideale Rekrutierungsort der Islamisten.«

»Okay«, sagte Fabienne, die nicht mehr darauf achtete, dass ihr Ratatouille kalt wurde. »Angenommen, Farid Aklil und Zineb Marouani lernen sich kennen, auf Facebook oder im echten Leben, das ist eigentlich egal. Zinebs Vater erkennt die Gefahr, dass seine Tochter mit einem außer Kontrolle geratenen Kerl nach Syrien verschwinden will, und ruft die DGSI an. Daraufhin ermordet ihn Aklil, denn er will Zineb nicht mehr hergeben, und außerdem fürchtet er die Geheimagenten. Alles passt!«

»Darf ich?«, fragte Marius und wartete die Antwort gar nicht erst ab, sondern zog Fabiennes Teller zu sich und machte sich auch noch über deren Ratatouille her. »Du hast ein winziges Detail übersehen«, murmelte er zwischen zwei Bissen. »Du hast nicht den Hauch eines Beweises. Wir haben keinen Zeugen, der Aklil am Nachmittag von Marouanis Ermordung in der Nähe des Tatorts gesehen hat. Wir haben keinen Fingerabdruck irgendwo. Wir konnten keine Spuren im sandigen Boden mehr sichern. Und selbst wenn wir Marouanis gesamtes Haus und sein Auto und alle seine Habseligkeiten durch das Labor jagen würden und dabei tatsächlich eine DNA-Spur von Aklil zutage käme – was würde das schon bedeuten? Wenn dieser Typ mit Zineb Marouani befreundet ist, dann kann seine DNA selbstverständlich irgendwo bei den Marouanis gesichert werden.«

»Aber wir haben ein mögliches Motiv und einen möglichen Täter – einen Täter zudem, der nur wenige Tage vor dem Mord am Tatort war«, beharrte Blanc. »Als Zeuge des Flugzeugabsturzes ist Aklil bis in den Olivenhain hinuntergestiegen, das hat er selbst ausgesagt.«

»*Alors*, was unternehmen wir als Nächstes?«, fragte Fabienne. Sie war bereits aufgestanden.

Ein Mädchen verändert sich

Das Sonnenlicht schmeichelte Lançon: Bondards Burg leuchtete wie ein riesiger Laib frisch gebackenen Weißbrots, die schrundigen Schindeln der Dächer glänzten ockerrot, als hätte man sie aus den Fotos einer exklusiven Reisezeitschrift ausgeschnitten, und selbst das Haus der Marouanis an der Grande Rue war einladend warm und gelb. Kein Flugzeug oben, und so kam zum Licht auch noch eine seltene Stille. Narjasse Marouani öffnete auf Blancs Klingeln, blickte ihn an und fragte: »Haben Sie ihn?«

»Wir haben vielleicht eine Spur von ihm, Madame. Dürfen wir eintreten?«

Sie führte die drei Gendarmen in ein Wohnzimmer. Die weiß gekalkten Balken, die die Decke trugen, waren so niedrig, dass Blanc seinen Kopf einziehen musste. Die Luft im Raum war schwer und duftete nach Tee. Ihre Gastgeberin setzte sich auf den einzigen, ziemlich zerschlissenen Sessel, Blanc und Marius zwängten sich auf ein Sofa und Fabienne holte einen Holzstuhl aus der Küche nebenan.

Blanc zog ein Foto von Farid Aklil hervor, das er aus dessen Prozessakten kopiert hatte. Es zeigte den jungen Araber allerdings noch ohne Bart. »Kennen Sie diesen Mann, Madame?«

Narjasse Marouani betrachtete das Foto lange, doch sie schüttelte schließlich den Kopf, als bedauere sie, dass das Bild ihr nichts sagte. »Den habe ich noch nie gesehen.«

»Sagt Ihnen der Name Farid Aklil etwas?«

Sie schüttelte erneut den Kopf.

»Ansardine Aqumi?«

»Das ist kein Name, zumindest kein arabischer. Was ist das für eine seltsame Spur, der Sie folgen, *mon Capitaine*?«

»Madame, bitte verzeihen Sie, dass ich Ihnen einige persönliche, vielleicht sogar schmerzhafte Fragen stellen muss. Aber ist Ihnen am Verhalten Ihrer Tochter etwas aufgefallen?«

»Was hat Zineb damit zu tun?« Sie sah ihre Besucher plötzlich alarmiert an.

»Hat sie sich vielleicht in letzter Zeit verändert?«

»In diesem Alter verändern sich Mädchen die ganze Zeit.«

»Aber die meisten werden nicht radikal.«

Narjasse Marouani erhob sich und starrte ihn von oben herab an. »Fällt Ihnen nichts anderes ein? Sind denn alle Flics so? Jeder Muslim ein Terrorist, jeder Araber ein Verbrecher?«

»Wussten Sie, dass Ihr Mann kurz vor seinem Tod die Terror-Hotline des Geheimdienstes angerufen hat?«, fragte Blanc und bemühte sich, dabei so taktvoll wie möglich zu klingen.

Seine Gastgeberin setzte sich, als hätte er ihr einen Stoß versetzt. Schockiert, dachte Blanc, aber nicht wirklich überrascht.

»Nein«, sagte Narjasse Marouani schließlich, »davon habe ich nichts gewusst.«

»Warum, glauben Sie, könnte er bei der DGSI angerufen haben?«

Sie blickte ihn lange an. »Sie fragen mich nach meiner Tochter. Sie fragen mich nach diesem Telefonat meines ermordeten Mannes. Was soll das?«

»Ich glaube, diese Frage können Sie sich selbst sehr gut beantworten, Madame.«

»Meine Zineb ist ein ganz normales Mädchen. Klug und offen und ganz sicher nicht so gewalttätig wie manche andere Jugendliche, die hier frei in Lançon herumlaufen!«

»Wir würden heute Abend, wenn das Schulfest zu Ende ist, gerne mit Ihrer Tochter sprechen.«

Narjasse Marouani zögerte. »Sie ist hier. Oben in ihrem Zimmer. Sie … fühlte sich heute nicht gut, deshalb ist sie früher nach Hause gekommen.«

»Glauben Sie, dass sie jetzt mit uns reden würde?«

»Wenn ich Nein sage, dann würden Sie zurückkehren.«

Blanc hob entschuldigend die Hände.

»Ich führe Sie nach oben.«

Das winzige Mädchenzimmer war kaum größer als eine Gefängniszelle. Durch ein kleines, quadratisches Fenster blickte man auf die Burg. Ein Bett, ein Schreibtisch mit Stuhl und ein Kleiderschrank aus einer Ikea-Serie, mit der Blanc einst auch einmal die Zimmer seiner Kinder ausgestattet hatte. Nur an der Wand über dem Bett waren keine Bücherregale angebracht, hier hing ein gerahmtes Bild der Kaaba. Blanc erkannte im weißgelben Wandputz etliche winzige Einstiche. Reißzwecken oder Nadeln, mit denen bis vor noch nicht allzu langer Zeit Fotos oder Souvenirs angepinnt waren, vermutete er.

Zineb saß am Schreibtisch und drehte sich zu ihnen um, als würde ihr Besuch sie bei ihrer Arbeit stören. Allerdings lag nicht einmal ein Zettel auf der Tischplatte. Sie sagte etwas auf Arabisch zu ihrer Mutter, die lange zögerte, bevor sie wortlos die Treppe wieder hinunterging.

»Wenn Sie sich alle drei auf mein Bett setzen, muss ich mir ein neues kaufen«, begrüßte das junge Mädchen sie schließlich.

Marius lächelte gewinnend. »Ich werde Ihrer Mutter Gesellschaft leisten, Mademoiselle«, verkündete er und verschwand.

»Ich gehe dann auch mal«, setzte Fabienne hinzu.

»Es wäre mir angenehm, wenn eine Frau mit mir im Zimmer bleiben würde«, sagte Zineb Marouani schnell.

Blanc und Fabienne wechselten einen raschen Blick und setzten sich behutsam auf die Bettkante. Blanc entschuldigte sich, dass er sie schon wieder behelligte und berichtete vom letzten Telefonat Tahar Marouanis. »Was hat Ihr Vater der DGSI gemeldet, Mademoiselle?«, fragte er dann.

Sie deutete auf das Foto an der Wand. »Sie denken, dass ich eine Terroristin bin, weil ich ein Foto von Mekka aufgehängt habe?«

»Was dachte Ihr Vater?«

»Wollen Sie mich abtasten, ob ich keinen Sprengstoffgürtel am Leib trage?«

»Ich stelle Ihnen bloß höfliche Fragen, auf die ich höfliche Antworten erwarte.«

Zineb Marouani lachte auf, kurz und hart. »Die religiöse Erziehung meines Vaters bestand darin, dass er mir verbot, Schweinefleisch zu essen. Aber er konnte mir nicht einmal erklären, warum es einem Muslim verboten ist, Schweinefleisch zu essen. Mein Vater war von den Islamisten so weit entfernt wie der Mond von der Erde.«

»Ich glaube auch nicht eine Sekunde, dass Ihr Vater sich zum Islamischen Staat hingezogen gefühlt hat«, versicherte Blanc. »Ihr Vater nicht ...«

»Glauben Sie, ich hätte meinen eigenen Vater ermordet?« Zineb Marouani hatte Tränen in den Augen.

»Ich glaube, Ihr Vater hat sich Sorgen um Sie gemacht, Mademoiselle. Deshalb hat er bei der DGSI angerufen. Und vielleicht war dieser Anruf sein Todesurteil – denn irgendjemand hat ihn möglicherweise umgebracht, damit er sich nicht noch einmal beim Geheimdienst melden kann.«

»Und diesen geheimnisvollen ›Irgendjemanden‹ wollen Sie in meinem Zimmer finden?« Zineb Marouani liefen die Tränen jetzt über die Wangen. Sie schien sie gar nicht zu bemerken. Fabienne rückte unruhig auf der Bettkante hin und her, bis sie schließlich aufstand, ein Papiertaschentuch zog und dem jungen Mädchen damit rasch und sanft über das Gesicht strich.

Blanc wartete und starrte aus dem Fenster. »Ich möchte den Mörder Ihres Vaters zur Verantwortung ziehen«, fuhr er irgendwann in ruhigem Tonfall fort. »Den Mann, der Ihnen und Ihrer Mutter das angetan hat. Für mich sind Sie das Opfer eines schrecklichen Verbrechens, keine Verbrecherin, Mademoiselle.« Er zog Aklils Foto hervor. »Kennen Sie diesen Mann?«

»Nein«, erwiderte Zineb Marouani sofort. Sie hatte das Bild keines Blickes gewürdigt.

»Er heißt Farid Aklil.«

»Na und?«

»Auch bekannt unter Ansardine Aqumi.«

»Kenne ich nicht.«

»Das ist erstaunlich. Sie sind auf Facebook mit ihm befreundet.«

Diesmal blieb es in dem Zimmer noch länger still als zuvor. Und diesmal stand Fabienne nicht wieder auf, um Zinebs Tränen zu trocknen.

»Wenn Sie mein Facebook-Profil gehackt haben, dann wissen Sie auch, wie viele Freunde ich habe«, sagte die junge Araberin schließlich.

»Dreihundertneunundachtzig«, antwortete Fabienne. »Stand heute Morgen.«

»Die kann ich nicht alle kennen. Ich meine, wenn mir jemand eine Freundschaftsanfrage sendet, dann bestätige ich die, *d'accord*? Das heißt ja noch lange nicht, dass ich jeden Typen kenne, der da in der Liste auftaucht.«

»Dort stehen dreihundertsechsundsiebzig Mädchen und nur dreiundzwanzig junge Männer. Die meisten von denen sind aus Ihrer Klasse oder dem Verein, in dem Sie früher Volleyball gespielt haben«, erwiderte Fabienne. »Nicht einmal zwei Dutzend Namen – die kann man sich doch wohl merken?«

»Ich kann es jedenfalls nicht. Diesen ... diesen Mann da kenne ich nicht.« Zineb Marouani hatte immer noch nicht auf das Foto geblickt.

Blanc hielt es höher und direkt vor ihr Gesicht, sodass sie es nicht länger ignorieren konnte. »Sie erinnern sich wirklich nicht an dieses Gesicht? Es ist sehr wichtig, dass Sie uns die Wahrheit sagen, Mademoiselle.«

»Es sind auch noch ein paar andere Dinge wichtig im Leben. Diesen Mann habe ich nicht gesehen. War das deutlich?«

»Deutlich genug, Mademoiselle.«

»Zineb Marouani ist nicht die beste Lügnerin, die je vor mir gesessen hat«, sagte Blanc, als sie durch die stillen Gassen hinunter zu ihrem parkenden Wagen gingen. »Aber sie ist ziemlich standhaft.«

»Sie ist noch so jung«, erwiderte Fabienne. »Muss man eigentlich immer ein Schwein sein, wenn man jemanden verhört?«

»Du hast sie nicht gerade gefoltert.«

»Zineb hat gerade ihren Vater auf schreckliche Weise verloren. Und du hältst ihr ein Fahndungsfoto unter die Nase, und ich zähle ihr die Namen ihrer Facebook-Freunde auf. Wie würdest du dich da fühlen? Du willst Mitgefühl oder einfach nur deine Ruhe haben, und da kreuzen zwei Flics in deinem Zimmer auf und stellen dir Fragen, als wärst du eine Verdächtige.«

»Zineb Marouani ist eine Verdächtige«, erinnerte Blanc sie sanft. »Zumindest spielt sie in dieser Tragödie eine Hauptrolle, wenn vielleicht auch nicht freiwillig. Aber ich weiß, was du meinst. Die Hälfte aller Korruptionsermittlungen wird durch Denunziationen ausgelöst. Und oft genug ist dieser Denunziant dein bester Freund oder deine Gattin. Einmal habe ich in Paris eine Unternehmerin verhört, eine harte, clevere, sehr selbstbewusste Frau. Durch irgendeine meiner Fragen wurde der Verdächtigen auf einmal klar, dass ihre ältere Schwester sie angezeigt haben musste. Ich hatte es ihr selbstverständlich nicht gesagt, aber irgendwie hat sie trotzdem die richtigen Schlüsse gezogen. Und da hat sie mir gar nicht mehr zugehört, sondern …« Blanc suchte nach den richtigen Worten. »*Eh bien.* Sie saß vor mir im Verhörzimmer und ist einfach … zerbrochen. Die ältere Schwester, das große Idol. Ich musste einen Arzt rufen. Später ist sie verurteilt worden: Bewährungsstrafe, Geldstrafe, Nachzahlungen an die Steuerkasse. Triumph der Gerechtigkeit. Aber ich werde nie vergessen, wie ich vor ihr saß und nichts tun konnte, als sie plötzlich blass wurde.«

»Mir reicht es jedenfalls für heute«, sagte Fabienne.

Blanc blickte sie nachdenklich an. »Wir fangen gerade erst an.«

In den Häusern von Canourgues

Die Nachmittagssonne stand schon tief am Himmel, grell und weiß wie der OP-Scheinwerfer im Chirurgiesaal. Da die Straße nach Westen führte, steuerte Blanc den Streifenwagen halb blind über den Asphalt, denn trotz heruntergeklappter Blende war es, als raste er in grenzenlose Helligkeit hinein wie bei einer Nahtoderfahrung.

Das Viertel Canourgues lag im Norden Salons: Zur Linken der Durchfahrtstraße erstreckte sich eine Wüste aus verfallenden Sportplätzen, Turnhallen, Supermärkten, Autowaschstraßen und Tankstellen. Zur Rechten ragten die Riegel sieben-, acht- und zehnstöckiger Häuser hoch, im Licht gebadete Canyonwände, zwischen denen Parkplätze und zu lange nicht mehr gegossene Rasenflächen bereits im Dämmer versanken. Vor dem Haus, in dem sich Aklils Appartement befand, stoppte Blanc den Streifenwagen, ließ den Motor laufen und musterte die Umgebung. Das erste Mal in seiner Karriere, dass er zur Pistole greifen musste, war in einem Viertel wie diesem gewesen, nur noch viel größer, viel zerklüfteter, viel schäbiger. In der Banlieu von Paris, und hinterher, als seine Rechte nach den Schüssen noch zitterte, hatte ihn sein Chef fertiggemacht und angebrüllt, ob Blanc unbedingt einen Bürgerkrieg auslösen wollte.

Er entdeckte im Schatten zweier Hauseingänge junge Männer, die trotz der Hitze Sweatshirts trugen, deren Kapuzen weit über ihre Köpfe gezogen waren. Obwohl ihre Gesichter verborgen waren, ahnte er, dass sie den Streifenwagen musterten. Vier Jungen warfen Motorroller an, beschleunigten so stark, dass die Vorderräder abhoben und rasten davon. Überall schienen sich Leute vom Mégane der Gendarmerie zu entfernen, eine Bewegung wie Wasserkreise in einem Tümpel, in den ein Stein hineingeworfen worden war. Nur auf einem staubigen Rasenstück spielten einige jugendliche Araber und Schwarze ungerührt weiter Fußball. Ein Junge aus der Clique war leicht behindert, sein linkes Bein war kürzer, er zog es nach, sein linker Arm hing seltsam schlaff an der Schulter, als sei er betäubt.

»Alles in Ordnung?«, fragte Fabienne, und Blanc hörte die Anstrengung in ihrer Stimme, mit der sie sich um einen beiläufigen Tonfall bemühte.

Der Fußball flog in einem Bogen zu dem behinderten Jungen. Statt ihn zu attackieren, ließen ihn die Mitspieler auf das aus zwei Jackenhaufen gebildete Tor zurennen. Er schoss mit seinem gesunden Bein, die anderen klopften ihm auf die Schulter oder fluchten übertrieben. Irgendwie beruhigte ihn diese Geste, und er stellte den Motor ab. »Gehen wir«, sagte er. »Unser Mann scheint zu Hause zu sein.« Er deutete auf einen Parkplatz, auf dem der alte Renault Fuego stand.

Sie brauchten fast eine Minute, bis sie den Namen des Arabers auf einem der Dutzenden Klingelschilder entdeckt hatten. Blanc drückte den Knopf und meldete sich nach einem Knacken der Gegensprechanlage. »Ich habe nur wenige Fragen«, sagte er bloß und verriet nicht einmal, dass er nicht allein gekommen war. Kein Grund, Aklil schon vorzuwarnen.

»Sie werden Ihre Neugier bald bereuen«, antwortete Aklil. »Meine Wohnung liegt im fünften Stock, und der Aufzug funktioniert nicht.« Er drückte den Türsummer.

»*Putain*«, fluchte Marius. »Ich bleibe hier und passe auf, dass niemand unseren Wagen anzündet.«

Blanc zögerte. Er hatte kein gutes Gefühl, einen Flic zwischen den Hochhäusern allein zu lassen, zumal Marius nicht gerade der stabilste Gendarm Frankreichs war.

»Keine Sorge«, erklärte sein Kollege, der seinen Blick richtig gedeutet hatte. »Ich habe in Canourgues schon Hammel gegrillt, als du in Paris noch deine Windeln vollgeschissen hast.«

»Ich habe meine Windeln am Ärmelkanal vollgeschissen.«

»Dann ist ja alles klar.« Marius lächelte, klopfte ihm auf die Schulter und schlenderte zum Auto zurück.

Im flackernden Licht der wenigen noch funktionierenden Neonröhren des Treppenhauses glänzten die Tags unzähliger Graffiti. Es stank nach Urin, auf einem Treppenabsatz lag eine Mülltüte, um die schwere Fliegen kreisten, deren Summen den ganzen hohen Schacht füllte, als stünde er unter Strom.

»Kein Wort zu viel über Aklils Facebook-Profil«, schärfte Blanc Fabienne ein, während sie so rasch wie möglich höher stiegen, um dem Gestank zu entfliehen. Seiner Kollegin machte es genauso wenig aus wie ihm, die Stufen im Laufschritt zu nehmen.

»Du hast noch drei Stockwerke, um mir zu erklären, wie du vorgehen willst«, erwiderte Fabienne. »Der Typ glaubt, wir wollen ihn noch einmal wegen des Flugzeugabsturzes befragen.«

»Wenn wir erst einmal in seiner Wohnung sind, konfrontieren wir ihn mit Tahar Marouanis Ermordung. Wir sagen, dass wir die Familie des Opfers durchleuchtet haben und dabei über Zinebs Facebook-Freunde auf sein Gesicht gestoßen sind. Und da er kurz zuvor schon einmal am Tatort war, kreuzen wir halt wieder bei ihm auf. Aber wir sagen kein Wort zu seinem Pseudonym Ansardine Aqumi, Aklil soll sich fragen, was wir wissen und was nicht. Und nichts über den Anruf bei der DGSI!«

Tür und Zarge von Aklils Wohnung zeigten die Narben eines alten Einbruchsversuches. Der Flur dahinter war leer und wurde nur von einer nackten Glühbirne erhellt. Der Araber erwartete sie dort, er war bloß mit einer Sporthose bekleidet, auf seinem sehnigen Oberkörper glänzte der Schweiß. In den Räumen stand die Luft, obwohl die Fenster weit geöffnet waren.

»*Bonjour,* Capitaine«, begrüßte er Blanc und schüttelte ihm die Hand. Fabienne warf er nicht einmal einen Blick zu.

»*Bonjour,* Monsieur Aklil«, sagte Fabienne, eine Spur zu laut. Sie streckte die Hand aus, doch der Araber hatte sich bereits umgedreht und war ihnen ins Innere vorausgegangen. Blanc und seine Kollegin wechselten einen raschen Blick, dann folgten sie ihm und schlossen die Tür.

Der Typ ist noch immer im Gefängnis, dachte Blanc. Aklil hatte sie in eine Art Wohnzimmer geführt, dessen Rückwand von einer ramponierten Küchenzeile eingenommen wurde. In der Spüle verstaubte eine halb mit Tee gefüllte Glaskanne neben zwei leeren Pizzakartons. Mitten im Raum stand ein Sofa mit rissigem schwarzem Kunstlederbezug, auf einer umgekippten Obstkiste thronte ein riesiger Flachbildfernseher vor einer Play Station 3. Der Monitor war dunkel, die Spielkonsole ausgeschaltet. Die Hülle von »Call of Duty« lag daneben. Keine weiteren Möbel, kein Bild an der Wand, nicht einmal ein Teppich auf dem Boden. Überall nackte Glühbirnen. Eine Tür, die zu einem winzigen Balkon führte. Dessen Fläche wurde fast vollständig von einem Mini-Gewächshaus eingenommen, wie man es in Gartencentern kaufen konnte. Die sechs Pflanzen, die dort aus den Töpfen wucherten, waren allerdings keine Blumen, wie man sie in Gartencentern kaufen konnte.

Aklil bemerkte Blancs Blick und lächelte entschuldigend. »Das ist nur für den Hausgebrauch«, erklärte er. Er bot ihnen keinen Platz an und stellte sich so hin, dass sein Rücken zu Fabienne wies. Blanc beschwichtigte sie mit einer unauffälligen Geste. »Es sieht so aus, als wären Sie ein Freund des Sensenmannes, Monsieur Aklil«, begann er. »Wann immer ich in letzter Zeit einen Todesfall untersuchen muss, dann stoße ich auf Ihren Namen.«

»Klingt, als stecke ich tief in der Scheiße.« Der junge Araber war immer noch entspannt und freundlich.

Sein letzter Hausgebrauch ist wohl erst ein paar Minuten her, vermutete Blanc. »Sagt Ihnen der Name Tahar Marouani etwas?«

»Was immer der Typ verbockt hat, Sie können es nicht mir anhängen. Ich kenne den nicht.«

»Sie kennen seine Tochter.« Blanc war ebenso entspannt und freundlich wie sein Gastgeber, als er Aklil anschließend das erzählte, was er ihm erzählen wollte.

Der Araber hörte ihm geduldig zu und zuckte dann mit den Achseln. »*Eh bien*, eine Facebook-Freundschaft, was ist schon dabei? Haben Sie keine Freunde auf Facebook?«

»Niemanden, dessen Vater vor Kurzem erstochen worden ist.«

Aklil seufzte ein wenig zu theatralisch. »Das hängen Sie mir nicht an, *d'accord*? Ich habe Scheiße gebaut, Mann, ich bin hier in diesem beschissenen Viertel geboren. Was bleibt einem da anderes übrig, als Gras zu verkaufen? Aber ein Mord ... nein. Und schon gar nicht an Zinebs Vater.«

»Denn Sie kennen Mademoiselle Marouani.«

»Haben Sie die Kleine schon mal in echt gesehen?«

»Ich habe sie befragt.«

»Dann wissen Sie, dass sie hübsch ist. Klug. Ernsthaft. Nicht die Art von Mädchen, die einem hier in Canourgues im Treppenhaus entgegenkommt. Zineb ist meine große Chance auf eine perfekte Frau. So eine wie die werde ich kein zweites Mal treffen.«

»Wann haben Sie sie denn zum ersten Mal getroffen?«

»Müsste ich nachrechnen. Facebook hat sie mir vorgeschlagen, weil wir gemeinsame Freunde haben. Das muss ein paar Wochen her sein, oder schon Monate.«

»Drei Monate?«, fragte Fabienne. »Ich habe mein iPad mit. Wenn Sie wollen, können Sie sich schnell einloggen und in Ihrem Profil nachsehen, wann Sie die Freundschaftsanfrage abgeschickt haben.«

»Drei Monate könnten hinkommen«, sagte Aklil, blickte dabei aber Blanc an, als hätte der gesprochen. Er schwitzte inzwischen so stark, dass sich der Bund seiner Sporthose am Bauch dunkel färbte.

»Und wann haben Sie Zineb das erste Mal im echten Leben gesehen?«, fragte Blanc.

»Anfang August. Die meisten von ihren Freundinnen waren in Urlaub, sie hat sich total gelangweilt bei ihren Eltern. Wir haben gechattet und, na ja, da hab ich ihr vorgeschlagen, dass wir uns treffen. Ich schleppe Gepäck am Flughafen, da kannst du in der Ferienzeit sowieso keinen Urlaub nehmen. Lançon liegt praktisch auf meinem Arbeitsweg, ich fahre auf der 113 zwischen dem Flughafen Marignane und Salon hin und her. Da ist es nur ein kurzer Abstecher.«

»Sie haben Zineb in Lançon besucht? In ihrem Haus?«

Aklil lachte. »Sie haben nie ein arabisches Mädchen gehabt, was, Capitaine? Da kreuzen Sie nicht so einfach auf und verschwinden im Mädchenzimmer der Tochter, Tür hinter sich zu, Musikanlage an und ab geht's! Der Alte hätte mich kaltgemacht, wenn ich vor seinem Haus auch nur ein wenig zu langsam vorbeigelaufen wäre. Und die Alte auch, die noch mehr!«

»Sie hätten sich bei den Eltern vorstellen können.«

»Und ihnen zur Begrüßung mein Vorstrafenregister gezeigt? Kommen Sie, würden Sie Ihre Tochter mit einem Typen wie mir losziehen lassen?«

»Wo haben Sie sich also dann getroffen?«

»Am Taubenturm.«

»Dem Turm im Olivenhain von Monsieur Bondard?«

»Zineb wusste immer ziemlich genau, wann ihr Vater zwischen den Bäumen gearbeitet hat, und wann er bei dem Scheißkerl oben auf der Burg zu tun hatte. Dann war die Luft rein, und wir haben uns dort gesehen. Der Turm liegt ganz nah an der 113, aber wenn man den Feldweg nimmt, ist mein Auto kaum noch zu sehen. Und niemand in Lançon hat sich etwas dabei gedacht, wenn Zineb zu Fuß bis zu dem Olivenhain gegangen ist, in dem ihr Vater so oft arbeitet. Wir hatten nie viel Zeit, aber wir konnten uns im Schatten vom Turm zumindest treffen und miteinander ... reden.« Aklil bemerkte Blancs Blick. »Reden, ja, *merde*, sehen Sie mich nicht so an! Die Zineb ist anständig!«

»Waren Sie an dem Tag des Flugzeugabsturzes auch mit Zineb verabredet?«

Der Araber zögerte. »Nicht wirklich«, gab er zu. »Ich wusste nur, dass Zineb von ihrer Arabischstunde zurückkommen würde. Sie hatte mir davon erzählt. Meine Schicht war zu Ende, und ich wusste auch, dass ihr Alter sie abholen würde. Er musste durch den Kreisverkehr kommen. Also habe ich da geparkt und gewartet und gehofft, dass ich sie vielleicht sehe und sie mich auch.«

Blanc starrte ihn skeptisch an. »Der junge Mann schmachtet seine heimliche Geliebte an? Das klingt wie eine Geschichte aus dem Mittelalter.«

»Wir Muslime sind halt konservativ.«

»Hat Zineb Sie denn gesehen?«

»Nein. Der bescheuerte Tankwagen war gerade im Kreisverkehr und hat mir die halbe Sicht versperrt, als das Flugzeug im Olivenhain aufgeschlagen ist. Was danach passiert ist, kennen Sie ja schon: Ich bin runtergerannt, habe es mir anders überlegt, bin wieder hochgerannt, die Flics waren aber schon da, und da saß ich halt fest. In dem Durcheinander habe ich den Wagen von Zinebs Vater nicht gesehen.«

»Apropos sehen: Hat jemand Sie je bei einem Ihrer Rendezvous überrascht?«

»Uns hat keiner bemerkt.«

Blanc dachte an Bondard, der mit seiner Kamera und einem hochauflösenden Teleobjektiv auf der Burg lauerte. An Ange Douchy, die nächtens mit bloßen Füßen herumschlich. Und an Tahar Marouani, der pflichtbewusst Olivenbäume umhegte und sich gerade in diesem Jahr der schlechten Ernte vielleicht viel häufiger zu ihnen hinunterbegeben hatte, als seine Tochter ahnte.

»Tahar Marouani hat Sie also niemals auf Ihr Verhältnis mit seiner Tochter angesprochen?«

»Ich kenne den Mann nur aus Zinebs Erzählungen. Ich habe ihr versprochen, dass ich sie aus ihrer Familie heraushole, wenn sie achtzehn ist.«

»Wohin würden Sie Zineb denn gerne bringen? Nach Syrien?« Blanc fragte das freundlich wie immer, doch er war darauf gefasst, dass der Araber versuchen könnte, an ihm vorbei zur Tür zu sprinten.

Aklil lächelte jedoch immer noch und rührte sich nicht. Dann bemerkte er, dass seine Hände zu Fäusten geballt waren. Es schien ihn große Anstrengung zu kosten, sie wieder zu entspannen. »Das ist wegen meiner Facebook-Seite, was? *Merde,* ich hätte den Mist längst löschen sollen.«

»Ihr Profil wirkt, als seien Sie selbst schon auf dem Sprung in den Nahen Osten.«

»Capitaine, ich war im Gefängnis, klar? In dem Kasten in Salon, draußen in der Crau, wo die bescheuerten Frösche quaken, wo die Mücken Ihnen das Blut aussaugen und wo die Sonne selbst im Winter auf die Dächer knallt, dass Ihnen das Gehirn weich gekocht wird. Was machst du da, *merde*? Du brauchst irgendwas, um deine Wut abzuleiten. Irgendwas, um dich festzuhalten. Irgendwas, um deinem bescheuerten Leben wenigstens irgendeinen Sinn zu geben. Da fängst du halt an, zu beten und zu fasten und den Koran zu lesen. Hab ich vorher nie getan. Danach kommst du raus und fühlst dich stark und, *eh bien*, dann postet man halt solche Sachen. Und dann hast du einen Job und lernst ein Mädchen kennen, und diese Sachen sind auch wieder vergessen. So wie das mit den Drogen.«

»Die haben Sie nicht ganz vergessen«, erwiderte Blanc und deutete Richtung Balkon.

»Aber ich deale nicht mehr! Ich zahle Steuern wie jeder anständige Franzose, und ich schufte wie jeder anständige Franzose. Ich schufte sogar mehr. *Putain*, seit ich draußen bin, hab ich am Flughafen noch nicht einmal einen Tag gestreikt!«

Blanc dachte nach. Das Grünzeug auf dem Balkon würde schon ausreichen, um Aklil auf der Stelle zu verhaften. Illegale Rauschmittel, dazu Verstoß gegen die Auflagen seiner Bewährung – er würde wieder Monate oder sogar Jahre in Salon einsitzen. Und dann? Dann würde er wieder den Koran lesen und fasten und beten und wenn er irgendwann wieder herauskäme … Er könnte Aklil auch festsetzen und die DGSI anrufen. Dann würde einer ihrer Agenten kommen, Aklil würde vor das Anti-Terror-Tribunal bei Paris gestellt werden und ebenfalls auf Jahre hinaus hinter Gittern verschwinden. So oder so: Aklil wäre fortan für Blanc unerreichbar. Sollte er etwas mit dem Mord an Tahar Marouani zu tun haben, dann wäre er ausgerechnet im Gefängnis vor Blancs Ermittlungen sicher. Denn was hatte er gegen ihn in der Hand? Aklil hätte vielleicht ein Motiv für das Verbrechen: Er tötet den Vater, um an die Tochter zu kommen. Es gab Indizien: Aklils Anwesenheit am Tatort, den er gut kannte. Gut genug jedenfalls, um den Taubenturm im Olivenhain zu kennen und die Straßen und Feldwege in dessen Umgebung. Aber es gab weder Beweise noch Zeugen. Wenn Aklil der Mörder war, dann durfte er jetzt auf keinen Fall schon verhaftet werden. Dann musste Blanc ihn vom Haken lassen, ihn belauern, darauf warten, dass er einen Fehler machte und dass noch irgendwann etwas auftauchte, das keine Verhaftung wegen ein paar Cannabissträuchern oder eines Facebook-Profils begründete – sondern wegen Mordes.

»*Merci beaucoup,* Monsieur Aklil, Sie haben uns sehr geholfen.«

»*Merci beaucoup, Monsieur Aklil, Sie haben uns sehr geholfen.* Was ist das denn für eine Scheiße?«, zischte Fabienne, als sie durch das finstere Treppenhaus nach unten stiegen.

»So wütend habe ich dich noch nie erlebt.«

»Ihr habt miteinander gequatscht wie zwei heitere Kiffer, die sich über die Farbe des Sonnenuntergangs austauschen! Und ich stehe die ganze Zeit dumm daneben und darf auf Aklils öligen Rücken gucken!«

»Du bist offenbar nicht sein Typ.«

»Mach dich nicht auch noch darüber lustig! Selbst die Kerle vom Front National behandeln mich mit mehr Respekt als dieser schäbige Dealer. Und warum hast du ihn nicht wenigstens verhaftet? Der Kerl ist stoned, das Kraut wuchert quasi über sein Balkongeländer und du …«

»Und ich stelle ihm eine Falle.« Blanc blieb auf dem Treppenabsatz neben der Mülltüte stehen, aber das war ihm in diesem Augenblick gleichgültig. »Lass dich von solchen Typen niemals provozieren«, flüsterte er. »Wenn du ihm eine runterhaust, dann landest du vor Gericht. Ein Kerl wie Aklil kennt seine Rechte, und er kennt Anwälte, die nur darauf warten, einen Flic zu verklagen, verlass dich darauf! Denk mal an deinen Job!«

»Sehe ich aus wie John Rambo mit Pippi-Langstrumpf-Zöpfen? Ich hätte Aklil streng nach den Buchstaben des Gesetzes Handschellen angelegt und fertig!«

»Vorausgesetzt, du wärst mit einem gefesselten Araber heil aus diesen Hochhäusern hinausgekommen.«

Fabienne starrte ihn schweigend an. »Du sprichst aus Erfahrung«, stellte sie schließlich fest. Sie war ganz ruhig geworden.

Blanc lächelte schief. »Und jetzt erkläre ich dir, warum ich denke, dass es sinnvoll ist, Aklil dieses Mal noch davonkommen zu lassen.«

»Dieser verdammte Müllsack wird gleich durch seine eigenen Faulgase explodieren.«

»Du willst nichts mehr von Aklil hören?«

»Und ob. Nur nicht in diesem Treppenhaus. Erzähl mir deinen Plan an der frischen Luft. Und dann darfst du mir auch noch berichten, welche Sache *du* früher mal in der Banlieu vermasselt hast.«

»Darüber habe ich noch nie mit jemandem gesprochen.«

»Ich habe etwas gut bei dir, schon vergessen?« Fabienne stieß ihm den Ellenbogen in die Rippen. *»Merci beaucoup, Monsieur Aklil, Sie haben uns sehr geholfen.«*

Blanc brachte seine Kollegen nach Gadet. Marius ließ sich schon vor der Station absetzen, um in der Bar »Le National« zu verschwinden. Fabienne hatte ihre unbesiegbare gute Laune wiedergefunden, stopfte ihre Zöpfe unter den Helm und brauste mit ihrer Ducati davon, auf dem Weg zu einem neuen Test-Dinner.

In seinem ramponierten Notizblock fand Blanc die Nummer eines Mannes, von dem er bis vor einem Tag nicht gedacht hätte, dass er ihn jemals anrufen würde. »Monsieur Rognoni? Können Sie mich verstehen? Capitaine Blanc hier.« Die Handy-Verbindung war miserabel, er kam sich vor wie jemand, der in der Telefonzelle einer Bar stand und einen schwarzen knochenförmigen Hörer aus Bakelit ans Ohr presste.

»Sie brauchen nicht zu schreien, meine Fahrerkabine ist schallisoliert.«

»Wo sind Sie? Stört Sie mein Anruf?«

Der Tankwagenfahrer lachte. »Ich stehe im Stau vor Lyon. Wenn Sie mich ablenken, dann ist das nicht mein Pech, sondern das Pech von der Tussi vor mir in ihrem alten R4. Wenn deren Kofferraum von meinem 40-Tonner geküsst wird, dann ist das garantiert nicht so angenehm, als würde ich das Hinterteil der Tussi mit meinem …«

»*D'accord,* Monsieur Rognoni. Erinnern Sie sich an den Absturz des Flugzeuges und Ihre Aussage?«

»Soll das ein Alzheimer-Test werden?«

»Sie haben angegeben, dass Sie allein durch den Kreisverkehr gefahren sind, als Sie den Absturz beobachtet haben.«

»Was hat denn das mit dem bescheuerten Piloten zu tun?«

»Sind Sie ganz sicher, Monsieur Rognoni? Es war kein anderes Fahrzeug im Kreisverkehr von Lançon?«

»Da fuhr niemand herum.«

»Und es hat auch kein Wagen am Straßenrand geparkt? Ein gelber Renault Fuego mit schwarzen Zierstreifen?«

»Ich fahre einen Tankwagen und keine Zeitmaschine. Solche Karren gibt es nicht mehr. Wenn eine solche Schüssel da geparkt hätte, die wäre mir auf jeden Fall aufgefallen.«

»Aber am Abend des Absturzes stand dort ein Fuego.«

Kurzes Schweigen. »Ja, jetzt erinnere ich mich. Der Araber. Der ist aber erst hinterher aufgekreuzt.«

»Hinterher?«

»Na, nachdem ich längst angehalten und mir die Scheiße angesehen hatte. Ich bin aus dem Fahrerhaus gestiegen, hab mir zwischen den Bäumen den Schaden beguckt und bin wieder hoch zum Lastwagen. Und da ist der Typ mit dem alten Fuego gekommen und hat angehalten. Ich hab nicht weiter auf ihn geachtet, hab nur gedacht: ›Tja, zu spät, Kumpel. Du hast die Show verpasst.‹«

»Von wo kam der Fuego angefahren? Von der Route départementale 113?«

»Wahrscheinlich. Von wo sonst? Aber gesehen hab ich ihn eigentlich nicht. Der war einfach da.«

»Haben Sie mit dem Fahrer gesprochen?«

»Das war ein Araber, sagte ich doch.«

»Sie beliefern häufiger die Tankstelle in Lançon?«

»Einmal die Woche.«

»Ist Ihnen jemals der gelbe Fuego am Straßenrand aufgefallen?«

»Was interessiert Sie bloß an diesem Wrack? Brauchen Sie eine

Freundin? Einer meiner Kumpels hatte mal einen Fuego. Damit konnte man die Mädchen …«

»*Merci beaucoup,* Monsieur Rognoni, und fahren Sie der Madame im R4 keine Beule ins Blech.«

Rognoni erzählt schon wieder Mist, dachte Blanc. Oder er erzählt die Wahrheit, die sich aus seinem Mund bloß immer anhört wie Mist. Wenn das so wäre, dann hätte Aklil gelogen. Er hatte nicht am Kreisverkehr gewartet, um einen keuschen Blick auf Zineb werfen zu können. Vielleicht war er erst nach dem Absturz angekommen. Oder vielleicht hatte er anderswo gewartet, in einem Versteck, wo selbst ein alter gelber Renault Fuego nicht auffallen würde.

Das schien der Abend zu werden, an dem Blanc die Männer verhören musste, die er am heftigsten verabscheute.

Er musste herumtelefonieren, bis er wusste, dass Hervé Bondard in seinem Olivenhain arbeitete. Der Range Rover parkte neben dem Taubenturm. Bondard selbst stand mit einigen Arbeitern, deren T-Shirts das grüne Logo der Baumschule von Eyguières zierte, dort, wo das abgestürzte Flugzeug eine Schneise geschlagen hatte. Die durchgeschwitzten Arbeiter räumten Spaten und Spitzhacken zusammen. Ein junger Olivenbaum stand nun an der Stelle des niedergebrannten, der Erdboden um seinen Stamm war so feuchtigkeitssatt, dass er dunkelrot schimmerte. Die Blätter filterten das Licht und zauberten Muster aus Schatten und Sonnenflecken auf den Boden wie abstrakte Videoinstallationen. Blanc sog die Luft ein. Sie roch auf eine unbestimmte Art rein und erdig. Kaum zu glauben, dass dieses Jahr alle Oliven verdorben sein sollten. Kaum zu glauben, dass hier zwei Menschen auf grauenhafte Weise ums Leben gekommen waren. Um den Hain zog sich ein leichter Zaun aus einem grünen Nylonnetz und schmalen Plastikstöcken, wie ihn die Schäfer aufstellten, wenn ihre Herden für ein paar Tage eine Weide abgrasten.

»Dieser Zaun wird Madame Douchy wohl kaum von ihren nächtlichen Besuchen abhalten«, sagte Blanc.

»Und einen Flic leider auch nicht.«

Blanc zeigte ihm Aklils Foto. »Haben Sie diesen Herren schon einmal gesehen?«

»Ein Araber, ha!« Zwei der fünf Gartenarbeiter stammten eindeutig aus dem Maghreb, aber ihre finsteren Blicke schienen Bondard gleichgültig zu sein. »In so einem Fall würde ich selbst Ihnen helfen, wenn ich könnte, *mon Capitaine*. Kann ich aber nicht. Ich habe den Kerl noch nie gesehen.«

»Er fährt einen gelben Renault Fuego. Ein auffälliges Auto.«

Bondard dachte nach. »So eine verrostete Ludenkarre fährt hier in letzter Zeit ab und zu herum«, murmelte er. »Die passt nicht nach Lançon, das fällt einem schon auf.«

»Können Sie sich noch erinnern, wann Sie das Auto gesehen haben?« Wenn es der letzte Donnerstag war, hoffte Blanc, dann habe ich einen Zeugen dafür, dass Aklil am Tag von Marouanis Ermordung in Lançon gewesen war.

»Genau vor einer Woche«, antwortete Bondard. »Jetzt fällt es mir wieder ein. Ich war mit Marouani nachmittags im Hain und habe den Fuego gesehen. ›Was parkt der denn da?‹, habe ich gedacht. Aber ich habe niemanden gesehen, und es war ein öffentlicher Weg, also habe ich mich nicht mehr darum gekümmert. Und ein paar Stunden später hatte ich dann ja auch andere Sorgen.«

Montag. Der Tag des Flugzeugabsturzes. »Wann haben Sie den Fuego gesehen, Monsieur Bondard?«

Der massige Mann zuckte mit den Achseln. »Siebzehn Uhr? Achtzehn Uhr? Am späten Nachmittag halt.«

»Und wo genau?«

»Auf der Ancienne Route de Salon, wo mein Hain aufhört und ein paar Meter vor dem ersten Gehöft an der Straße.«

Blanc schloss für einen Moment die Augen. Die Straße mit den ummauerten Höfen, die wie Grabmonumente wirkten. Wo nicht einmal ein Hund bellte. Aklil war am Tag des Flugzeugunglücks nicht erst nach Schichtende auf dem Airport nach Lançon gefahren, sondern schon viel früher dort angelangt. Und er hatte sich nicht an einem Ort versteckt, von dem aus er Marouani und seine Tochter hätte vorbeifahren sehen können. Sondern, im Gegenteil, an einer Stelle, wo er von der Straße und vom Kreisverkehr überhaupt nicht zu sehen war.

Rognoni hatte ausgesagt, dass der Fuego erst nach dem Absturz plötzlich hinter seinem Tankwagen aufgetaucht war. Aklil war nicht über die Route départementale gekommen, schloss Blanc nun, sondern aus der unbeleuchteten Ancienne Route de Salon auf den Kreisverkehr eingebogen. Niemand hatte Aklil dort bemerkt, hatte gesehen, wann er angekommen war oder was er dort getan haben mochte. Kein Zeuge. Außer Hervé Bondard, der nachmittags zufällig von seinem Hain aus auf die Ancienne Route de Salon blickte, sich aber nichts weiter dabei dachte.

Und außer Tahar Marouani, der mit seinem Patron bei den Olivenbäumen gewesen war.

Besuch am frühen Morgen

Am Dienstagmorgen um sechs Uhr stand Blanc in seinem Büro. Er war zu nervös, um zu sitzen. Er war auch zu nervös gewesen, um in der Nacht zu schlafen. Ich habe etwas übersehen, sagte er sich. Irgendetwas schwebt direkt vor meinen Augen wie ein leuchtender Luftballon, und ich bin trotzdem zu blöd, um es zu sehen, *merde*! Er hatte das Gefühl, dass sich nicht bloß sein Blick auf die Vergangenheit trübte, sondern auch auf die Zukunft. Er konnte nicht erkennen, was geschehen war. Und er konnte nicht erkennen, was geschehen würde. Aber er spürte, dass der Schrecken noch nicht vorüber war. Er war die Nacht vor seiner Ölmühle auf und ab gelaufen, dankbar für die Kühle der Dunkelheit, dankbar für die hohen Jagdrufe der Eulen, die ihm inzwischen so vertraut waren, dass er zwei Stimmen unterscheiden konnte. Ein Paar, hatte er gedacht, das irgendwo in den Ästen der Platanen auf der Lauer liegt und sich von dort zu nächtlichen Flügen aufschwingt. Ein Paar … Wo Aveline in diesem Augenblick wohl war? In ihrem Ehebett in ihrem Haus in der Rue du Passe-Temps? Allein, denn ihr Mann war doch sicherlich in Paris? Oder …

Blanc griff zum Hörer. Um diese Zeit würde man am Flughafen von Marseille schon arbeiten. Er ließ sich mit der Airport-Verwaltung verbinden. Und fünf Minuten später wurde ihm bestätigt, dass Farid Aklil am Montag, den 3. September, nach einer Wochenendschicht einen ganz normalen freien Tag gehabt hatte. Er war an jenem Tag überhaupt nicht in Marignane aufgetaucht.

Als sich die Bürotür öffnete, hob Blanc erstaunt den Kopf, denn er hätte nicht erwartet, dass Marius schon so früh aufkreuzen würde. Dann wuchs sein Erstaunen noch, denn statt seines Kollegen stürmte ein junger, selbstsicherer Mann hinein, der in Gadet so fehl am Platz wirkte wie ein französischer Politiker in einem afrikanischen Dorf: Ende zwanzig, kurze braune Haare, eine modisch-eckige

Brille, ein heller Zweiteiler, der einen Hauch zu eng geschnitten war für seinen athletischen Körper, umhüllt von der Duftwolke eines teuren Rasierwassers.

»Capitaine Blanc!«, rief der Mann, kam mit großen Schritten auf ihn zu und schüttelte ihm die Hand, bevor er sich setzte, ohne zu fragen.

Antrainierter Pariser Akzent, dachte Blanc. Der Kerl sah aus wie frisch von der Business School, *merde*, wer hatte an der Eingangspforte Dienst und war so bescheuert, diesen Typen bis zu ihm vorzulassen? »Ich habe Ihren Namen nicht verstanden.«

»Lannette. Guy Lannette.« Der junge Mann zog einen Ausweis aus der Jacketttasche und reichte ihn über den Schreibtisch.

DGSI. *Merde, merde, merde.* Der Name war wahrscheinlich genauso echt wie der Akzent.

»Fotografieren Sie damit noch Ihre Leichen, *mon Capitaine*?«, fuhr Lannette fort, während er seinen Ausweis zusammenklappte wie ein Zigarettenetui und so tat, als lehnte er sich behaglich im Besucherstuhl zurück. Er hatte auf die Leica gedeutet.

Blanc hätte diesem Typen am liebsten den schweren Fotoapparat mitten auf das Nasenbein geschleudert. »Was verschafft mir die Ehre Ihres Besuchs, Monsieur Lannette?« Er bemühte sich, seine Stimme nicht zu ironisch klingen zu lassen.

»Farid Aklil.«

Jetzt war es an Blanc, sich im Stuhl zurückzulehnen. Es war eine schlechte Nacht, dachte er, vielleicht träume ich das nur. Aber er hatte in seinem Leben noch nicht von spöttisch lächelnden Schlipsträgern geträumt.

»Sie haben diesen Aklil verhört«, fuhr Lannette fort.

»Als Zeugen eines Flugzeugabsturzes. Sie haben vielleicht davon gehört.« Blanc verzichtete darauf nachzufragen, wie Lannette davon gehört hatte.

»Das auch, *mon Capitaine*, das auch. Aber deshalb hätten Sie Aklil ja nicht noch einmal in seiner Wohnung aufsuchen müssen.«

Die Bude des Arabers ist verwanzt, fuhr es Blanc durch den Kopf.

Und vielleicht auch das Treppenhaus und wer weiß was noch. Dieser grinsende Typ da hatte sein Gespräch mit Aklil belauscht und vielleicht auch seine Unterhaltung mit Fabienne und seine Andeutung von seinem einstigen Fehler in der Banlieu, den er nie zuvor jemandem gebeichtet hatte ... In einer sehr langsamen, sehr bewussten Bewegung legte er beide Hände flach auf den Tisch, um sie nicht zu Fäusten zu ballen. Zum ersten Mal seit Wochen wünschte Blanc sich, dass die Klimaanlage in seinem Büro wieder funktionieren würde. »Ich bin gespannt auf Ihre Erklärungen, Monsieur Lannette.«

Der junge DGSI-Agent nickte zufrieden. »Aklil ist unser Mann«, erklärte er.

»Ein Agent der DGSI?«

»Machen Sie keine Witze. Sein Name ist einer auf unserer Liste möglicher islamistischer Terroristen. Wir haben ihn auf dem Radar. Ganz allein. Ein schöner, solider grüner Punkt auf unserem Radarschirm. Bis ein zweiter grüner Punkt auftaucht und unser schönes Radarbild stört.«

»Tahar Marouani.«

»Sie sind echt komisch. Sie sind dieser zweite Punkt.«

»Der Punkt, der stört?«

»Das war jetzt mal witzig, ja.«

Blanc atmete tief durch. »Seit wann überwachen Sie Aklil? Seit einem bestimmten Anruf von Tahar Marouani?«

»Ich habe keine Ahnung, wovon Sie sprechen.« Der DGSI-Agent bemühte sich nicht einmal darum, seine Lüge glaubwürdig klingen zu lassen.

»Was wollen Sie dann hier?«

»Den zweiten grünen Punkt wieder vom Radarschirm verschwinden lassen. Sehen Sie«, Lannette beugte sich vor, Verständnis heuchelnd. »Wir wissen, Sie haben da diesen Mord aufzuklären. Ein arabischer Landarbeiter. Tragisch, aber nicht ... staatsgefährdend. Wir kümmern uns um die wirklich Gefährlichen. Es sind schon mehr als eintausend Franzosen in Syrien oder im Irak: Araber und Neukonvertierte, Männer und Frauen – mehr Frauen, als Sie sich das vorstellen können, *mon Capitaine* – und ältere Männer ebenso wie Minderjährige. Wussten Sie, dass ein Viertel unserer Gotteskrieger noch keine achtzehn sind? Ich persönlich finde ja, sie dürfen alle ausreisen und sich im Nahen Osten für ihren Allah und ihre Schariah töten lassen. Doch manche kehren zurück – und dann haben wir ein Problem.«

»Aklil ist ein Rückkehrer?«

»Er hatte sich im Gefängnis von Salon mit Mehdi Nemmouche angefreundet. Hat er ihm bei seinem Attentat auf das Jüdische Museum in Brüssel geholfen? Wir wissen es nicht. Wir wissen aber, dass Aklil in Syrien gewesen ist, direkt nach seiner Haftentlassung. Er ist nach Belgien gefahren, das ist ja nicht verboten, wenn man auf Bewährung draußen ist. Und plötzlich war der Kerl im Nahen Osten. Da hat wohl ein Kollege nicht aufgepasst. Glück für uns, oder Pech, wie man es nimmt, dass Aklil es dort nur wenige Tage ausgehalten hat. In Aleppo können Sie nicht an jeder Ecke Cannabis kaufen. Jedenfalls ist er nach weniger als einer Woche zurückgekehrt – und diese Rückkehrer sind die Schlimmsten. Vor ein paar Monaten haben wir jemanden festgenommen, der am Eiffelturm eine Bombe zünden wollte, um möglichst viele Christen zu töten.«

»Und Aklil ist auch einer dieser einsamen Wölfe?«

»Wir wissen es nicht. Noch nicht. Möglich, dass er ein Attentat plant. Möglich aber auch, dass er eine andere Rolle spielt.« Lannette hatte plötzlich die Attitüde des Jungmanagers vergessen und dozierte nun. »Sie haben von dieser Nora gehört«, sagte er wie selbstverständlich, »dieser fünfzehnjährigen Schülerin aus Avignon, die sich 2014 zum Djihad nach Syrien aufgemacht hat. Die türkischen Grenzposten haben sie gerade noch rechtzeitig geschnappt. Das Mädchen möchte inzwischen zurück, die Anwälte machen uns die Hölle heiß, weil diese Nora angeblich keine Täterin, sondern eine ›Geisel‹ ist. Aber kein Anwalt und, was das angeht, auch kein Politiker fragt sich, wie eine Fünfzehnjährige ohne Bahnticket mit dem TGV von Avignon nach Paris fahren konnte. Und wie sie dort allein

ein Flugticket erstehen, allein zum Airport gehen und allein alle Kontrollen passieren konnte, um bis in die Türkei zu kommen, bevor ihre Eltern sie auch nur vermisst gemeldet haben.«

»Sie war vielleicht nicht ganz so allein.«

»Sie sollten zu uns kommen, *mon Capitaine*!« Lannette lachte herzhaft über seinen Scherz. »*Mais oui,* irgendjemand hat der naiven, jungen, mittellosen Nora geholfen. Aber wer könnte dieser Schleuser sein?«

»Wie kommen Sie auf Aklil?«

»Ich bitte Sie! Ihre Kollegin Fabienne Souillard hat sich auf seiner Facebook-Seite umgesehen, mehr muss ich nicht sagen, oder? Vielleicht das noch: Interessanter als sein Profil im sozialen Netz ist sein Handy.«

»Das Sie selbstverständlich abhören.«

»Natürlich. Aklil spricht viel mit jungen Mädchen. Zum Beispiel einer gewissen Zineb Marouani.«

»Das überrascht mich nicht«, erwiderte Blanc mit unbewegtem Gesicht.

»Aklil ruft Zineb Marouani täglich an, und es bleibt meistens nicht bei einem Gespräch am Tag. Sein Spitzenwert liegt bei fünfzig Anrufen an einem einzigen Tag.«

»Fünfzig«, murmelte Blanc.

»Sehen Sie, jetzt sind Sie doch überrascht. Überlassen Sie Aklil also in Zukunft wieder uns.«

»Ich soll ihn weder verhören noch verhaften?«

»Das haben Sie wundervoll formuliert.«

»Was ist, wenn dieser Aklil ein Menschenschmuggler *und* ein Attentäter ist? Warum sollte jemand, der junge Mädchen nach Syrien schleust, nicht auch noch Anschläge planen?«

»Wir kümmern uns darum.«

Blanc konnte nicht sagen, warum. Aber plötzlich fiel sein Zorn über diesen arroganten DGSI-Typen von ihm ab, als wäre der schon gar nicht mehr da. Plötzlich dachte er an die Nacht des Flugzeugabsturzes und an Aklil neben seinem alten Renault und an den

Bericht von Doktor Fontaine Thezan, und er dachte sogar an das wirre Gerede einer barfüßigen Hexe, das vielleicht gar nicht so wirr war. »Vielleicht plant Aklil gar kein Attentat mehr«, sagte er langsam. »Vielleicht hat er längst eines begangen.«

»Das wüssten wir, *mon Capitaine*. Wir sind die Profis.« Lannette erhob sich, schüttelte ihm zum Abschied nicht die Hand, strebte zur Tür, drehte sich dort noch einmal um und deutete auf die Leica. »Kann man dafür eigentlich noch Filme kaufen?«

Noch lange, nachdem Lanette verschwunden war, starrte Blanc aus dem Fenster. Wanzen in einer kahlen Wohnung in Canourgues. Ein lässiger Nebensatz über Fabiennes kleinen Trick auf Facebook. Für einen Moment überwältigte ihn die nicht mehr ganz so absurde Panik davor, dass dieser DGSI-Typ auch über seine Besuche in einer ruhigen Straße in Caillouteaux Bescheid wusste. Ob das vielleicht der Grund dafür war, dass Aveline ihn nicht mehr sehen wollte? Ihr Mann war immerhin Staatssekretär im Innenministerium, vielleicht war sie besser im Bilde als Blanc. Vielleicht war auch er besser im Bilde, als Blanc das je für möglich gehalten hätte …

Als Marius und Fabienne eine Stunde später zufällig zur gleichen Zeit ankamen, begrüßte Blanc sie schon auf dem Flur. »Wir machen einen Spaziergang«, sagte er.

»Ich möchte in meinem Büro schlafen«, protestierte Marius.

Fabienne sah ihn bloß an und formte mit ihren Lippen lautlos ein Wort. Blanc nickte und lächelte schief. »Gehen wir zur Brücke über die Touloubre«, schlug er vor.

»Warum ausgerechnet dorthin? Da schlagen sie gerade mit dem Presslufthammer den alten Asphalt weg«, erwiderte Marius. »Willst du uns alle taub machen?«

»Euch nicht.«

Über den Lärm der Straßenarbeiter hinweg erzählte er ihnen vom Besuch des DGSI-Agenten. Marius schien nicht sonderlich erschüttert zu sein. »Fein«, erwiderte er. »Die Scheiße haben wir vom Hals. Eine Sorge weniger.«

»Ich habe ein paar Sorgen mehr«, rief Fabienne. Sie war blass geworden, und das lag nicht am höllischen Spektakel der Baumaschinen. »Meinst du, die vom DGSI haben alles gehackt?«

»Warum unterhalten wir uns wohl neben einem Presslufthammer?«

»Das war nicht immer alles legal, was ich gemacht habe.«

»Meiner Ansicht nach war dieser Besuch so eine Art Warnung.« Marius und Fabienne mussten ihre Köpfe zu Blancs Mund beugen, um ihn verstehen zu können. »Lannette zieht mit seinem polierten Schuh eine Linie in den Sand und macht uns klar: ›Bis hierhin und nicht weiter.‹. Ich hatte in Paris schon ganz andere frühmorgendliche Besucher im Büro, Agenten, Offiziere und einmal sogar einen Minister.«

»Und irgendwann haben sie dich aus Paris weggeblasen«, erinnerte ihn Marius. Lass uns von hier gehen, ich werde sonst taub, und scheiß auf alle Abhörwanzen!«

Fabienne lächelte zaghaft, während sie den Männern in eine ruhigere Gasse folgte. »Am Ende wird Roxane recht behalten, und ich höre doch bei den Flics auf. Allerdings nicht freiwillig.«

»Die Sache ist heikel. Ihr müsst nicht mitmachen«, erklärte Blanc.

»Mais oui«, erwiderte Marius. »Was hast du nun vor?«

»Beweise sammeln und Aklil verhaften.«

Fabienne lachte. »Welche Beweise? Abgesehen davon, dass uns die DGSI die Hölle heiß machen würde, wenn wir weitersuchen – wir können Aklil den Mord an Tahar Marouani nicht nachweisen.«

»Aber vielleicht können wir ihm nachweisen, dass er für den Flugzeugabsturz verantwortlich ist.«

Marius starrte ihn fassungslos an. »Du willst Aklil diese Sache in die Schuhe schieben? Wir haben gar nichts gegen ihn in der Hand!«

»Aklil hat sich schon vor dem Absturz in der Nähe des Olivenhains versteckt. Hervé Bondard hat sein Auto wiedererkannt.«

»Ich hoffe, sie haben hier keine Wanzen unter dem Gulli versteckt«, verkündete Fabienne. »Wenn das jemand vom DGSI hört, dann feuern sie uns nicht bloß, dann sperren sie uns in die Klapsmühle. Bondard ist selbst ein Verdächtiger. Der würde alles aussagen, was jemand anderen in schlechtes Licht rückt, ganz besonders einen Araber.«

»Und selbst wenn es stimmen sollte«, ergänzte Marius. »Nur, weil du deinen Fuego neben ein paar Olivenbäumen parkst, bist du noch lange kein islamistischer Terrorist. Wie soll Aklil das angestellt haben? Hat er eine Kanone auf seine Schrottkarre montiert und das Flugzeug beschossen?«

»Der Tankwagenfahrer hat Lärm und Lichter bemerkt.«

»Rognoni ist ein Schwätzer. Stell dir nur mal vor, der taucht in Jogginghose und Flipflops vor Gericht als Zeuge auf und gibt seine Geschichte zum Besten. Ich würde in den Boden sinken vor Scham.«

»Sei ehrlich«, sagte Fabienne. »Du willst dich um jeden Preis in diesen Aklil verbeißen, gerade *weil* es dir jemand verbieten will. Die Typen von der DGSI jagen Terroristen? *Alors*, denen zeige ich mal, wie man das macht! Aklil ist ein ungehobeltes Arschloch und ein kleiner Krimineller und vielleicht verführt er fünfzehnjährige Mädchen und vielleicht ist er sogar Marouanis Mörder. Aber für den Flugzeugabsturz musst du dir jemand anderen suchen.«

»Ich habe einfach ein mieses Gefühl mit dem Kerl«, verteidigte sich Blanc.

»Gefühle sind Frauensache«, erklärte Marius.

Fabienne schnappte nach Luft, doch bevor sie etwas antworten konnte, klingelte Blancs Nokia.

Der Anrufer sprach mit englischem Akzent.

»*Mon Capitaine!*«, rief Frye aufgeregt. »Victor Camoin hat sich gerade per Funk gemeldet. Er wird gleich mit einer Vereinsmaschine in Eyguières landen. Er kommt aus Korsika! Ich war zufällig im Clubheim und da ...«

»Ist Camoin allein, Monsieur Frye?«

»Ja. Nein. Vielleicht.«

»Monsieur Frye?«

»Nun, ich glaube, er ist allein im Flugzeug. Aber vor dem Clubhaus steht ein großes Auto, das ich hier noch nie gesehen habe. Mit zwei jungen Männern drin. Sehr schweigsame junge Männer. Sie haben mich jedenfalls nicht gegrüßt, als ich an ihnen vorbeikam und ...«

»Was für ein Auto?«

»Na, so ein dunkles, wuchtiges.«

»Können Sie aus dem Fenster sehen und mir den Typen nennen?«

»Ein BMW. Irgendwas mit X.«

»X6?«

»Wenn Sie das schon wissen, wieso fragen Sie mich ...«

»Monsieur Frye, wir sind in wenigen Minuten bei Ihnen!« Blanc drückte den Anruf weg. »Vergessen wir Aklil einen Augenblick«, verkündete er Marius und Fabienne. »Wir fahren zum Fliegerclub nach Eyguières. Und ruft alle Brigadiers zusammen, die ihr finden könnt!«

Als sie zehn Minuten später im Streifenwagen die Route départementale entlangrasten, fischte Blanc sein Handy aus der Tasche, ignorierte Fabiennes alarmierten Blick und tippte während der Fahrt eine Marseiller Nummer ein. »Kad, Air Cocaïne landet gleich!«

»Brauchst du ein paar Jungs für das Empfangskomitee?«, fragte Djendelli.

»Wenn Nkoulou erfährt, dass die Typen der Brigade Antigang in seinem Revier wildern, kriegt seine Uniform Knitterfalten!«, zischte Marius warnend.

»Kommt in Zivil«, antwortete Blanc.

Djendelli lachte. »Schon verstanden! Gib mir die genaue Adresse vom Fliegerclub. Wir sehen uns in der Lobby vom Airport!«

»Du wirst erstaunt sein, wie diese Lobby aussieht«, erwiderte Blanc und gab die Straße durch.

Dann griff er zum Funkgerät und instruierte die Beamten in den nachfolgenden Méganes. Sie bogen kurz darauf in den Zufahrtsweg zum Fliegerclub ein, Blancs Streifenwagen war der erste von vieren. Mehr Männer hatte Nkoulou ihnen in der Kürze der Zeit nicht geben können. Blanc hatte schon Augenblicke zuvor das Blaulicht ausgeschaltet, die nächsten beiden Besatzungen taten es ihm gleich. Doch im letzten Wagen leuchtete nicht bloß das Licht weiter, jemand schaltete auch noch die Sirene ein.

»Ausmachen, ausmachen!«, rief Blanc. »Wir wollen die Typen nicht warnen!«

Zu spät.

Der schwarze BMW X6 beschleunigte, dass der Kies vor dem Clubheim aufspritzte. Der schwere SUV raste quer über die Wiese Richtung Route départementale. Seine Scheiben waren abgedunkelt, Blanc konnte nicht sehen, wer darin saß. Seine Gedanken rasten. »Wagen drei und vier hinterher!«, schrie er ins Funkgerät. »Wagen zwei bleibt bei mir! Gebt Alarm! Ruft einen Hubschrauber!«

Er sah den beiden klapperigen Méganes nach, die über die Wiese rumpelten und in die Staubfahne des Geländewagens eintauchten. Einer hatte immer noch Blaulicht und Sirene eingeschaltet. Sylvain saß darin, der junge Brigadier. Blanc dachte an dessen große, verschreckte Augen und an die schwarzen Scheiben des BMW und wer darin wohl saß, und er war sich nicht sicher, ob er hoffen sollte, dass seine Männer die Flüchtigen stellten.

Dann blickte er nach vorne und stoppte abrupt. Frye war aus dem Clubheim gestürzt. Der Engländer ruderte mit den Armen, deutete zum Himmel, wo im Süden ein winziger Flecken das makellose Blau beschmutzte. Blanc gab dem Fahrer des zweiten Streifenwagens ein Zeichen, dann rasten sie so dicht an die Rückseite der Baracke heran und stoppten dort, dass der Pilot der landenden Maschine die Autos nicht mehr sehen konnte. Wie groß war die Reichweite der Propellermaschinen? Wie weit war es bis Korsika? Blanc kannte die Zahlen nicht, doch er hatte Angst, dass der Pilot sie entdecken und durchstarten würde – und dann würde er womöglich noch Hunderte Kilometer fliegen und seine kleine Maschine irgendwo auf einer Wiese niedergehen lassen, unsichtbar für jeden Flic.

Doch der Punkt am Himmel wurde größer und größer. Mit jeder Sekunde schienen ihm die Flügel ein Stück weiter aus den Seiten zu wachsen. Schon konnte Blanc das Brummen des Motors hören. Er hatte seine Sig-Sauer gezogen und stand eng an die Rückwand des Clubheims gedrückt da. Neben ihm kauerte Fabienne, sie hatte ebenfalls ihre Waffe in der Wand, wilde Freude im Gesicht. Auch Marius hatte mit seiner Pranke eine Pistole umschlossen. Blanc dachte an die Gerüchte innerhalb der Brigade darüber, was Marius bei Einsätzen damit schon angestellt hatte und betete, dass alles gut gehen würde. Die drei Uniformierten aus dem anderen Streifenwagen waren durch den Notausgang ins Innere des Clubheims geschlichen und warteten, einer an der Tür, die anderen geduckt unter der Fensterbank, auf den Einsatz.

Die Diamond DA 40 setzte auf der Piste auf, Staub wirbelte hoch, sie hörten, dass einige Metallteile am Fahrwerk ächzten.

»Sieht so aus, als sei die Kiste ziemlich schwer beladen«, flüsterte Marius. »Wäre peinlich, wenn der bloß eine Ladung Feigen aus Korsika an Bord hätte.«

Die Maschine rollte vor einem Hangar aus, der Motorenlärm erstarb, der Propeller wirbelte immer langsamer und kam schließlich mit einem schlaffen »flap-flap« zum Stehen.

»Jetzt!«, rief Blanc.

Er stürmte aus der Deckung und rannte auf das Flugzeug zu. Fabienne war neben ihm, die drei Brigadiers kamen aus dem Clubheim, Marius war weit zurückgefallen. Die Klappe am Cockpit sprang auf, doch da waren sie schon heran. Blanc sprang auf den Flügel, packte mit der Linken die Cockpitklappe, hielt mit der Rechten die Pistole ins Innere. »Raus!«, befahl er.

»Schon als ich Sie das erste Mal gesehen habe, wusste ich, dass das Ärger gibt«, sagte Camoin resigniert und hob die Hände. Auf den Plätzen neben und hinter ihm glänzten mindestens ein Dutzend neue, bunte Hartschalenkoffer.

Fünf Minuten später saß Camoin mit Handschellen gefesselt im Clubheim. Die Brigadiers standen in der Mittagssonne und sicherten das Flugzeug. Blanc hatte befohlen, Kriminaltechniker zu holen. Erst wenn die Spurensicherung die Maschine gründlich gecheckt hatte, würde er die Koffer entladen lassen. Im Funk war es inzwischen hektisch geworden. Der schwarze BMW X6 war dem Hubschrauber irgendwo Richtung A54 entwischt. Aber auf die Autobahn war er dann offenbar doch nicht gefahren, denn keine Péage-Station meldete den Wagen. Sie würden alle Feldwege und alle einsam gelegenen Häuser in etlichen Kilometern Umkreis absuchen müssen.

»Ich will mit meinem Anwalt sprechen. Bis dahin sage ich gar nichts«, verkündete Camoin. Er sah erschöpft aus, aber auf eine seltsame Art auch erleichtert, so, als sei eine große Last von ihm abgefallen.

»Machen Sie reinen Tisch«, erwiderte Blanc freundlich. »Ihre Militärkarriere ist sowieso am Ende. Besser, Sie machen jetzt einen Schnitt und sehen das heute als ersten Tag in Ihrem neuen Leben. Ein Neustart. Schwierig, aber hoffnungsvoll.«

»Sie hören sich an wie ein Sozialarbeiter aus einem der Quartiers Nord. Und das ist kein Kompliment.«

»Mit dem, was Sie heute durch die Luft geflogen haben, bekommen Sie vielleicht zehn Jahre.« Blanc war immer noch freundlich und entspannt. Camoin würde zum ersten Mal in seinem Leben vor Gericht stehen, gut möglich, dass er mit weniger als der Hälfte davonkam. Aber das musste er ihm ja nicht verraten. »Glauben Sie, dass Mademoiselle Spitéri so lange auf Sie warten wird?«

»Lassen Sie Emanuelle aus dem Spiel!«

»Sie ist im Spiel, ob sie es will oder nicht. Sie wird auf jeden Fall als Zeugin vernommen werden.«

»Was soll das? Wollen Sie mich erpressen?«

»Ich will Ihnen die Augen öffnen. Je ausführlicher Sie reden, desto milder wird Ihre Strafe ausfallen. Und wenn Sie auspacken, muss man auch keine anderen Zeugen vernehmen. Zumindest nicht diese Zeugin.«

Camoin lachte kurz und freudlos auf. »Wenn ich auspacke, dann überlebe ich nicht einmal eine Woche im Knast! Aber das kann Ihnen ja egal sein; Hauptsache, Sie haben Ihren Fall gelöst und kriegen einen Streifen mehr auf Ihren Ärmel.«

»Niemand wird mich befördern«, versicherte Blanc.

In diesem Augenblick öffnete sich die Tür, und Djendelli kam herein, gefolgt von zwei Männern und zwei Frauen, alle in Jeans und T-Shirt und umgürtet mit schweren, ledernen Schulterholstern. Blanc ließ Camoin sitzen, trat auf den Commissaire zu und schüttelte ihm die Hand. »Unser Pilot ist kein Singvogel«, flüsterte er.

Djendelli nickte. »Das hätte mich auch überrascht. Wir nehmen ihn mit zur Évêché. Meistens wird den Kerlen erst dann klar, wie tief sie wirklich in der Scheiße stecken.«

»Der Mann ist erst dreiundzwanzig, Kad.«

Djendelli lächelte beruhigend. »Die Hälfte aller Verdächtigen, die mir gegenübersitzen, ist noch nicht einmal volljährig. Ich bin nicht der Typ, der in der Befragung die Stimme hebt. Oder gar etwas anderes.«

»Bist du sicher, dass du ihn überhaupt mitnehmen kannst? Mein Commandant hat möglicherweise andere Vorstellungen.«

»Nkoulou klang ganz vernünftig.«

»Du hast mit ihm gesprochen?«

»Ich habe ihn auf dem Weg hierher angerufen und mich für seine außerordentliche Kooperation bedankt. Und ihm zu diesem Erfolg gratuliert. Und ihm versichert, dass wir dem Minister gegenüber diese geradezu exemplarisch gelungene Zusammenarbeit gebührend herausstellen werden. Dein Chef war, sagen wir, angenehm überrascht. Wir haben freie Hand.«

»Gratuliere«, erwiderte Blanc verblüfft und ein ganz klein wenig verärgert.

Djendelli klopfte ihm auf die Schulter. »Wenn man so viele Feinde hat wie ich, dann muss man lernen, sich auch ein paar Freunde zu machen.«

»Klingt, als müsste ich mir ein paar Tricks von dir abschauen.«

»Du bist hiermit auch zum nächsten Heimspiel von OM eingeladen. Als Ehrengast der Brigade Antigang.«

Blanc beugte sich vor und sprach so leise, dass es niemand außer Djendelli mitbekam. »Bevor du Camoin und seine Koffer nach Marseille mitnimmst, würde ich gern noch ein paar Minuten ungestört mit ihm sprechen.«

»Wegen deines Falls mit dem abgestürzten Piloten? Oder wegen des erstochenen Landarbeiters?«

»Vielleicht sind das gar nicht zwei Fälle, Kad.«

Blanc setzte sich wieder Camoin gegenüber, während Djendelli und seine Kollegen nach draußen gingen. Dort waren die Kollegen von der Spurensicherung inzwischen dabei, die bunten Koffer aus dem Flugzeug zu laden. In jedem lagen, sorgfältig in Plastik verpackt, einige Kilogramm Kokain. Sie wurden zu einem unauffälligen Lieferwagen getragen, dessen einzige äußere Markierung ein Aufkleber von Olympique Marseille auf der hinteren Stoßstange war.

»Ich habe immer noch keine Spur von meinem Anwalt gesehen«, begrüßte ihn Camoin trotzig.

»Sie werden ihn in der Évêché treffen«, erwiderte Blanc.

Der junge Pilot wurde blass. »Das ist nicht fair«, keuchte er.

»Scheiß auf Fairness. Wir sind keine Engländer.«

»Vorhin klangen Sie noch höflicher.«

»Vorhin hatte ich auch noch die Hoffnung, dass Sie mir etwas sagen würden.«

»Ich habe Ihnen schon erklärt, dass ich zu viel riskiere, wenn ich das Maul aufmache.«

»*D'accord.* Vergessen wir Air Cocaïne für einen Augenblick. Reden wir über Matelly.«

»Sie wollen mir unbedingt seinen Tod anhängen, stimmt's? Aber nur, weil ich mit seiner Ex zusammen bin, heißt das nicht, dass ich ihn vom Himmel geschossen habe.«

»Ich glaube Ihnen.«

Camoin blickte ihn misstrauisch an. »Was soll das denn jetzt schon wieder?«

Blanc schüttelte den Kopf. »Ich denke inzwischen, dass Ihr Verhältnis mit Aspirante Spitéri nichts mit dem Absturz zu tun hat. Aber ich bin trotzdem überzeugt, dass dieser Absturz kein tragisches Unglück ist, sondern ein Verbrechen. Ich rede mit Ihnen als Zeugen, nicht als Verdächtigem.«

»Schießen Sie los.«

»Wussten Sie wirklich nicht, dass Matelly Amphetamine genommen hat?«

Camoin zögerte kurz. »Doch«, gestand er schließlich. »Das wusste der ganze Kurs. Weil Arnaud der Einzige aus unserer Gruppe war, der das Zeug brauchte«, setzte er rasch hinzu. »Deshalb war auch niemand wirklich traurig, nachdem dieser … Unfall passiert ist. Der war eine Schande für unseren Kurs. Eigentlich waren wir eher erleichtert als traurig, verstehen Sie? Wenn das herausgekommen wäre, das hätte doch irgendwie negativ auf den ganzen Jahrgang abgefärbt. Jeder hat gedacht, Arnaud hat eine Pille zu viel eingeworfen, und das hat er nun davon. Selber schuld.«

»Woher konnte sich ein Aspirant so viele Aufputschmittel besorgen?«

»Keine Ahnung, woher er den Stoff bekam. Vielleicht …« Er deutete mit den gefesselten Händen nach draußen, Richtung Flugzeug.

»Wusste es auch Colonel Duret?«

»Offiziere wissen nichts. Das gehört zu ihrem Job.«

»Warum hat Matelly Amphetamine genommen?«

»Er war gut. Aber vielleicht wäre er ohne chemische Nachhilfe nicht gut genug gewesen. Emanuelle sagt immer, dass er sich deshalb so verändert hat. Weil er so viel geschluckt hat. Genau aus diesem Grund hätte ich es ja gern gesehen, wenn er den Kurs nicht geschafft hätte. Dann wäre er aus unserem Leben verschwunden. Aber er hat alle Prüfungen bestanden.«

»Und bis zum Schluss hatte Monsieur Matelly niemals Augenprobleme?«

»Das können sie mich hundertmal fragen, die Antwort wird immer dieselbe sein: Der Typ war ein Nachtsichtgerät auf zwei Beinen. Was der gesehen hat, war phänomenal.«

»Den Olivenhain von Monsieur Bondard hat er offenbar nicht gesehen.«

»Ich kann es mir nur mit den Amphetaminen erklären. Matelly hatte eine Halluzination. Vielleicht hat er das Feld mit der Landebahn verwechselt, was weiß ich? Ich glaube nicht, dass seine Maschine einen technischen Defekt hatte. Selbst mit einer schweren Panne fallen diese Flugzeuge nicht einfach so vom Himmel. Flügel und Leitwerk waren sogar nach dem Aufprall noch mehr oder weniger intakt, ich habe das Wrack im Hangar gesehen. Mit einem schlagartigen Motorausfall hätten Sie damit noch Hunderte Meter segeln können. Meistens bleibt einem deshalb zumindest noch Zeit, einen Funkspruch abzusetzen, eine Notlandung zu versuchen, irgendetwas zu tun. Aber Arnaud ist geradeaus in den Boden geflogen, und das unter beinahe perfekten Bedingungen.«

»Beinahe?«

Camoin zuckte mit den Schultern. »Kein Niederschlag, kaum Wind, weder Wolken noch Nebel – besser können Sie es für einen Nachtflug kaum treffen.«

»Aber irgendetwas war nicht perfekt?«

Der junge Pilot blickte Blanc lange an. »Das ist so lächerlich, das muss Sie gar nicht interessieren«, sagte er schließlich.

»So fangen gewöhnlich die besten Enthüllungen an.«

»*D'accord.* Seit einigen Wochen versteckt sich ein Spinner in Lançon, der immer wieder versucht, uns zu blenden.«

Blanc lehnte sich zurück. »Das sagen Sie mir jetzt erst?!«

»*Putain,* fragen Sie doch einfach irgendeinen Piloten! Wenn wir uns jedes Mal darüber beschweren würden, würden alle Leute wieder mit Postkutschen fahren. Seit es diese dämlichen Laserpointer für Manager gibt, spielen damit ständig irgendwelche Spinner ›Krieg der Sterne‹. Die verstecken sich in der Nähe von Flughäfen und schicken den Laserstrahl zum Flugzeug hoch. Da kann Ihnen jeder Geschichten erzählen, der schon einmal in einem Cockpit gesessen hat. Das passiert andauernd irgendwo.«

»Zum Beispiel in Lançon.«

»Seit ein paar Wochen, ja.«

Blanc dachte an das Vélodrome von Olympique Marseille, an die Lichtfäden aus der Südkurve gegen den Torwart der Gegner, die erst erloschen waren, nachdem der Stadionsprecher die Fans ermahnt hatte. »Was passiert, wenn so ein Laserstrahl das Flugzeug trifft?«

»Gar nichts. Normalerweise. Es sei denn, durch einen dämlichen

Zufall trifft der Strahl genau das Auge des Piloten. Dann ist man einen Augenblick lang geblendet. Aber das war es dann auch schon.«

»Und das hat Sie nicht beunruhigt?«

»Nachts mit einem Laserpointer in das Cockpit einer kleinen Propellermaschine hineinzuleuchten, das ist praktisch unmöglich. Wir haben uns eher lustig gemacht über diesen Spinner.«

»Sie haben es nicht gemeldet?«

»Doch. Das ist lächerlich, aber es ist trotzdem ein Vorfall. Außerdem ist es illegal. Wer so etwas macht, verstößt ungefähr gegen eine Million Gesetze. Dafür haben schon Leute Knast bekommen, habe ich gehört. Also haben wir es gemeldet – genauso, wie wir einen Vogelschwarm melden, der zu nah an die Startbahn fliegt. Oder einen Bauern, der sein Laub so verbrennt, dass uns der Qualm die Sicht verschleiert. Wir melden jedes Husten am Boden. Der Colonel wusste es also. Er hat, glaube ich, mit Ihrem Chef darüber geredet.«

»Mit Commandant Nkoulou?«

»So heißt er wohl. Unser Colonel hatte einen Verdacht ...«

»Monsieur Bondard!«, riet Blanc. »Colonel Duret hat geglaubt, dass Bondard mit einem Laserpointer Jagd auf seine Schüler macht?«

»Das würde zu diesem Albas-Typen passen, oder nicht? Mein Chef und Ihr Chef waren sich auf jeden Fall einig, dass dieser Bondard ein Scheißkerl ist. Aber ob daraus etwas geworden ist, weiß ich nicht.«

»Und in der Nacht von Matellys Absturz gab es wieder Laserpointer-Attacken?«

»Attacke würde ich das nicht nennen. Da hat wieder jemand herumgefuchtelt. Die Ersten von uns, die nachts hereingeflogen sind, haben das dem Tower nicht mal gemeldet, so lächerlich war das.«

»Von wo hat jemand mit dem Laserpointer gezielt? Von der Burg aus?«

»Glaube ich nicht. Als ich gelandet bin, kam das Licht eher von unterhalb des Berges.«

»Von Bondards Olivenhain?«

»Möglich. Das kann man so genau nicht erkennen. Bei der Landung müssen Sie auf andere Sachen achten.«

»Monsieur Camoin, welche Farbe hatte das Licht des Laserpointers?«

»Die Strahlen waren grün. Ungefähr so grün wie bei einer Ampel.«

Oder wie ein Hexenleuchten, dachte Blanc.

Als das Kokain verladen war und Djendelli sich mit seinen Leuten und Camoin auf den Rückweg nach Marseille gemacht hatte, schickte Blanc Marius und Fabienne mit den Brigadiers nach Gadet. Frye schüttelte er die Hand und bedankte sich bei ihm. Der Engländer war stolz auf sich, aber er war auch ungeduldig, endlich in die Luft zu kommen. Blanc blickte seiner Propellermaschine nach, bis sie im Licht des Himmels aufgesaugt wurde.

Zeit für einen Anruf bei Aveline.

Er zog sein Nokia aus der Tasche. Ein Dienstgespräch. Eine Formalie. Sogar seine Pflicht als Gendarm, die Untersuchungsrichterin zu informieren. Im Gericht meldete sich ein Beamter und teilte ihm mit, dass *Madame le Juge* heute zu Hause Akten studieren würde. »Haben Sie ihre Nummer?«

Blanc wollte schon mit »Ja« antworten und auflegen, als er sich anders besann. Es konnte nicht schaden, dass man im Justizpalast von Aix dachte, dass er nicht sonderlich viel mit Madame Vialaron-Allègre zu tun hatte. Er ließ sich die Nummer durchgeben. (Sie war falsch, dem Gerichtsdiener war beim Vorlesen ein Zahlendreher unterlaufen, aber das musste er ja nicht kommentieren.) Schließlich tippte er die Verbindung zum Haus in Caillouteaux ein, und sein Herzschlag setzte einen Moment aus, als er ihre Stimme hörte.

»*Madame le Juge,* ich glaube, wir können den Flugzeugabsturz rekonstruieren. Es war ein Verbrechen.«

»Sie überraschen mich, *mon Capitaine.*«

»Es gibt Indizien dafür, dass sich ein junger Araber nahe der Einflugschneise der Flugzeuge versteckt und mit einem Laserpointer den Piloten gezielt geblendet hat. Der Pilot konnte auf einmal nichts mehr sehen, er war zudem wahrscheinlich schockiert – und ist in Monsieur Bondards Olivenhain gestürzt.« Er berichtete ihr, was er über Farid Aklil erfahren hatte. Die Episode mit dem DGSI-Agenten ließ er allerdings aus. »Aklil ist im Gefängnis zum Islamisten geworden, und er hat sich eine Militärmaschine als Anschlagsziel ausgesucht«, schloss er.

»Schöne Geschichte. Schöne Indizien. Beweise sind aber besser. Können Sie es beweisen?«

»Noch nicht.«

Aveline schwieg einige Sekunden lang. Ob sie auch weiß, dass Aklil auf der DGSI-Liste steht, und jetzt ihre Optionen abwägt?, fragte sich Blanc. Fragt sie sich, ob sie selbst die Sache in die Hand nehmen und ihn weiter ermitteln lassen will? Oder ob sie alles aus der Hand gibt und sich bei der DGSI meldet? Oder gehen ihr ganz andere Gedanken durch den Kopf? In diesem Moment vernahm er ein unangenehmes Geräusch, das gedämpft durch den Hörer drang. Er kannte es schon: das aufheulende elektrische Mahlwerk der sündhaft teuren Jura-Kaffeemaschine, die in ihrer Küche glänzte. Aveline ist nicht in der Küche, dachte er blitzartig, dafür ist das Geräusch nicht laut genug, sie muss im Salon sitzen oder vielleicht auf der winzigen Terrasse im Innenhof oder im Zimmer im ersten Stock.

»Wenn das wahrhaftig eine Tat mit islamistischem Hintergrund ist, dann geht der Fall an das Anti-Terror-Tribunal in Paris«, stellte Aveline ungerührt fest. »Ich dürfte die Sache gar nicht weiterverfolgen.«

Merde, dachte Blanc, aus mehr als einem Grund verwirrt. Ich darf nicht ermitteln. Aveline will nicht ermitteln. Und, verdammt, wer steht bei ihr in der Küche und macht sich einen Kaffee? »Noch ist es zu früh für Paris«, antwortete er rasch. »Uns fehlen ja die Beweise. Lassen Sie mich noch so lange arbeiten, bis ich Aklil überführt habe. Dann können wir ein vollständiges Dossier vorlegen.«

»Ich soll meinen Pariser Kollegen bis dahin nicht informieren?«

»Und die Agenten der DGSI auch nicht«, bat Blanc. »Noch nicht. Geben Sie mir achtundvierzig Stunden. Oder geben Sie mir wenigstens vierundzwanzig Stunden, *Madame le Juge*!«

»Bis morgen Nachmittag also. Sagen wir: fünfzehn Uhr.«

»Ich könnte Sie morgen treffen und Ihnen die Beweise persönlich präsentieren.«

»Sie sollten Ihre Beweise dann besser gleich dem Pariser Untersuchungsrichter vorlegen. Ich schicke Ihnen eine SMS mit seiner Nummer.«

Blanc hatte schon Gespräche mit Aveline gehabt, nach denen er sich besser gefühlt hatte. Mir entgleitet nicht bloß dieser Fall, sagte er sich. Ich verliere diese Frau. Denk an den Fall, denk allein an den Fall! Du hast nur wenige Stunden. Er eilte zum Streifenwagen und machte sich auf den Weg nach Sainte-Françoise-la-Vallée. Hoffentlich hatte er bei einer anderen Frau mehr Glück mit einem Treffen.

Die Zufahrt zum Haus der Douchys bestand aus einer Schicht rauem Beton, den jemand wohl einst direkt aus dem Lastwagen großzügig über den felsigen Boden ausgekippt hatte. Zur Touloubre hin hätte wohl ein Zaun das Anwesen abgrenzen sollen: Rostige Pfosten ragten in regelmäßigen Abständen aus der Erde, doch es sah nicht so aus, als wäre zwischen ihnen je ein Maschendraht gespannt worden. Das dahinterliegende Haus wirkte, als sei es vom Stadium des Rohbaus unmittelbar in das des Verfalls übergegangen: ein unverkleideter Sturz aus Beton über der Eingangstür, Bauschaumblasen, die unter den Fensterrahmen hervorquollen, unverputzte Wände, auf manchen Porotonsteinen waren noch krakelige Ziffern zu erkennen, irgendwelche Maße, die Maurer einst mit Bleistiften dorthin geschmiert hatten. Blanc suchte vergebens nach einer Klingel, doch bevor er klopfen konnte, öffnete sich die Tür. Ange Douchy musterte ihn.

In ihrer Rechten hielt sie ein langes Küchenmesser.

Blanc wich drei Schritte zurück und betrachtete die Klinge. Vierzehn Zentimeter, hatte Doktor Fontaine Thezan geschätzt. Er stellte sich diese Klinge in Marouanis Leib vor und tastete unauffällig nach seiner Sig-Sauer.

»Wenn Sie gleich wieder abhauen, sobald ich die Tür aufgemacht habe, hätten Sie gar nicht erst kommen müssen«, fauchte Ange Douchy.

»Was wollen Sie mit dem Messer?«

»Ich zerlege eine Ziege. Sie hat sich gestern ein Bein gebrochen und ...«

»Sie essen Ziegen?!«

»Wollen Sie sich ein Rezept für Wurst abholen?«

Blanc schüttelte sich. »Ich will mit Ihnen über das abgestürzte Flugzeug sprechen.«

»Das hat aber lange gedauert, bis Sie sich wieder gemeldet haben.«

»Es geht um das grüne Leuchten.«

Ange Douchy musterte ihn lange. Für Blanc war es, als würde vor seinen Augen eine unsichtbare Last abschmelzen, die auf dem Rücken jener Frau gelegen hatte. Sie veränderte sich, ohne dass er genau zu sagen vermocht hätte, wie. Irgendwie war sie plötzlich größer geworden, entspannter, und der Blick aus ihren blauen Augen war klarer. Sie legte das Messer auf eine Kommode im Flur, wischte sich die Hände an ihrer schmutzigen Jeans ab und trat aus dem Haus. »Sie glauben jetzt an das Leuchten?«, fragte sie vorsichtig.

»Ja«, gab Blanc zu.

»Haben Sie es selbst gesehen? Irgendwo hier?«

»Nein. Aber ich habe noch jemanden gesprochen, der es gesehen hat. In der Nacht des Unglücks.«

»Ah«, machte Ange Douchy. »Sehen Sie, ich bin nicht allein.«

»Allein?«

»Allein mit der Gabe.«

Blanc räusperte sich. »Madame«, fragte er, »lag dieses grüne Leuchten überall in der Luft? Oder war es nur kurz zu sehen?«

»Kurz, ganz kurz. Es kam und ging, fast wie ein Blitz. Aber wenn man die Gabe hat, dann entgeht es einem nicht. Mir nicht.«

»Haben Sie es in der Unglücksnacht zum ersten Mal gesehen?«

»Selbstverständlich nicht. Ich sehe immer wieder Hexenleuchten.«

»In Lançon?«

»Ja, oh ja. Mehr als irgendwo sonst.«

»Schon immer?«

Sie legte den Kopf schief und dachte nach. »Nein, eigentlich nicht. Seit einigen Wochen erst.«

»Und«, Blanc zögerte, suchte nach den richtigen Worten, »kam dieses Leuchten von irgendwo her? Hatte es einen Ursprung?«

»Es wuchs aus dem Boden.«

»Wo wuchs es aus dem Boden?«

»Bei der Ancienne Route de Salon. Da kam es her. Haben Sie die Häuser da gesehen? Böse, sag ich Ihnen, die sind alle böse.«

»Und das grüne Leuchten richtete sich von der alten Straße aus nach oben?«

»Gerade wie der Bannstrahl Gottes. Genau auf das Flugzeug. Und das Flugzeug war verflucht und fiel vom Himmel. Genau so war es.«

»Haben Sie noch mehr gesehen in jener Nacht?«

Ange Douchy zögerte lange und schüttelte schließlich den Kopf. »Gehört«, gab sie zu. Ihre Stimme war so leise geworden, dass Blanc sich vorbeugen musste, um sie zu verstehen. »Gesehen habe ich nichts. Aber gehört. Ich habe ihn gehört.«

»Wen? Wen haben Sie gehört, Madame?«

»Na, IHN!«, rief sie und schlug das Kreuz in umgekehrter Reihenfolge, mit der Linken und von unten nach oben. »Ich habe geglaubt, jetzt kommt er, um mich zu holen.« Ihre Stimme zitterte. »Aber er ist nicht gekommen, er ist fortgegangen. Fort.«

»Vielleicht zu einem Auto?«, fragte Blanc drängend. »Haben Sie Motorengeräusche gehört?«

»Seit wann fährt ER mit einem Auto?!« Die alte Ange Douchy war auf einmal wieder da, Zorn, Verachtung und grenzenlose Streitlust in der Stimme.

Blanc biss sich auf die Lippen und fluchte innerlich. »Niemand kennt die Nacht so gut wie Sie, Madame«, sagte er rasch. »Sie sehen Dinge, die ich nie sehen würde. Sie hören Geräusche, die ich nicht vernehmen würde. Es ist wichtig! Haben Sie ein Auto davonfahren gehört, vielleicht von der Ancienne Route de Salon hoch zum Kreisverkehr?«

»Wer achtet auf ein bescheuertes Auto, wenn ER umgeht?!«, schrie sie.

Merde, dachte Blanc, ich habe eine Zeugin, aber ich kann sie niemals vor Gericht präsentieren.

Als Blanc endlich zur Gendarmeriestation zurückkehrte, drehte sich der diensthabende Brigadier bei seinem Eintritt hastig zu den Postfächern um und sortierte umständlich irgendwelche Papiere ein. Ich muss ja schrecklich aussehen, dachte Blanc. Er straffte sich und grüßte freundlich. In seinem Computer wartete eine einzige ungelesene Mail auf ihn. Von seiner Tochter, ohne Betreffzeile. Er klickte darauf, mit ungutem Gefühl:

Weißt du, wie lange Maman noch auf Martinique bleiben will? Ich hab ihr schon die Mailbox vollgequatscht, aber entweder hat sie dort keinen Empfang, oder sie hat mal wieder ihr Handy irgendwo vergessen. Kannst du da was tun, ich meine, als Flic? Oder geht das jetzt nicht mehr, weil ihr geschieden seid? Ihr seid doch schon geschieden, oder? Bisous, Astrid.

»Du siehst echt scheiße aus«, brummte Marius, der ihn von seinem Platz aus musterte.

»Ganz deiner Meinung«, erwiderte Blanc und klickte die Mail resigniert fort. Später. Er griff zum Telefon und holte Fabienne dazu.

»Roxane und ich haben uns gerade auf ein Restaurant geeinigt!«, verkündete sie strahlend, als sie Sekunden später durch die Tür stürmte. »Morgen kümmern wir uns um den Hochzeitstermin.«

Das ist genau das, was ich gerade hören will, dachte Blanc und zwang sich zu einer Grimasse, von der er hoffte, sie würde als erfreutes Lächeln durchgehen. »Du musst vor deinen Flitterwochen nur noch einen einzigen Job für mich erledigen.«

»Ich könnte zur Hochzeit eine Beförderung brauchen. Bringt mich dein Job voran?«

»Du kennst mich doch.«

Fabienne lachte laut, küsste ihn überschwänglich auf beide Wangen und rief: »Wenn du auch noch Schlitzaugen hättest, würde ich dich jetzt *Monsieur Harakiri* nennen! Auf was für einen Wahnsinn soll ich mich diesmal einlassen?«

Blanc erzählte ihnen von Camoins Aussage über den Laserpointer in der Unglücksnacht. Von dem grünen Leuchten. Von seinem letzten Besuch bei Ange Douchy. »Nimm dir noch einmal Farid Aklil vor«, bat er schließlich Fabienne.

»Du weißt doch, dass mir dabei jemand über die Schulter sieht.«

»Vielleicht kannst du deine Schulter so hoch anheben, dass dir keiner mehr darüberschauen kann.«

»*Monsieur Harakiri* ist wirklich nicht schlecht«, warf Marius ein.

»Ich habe die Zeugenaussage eines Piloten, der demnächst als Drogenkurier vor Gericht gestellt wird«, fuhr Blanc ungerührt fort. »Und die einer Wahnsinnigen, die Ziegen schlachtet und grüne Lichter sieht. Damit kriegen wir Aklil niemals dran, obwohl du geradezu mit Händen greifen kannst, dass er der Mörder des Piloten ist. Aber wenn ein Terrorist einen Anschlag verübt, dann gibt er auch damit an. Er will ja Schrecken verbreiten. Wenn jedermann glaubt, dass Matellys Absturz nichts weiter war als eine tragische Unaufmerksamkeit, dann hätte Aklil sich den Anschlag auch sparen können. Vielleicht gibt es irgendwo in den Tiefen des Netzes also doch etwas, ein Bekennervideo oder eine Erklärung oder was-weiß-ich. Aklil muss doch wahnsinnig stolz darauf sein, eine französische Militärmaschine abgeschossen zu haben – zu stolz, um den Mund zu halten!«

»Ich dachte, Aklil ist schon auf dem Radarschirm des DGSI. Wenn er mit so etwas geprahlt hätte, dann wäre er längst verhaftet worden«, erwiderte Fabienne skeptisch.

»Für die Schlipsträger der DGSI ist Aklil ein Schleuser, der Mädchen nach Syrien schmuggelt. Man sieht nur, was man sehen will.«

»Und du meinst, ein kleiner Sous-Lieutenant in Gadet entdeckt etwas, was der gesamten DGSI in Paris entgangen ist?«

»Du könntest damit anfangen, ›Farid Aklil‹ und ›Laserpointer‹ bei Google einzugeben«, schlug Blanc vor.

»*Monsieur Harakiri* ist definitv passend«, sagte Marius bestimmt.

Nachdem sich Fabienne in ihrem Büro eingeschlossen hatte, rief Blanc bei der Gerichtsmedizinerin an. »Könnten Matellys Augenverletzungen von einem Laserpointer hervorgerufen worden sein?«, fragte er, sobald sie abgehoben hatte.

»Interessante Theorie«, erwiderte Fontaine Thezan. Sie schien nicht im Mindesten überrascht zu sein, mit so einem Anliegen überfallen zu werden. »Ich recherchiere in ein paar medizinischen Datenbanken und rufe Sie zurück.«

Fünf Minuten später schrillte das Telefon. »Ein Junge spielt mit Laserpointer zu Hause vor einem Spiegel. Der reflektierte Strahl trifft ihn ins Auge und verletzt die Makula«, sagte die Gerichtsmedizinerin. »Im amerikanischen Fachblatt *Ophthalmology* haben Augenärzte vor Kurzem eine Fallserie von vierzehn jungen, männlichen Patienten wie diesem Jungen veröffentlicht, die meist beim Spiel mit Laserpointern verletzt wurden. Netzhautblutungen und Löcher in der Makula waren die typischen Folgen.«

»Vierzehn Verletzte?«, vergewisserte sich Blanc.

»Es sind weltweit noch mehr Fälle dokumentiert, aber das ist die beste Serie, die ich finden konnte.«

»Zählen auch Piloten zu den Patienten?«

»Nein.«

»*Merde.*«

»Sie haben eine gewinnende Art, meine Arbeit zu kommentieren, *mon Capitaine.*«

»Heute ist nicht mein Tag. Verzeihen Sie bitte, Doktor Thezan.«

»Sie vermuten, dass Matellys Verletzung von einem Laserpointer verursacht worden ist?«

»Zumindest habe ich das bis vor ungefähr drei Sekunden geglaubt, ja.«

»Vergessen Sie den Laserpointer.«

»Doktor Thezan!«, rief Blanc. »Ein Laser hätte gepasst. Ich habe ...«

»Sie sollen ja auch nicht den Laser vergessen, *mon Capitaine.* Bloß den Laserpointer. Solche Geräte sind so klein wie Bleistifte. Sie sind nur auf wenige Meter gefährlich – für Jungen, die damit vor dem Spiegel herumspielen oder für Manager, die bei ihrer Power-Point-Präsentation unachtsam sind. Ihre Leistung reicht jedoch nicht, um über größere Distanzen hinweg wirksam zu sein. Einen Piloten holen Sie damit nicht vom Himmel. Damit nicht.«

Blanc richtete sich in seinem Stuhl auf. »Womit dann?«

»In der medizinischen Fachliteratur sind inzwischen auch Fälle mit stärkeren Lasern dokumentiert. Geräte, die so groß wie Feuerwaffen sind – und ungefähr genauso viel Reichweite haben. Sie leisten zwei Watt und senden Laserstrahlen aus, die noch auf Hunderte Meter einen Gegner blenden können.«

»Einen Gegner?«

»Es sind Waffen, die für das Militär entwickelt worden sind.«

»In welcher Farbe leuchtet der Laserstrahl?«

»Grün.«

Blanc schloss die Augen. »Kann man diese …«, er suchte nach dem richtigen Begriff, »diese Lasergewehre in Frankreich kaufen?«

»Sie sind hier verboten.« Fontaine Thezan machte eine kleine Pause, und Blanc bildete sich ein zu hören, wie sie den Rauch einer ihrer speziellen Zigaretten inhalierte. »Aber Sie können sie auf amerikanischen Seiten im Internet bestellen. Sie überweisen zweitausend Dollar, und schon sind Sie ein Sternenkrieger.«

»Oder ein Gotteskrieger. Doktor Thezan, mein Tag fängt an, besser zu werden.«

»Das wurde ja auch Zeit, *mon Capitaine*. Es ist ja schon beinahe Abend.«

Blanc klopfte an Fabiennes Tür. »Vergiss den Laserpointer!«, rief er, sobald sie ihn hineingelassen hatte.

»Das würde ich noch lauter hinausposaunen!«, zischte sie und deutete auf ihren Computer. »Wenn die Jungs von der DGSI meinen Computer gehackt haben, dann können sie auch dessen Mikrofon anzapfen und alles hören, was in diesem Raum gesprochen wird.«

»Tut mir leid«, flüsterte Blanc.

»Warum hast du deine Meinung so abrupt geändert?«, fragte sie genauso leise.

»Doktor Thezan hat meine Meinung geändert.« Blanc griff sich ein Papier und kritzelte hastig das Ergebnis seines Telefonats auf die Speisekarte eines Restaurants, die auf Fabiennes Schreibtisch lag.

Fabienne seufzte. »Damit wollten Roxane und ich unser Menü bestellen.«

»Ich habe jetzt andere Sorgen.«

»Monsieur Harakiri.« Fabienne nahm ihr iPad. Auf ihrem Bürocomputer war eine alte Akte mit Word geöffnet, im Browser leuchtete bloß der neutrale weiße Bildschirm von Google. »Ich nehme lieber ein paar Umwege«, flüsterte sie und klopfte auf ihr privates Tablet. Einige Sekunden und Suchanfragen später leuchtete auf dessen Touchscreen die Seite eines Internetshops, der einen *Photonic Disruptor* anbot, der aussah wie ein schwarzes Schnellfeuergewehr auf Steroiden. Blanc las die technischen Daten: grünes Licht mit einer Wellenlänge von 532 Nanometer, bis zu zwei Kilometer Reichweite. Er nickte. »Das ist es.«

»D'accord«, flüsterte Fabienne. »Ich sehe mal, ob ich an die Kundendaten dieses Ladens komme.« Ihre langen Finger tanzten über den Touchscreen, als wäre sie eine Choreografin, die nur mit ihren Kuppen komplizierte Figuren einstudiert. Nach einer endlosen halben Stunde bedeutete sie Blanc, ihr über die Schulter zu sehen. Auf dem Bildschirm war eine lange Liste zu sehen: Nachname-Vorname-Lieferadresse-Ware-Lieferdatum. Kein »Farid Aklil«. Kein »Ansardine Aqumi«. Aber ein französischer Allerweltsname: »Dupont, Pierre.« Lieferadresse: die Poststation von Salon im Viertel Canourgues, Avenue Jean Moulin. Die Ware: ein *Photonic Disruptor.* Lieferdatum: 20. Juli.

»Er hat die Bestellung wahrscheinlich in einem Internetcafé aufgegeben«, vermutete Fabienne. »Oder mit dem Handy eines Freundes. Ein erfundener Name und eine unauffällige IP-Adresse – *et voilà*, schon bist du für die DGSI unsichtbar.«

»Kein Wunder, dass die Wohnung unseres Freundes so kahl war«, murmelte Blanc. »Er hat sein Geld für dieses Gerät ausgegeben.«

»Ich kann nicht fassen, dass so ein Versager den Geheimdienst lässig austrickst!«

»Die Killer von *Charlie Hebdo* waren auch nicht gerade Einstein und Newton.«

»Und was jetzt?«

Blanc formte mit beiden Händen ein »T«. »Beim Basketball nennt man das ›Time Out‹. Ich muss über unsere nächsten Schritte nachdenken.«

»Was tue ich inzwischen?«

»Du besorgst dir eine neue Speisekarte.«

»Du willst mich auswechseln?!« Fabienne hatte vergessen, leise zu sprechen.

»Ein paar Minuten auf der Bank – so schont der Trainer seine besten Spieler vor der heißen Schlussphase.«

Blanc verachtete sich dafür, Fabienne anzulügen, aber was blieb ihm anderes übrig? Die heiße Schlussphase begannn in dem Augenblick, als er ihr Büro verließ – und sie würde auf der Bank hocken bleiben. Seine Kollegin war jung, sie wollte heiraten. Was Blanc jetzt vorhatte, könnte sie ihre Karriere und vielleicht noch viel mehr kosten. Irgendwann musste er ja mal damit anfangen, die Menschen, die er liebte, vor seiner eigenen Besessenheit zu schützen.

»Wir machen einen Ausflug«, sagte er zu Marius, als er ihr Büro betrat.

Sein Kollege seufzte und griff zum Hörer. »Ich kümmere mich um einen Streifenwagen.«

»Wir nehmen meinen Espace.«

»Es stehen genügend Autos vor der Station.«

»Ein Privatwagen ist unauffälliger.«

»*Putain.* Wo geht es hin?«

»Nach Canourgues. Was dachtest du?«

Niemand zu Hause

»Du willst dir Aklils Wohung vornehmen?«, fragte Marius und starrte dabei aus der Frontscheibe, als sähe er die Straßen Salons zum ersten Mal. »Die Bude eines Arabers in so einem Viertel? Ohne Durchsuchungsbeschluss? Ohne Verstärkung? Das ist schon unter normalen Umständen so blöd, als würdest du nackt zu einem Kampfstier in die Arena steigen. Aber so ... Der Typ von der DGSI hat dir schon auf die Finger geklopft.«

»Es hat überhaupt nicht wehgetan.«

»Du weißt genau, was ich meine! Wir tun etwas, das die Schlapphüte nicht wollen. Und wir tun es auch noch so, dass es gegen jedes Gesetz dieser Republik verstößt. Noch einfacher können wir es der DGSI nicht machen, uns abzuservieren!«

Blanc trat auf die Bremse und blieb mitten auf der Straße stehen. Hinter ihnen hupte jemand und ließ eine lange Serie französischer und arabischer Flüche hören. »Du kannst jederzeit aussteigen«, sagte Blanc.

Marius hob die Hände. »Du bist im Selbstmordmodus. Wenn ich nicht auf dich aufpasse, wer dann?«

Blanc gab wieder Gas, gerade als der Fahrer aus dem Auto hinter ihnen ausgestiegen und bis in Höhe der Seitenscheibe gelaufen war. Neue Verwünschungen wehten hinter dem Espace her, während er auf mehr als die erlaubte Geschwindigkeit beschleunigte. »Ich werde Aklil in Handschellen aus seiner Wohnung schleifen«, schwor Blanc. »Und ich werde dieses bescheuerte Lasergewehr aus seiner Wohnung schleifen. Ein Terrorist und seine Waffe. Wenn wir das einem Richter präsentieren, wird es niemand wagen, uns fertigzumachen. Sie müssen uns befördern, auch wenn sie davon Ausschlag bekommen!«

»Ich heiße Marius Tonon. Ich werde nicht befördert. Das ist ein Naturgesetz.«

Sie schwiegen, bis sie die Hochhäuser von Canourgues erreicht hatten. Der Espace war so abgewrackt, dass niemand auf ihn achtete. Blanc fand einen Parkplatz direkt vor dem Eingang zu Aklils Block. Er stellte den Motor ab und kramte im Handschuhfach herum, bis er einen großen Schraubenzieher fand, den er dort aus Gründen, die ihm entfallen waren, irgendwann einmal vergraben hatte. Er öffnete die Fahrertür. Mit ein wenig Glück würden sie auch die wenigen Meter Fußweg zwischen Auto und Gebäude schaffen, ohne dass es einem der Kapuzensweatshirtjungs auffiel. Im Treppenhaus war der Müll immer noch nicht weggeschafft worden. Es stank süßlich und faulig.

»*Putain*«, murmelte Marius und hielt sich die Hand vor den Mund. »Das ist schlimmer als bei den Schuhen meiner Schwiegermutter!«

»Vielleicht hält es Neugierige ab.« Blanc nahm zwei Stufen auf einmal und hatte bald ein Stockwerk Vorsprung auf seinen Kollegen. Er klingelte an Aklils Wohnungstür. Nichts geschah. Er klingelte erneut. Nichts. Er klopfte mit der Faust. Nichts. Als Marius keuchend auf dem Treppenabsatz zu sehen war, klemmte Blanc bereits die Spitze des Schraubenziehers zwischen Türblatt und Zarge.

»Bist du wahnsinnig?«, keuchte Marius.

»Die Tür ist schon einmal aufgebrochen worden, die hält nicht lange stand. Noch eine Sekunde, dann sind wir drinnen.« Blanc zog seine Pistole und schlich sich in den halb dunklen Wohnungsflur. Marius folgte ihm. Er roch nach Schweiß und Rosé, und der Lauf seiner Waffe zitterte leicht. Behutsam schloss er die Tür. Blanc eilte den Flur hinunter und trat vorsichtig mit vorgehaltener Sig-Sauer in den Wohnraum.

»Hier ist niemand, das spüre ich«, zischte Marius. Er riss die Tür zum winzigen Badezimmer auf und riskierte einen Blick hinein.

Blanc spähte auf den Balkon. Die Pflanzen unter dem Gewächshaus sahen grün und gut gewässert aus. »Aklil ist nicht abgehauen. Der wohnt immer noch hier«, flüsterte er.

Der letzte Raum. Die Tür war nur angelehnt. Blanc setzte vorsichtig einen Fuß vor den nächsten, ständig bereit, bei der kleinsten Bewegung, beim winzigsten Geräusch zur Seite zu springen. Wenn er schießen müsste, würde er das ganze Hochhaus alarmieren. Sie würden hier niemals lebend herauskommen. Schweiß brannte in seinen Augen, aber er wagte nicht, ihn wegzuwischen, denn er umklammerte mit beiden Fäusten seine Pistole. Die Tür. Er drückte sie mit der Schulter auf, Zentimeter für Zentimeter. Halb erwartete er, ein verräterisches Quietschen zu hören, wie im Film. Doch die Tür aus Holzimitat war so leicht, als wäre sie aus Pappe. Er spähte in den Raum. Ein Fenster, die Klappläden aus Blech halb geschlossen gegen Licht und Hitze. Ein wirres Muster aus Sonnen- und Schattenstreifen. Ein ungemachtes Bett. Kleidung, die auf und neben einer Sporttasche lag. Ein großer schwarzer Plastikkoffer neben dem Bett. Grobe Holzkisten, wie vom Gemüsegroßmarkt, an der Rückwand.

»Die Wohnung ist leer«, meldete Blanc halb laut und ließ die SigSauer sinken.

Marius atmete tief durch und wischte sich mit einem großen, karierten Taschentuch das Gesicht trocken. »Sehen wir uns um und hauen wieder ab!«, schlug er vor.

Blanc öffnete die Schnappschlösser des Plastikkoffers. »Volltreffer!«, murmelte er. Vor ihm glänzte schwarz und böse der *Photonic Disruptor*, dessen Foto er auf Fabiennes iPad gesehen hatte.

»*D'accord.* Du hast, was du willst. Verschwinden wir hier!« Marius eilte bereits den Flur hinunter zur Wohnungstür und spähte durch einen Spalt hinaus.

Blanc zögerte einen Moment und riskierte dann doch einen Blick in die Holzkisten am Ende des Raums. Er stieß einen leisen Pfiff aus. Ein Fünf-Liter-Plastikkanister. Er öffnete den Verschluss und schnupperte. Benzin. Daneben standen einige Dosen mit scharf stinkenden Chemikalien. Ein billiges Handy. »Wenn das keine Einzelteile für eine Bombe sind, dann weiß ich nicht, was das sein soll«, flüsterte er.

Marius, der widerwillig zurückgekehrt war, schüttelte den Kopf. »Wir können das Zeug nicht in der großen Obstkiste wegschaffen. Damit fallen wir den Jungs in den Hauseingängen garantiert auf.«

Blanc blickte sich um. Dann schüttelte er hastig den Inhalt der Sporttasche über dem Bett aus und stopfte Tank und Chemikalien behutsam hinein. »Damit schaffen wir es!«, sagte er und drückte Marius die Tasche in die Arme.

»*Putain*. Mir braucht bloß jemand ein Bein zu stellen, schon verwandelt sich dieses versiffte Hochhaus in das World Trade Center!«

Fünf Sekunden später waren sie im Treppenhaus. Diesmal blieb Blanc in der Nähe seines Kollegen. Sie wagten kaum einzuatmen. Niemand stellte sich ihnen in den Weg. Die Haustür. Die Wiese. Einige Halbwüchsige versammelten sich gerade zum Fußballspiel. Der behinderte arabische Junge entdeckte Blanc und grüßte ihn flüchtig, indem er die Hand zum Herzen führte. Ein Schwarzer auf einem Motorroller, der langsam zwischen den parkenden Autos entlangfuhr und auf einmal beschleunigte.

»Lauf!«, rief Blanc Marius zu.

Gespenster, die die Schwächsten holen

»Das muss ich nicht jeden Tag machen«, verkündete Marius schwer atmend, als der Espace Canourgues verlassen hatte.

»Mir macht die Sache Spaß. Endlich.« Blanc lächelte, zum ersten Mal seit vielen Stunden. Er hätte Aklil gern verhaftet, aber vielleicht war es besser, dass sie ihn nicht angetroffen hatten. Auch ohne einen Verhafteten, der sich womöglich wehrte und schrie, waren sie ja nur mit knapper Not aus den Hochhäusern entkommen. Das Lasergewehr und die Bombenmaterialien reichten aus, um Aklil zur Fahndung ausschreiben zu lassen, ob den DGSI-Agenten Blancs Schnüffelei nun passte oder nicht. Es war nur eine Frage der Zeit, bis man den Kerl fassen würde.

In Gadet war Fabiennes Platz leer. Brigadier Sylvain hatte Dienst – nicht gerade der Beamte, den Blanc sich freiwillig als Wächter für das Arsenal des Terroristen ausgesucht hätte. »Sperren Sie den Kram am besten in eine der Untersuchungszellen«, ordnete er an. »Und wenn ein Kollege aufkreuzt, der auf dem Flur rauchen will, dann treten Sie ihm vors Schienbein.«

»Ich weiß nicht, ob ich befugt bin …«

»Wo ist Commandant Nkoulou?« Es war viel zu früh für ihren Chef, um nach Hause zu gehen. Doch auch sein Büro war leer.

Sylvain hüstelte. »Er ist auf dem Schießplatz, glaube ich. Der Commandant entspannt sich.«

»Dann rufen Sie ihn auf dem Handy an.« Blanc beobachtete, wie Sylvain mit dem Telefonapparat hantierte.

»Der Chef geht nicht dran«, verkündete der Brigadier schließlich. »Auf dem Schießplatz hat man ja auch Ohrenschützer auf.«

»Kluge Schlussfolgerung.« Blanc klopfte ihm auf die Schulter. »Sie werden noch lange bei uns bleiben.«

»Wollen Sie Nkoulou nicht lieber selbst informieren?«, stotterte Sylvain. »Ich bin der Jüngste hier. Wenn er ausgerechnet von mir erfährt, dass Laserwaffen und Bomben auf seiner Station deponiert worden sind …«

»Genau dafür haben wir Sie ja eingestellt, Sylvain.«

»Was haben Sie denn noch vor?«, fragte der Brigadier.

»Was haben wir denn noch vor?«, fragte Marius.

»Wir fahren nach Lançon und stellen Mademoiselle Zineb Marouani ein paar Fragen.«

Eine Viertelstunde später wusste Blanc, dass er sich katastrophal verschätzt hatte.

Narjasse Marouani war allein in ihrem Haus – und diesmal sah man ihr an, dass sie geweint hatte. »Ich wollte gerade zur Gendarmerie fahren. Meine Tochter ist verschwunden«, erklärte sie. »Zineb hat mir gesagt, dass sie es sich anders überlegt hat und nach dem Sommer wieder mit dem Volleyball anfangen will. Sie wollte direkt nach der Schule zum Training gehen und hat ihre große Sporttasche mitgenommen. Ich habe mich so gefreut …« Ihre Stimme verwehte. Dann straffte sie sich. »Ich wollte vorhin bloß ein paar Einkäufe machen. Da habe ich gemerkt, dass meine Bankkarte verschwunden ist. Sie liegt immer in der obersten Schublade der Kommode im Flur, immer! Aber sie war fort, und auch das Bargeld daneben fehlte. Da ist mir ein schrecklicher Verdacht gekommen.«

»Dann erst?«, fragte Blanc müde.

Narjasse Marouani schüttelte betrübt den Kopf. »Ich hätte es Ihnen gleich sagen sollen, am Abend, auf dem Platz. Ich wäre es Tahar schuldig gewesen.« Sie atmete schwer. »Aber Zineb ist meine Tochter! Ich kann sie doch nicht …« Sie zögerte.

»… an die Flics verraten«, vollendete Blanc. Würde er Astrid oder Eric einem Gendarmen ausliefern?

»Selbstverständlich habe ich bemerkt, dass meine Tochter abdriftet«, fuhr Narjasse Marouani stockend fort. »Die Arabischstunden. Plötzlich das Kopftuch. Ob Sie es glauben oder nicht: Ich war heimlich immer stolz auf Zineb, dass sie kein Kopftuch trug! Ihre alten Freundinnen, die sie nicht mehr sehen wollte. Keine Musik mehr, die aus ihrem Zimmer dröhnte. Keine Poster mehr an den Wänden. Aber heute Morgen habe ich geglaubt, dass der Schock durch den Tod ihres Vaters sie, nun, irgendwie geheilt hat ... Dass sie, um ihren Vater zu ehren, zu ihrem früheren, zu ihrem eigentlichen Leben zurückkehren wollte. Erst, als ich meine Karte und mein Geld nicht finden konnte, habe ich in der Schule angerufen. Zineb ist heute Morgen gar nicht zum Unterricht erschienen. Sicherheitshalber habe ich auch noch bei ihrer ehemaligen Trainerin nachgefragt. Sie ahnen die Antwort.«

»Also ist Ihre Tochter schon seit etwa zehn Stunden verschwunden«, rekapitulierte Marius ruhig, »mit einer gut gefüllten Sporttasche und einer gut gefüllten Brieftasche.«

»Zineb kann doch noch nicht...«, die Araberin zögerte und deutete mit der Hand aus dem Fenster.

Halb, so schien es Blanc, wiesen ihre Finger auf die Erde, halb schon in den Himmel. »Kommt darauf an, ob Ihre Tochter allein unterwegs ist. Oder ob sie Helfer hat«, erklärte er.

»Ein Mann hat angerufen«, flüsterte Narjasse Marouani. »Vor etwa zwanzig Minuten. Er hat mir erklärt, ich solle mir keine Sorgen machen, sondern stolz auf Zineb sein. Sie ist auf dem Weg in den Djihad.«

»Kam Ihnen die Stimme bekannt vor, Madame?«

Sie schüttelte den Kopf.

»Was vermuten Sie: War es eher ein alter oder eher ein junger Mann?«

»Ein junger Mann. Auf jeden Fall ein junger Mann.«

Marius und Blanc wechselten einen Blick. Blanc zeigte ihr ein Foto von Farid Aklil.

»Ist das der Mann am Telefon?«, fragte Narjasse Marouani.

»Vielleicht. Sie kennen ihn nicht?«

»Möglicherweise habe ich ihn schon einmal gesehen, flüchtig, im Vorbeigehen, irgendwo in Lançon. Er kommt mir irgendwie bekannt vor, aber nicht wirklich bekannt. Verstehen Sie?«

»Er fährt ein auffälliges Auto, einen ...«

»Mit Autos kenne ich mich nicht aus.«

»Farid Aklil. Ein Freund Ihrer Tochter.«

»Zineb ist nicht so!«, erwiderte sie heftig.

»Was meinen Sie mit ›so‹?«, wollte Blanc wissen.

»Sie hat noch keinen Freund. Sie trifft sich nicht heimlich mit Männern. Sie ist ein ehrbares Mädchen.«

Blanc fragte sich, ob Narjasse Marouani tatsächlich nichts weiter von Farid Aklil wusste. Oder ob sie, um die vermeintliche Ehre ihrer Tochter nicht anzukratzen, selbst jetzt noch leugnete, ihn zu kennen. Er beschloss, brutal zu sein. »Dieser Mann«, sagte er eindringlich und tippte dabei auf das Foto, »hat möglicherweise Ihre Tochter aus dem Haus gelockt. Und er hat möglicherweise Ihrem Mann das Leben genommen.«

»Dann finden Sie ihn!«, erwiderte die Araberin bloß.

Blanc atmete tief durch. Er kam einfach nicht zu ihr durch. Dann fiel ihm etwas ein. »Wir müssen ein aktuelles Foto Ihrer Tochter an alle Flughäfen, Bahnhöfe und Grenzstationen weitergeben«, erklärte er. »Wahrscheinlich hat Zineb, wie viele junge Mädchen, alle ihre Bilder auf dem Computer. Dürfen wir den Rechner einmal sehen?«

Kurz darauf hockten sie in Zinebs winzigem Zimmer vor einem veralteten Macintosh und sahen ungeduldig zu, wie dessen System langsam hochfuhr. Blanc fürchtete, dass er danach in irgendwelchen versteckten Verzeichnissen quälend umständlich nach Fotos oder Mails suchen müsste. Plötzlich wünschte er sich, Fabienne wäre hier. Dann jedoch schreckte er auf, weil Narjasse Marouani neben ihm aufstöhnte, als habe ihr jemand einen Schlag in die Magengrube verpasst: Auf dem Monitor sahen sie, wie Word automatisch startete und einen Text öffnete, der in gefetteter Zwanzig-Punkt-Schrift getippt worden war:

Mutter,
ich schreibe Dir, auch wenn ich es hasse, auf Französisch, weil Du ja kaum Arabisch sprichst und es gar nicht lesen kannst. Dein Weg ist noch lang, um zu den wahren Dingen

zurückzukehren! Wenn Du das hier liest, dann bin ich schon da, wo ich sein will. Such mich nicht! Ich bin da, wo mein Platz ist, mach Dir keine Sorgen um mich. Ich diene Allah, und das ist alles, was zählt. Allah ist al-Ghaffar, der Vielvergebende!
Ich vertraue mich seiner Gnade an, denn ich habe eine Sünde begangen. Du ahnst es, Du hast mich so seltsam angeblickt an diesem schrecklichen Abend, aber Du hast, wie immer, geschwiegen. Ja, Vaters Blut klebt an meinen Händen! Nicht, dass ich das Messer geführt hätte! Nicht, dass ich es gewollt hätte! Aber ich habe zufällig im Flur gestanden, als Vater – Vater, der doch sonst fast nie telefonierte – das Handy genommen und mit den Ungläubigen und Feinden Allahs gesprochen hat. Es schmerzt mich so sehr, das zu schreiben: Aber Vater ist zum Verräter geworden! An mir und, was noch viel schlimmer ist, am Islam. Wie konnte er es wagen, mich zu denunzieren? Warum hat er das bloß getan?
Ich habe die Gläubigen gewarnt, ich musste es tun! Ich, naiv, wie ich war, hoffte, dass der Krieger, von mir gewarnt, sich rechtzeitig verbergen würde. Aber er ist nicht geflohen, er hat gekämpft! Er hat sich gerächt und den Verräter bestraft, und so habe ich Schuld auf mich geladen, auch wenn ich Allah diente. Es gibt nur einen Ort, an dem ich mich reinwaschen kann, und das auch nur auf eine Weise: indem ich nun ganz und gar dem Djihad diene!
Mutter, ich kenne einen Krieger, der hat allein mit Licht eine Waffe des Feindes vernichtet! Und er wird am Tag des Ruhmes noch Größeres leisten als die Märtyrer, die den Propheten gerächt haben! Wie kann ich da hierbleiben und zusehen und stumm leiden? »Siehe, wir haben einen wunderbaren Koran gehört, der auf den rechten Weg führt.«
Zineb

Blanc sah die Frau nicht an, die nur wenige Zentimeter neben ihm vor dem viel zu kleinen Kinderschreibtisch hockte. Sie hatte ihren Mann verloren, und sie verlor ihr einziges Kind an Gespenster, die die Schwächsten kidnappten. Eine heiße, unbändige Wut brodelte in ihm. »Wir finden diesen Kerl«, versprach er mit leiser Stimme und erhob sich. »Und wir halten Ihre Tochter auf, bevor es zu spät ist.«

»Und wenn wir dafür jeden Flughafen in Frankreich sperren müssen!«, ergänzte Marius. Er war schon an der Tür.

Flughafen ..., dachte Blanc. Sein Blick fiel wieder auf Zinebs Abschiedsworte, dann musste er sich am Schreibtisch festhalten und er stöhnte auf, wie Narjasse Marouani gerade aufgestöhnt hatte. *»Merde!«,* keuchte er. »Wir müssen uns beeilen!« Ihn schwindelte, doch er zwang sich hoch.

»Was ist los?«, fragte Marius beunruhigt.

»Siehst du das nicht?«, flüsterte Blanc und deutete auf den Computer. »Der *Tag des Ruhmes*. Welchen Tag haben wir heute?«

»Dienstag«, antwortete sein Kollege. »Ein stinknormaler, beschissener Dienstag, der ... *putain, putain, putain*!«

»Ja«, sagte Blanc grimmig. »Dienstag, der 11. September. Nine-Eleven.«

Abend in Marignane

»Ich kann dir die Adresse einer guten Werkstatt geben«, sagte Marius eine Minute später und deutete auf das zweite Warnlicht, das im Armaturenbrett des Espace leuchtete. Sie rasten mit allem, was der alte Minivan hergab, über die Route départementale 113. Blanc schnitt so viele Autos, dass ihn die Lichthupen verärgerter Fahrer umhüllten wie das Blitzlichtgewitter von Paparazzi. Er fischte mit der Rechten nach seinem Nokia.

»Kannst du nicht ausnahmsweise deine Hände auf dem Lenkrad lassen?«

»Ich muss wissen, wann der letzte Flug von Marseille nach Paris abgeht!«

»Du hast in der Hauptstadt Einreiseverbot.«

»Ich will den Flieger nicht kriegen, Aklil will ihn kriegen! In gewisser Weise zumindest. Zineb hat es geschrieben: *Und er wird am Tag des Ruhmes noch Größeres leisten als die Märtyrer, die den Propheten gerächt haben!* Die Märtyrer, von denen sie spricht, sind die Killer von *Charlie Hebdo*. Aklil plant etwas in der Hauptstadt, das schlimmer ist als das.«

»Gib mir das Ding. Ich rufe an«, sagte Marius ruhig. »Die Kollegen am Flughafen Marignane werden Aklil aus der Maschine zerren.«

»Werden sie nicht! Verstehst du nicht? Der Kerl wird nicht als Passagier an Bord gehen – er braucht bloß seinen Job zu tun, so wie immer!«

»Er ist Packer am Flughafen …«

»Eben. Aklil wird in einem Gepäckstück eine Bombe an Bord schmuggeln, vorbei an allen Kontrollen.«

»Welche Bombe? Wir haben das Höllenzeug aus seiner Wohnung geholt.«

»Die Bombe, die ihm ein paar bescheuerte Kollegen selbst in die

Hand gedrückt haben! 100 Gramm Plastiksprengstoff, das reicht für einen Airbus. Aklil braucht keinen selbst zusammengepanschten Benzin-Chemie-Mix mehr, deshalb stand das Zeug bei ihm in der Schlafzimmerecke. *Merde*, bin ich blöd gewesen!« Blanc schlug vor Wut und Ungeduld auf das Lenkrad und berichtete Marius in hastigen Worten von dem, was ihm Paulmier erzählt hatte: vom Training der Spürhunde am Flughafen und dem nach der Übung unauffindbaren Paket C4. »Verstehst du?!«, rief er. »Die Gendarmen haben überall in Marignane Sprengstoff versteckt und dabei immer nur an ihre bescheuerten Tiere gedacht. Aber jeder Trottel, der dort arbeitet, hätte sie beobachten können. Ich wette, Aklil hat gesehen, wo sie die Pakete deponiert haben. Das muss ihm wie ein Geschenk Allahs vorgekommen sein. Er musste bloß eine Ladung C4 nehmen und anderswo verstecken, bis die schnüffelnden Viecher mit eingezogenem Schwanz abzogen.«

»Hört sich so an, als hätten nicht bloß die Hunde den Schwanz eingezogen.«

»Paulmier hat sich sogar in *La Provence* über die Gendarmen lustig gemacht, aber sie haben nie ernsthaft darüber nachgedacht, warum das Paket verschwunden ist. Sie haben die Sache einfach vergessen.«

»Heute werden sie sich wieder daran erinnern.« Marius bearbeitete das Telefon.

Der Motor röchelte durch ein Loch im Auspuff, er klang, als habe er Asthma. Ein Kreisverkehr. Der Wagen war so schnell, dass die Reifen jaulten. La Fare-les-Oliviers. Rognac. Vitrolles. Möbelläden, Werkstätten, ein Motorradgeschäft, eine Tierklinik, eine Bäckerei in einer umgebauten Tankstelle, der Benzinhauch aus einer nahen Raffinerie. Wie kann Fabienne es in diesem Scheißkaff aushalten?, dachte Blanc flüchtig. Er raste über die falsche Spur, ein Vierzigtonner wälzte sich entgegen, blauer Qualm an den Reifen, brüllende Hupen. Im letzten Moment drückte Blanc sich rücksichtslos zwischen zwei Motorrollern wieder in die rechte Fahrbahn. Seine Hände waren nass, der Puls rauschte in seinen Ohren wie der Mistral in den

Pinien. Er hörte zwar, wie Marius immer lauter ins Handy schrie, doch er verstand die Worte nicht.

»Die Flughafenheinis halten mich für einen Witzbold!«, rief sein Kollege schließlich und stopfte das Mobiltelefon ins Handschuhfach.

»Was hast du ihnen gesagt?«

»Die Wahrheit. Spürhunde. Blöde Flics. Ein verlorenes Paket. Ein mörderischer Araber. Die haben mich bloß ausgelacht.«

»Du hättest eine anonyme Bombendrohung durchgeben sollen. Dann würden sie jetzt den Flughafen evakuieren.«

»Die würden Marignane nicht einmal evakuieren, wenn du da mit einer Cruise Missile landest. Funktioniert die Uhr in deiner Karre noch?«

»Ja.«

»*Putain.* Also ist es tatsächlich schon 18.51 Uhr.«

»Wir sind gleich da.«

»Die Kerle in Marignane haben mir nur gesagt, wann der letzte Airbus von Air France abgeht: Terminal 4, 19.20 Uhr nach Charles de Gaulle, Ankunft in Paris 20.50 Uhr. Wenn er über dem Eiffelturm explodiert, schafft er es live in die Hauptnachrichten. Kannst du nicht endlich Gas geben?«

Auf der Zufahrtsstraße am Flughafen stauten sich die Autos, weil die Leute vor den Terminals einfach irgendwo anhielten, um Reisende mit Koffern umständlich ein- oder aussteigen zu lassen und sich jedes Mal dahinter eine lange Schlange blockierter Wagen bildete.

»*Merde,* wo ist Terminal 4?«, fragte Blanc.

»Es ist das letzte, du musst an allen Gebäuden vorbei.«

»Mein Glückstag heute.« Blanc stellte mitten im Stau den Motor aus und zog den Schlüssel ab. »Wir laufen!«, rief er und machte sich nicht einmal die Mühe, die Tür zu schließen.

»Stehen bleiben, Pariser Idioten!« Eine Frauenstimme hinter ihm. Blanc wollte sie ignorieren, doch irgendetwas an ihrem Tonfall verriet ihm, dass es doch besser wäre, sich umzudrehen. Am Straßenrand stand eine groß gewachsene Gendarmin – und sie hielt eine Pistole in der Hand. Sie war stämmig, noch ziemlich jung, und sie sah so aus, als würde sie auch nach Dienstschluss am liebsten in den Kampfstiefeln ihrer Uniform herumlaufen.

Er fluchte. An dem Espace hing immer noch die verbeulte Plakette mit der alten »75«, dem Pariser Nummernschild. »Ich bin ein Flic von hier!«, rief er verzweifelt. »Keine Zeit, das alles zu erklären!« Er eilte zu ihr, ignorierte die Pistolenmündung und hielt seinen Dienstausweis ausgestreckt wie ein Bettler seinen Pappkarton. »Wir müssen ins Terminal 4, sonst wird ein Airbus explodieren!«

Die Gendarmin starrte abwechselnd die Papiere, Blanc, Marius und den alten Renault an. Irgendwo drückte ein Autofahrer auf die Hupe und ließ überhaupt nicht mehr los. Sie wirbelte herum, die Waffe noch immer in der Hand. Der Lärm brach abrupt ab. Sie drehte sich wieder zu ihnen, und plötzlich veränderte sich ihr Gesichtsausdruck. »Sie sind der Irre, der gerade in der Zentrale angerufen hat!«, rief sie und sah aus, als könne sie sich nicht entscheiden, ob sie amüsiert oder alarmiert sein sollte.

»Der Irre war ich«, korrigierte Marius sie gelassen. »Wir sollten uns wirklich beeilen«, er blickte mit verkniffenen Augen auf ihr Namensschild, »Sous-Lieutenant Manon«, vollendete er.

»Kein Scherz?«

»Kein Scherz.«

»Merde.« Die Gendarmin steckte die Pistole in den Holster, drehte sich um und lief in weiten Schritten über den Bürgersteig. »Was denn?«, schrie sie über die Schulter. »Sie wollen doch zum Flieger, oder? Pariser Idioten!« Hinter ihnen dröhnte die Hupe wieder los.

Blanc folgte Sous-Lieutenant Manon in weiten Sprüngen eine lange, unter einem gewölbten Glasdach liegende Rampe hinauf. Es war heiß wie in einem Gewächshaus. Marius fluchte hinter ihm, stützte sich mit der Rechten am Glas ab und hielt sich mit der Linken die Seite. Er hatte keine Luft mehr, etwas zu sagen, sondern gestikulierte nur heftig, dass Blanc sich beeilen sollte.

Im Terminal rempelte die Gendarmin einen Geschäftsreisenden

so heftig um, dass dessen Rimowa-Koffer krachend auf den Boden schlug. Gute Rugbyspielerin. Überall Menschen. Kinder. Mädchen in ultrakurzen Hosen. Männer mit lächerlichen Strohhüten. Zwei schwarze Matronen in leuchtend bunten, wallenden Gewändern. Ein Teenager, der nicht einmal dann von seinem iPhone aufblickte, als Sous-Lieutenant Manon wie eine Furie an ihm vorbeihuschte. 100 Gramm C4, und die sind alle tot, dachte Blanc.

Sie gelangten zu einer Tür an der Rückwand des Gebäudes. Die Gendarmin hielt einen Ausweis vor ein Lesegerät. In den Sekunden, die verwehten, bis das elektronische Schloss entsicherte, zog sie ein Funkgerät aus ihrem Gürtel. Marius schloss zu ihnen auf. Sein Gesicht sah aus, als wäre er in der Notaufnahme besser aufgehoben als am Flughafen.

Neonlicht. Ein schmales, schmuckloses Treppenhaus. Sie eilten hinab, mit jedem Schritt wurde es immer noch wärmer. Ein Gestank wehte ihnen entgegen, den Blanc vor noch gar nicht allzu langer Zeit bereits eingeatmet hatte: Kerosin. Plötzlich stand er im Freien auf einer riesigen Betonfläche. Er blinzelte, weil ihn die tief stehende Sonne blendete. Der Horizont leuchtete im Westen hellorange, eine Wolke zog hoch über den Himmel wie eine zerrissene Plastiktüte, mit der der Wind spielte. Die Luft flirrte in der Hitze über der Startbahn, die zwei Kilometer weit in das Wasser des Étang de Berre ragte und dann einfach unterzugehen schien. Ein Jet startete gerade, rollte schneller und immer schneller das graue Band entlang und hob in genau dem Augenblick ab, als Blanc schon dachte, er würde ungebremst in das Wasser rasen. Seine Ohren dröhnten vom Triebwerkslärm. Er, Marius und die Gendarmin waren die einzigen Menschen auf dem Vorfeld, die keine Ohrenschützer trugen.

»Da vorne!«, schrie Sous-Lieutenant Manon und deutete auf die Silhouette eines Flugzeugs neben dem Terminalgebäude. Eine Passagierbrücke führte zum Rumpf, ein armdicker Schlauch verband den Flieger mit einem Tankwagen – und unter dem Heck parkten drei Gepäckanhänger, aus denen mehrere Männer Koffer und Taschen auf ein Band wuchteten, das sie ins Innere des Airbus trug.

Sie rannten schreiend und gestikulierend über den Beton. Im Cockpit wurde ein Fenster zurückgeschoben und der Pilot starrte beunruhigt hinaus, doch keiner der Packer achtete auf sie. Andere Türen im Terminalgebäude öffneten sich und von überallher stürmten nun Uniformierte in Richtung des Flugzeugs. In der Ferne war ein Streifenwagen mit Blaulicht zu sehen, aber der Lärm der Triebwerke verschluckte das Sirenengeheul.

Blanc nahm alle seine Reserven zusammmen und überholte die Gendarmin. »Halt!«, rief er und fiel dem ersten Handler in den Arm. »Holen Sie die Sachen wieder raus! Alles! Sofort!«

»Sind Sie wahnsinnig?«, schrie der Pilot von oben hinab.

Sous-Lieutenant Manon stoppte unterhalb des Cockpits. Ihr Gesicht war rot und glänzte vor Schweiß, auf ihrem hellblauen Uniformhemd hatten sich große dunkle Flecken gebildet. »Evakuieren Sie dieses Flugzeug, Kapitän!«, befahl sie mit letzter Kraft.

Fünf Minuten später badete der Airbus im blauen Licht dreier Streifenwagen. Hinter den Fenstern glaubte Blanc hastige Bewegungen zu erkennen. Einige Gendarmen halfen den Handlern, die Gepäckstücke aus dem Rumpf ins Freie zu schaffen. Statt sie, wie sonst, rücksichtslos durch die Luft zu schleudern, hoben sie jedes einzelne Stück so behutsam wie ein Neugeborenes hinaus. Ein Uniformierter führte einen Schäferhund an der Leine. Das Tier schnüffelte nur wenige Sekunden herum und blieb dann in lauernder Stellung vor einer schwarzen Sporttasche stehen.

»D'accord«, verkündete Sous-Lieutenant Manon. »Sieht tatsächlich so aus, als hätten wir hier etwas gefunden!« Zum ersten Mal lächelte sie Blanc an. »Ich hätte nicht gedacht, dass ich mal erleichtert sein würde, eine Bombe zu finden. Aber wenn das hier ein mieser Scherz gewesen wäre, dann hätten sie mich zu den Toilettenfrauen versetzt.«

»Sie werden befördert werden, *ma Sous-Lieutenant.*«

»Wir müssen das ganze Vorfeld räumen, bevor sich die Sprengstoffspezialisten die Tasche vornehmen. Überlassen Sie das jetzt uns.«

»Einen Augenblick noch.« Während sich alle von dem Airbus entfernten, winkte Blanc einen der Packer heran, einen stämmigen Schwarzen. »Wo ist Ihr Kollege Farid Aklil?«

»Keine Ahnung. Er hatte mit uns Schicht.«

»Er hat diesen Airbus beladen?«

»Am Anfang ja.« Dem Schwarzen, der alle Koffer ohne sichtbare Anstrengung geschleppt hatte, lief nun der Schweiß in feinen Fäden über die Schläfen. »Was halten Sie davon, wenn Sie mir die nächste Frage tausend Meter weiter stellen?«

Blanc tat so, als habe er das nicht gehört. »Wo ist Aklil jetzt?«

»Er ist verschwunden, kurz bevor Sie hier aufgekreuzt sind.« Der Packer sprach immer rascher, man konnte ihn kaum noch verstehen. »Er hat gesagt, dass er am Abend davor wohl was gegessen hat, was nicht mehr gut war. Er musste dringend in den Waschraum. Wenn jemand kotzen muss, dann soll man ihn nicht aufhalten.«

»Ich halte Sie auch nicht länger auf.« Blanc bedankte sich, sah dem Mann nach, der im Laufschritt Richtung Terminal eilte, und wandte sich schließlich an Marius und die Gendarmin. »Aklil ist uns schon wieder entwischt.«

»Sie werden ihn schon schnappen«, versicherte Sous-Lieutenant Manon. »Aber jetzt müssen Sie auch von hier verschwinden.«

»Ich würde gern bleiben, bis die Bombe entschärft ist.«

»Da gibt es leider einen Espace mit Pariser Kennzeichen, der den halben Flughafen blockiert.«

Blanc und Marius ließen sich im Menschenstrom treiben, Reisende und Angestellte drängten sich zu den Ausgängen und standen schließlich auf dem Asphalt vor dem Terminal in der milden Abendluft wie die Gäste einer riesigen, doch ziemlich langweiligen Stehparty. Manche rauchten, ein paar Leute hatten sich zu Gruppen verklumpt und diskutierten halblaut, die meisten starrten auf ihre Handys, als würden die ihnen erklären, warum sie den Flughafen verlassen mussten. Ein Trupp Infanteristen patrouillierte die Glasfront des Gebäudes entlang, die jungen Soldaten umklammerten ihre Schnellfeuergewehre, waren ständig in Bewegung, musterten unablässig die Menge.

Über der Straße lag eine stinkende Decke aus Dieselruß und den Ausdünstungen heißen Asphalts. Die Autos krochen nur noch zentimeterweise voran. Reisebusse ragten aus dem Blechmeer heraus wie Eisbären aus einer Herde Lemminge. An einem Punkt staute sich der Verkehr besonders. Dort wachte ein extrem schlecht gelaunter junger Brigadier neben dem Espace. »Es gab hier schon ein paar Typen, die wollten Ihr Auto anzünden«, begrüßte er sie.

»Ich kümmere mich um ein neues Kennzeichen«, versprach Blanc.

»Nehmen Sie beim nächsten Mal einfach ein Taxi zum Flughafen.« Der Gendarm grüßte mit der Hand am Mützenschirm und schlängelte sich zwischen den Stoßstangen der wartenden Autos davon.

»Die Kiste springt an!«, rief Marius erleichtert und rieb sich die Hände. »Und eines der beiden Warnlichter ist sogar wieder erloschen.«

»Vielleicht ist bloß die Birne durchgebrannt.«

»Wenn wir ein zweites Mal mitten auf der Straße stehen bleiben, dann hängen sie uns an die nächste Laterne.«

Blanc ruckelte voran und quetschte sich in jede Lücke, die sich auftat. Der Vorteil seines Wracks im Stau: Ihm waren Beulen und Rempler gleichgültiger als den meisten anderen Autofahrern, und so überließ man ihm meistens die Vorfahrt. Nach einer Dreiviertelstunde hatte er es beinahe bis zum Ende der Flughafenrampe geschafft, er sah schon die Spur, die zur Route départementale führte, über die der Verkehr langsam abfloss. Im Handschuhfach klingelte sein Nokia. Marius fischte es heraus und stellte es auf Freisprechen.

»Wir haben die Bombe entschärft«, meldete Sous-Lieutenant Manon. »Es war tatsächlich unser verlorenes Paket C4. Der Attentäter hat den Plastiksprengstoff um ein Handy gelegt, das als Zünder gedient hätte.«

»In der Luft hat es doch gar keinen Empfang. Wie wollte Aklil den Zünder aktivieren?«

»Das brauchte er nicht. Aklil hat die Weckfunktion benutzt. Um 20.10 Uhr wäre das Handy zum Leben erwacht, nur dass es uns nicht mit einer netten Melodie geweckt hätte, sondern mit einem lauten Knall.«

»Wie kann ein ungebildetes Arschloch so einen Zünder bauen?«, warf Marius ein.

»Vielleicht hat er die Anleitung dazu im Internet gefunden«, vermutete Blanc. »Oder vielleicht hatte er Helfer. Fahnden Sie schon öffentlich nach Aklil? Kann man seine Visage im Fernsehen sehen?«

»Noch ist gar nichts offiziell. Meine Chefs haben sich erst einmal in ein Büro eingeschlossen und beraten darüber, wie sie der Presse beibringen sollen, dass ein Terrorist Plastiksprengstoff vom französischen Staat bekommen hat«, erklärte sie heiter.

»Irgendein Kopf wird heute Abend noch rollen.«

»Nicht meiner. Sie werden mir für meinen Einsatz einen neuen Streifen an den Ärmel heften. Wenn Sie beide das nächste Mal hier aufkreuzen, lade ich Sie auf einen Kaffee ein – vorausgesetzt, Sie parken Ihr Auto vernünftig.«

Blanc war während des Telefonats auf die Route départementale aufgefahren und konnte zum ersten Mal in den zweiten Gang schalten. Er wollte sich gerade von der Gendarmin verabschieden, als sich ein Autofahrer mit Lichthupe an ihm vorbeizwang. Es war der einzige Wagen weit und breit, der noch verbeulter war als der Espace.

Ein gelber Renault Fuego mit schwarzen Zierstreifen.

»Merde, merde, merde!«, schrie Blanc und trat aufs Gas. Das Handy flog zwischen die hinteren Sitzreihen. Der Fuego schlüpfte zwischen einem Lieferwagen und einem silbernen Mercedes ML hindurch. Blanc drängte nach, doch der Minivan war breiter als der alte Sportwagen. Es gab einen Knall an der rechten Seite, kurz und heftig wie ein Pistolenschuss. Blanc duckte sich instinktiv, doch Marius winkte bloß ab. Der rechte Rückspiegel des Espace hing in Fetzen von seiner Halterung wie ein Segel, das im Sturm zerrissen worden war.

Der linke Spiegel des teuren Geländewagens war ganz abgerissen und auf die Motorhaube geschleudert worden. Die mächtige Hupe des Mercedes bollerte los.

»Arschloch, klapp doch deinen bescheuerten Rückspiegel ein!«, rief Marius fröhlich.

»*Allô?!* Was geht da vor?« Die Stimme von Sous-Lieutenant Manon, irgendwo unter der Rückbank.

Marius drehte sich im Sitz nach hinten, tastete einige Augenblicke vergebens nach dem Nokia und rief dann ins Auto hinein: »Wir verfolgen Aklil! Wir sind auf der 113. Das Nummernschild kann ich nicht erkennen, aber sein Wagen ist nicht zu übersehen!« Er beschrieb den Fuego und die Richtung, die er einschlug.

»Auf der Gendarmerieschule habe ich das alles ganz anders gelernt.«

»Ich war ein beschissener Schüler.«

»Vielleicht verdiene ich mir heute ja noch einen Streifen. Ich gebe Alarm.«

»Das hat sich Aklil garantiert nicht gedacht!«, rief Blanc grimmig und schlug auf das Lenkrad, bevor er in den dritten Gang schaltete. »Er wollte rechtzeitig vom Flughafen abhauen, aber er hing in diesem Chaos fest. Und jetzt blinkt er mit seiner auffälligen Karre herum wie ein Weihnachtsbaum, statt sich einfach in der Menge zu verstecken.«

»Er ist panisch«, vermutete Marius.

Blanc wagte sich auf die Gegenfahrbahn, um einen roten Kleinwagen zu überholen, musste aber fast sofort wieder einscheren. Mit der hinteren Stoßstange touchierte er das Auto, doch das war so winzig und leicht, dass er den Stoß kaum spürte. Die Fahrerin des Kleinwagens jedoch bremste mit kreischenden Reifen, bis sie quer zur Fahrtrichtung zum Stehen kam. Neues Chaos.

»Das hält uns wenigstens den Rücken frei!«, kommentierte Marius.

»Die Fahrerin wird mich bei der Gendarmerie anzeigen.«

»Da wird sie eine Überraschung erleben.«

Der vierte Gang. Der fünfte. Im Fahrtwind klapperten die Plastikfetzen des Rückspiegels gegen die Beifahrertür, es klang wie wütender Hagel. Mit heulendem Motor jagte der Espace durch das hässliche Gewerbegebiet von La Fare-les-Oliviers. Trotzdem gewann der Fuego unerbittlich an Vorsprung.

»Ob Aklil weiß, dass wir ihn verfolgen? Oder will er sich bloß so schnell wie möglich davonmachen?«, fragte Blanc.

»Vielleicht hat er bloß genauso viel Angst wie du, dass sein Auto krepiert.« Marius deutete nach vorne. »Aus seinem Auspuff qualmt es blau. Er verbrennt Motoröl. Lange kann er das nicht mehr machen.«

»Bei mir ist das zweite Warnlicht gerade wieder angegangen.«

Sie verließen die Stadt. Er trat das Gaspedal bis zum Bodenblech durch. Die Straße war nun breit und gerade und führte eine lange Anhöhe hinauf. Auf der Hügelkuppe leuchtete das Neonlicht einer Tankstelle zwischen Pinien und Garrigue-Gestrüpp. Die Sonne war versunken, der Himmel schimmerte wie violetter Samt. Zur Linken glitzerte der Étang de Berre im gelben Licht der riesigen Bogenlampen der Raffinerie von La Mède. Plötzlich leuchtete das linke Rücklicht des Fuegos auf. »Aklil macht sein Licht an, weil er nicht mehr genug sehen kann«, sagte Blanc.

»Und du?«

»Ohne Licht erkennt er uns nicht im Rückspiegel. Vielleicht geht er irgendwann vom Gas.«

»Willst du ihn rammen?«

»Fällt dir was Besseres ein?«

Marius antwortete nicht, sondern zog stattdessen seine Pistole und kurbelte das Fenster herunter. Wind rauschte herein und wirbelte zerknüllte Papiere auf, die schon seit Jahren im Espace verstaubten.

»Bist du wahnsinnig?«, schrie Blanc.

»Nicht wahnsinniger als du.«

»Du könntest einen Unschuldigen erwischen!«

»Wen denn? Wir haben nur noch Aklil vor uns.« Marius lehnte sich hinaus. Der Schuss klang viel leiser als der zerplatzte Rückspiegel vorhin. Der Fuego fuhr genauso weiter wie zuvor. Marius drückte wieder ab.

»Der merkt nicht einmal, dass du herumballerst«, sagte Blanc und zwang sich, ruhig zu sprechen. Es nützte nichts, die Nerven zu verlieren.

Marius ließ sich schwer atmend in den Sitz zurückfallen. »Wo bleibt bloß die Verstärkung?«, keuchte er. »Eigentlich müsste wenigstens ein Hubschrauber schon über uns sein.«

»Vielleicht hast du ihn abgeschossen.«

Marius murmelte Unverständliches, doch er steckte seine Pistole zurück in den Holster.

»Wir kriegen das Schwein!«, schrie Blanc plötzlich. Das einsame rote Rücklicht des Fuegos wurde auf einmal von einer dichten Wolke vernebelt, die aus dem Auspuff quoll, dann erlosch es. Der Halbmond stand über den Hügeln. Sein Schimmer war so fahl, dass sie kaum erkennen konnten, dass der Sportwagen auf dem Standstreifen ausrollte. »Ihm ist der Motor krepiert!«

»Der Kerl will in der Garrigue verschwinden!«, rief Marius.

Blanc fluchte und blieb noch einige Sekunden auf dem Gas. Er schaltete die Schweinwerfer ein und blendete auf. Ein Schemen, der nach links verschwand. »Aklil ist über die Straße gerannt. Er will sich auf der anderen Seite verstecken.«

»Der haut nicht das erste Mal vor den Flics ab«, vermutete Marius. »Stellt sein Auto auf der einen Seite ab und macht sich auf der anderen davon. Uralter Trick und funktioniert immer noch.«

»Nicht mit uns!« Blanc brachte den Espace auf die Gegenfahrbahn und stoppte mit quietschenden Reifen dort auf dem Seitenstreifen, wo nur Sekunden zuvor Aklil zwischen zwei Dornbüschen verschwunden war. Er fischte sein Handy vom Boden vor den hinteren Sitzen und zog seine Pistole, bevor er die Fahrertür öffnete. »Du hast schon zwei Patronen weniger im Magazin«, erinnerte er Marius.

»Ich bin kein schlafender Landarbeiter.«

Im Mondlicht wirkte die Landschaft wie ein sturmzerzaustes Meer, das mitten in den majestätischen Bewegungen zu Fels erstarrt war. Die Hügel wölbten sich, soweit Blanc sehen konnte. An vielen Stellen leuchtete der nackte Stein durch das Gestrüpp, ein blass-weißes Muster im dunklen Gewoge, wie Schaumkronen. Mancherorts ragten Felsen dreißig, fünfzig Meter schroff heraus wie Inseln, um die sich die Fluten brachen. Es fehlte aber das Heulen des Sturms, das Krachen der Wogen, eine tiefe, bedrohliche Stille lag über allem. Ab und zu wehte das Donnern eines Lastwagens von der Route départementale bis zu Blanc hinüber, doch je weiter er sich von der Straße entfernte, desto schwächer wurden die Autogeräusche. Schon nach ein paar Dutzend Schritten fühlte er sich wie im Niemandsland zwischen Schützengräben. Er kletterte auf den nächstgelegenen Felsen und blickte sich um. Erst von dort oben erkannte er, wie begrenzt dieses steinerne Meer war. Zu drei Seiten stiegen die Hügel fast unmerklich bis zu richtigen Bergkämmen an, die den Horizont begrenzten. Es würde nicht so einfach sein, dort hinaufzuklimmen, vor allem nachts. Nach Süden hin jedoch hörte die Garrigue abrupt auf, es war, als stürzten die steinernen Wellen einen Wasserfall hinunter. Dort brachen die Felsen ab, fielen lotrecht hinunter bis zur Ebene vor dem Étang de Berre. Im flachen Land leuchteten die Raffinerien, die Lichter von La Fare-les-Oliviers und Vitrolles, und am Horizont glitzerte die Startbahn des Flughafens zwischen den Wassern, als strahlte dort ein Palast aus einem Science-Fiction-Film.

»Wo führt die nächste Straße durch die Hügel?«, flüsterte Blanc.

»Es gibt keine nächste Straße«, antwortete Marius leise. »Die 113 ist die einzige Route départementale in mehreren Kilometern Umkreis. Hältst du dich nahe an der 113 und folgst ihrem Verlauf, erreichst du in einigen Stunden Lançon.«

»Da wird sich Aklil garantiert nicht blicken lassen.«

»Also bleibt ihm nur der Rückweg.« Marius deutete auf die in Lichtern gebadete Ebene. »Er wird versuchen, irgendwo am Rand der Garrigue hinunterzuklettern und wieder in das Gewerbegebiet von La Fare-les-Oliviers zu kommen. Der kürzeste Weg zurück in die Zivilisation. Der einzige, den er in einer Nacht schaffen kann.

Vielleicht wird er sich dort verstecken oder versuchen, per Anhalter weiterzukommen, oder er bricht ein Auto auf.«

»Dann stellen wir Aklil auf dem Weg!« Blanc zog sein Handy, um sich bei der Zentrale zu melden und die Verstärkung in die Garrigue zu beordern. Doch er hatte keinen Empfang. »Niemandsland«, murmelte er. Aus dem Hubschrauber würden die Kollegen wohl kaum die abgestellten Autos neben der Straße entdecken. Ob sie einer Streifenwagenbesatzung auffallen würden? Wann? Und wann würden Beamte in die Garrigue ausschwärmen? Sie würden Stunden allein sein mit Aklil.

»Duck dich!«, flüsterte Marius.

Blanc kniete sich hin. Der Lärm der Autos war bloß noch ein fernes, seltenes Rauschen. Nahe bei ihm raschelte ein trockener Ast. Eine Maus fiepte. Irgendwo zirpte unverdrossen eine einsame Grille. Als sie verstummte, war es einen Moment so still, dass Blanc sogar glaubte, die ultrahohen Jagdlaute der Fledermäuse zu hören, die um die Felsen kreisten und deren Schatten man bloß in den wenigen Sekunden sah, da sie vor dem Lichtschimmer der fernen Raffinerien entlangschossen. Es war wie ein elektronisches Pfeifen, das direkt in seinem Schädel klang.

Dann hörte er, wie Steinchen knirschten.

Er beugte sich noch tiefer hinunter. Für einen Moment die absurde Hoffnung, die Schritte mit der bloßen Hand im Boden zu spüren, doch als er auf den Felsen fasste, fühlte der sich bloß warm und hart und so unbeweglich an wie das Zentrum der Welt. Blanc blickte sich um. Dornbüsche, Fenchelsträucher, Brombeeren, die aus Spalten wucherten. Verkrüppelte Feigen und Eichen, nicht mehr als anderthalb Meter hoch. Was hatte der Journalist Paulmier erzählt, als sie sich das letzte Mal im Keller des Rathauses getroffen und die antiken Funde bestaunt hatten? Feuer. Es hatte vor einigen Jahren gebrannt, deshalb waren die uralten Mauern freigelegt worden, weil alle Vegetation verschwunden war. Sie war inzwischen nachgewachsen, doch noch nicht sehr hoch. Nirgendwo wuchs etwas, das einem Mann höher reichen würde als bis zur Brust.

Blanc starrte von seinem Versteck aus Richtung Abbruchkante. Der Horizont dort leuchtete gelb im Licht der Raffinerien; wenn man tief genug kniete und in den Schimmer starrte, wirkten alle Büsche und Felsen wie Scherenschnitte. Und dann sah er einen schwarzen Umriss, der höher war als die anderen. Und der sich bewegte. Blanc tastete in der Dunkelheit nach Marius, der neben ihm gekniet hatte, um ihm den Schemen zu zeigen.

Doch Marius war verschwunden.

Blanc unterdrückte einen Fluch. Ihm fielen die Gerüchte wieder ein, das angedeutete Gerede der Kollegen von Gadet: Marius Tonon, der niemals mehr befördert werden würde, weil er bei einem Einsatz geschossen hatte, wo er nicht hätte schießen dürfen. Blanc steckte die Sig-Sauer zurück in den Holster. Er würde nicht auf den Schemen schießen, weil er nicht wusste, ob es Aklil oder Marius war. Er spurtete los und machte sich nicht länger die Mühe, sich zu ducken. Im Rücken hatte er nur das Sternenlicht, niemand würde seine Umrisse erkennen können.

Er schaffte vielleicht zwanzig Meter – dann trat er in der Dunkelheit auf einen faustgroßen Stein. Schmerz schoss wie ein Stromstoß durch sein rechtes Fußgelenk, er knickte um, wollte sich abfangen, doch da gab es nichts, wo er sich hätte festhalten können. Schwer schlug er auf den Boden auf, der Stoß war so heftig, dass er ihm die Luft aus den Lungen schlug. Halb stieß er ein Seufzen aus, halb ein Stöhnen, und danach war die Stille in der Garrigue so unfassbar tief wie in einem Grab. Lichtflecken tanzten vor Blancs Augen, sie kamen nicht von der Raffinerie, sondern direkt aus seinem Schädel. Idiot, dachte er, Idiot, Idiot, Idiot! Er blinzelte. Eine Bewegung auf einem Felssporn, viel rascher als der Schemen vorhin. Aklil weiß jetzt, dass jemand hinter ihm her ist, sagte sich Blanc. Er zwang sich hoch und humpelte weiter.

Es war der höchste Felsen in der Garrigue, ein von Dornen überwucherter babylonischer Turm, der aus dem steinernen Boden in den Himmel wies. Erst als Blanc ganz nahe heran war, entdeckte er, dass eine Art natürliche Rampe schräg hinaufführte, ziemlich steil, doch mit glattem, fast unbewachsenem Boden. Kein Wunder, dass Aklil diese Route gewählt hatte, nirgendwo sonst wäre er so schnell vorangekommen.

Blanc quälte sich mit pochendem Fußgelenk nach oben. Wo steckte der verdammte Marius? In seinem Kopf rauschte das Blut vor Schmerz, er hörte nichts anderes mehr. Er stieß mit der Schulter gegen einen Stein, tastete umher, hielt inne. Eine Mauer. Er drehte sich so, dass er im Mondlicht etwas mehr erkennen konnte: eine Mauer aus sorgfältig ineinandergefügten Steinen, vielleicht ein uralter Wall, der sich um diesen Felssporn wand. Blanc fiel Paulmier wieder ein und der Keller des alten Rathauses und der Bericht von den antiken Resten. Die Rampe, die Mauer – er war mitten in die jahrhundertealte Ruine hineingestolpert. Eine Ruine, deren Relikte an manchen Stellen höher waren als die Sträucher, solider, dunkler. Wenn es einen Ort gab, an dem sich ein Mann in der Garrigue verbergen konnte, dann hier.

Blanc kauerte sich neben die Mauer und dachte fieberhaft nach. Er fühlte sich gefangen wie in einem Labyrinth. Er lauschte. Das verdammte Pochen in seinen Ohren. Er zwang sich, ruhig zu atmen. So groß konnte die Ruine nicht sein, und Aklil konnte sich hier nicht ewig verstecken. Er schlich weiter.

Die Spitze des Felssporns, eine schrundige, unebene Fläche, nicht größer als ein Balkon. Blanc hielt inne. Der Felsen war eine Falle. Seine Rückseite schien genauso begehbar abzufallen wie die Vorderseite, die er hochgeklettert war. Erst ganz oben erkannte man, dass ein Riss im Felsen klaffte: zwei Meter breit, zwanzig Meter tief, als hätte ein antiker Gott mit seinem Blitz den Stein gespalten. Hier kam niemand weiter. Er sah sich um. Ein weiter Blick über die Ebene und den Étang de Berre. Es war der letzte Felssporn vor dem Ende der Garrigue, ein fantastischer Wachturm, eine natürliche Festung. Kein Wunder, dass man ihn schon in der Antike befestigt hatte. Aber für einen Fliehenden war es eine Sackgasse, eine Rampe ins Nirgendwo.

Blanc sah das Messer erst, als sich das Mondlicht eine Sekunde in der langen Klinge brach. Ein silberner Blitz, er riss instinktiv den linken Arm hoch. Ein schwerer Stoß. Heiß lief das Blut über seinen Unterarm, verklebte die Hand. Die absurde Verwunderung darüber, dass er überhaupt keinen Schmerz spürte. Die Verwunderung, dass er in die Knie sackte, obwohl er stehen bleiben wollte. Wieder Mondlicht in der Klinge, die einen hohen Bogen durch die Nacht zeichnete.

Licht.

Der chirurgisch kalte weiße Strahl einer starken Taschenlampe, mitten in Aklils Gesicht gehalten. Der junge Araber fluchte, taumelte zurück, blinzelte hektisch, wollte sich ausgerechnet mit seinem Schlachtermesser vor der Blendung schützen. Ein Schatten. Marius und seine Pistole.

»Nein!«, rief Blanc.

Marius hatte seine Waffe wie einen Hammer in die Hand genommen und schlug den metallenen Griff heftig auf Aklils Stirn. Der Mann stöhnte auf, es klang eher verblüfft als schmerzerfüllt, seine Augen verdrehten sich zu einem Schielen, ein urkomischer Ausdruck, obszön unpassend. Dann sackte er zusammen, mit einem metallischen Klingen schlug das Messer auf den Felsen.

»Du dachtest, ich knalle ihn ab?«, fragte Marius und lachte. »Er hätte es verdient!«

Eine Ewigkeit später hockten sie im Espace, die Scheiben waren heruntergekurbelt, um die kühle Nachtluft hereinzulassen. Aklil saß auf dem rechten Rücksitz. Das Blut auf seiner Stirn war getrocknet, darunter wölbte sich, rot, violett, blau, grün, gelb, ein Hämatom wie ein bösartiger Tumor. Der junge Araber war noch immer benommen. Sie hatten ihn mit Marius' Handschellen gefesselt und ihn den Weg zurück zur Route départementale geschleift und gezerrt, er war zu verwirrt und schmerzerfüllt gewesen, um sich heftig zu wehren. Im Wagen hatten sie Blancs Handschellen genommen, um sein Fußgelenk damit zusätzlich an den Sitz zu ketten. Erst dann hatten sie sich bei der Zentrale gemeldet.

Blanc hatte sein T-Shirt zerrissen und sich die Fetzen um den

Unterarm gewickelt. Sein Fußgelenk schmerzte noch mehr als der Arm. Besser, er zog seinen Turnschuh nicht aus. »Vielen Dank«, sagte er zu Marius.

Sein Freund wischte sich mit einem karierten Taschentuch über das Gesicht. »Du hast nicht zufällig etwas zu trinken im Gerümpel deines Autos versteckt?«

»Hier gibt es irgendwo eine Plastikflasche mit Kühlwasser.«

Marius seufzte, drehte sich nach hinten und rüttelte Aklil an der Schulter. »Aufwachen! Hast du etwas zu trinken in deinem Fuego?«

»Säufer«, murmelte der junge Araber verächtlich.

Blanc spürte die Wut, die in ihm hochkochte. Er würde nicht warten können, bis sie auf der Station in Gadet waren. Scheiß auf die Verhörvorschriften. »Du wirst den Rest deines Lebens Gefängnisbrühe schlürfen«, sagte er.

»Ich bin ein Märtyrer.«

»Du bist ein Arschloch.«

»Ihr habt Angst vor dem Tod, ich nicht!«

»Das nenne ich Selbsttäuschung, Aklil. Du vögelst keine siebzig Jungfrauen im Paradies, du sitzt bloß mit einer Beule im Auto. Wenn du den Mut zum Märtyrer gehabt hättest, dann hättest du den Sprengstoff an deinem Leib in den Airbus geschmuggelt. Dann hättest du nach der Blendung des Piloten mit dem Anschlag geprahlt. Dann hättest du einen ehrlichen Mann wie Marouani nicht im Schlaf niedergestochen.«

»Ehrlicher Mann? Ein Verräter!«

»Das Messer, mit dem du gerade herumgefuchtelt hast, ist die Tatwaffe, nicht wahr? Damit können wir dir diesen Mord auf jeden Fall anhängen. Wir haben dich an den Eiern. Du kriegst auf jeden Fall lebenslänglich«, stellte Marius nüchtern fest.

Aklil lachte. »Ihr habt doch nicht die Scharia! In einem Scheiß-Land wie Frankreich bedeutet ›lebenslänglich‹, dass ich nach zehn Jahren wieder draußen bin. Dann bin ich dreiunddreißig. Ich werde mich an euch beiden rächen – und an euren Familien!«

»Das mit den Familien wird schwierig«, erwiderte Marius. Je wütender Aklil klang, desto behaglicher lehnte er sich im Beifahrersitz zurück.

»In zehn Jahren werde ich schlafen wie ein Baby«, erklärte Blanc. »Denn du kommst niemals raus. Wenn du überhaupt so lange durchhältst. Die Typen von der DGSI werden sich mit dir unterhalten. Und wenn die mit dir fertig sind, wird nicht mehr allzu viel von dir übrig sein. Hier oben, meine ich.« Er tippte sich an die Stirn.

»Ihr Flics versucht einem immer Angst einzujagen. Das ist so erbärmlich.«

»Wo ist Zineb?« Blanc drehte sich im Fahrersitz um und blickte Aklil an. Er erkannte nicht viel. Der Drang, auf diesen Schemen einzudreschen, bis sich seine Form unter den Faustschlägen auflöste, war fast übermächtig. Blanc legte die Hände auf das Lenkrad und drückte zu. Sein linker Arm schmerzte, der T-Shirt-Stoff wurde wieder feucht.

»Das wüsstest du gerne, was?«, rief Aklil höhnisch.

»Du hast ihr beim Verschwinden geholfen. Aber sie kann unmöglich schon in Syrien sein. Wenn du irgendetwas für das Mädchen empfindest, dann mach jetzt den Mund auf. Sie ist erst fünfzehn. Noch kannst du sie retten.«

»Ich habe Zineb gerettet! Kapierst du das nicht, du bescheuerter Flic? Ich habe ihr den Weg zum richtigen Leben gezeigt!«

»Ich werde dir sagen, wie dieser Weg aussieht«, erwiderte Blanc und zwang sich, ganz ruhig zu sprechen. »In den nächsten Tagen, während du noch von Südfrankreich nach Paris verlegt wirst, um vor ein Sondergericht gestellt zu werden, kommt Zineb in Syrien an. Dann, während du in Paris in Untersuchungshaft sitzt, wird sie dort an einen IS-Kämpfer verheiratet. Jede Nacht, in der du in deiner Zelle schmorst, kannst du dir vorstellen, was er gerade mit deiner Zineb macht. Und wenn du schließlich verurteilt wirst, dann wird Zineb schon ein Kind haben und sich nicht einmal mehr an deinen Namen erinnern.«

Es war sehr lange still im Auto. Irgendwann, endlich, leuchteten auf der Route départementale die pulsierenden blauen Lichter von Streifenwagen auf.

»Ich will mit meinem Anwalt sprechen«, sagte Aklil schließlich.

Blanc sah, wer aus dem ersten Streifenwagen stieg. »Zu spät«, antwortete er müde. »Jetzt machen sie dich fertig.«

Der Rest der Nacht verflog wie ein schlechter Traum: eine Abfolge von wirren Szenen unter hellem Licht. Guy Lannette und zwei andere Männer in Anzügen hatten Farid Aklil aus dem Espace gezerrt, in einen Streifenwagen geworfen und waren davongefahren, ohne auch nur ein Wort an Blanc zu richten. In Gadet war ein junger Arzt gekommen und hatte ihm die Wunde am Arm genäht. Auch er hatte kaum mehr als drei Worte mit ihm gewechselt. Von seinem verstauchten Knöchel hatte Blanc ihm erst gar nichts erzählt, um den würde er sich später kümmern. Irgendjemand hatte ihm als Ersatz für sein zerrissenes T-Shirt ein Uniformhemd übergeworfen, das ihm zu klein war. Marius war nur so lange auf der Station geblieben, wie es nötig war, einige Berichte zu unterzeichnen. »Ich sehe nach meinem Weinkeller und nach meiner Katze«, hatte er danach verkündet und Blanc zum Abschied auf die Schulter geklopft. »Du kommst aus Paris, du kümmerst dich um den Papierkram.« Nkoulou war irgendwann aufgekreuzt und hatte sich sehr formal bedankt. Er hatte dabei nur den Mord an Marouani und den Piloten von Air Cocaïne erwähnt. Er hatte dabei ausgesehen, als habe er noch viel mehr sagen wollen, aber nicht dürfen. Schließlich saß Blanc allein in seinem Büro und beobachtete, wie das Morgenlicht durch die schlierige Scheibe sickerte. Er war blutverkrustet, verschwitzt, hungrig und zu erschöpft, um einzuschlafen. Ein Boxer, der zwölf Runden lang verprügelt worden war und nun unbeachtet am Ring hockte, während sie andernorts den Sieger feierten. Da öffnete jemand die Tür, ohne vorher anzuklopfen.

»Ich hätte nicht gedacht, dass Sie jemals hier aufkreuzen«, begrüßte Blanc ihn.

Überraschender Besuch

»So haben wir uns beide getäuscht.« Jean-Charles Vialaron-Allègre setzte sich und musterte ihn aufmerksam. Er trug einen hellen Sommeranzug aus Leinen, hellbraune Lederschuhe, in seinen schmalen Händen hielt er einen Panamahut. Tennissocken leuchteten zwischen Hosenbein und Schuh, sie gaben dem Staatssekretär etwas Skurriles, Englisches, er wirkte beinahe wie ein vermögender Londoner, der seit vielen Jahren seine Spätsommer in einem Anwesen im Lubéron verbringt. Nur sein Gesicht passte eher zur Pariser Elite: schmal, dünnlippig, zynisch, klug. Was sieht Aveline bloß in diesem Mann?, dachte Blanc.

Vialaron-Allègre strich mit dem Zeigefinger seiner Rechten über den Nasenrücken, vielleicht sollte die Geste nachdenklich oder spöttisch wirken, doch Blanc kam sie eher so vor, als zerriebe er dort einen Streifen Sonnencreme. »Ich mag keine Amerikaner«, begann der Staatssekretär. »Und deshalb hätte ich nicht übel Lust, Sie den Leuten aus Washington zu überlassen.«

»Sie wollen mich als Verbindungsoffizier in die USA versetzen?«

»Machen Sie keine schlechten Witze. Mir schwebt Waterboarding vor, mit Ihnen in der Hauptrolle.«

»Ich tue nur meinen Job.«

»Sie sehen aus, als hätten Sie das Waterboarding schon hinter sich.«

»Es war eine lange Nacht.«

»Deshalb bin ich hier.« Vialaron-Allègre erlaubte sich ein freudloses Lächeln.

Blanc fragte sich, ob der Staatssekretär etwas ahnte. Von Aveline und ihm. Ob der Politiker, der die Geheimdienste kontrollierte, nicht sogar schon alles wusste? Ob er hier war, um Rache zu nehmen, subtil und langsam und unbezwingbar? Oder ob jemand, der im Pariser Universum jeden düsteren Hinterhof kannte, tatsächlich in seinem eigenen Haus ahnungslos bleiben konnte? Denk nur an die Arbeit, sagte er sich. »Werde ich Aklil noch einmal verhören können?«, fragte er.

»Für einen Mann mit Ihrer Berufserfahrung stellen Sie ganz schön naive Fragen.«

»Die Leute der DGSI müssen ihn zuallererst nach dem Mädchen befragen. Das ist wichtiger als der Sprengstoff und das Lasergewehr. Zineb Marouani ist noch irgendwo auf der Route nach Syrien.«

»Die Prioritäten der DGSI sind wahrscheinlich andere als Ihre.«

»Zineb ist erst fünfzehn!«

»Eben. Die Sicherheit Frankreichs wird nicht gerade von den Irrungen einer Halbwüchsigen bedroht. Weniger zumindest als von Laserwaffen und selbstgebauten Bomben.«

»Die DGSI wird Aklil überhaupt nicht nach Zineb Marouani fragen?«

»Die Kleine ist freiwillig gegangen, oder etwa nicht? Wenn der Feind ins Verderben rennt, dann soll man ihn nicht aufhalten. Wir sind im Krieg.«

»Ich hätte mir Aklil vornehmen sollen, bevor der Typ der DGSI aufgekreuzt ist, *merde*!«

»Werden Sie nicht ausfällig. Sie wurden deutlich genug gewarnt«, fuhr der Staatssekretär fort. »Und Monsieur Lannette hatte sich noch höflich ausgedrückt. Sie haben jedoch nicht auf ihn gehört.«

»Wenn ich auf die DGSI gehört hätte, würden jetzt die Trümmer eines Airbusses neben dem Eiffelturm brennen!«

»Möglicherweise.«

»Ganz sicher. Der Sprengstoff war schon im Flugzeug.«

»Bon.« Die langen Finger Vialaron-Allègres trommelten jetzt auf Blancs Schreibtisch. »Das genau ist unser Problem – und Ihre Rettung, *mon Capitaine.*«

Blanc musste sich beherrschen, um nicht auf diese Hand zu schlagen wie auf eine Spinne, die über die Platte krabbelt. »Die Herkunft des C4 verdirbt Ihnen die Geschichte. Attentat verhindert, Mörder gefasst, Paris vor einer Katastrophe bewahrt – das wären gute Schlagzeilen, nicht wahr, Monsieur Vialaron-Allègre? Aber ein Sprengstoffpaket, das die Gendarmerie nicht wiederfindet und das ein Islamist zu einer Bombe umbaut? Es haben schon Männer für harmlosere Pannen ihren Hut nehmen müssen.«

Vialaron-Allègre wedelte mit dem Panamahut. »Ich halte meinen fest, verlassen Sie sich darauf. Das C4 ist nicht bei einer Übung mit Spürhunden verloren gegangen, es ist der Gendarmerie am Flughafen gestohlen worden. Von jemandem, der sich in Marignane sehr gut auskennt: Farid Aklil. Das ist noch immer kein Ruhmesblatt, einen Diebstahl zugeben zu müssen, aber besser als eine Panne mit Hunden ist es allemal.«

»Aklil wird aller Welt verkünden, woher er den Sprengstoff hat. Spätestens bei seinem Prozess.«

»Wir werden Aklil so lange verhören, bis er den Sprengstoffdiebstahl zugibt, verlassen Sie sich darauf. Erst danach wird der Prozess eröffnet.«

Blanc starrte seinem Gegenüber ins Gesicht. Die Züge des Staatssekretärs verrieten beinahe so etwas wie Mitleid. Er hätte ihm die Fresse polieren mögen. »Aklil und die Flics vom Flughafen sind nicht die Einzigen, die wissen, woher das C4 eigentlich kommt«, sagte Blanc leise.

»Oh, machen Sie sich keine Sorgen um Monsieur Paulmier. Er ist Journalist und damit per Definition ein unangenehmer Mensch. Aber doch auch ein Patriot. Und ein Rentner, der weiß, wie komfortabel französische Renten sind. Monsieur Lannette hat ihn besucht. Es war ein sehr befriedigendes Gespräch. Monsieur Paulmier kennt seine Pflichten als Franzose in diesen Zeiten.«

»Bleiben noch die Gendarmen von Gadet.«

»So viele sind es nicht.« Vialaron-Allègre hob den ersten Finger. »Commandant Nkoulou ist vorbildlich loyal.« Der zweite Finger. »Sous-Lieutenant Souillard hat noch vor, Karriere zu machen.« Der dritte Finger. »Lieutenant Tonon mag erzählen, was er will, denn er hat, nun ja, selbst in seiner eigenen Brigade nicht den Ruf höchster Glaubwürdigkeit.« Am vierten Finger glänzte ein breiter Ehering.

Aveline. Der Staatssekretär brachte es fertig, den Finger so abzuknicken, dass er auf Blanc wies. »Und Sie. Sie bleiben übrig.« Ein dünnes Lächeln. »Sie sind nicht gerade vorbildlich loyal. Ihr Verhalten im Fall Aklil hat dies einmal mehr bewiesen. Sie haben keine Karriere mehr vor sich, blicken Sie bloß einmal in den Spiegel. Aber Ihre Glaubwürdigkeit«, Vialaron-Allègre zögerte, »Ihre Glaubwürdigkeit ist, sagen wir, angekratzt, doch noch belastbar. In gewissen Kreisen.«

»Die Pariser Journalisten wissen, dass ich Korruptionsermittler war. Sollte ich etwas von dem verlorenen Sprengstoffpaket erzählen, machen sie daraus in der Hauptstadt eine Meldung.«

»Deshalb sollen Sie schweigen.«

»Und deshalb sind Sie hier.«

»Deshalb bin ich hier.«

»Sie haben mich schon in dieses schimmelige Büro versetzt. Was wollen Sie noch mit meiner Karriere anstellen?«

»Sie sind in der Tat genau am richtigen Platz, *mon Capitaine*. Ich rede nicht von Ihrer Karriere ...« Vialaron-Allègre lächelte. »Ich rede davon, dass Sous-Lieutenant Fabienne Souillard am Tag ihrer Hochzeit einen lobenden Eintrag in ihrer Personalakte erhält für ihren vorbildlichen Einsatz bei der Verfolgung eines Terroristen und Mörders. Oder einen tadelnden Eintrag dafür, dass sie im Internet Ermittlungen angestellt hat, die gegen diverse Gesetze und Dienstvorschriften verstoßen. Ich rede davon, dass Lieutenant Tonon seine erste Gehaltserhöhung in zehn Jahren bekommt. Oder dass interne Ermittlungen eingeleitet werden, weil aus seiner Dienstwaffe vor einigen Stunden zwei Schüsse abgefeuert worden sind, über die er in seinem Bericht verdächtig ungenau Rechenschaft abgelegt hat. Sie legen Ihr Gewicht auf eine Waagschale, und in diese Richtung wird die Waage dann kippen, *mon Capitaine*.«

Blanc blickte am Staatssekretär vorbei aus dem Fenster. Jemand hatte die Fahne am Rathaus hochgezogen. Sie flatterte leicht im Wind, das Blau der Trikolore so ausgebleicht wie der Morgenhimmel. Gelbrotes Sonnenlicht auf den Steinen der Mairie. Zwei schlanke Tauben auf einem Gesims. Der Kondensstreifen eines Flugzeugs, eine weiße

Linie, die von unsichtbarer Hand gen Norden gezogen wurde. Vielleicht ein Flieger nach Paris? »Das ist Erpressung«, brachte er schließlich heraus.

»Das ist Politik«, erwiderte Vialaron-Allègre und erhob sich. »Schön, dass wir uns verstanden haben.« Er setzte sich den Panamahut auf sein pomadiertes dünnes Haar und stolzierte hinaus, gravitätisch und ein wenig lächerlich wie ein Reiher, der durch einen Tümpel schritt.

Vor dem Büro brach das Gemurmel der Kollegen der Frühschicht schlagartig ab, als der Staatssekretär den Flur hinunterschritt. Erst Minuten später setzten Stimmen wieder ein, hörte man Türen schlagen, Stühle rücken, das Klappern harter Sohlen auf Linoleum. Niemand trat ein. Marius würde ausschlafen. Fabienne hatte Urlaub genommen, um ihre Hochzeit vorzubereiten. Eine Gehaltserhöhung. Ein lobender Eintrag in einer Personalakte.

Würde Vialaron-Allègre ins nächste Flugzeug steigen und direkt nach Paris zurückkehren, im Gefühl, einmal mehr triumphiert zu haben? Oder würde er erst noch nach Caillouteaux fahren, in das Haus in der Rue du Passe-Temps? Würde Aveline dort auf ihn warten? Blanc fragte sich, wann er selbst sie wiedersehen würde. Ob er sie wiedersehen würde. Wie könnte ihre Geschichte bloß weitergehen?

Sein Blick fiel auf die alte Leica. Der Traum aus seinem früheren Leben. Der Spott von Guy Lannette über den Fotoapparat. Scheißkerl. Er stand auf und hinkte den Gang hinunter. Wieder verstummten die Stimmen. Am Eingang hatte Brigadier Sylvain Dienst. Er wurde rot. »Wollen Sie sich nicht ausruhen, *mon Capitaine*?«, stotterte er.

»Später.« Blanc war schon mit einem Fuß im Freien, als er sich noch einmal umdrehte. »Sie wissen nicht zufällig, wo ich mir einen Film für Fotokameras besorgen kann?«

»Da müsste ich meinen Vater anrufen. Der kennt so etwas vielleicht noch. Wozu brauchen Sie den denn, *mon Capitaine*?«

»Um Bilder zu machen, Sylvain. Viele schöne Bilder von der Provence.«

Personnage

ROGER BLANC

Capitaine der Gendarmerie, dessen Karriere und dessen Leben in der Provence unsanft aus der Kurve getragen werden

MARIUS TONON

Ewiger Lieutenant, dem die meisten Kollegen lieber aus dem Weg gehen

FABIENNE SOUILLARD

Computerspezialistin, die der Himmel oder die Bürokratie in den Midi geschickt hat

NICOLAS NKOULOU

Commandant der Gendarmerie, der seinen Blick von Gadet aus fest auf eine viel größere Stadt gerichtet hält

SYLVAIN

Bartloser Brigadier in Gadet

JEAN-CHARLES VIALARON-ALLÈGRE

Staatssekretär in Paris mit mehr Verbindungen in die Provence, als Roger Blanc guttut

AVELINE VIALARON-ALLÈGRE

Untersuchungsrichterin, die das Risiko liebt; Gattin des Staatssekretärs

FONTAINE THEZAN

Rechtsmedizinerin in Salon-de-Provence, raucht eine sehr spezielle Marke

SERGE DOUCHY

Nachbar von Blanc, freundlicher zu seinen Ziegen als zu den Menschen

ANGE DOUCHY
Die Frau von Serge. Eine gar nicht so alte Hexe und möglicherweise doch klarer im Kopf, als Blanc es für möglich hält

PAULETTE AYBALEN
Nachbarin von Blanc, die ihr Dorf, ihre Töchter, ihre Pferde und den freien Himmel liebt und vielleicht noch jemanden mehr

BRUNO MICHELETTI
Besitzer eines sehr versteckten Weinguts

SYLVIE MICHELETTI
Seine Gattin, die keinen Wein trinken darf

GÉRARD PAULMIER
Ein ehemaliger Journalist, der immer noch gerne schreibt

HUBERT DURET
Offizier der Base Aérienne in Salon, dessen Augenlid nervös zuckt, und das aus mehr als einem guten Grund

ARNAUD MATELLY
Ein junger Pilot, sehr gut aussehend und leider sehr tot

EMANUELLE SPITÉRI
Eine Kameradin von Matelly, die ihn noch von früher her kennt

VICTOR CAMOIN
Ein Kamerad von Matelly, sehr lange unglücklich verliebt und dann kurze Zeit glücklich

HERVÉ BONDARD
Schlossherr, Olivenbauer und Sprecher einer Bürgerinitiative. Protestiert sehr laut gegen den Lärm

TAHAR MAROUANI
Der Landarbeiter von Bondard, ein Mann mit großen Sorgen

NARJASSE MAROUANI
Gattin von Tahar und eine Frau mit großer Selbstbeherrschung

ZINEB MAROUANI
Die Tochter der Familie Marouani, ein Teenager mit großen Plänen

FARID AKLIL
Ein junger Mann mit einem alten Auto und einer komplizierten Vergangenheit

THOMAS FRYE
Flugbegeisterter Engländer, der sich wünscht, Matelly und Camoin besser gekannt zu haben

ROLAND PRÉVOTEAU
Ein Geschäftsmann mit vernarbten Händen, den Blanc niemals zu Gesicht bekommt

KADER »KAD« DJENDELLI
Commissaire de police in Marseille, ein passabler Gitarrenspieler und ein mehr als passabler Flic

OMAR GASMI
Imam in Marseille, der zu viel isst, doch in seiner eigenen Moschee kein Wort zu viel riskiert

MANON
Sous-Lieutenant der Gendarmerie am Flughafen Marseille-Marignane, die überraschend Karriere machen könnte

GUY LANNETTE
Ein Agent der DGSI. Spricht mit falschem Pariser Akzent echte Drohungen aus

DER NEUE FALL
FÜR CAPITAINE ROGER BLANC

LESEPROBE

›GEFÄHRLICHE CÔTE BLEUE‹

320 Seiten
Auch als eBook

Tod eines Tauchers

Capitaine Roger Blanc stand mit bloßen Füßen auf dem warmen Stahldeck eines Schiffes. Die weißen Aufbauten reflektierten die Mittagssonne so grell, dass seine Augen trotz der getönten Brille schmerzten. Das Wasser war glatt und klar, als wäre die *André Malreaux* in eine türkisfarbene Glasfläche eingeschmolzen. Die Kette am Bug reichte bis in zehn, vielleicht sogar fünfzehn Meter Tiefe, wo sich der Anker in einen Teppich aus braungrünen, sanft in der Strömung schwingenden Pflanzen gegraben hatte. Ein Schwarm handgroßer, silbriger Fische umschwamm die eisernen Glieder.

Etwa hundert Meter rechts von Blanc strichen träge Wellen gegen eine beinahe lotrechte Felswand, die den Himmel begrenzte. Der grauweiße Kalkstein war uralt, von Rissen und Spalten zerfurcht, am Meeressaum dunkel und glänzend vor Feuchtigkeit, darüber trocken wie Kreide. Dicht unter dem Kamm lagen rote Gesteinsbrocken frei, aus denen der Regen über Äonen die Farbe in langen Fäden ausgewaschen hatte. *Calanque des Roches Sanglantes* wurde die Bucht genannt, die Calanque »der blutenden Felsen«. Dunkle Kammern öffneten sich auf halber Höhe der Klippen und erinnerten Blanc an leere Augenhöhlen. Pinien krallten sich mit verknoteten Wurzeln über dem Abgrund fest, ihre Äste streckten sich dem Licht entgegen.

Die Sonne brannte auf Blancs nackten Unterarmen, mit jedem Atemzug schmeckte er Rosmarin, Thymian und Salz auf den Lippen. Er schüttelte ungläubig den Kopf. »Wir haben den ersten Oktober, aber es ist, als hätten wir Hochsommer. Das fühlt sich nicht echt an.«

»Echter als ein Freudenmädchen«, erwiderte sein Freund und Kollege Lieutenant Marius Tonon gelassen. Er lehnte neben ihm an der Reling und prostete ihm mit dem Becher seiner Thermoskanne zu, in die er einen »Kaffee« gekippt hatte, der nicht gerade nach gerösteten Bohnen duftete. »Das sieht hier immer so aus.«

»Wir sollen auf diesem Schiff arbeiten. Aber wir haben nichts zu tun und braten in der Sonne. Das ist zu schön. Da stimmt etwas nicht.«

»Wir könnten eine Runde schnorcheln, falls du dich langweilst«, schlug Marius gut gelaunt vor. »Das Wasser ist noch mindestens zweiundzwanzig Grad warm. Die silbernen Fische unter uns, das sind *Saupes*, die ›Rinder des Meeres‹. Die knabbern die Pflanzen von den Felsbrocken und sind so blöd, dass du sie mit der Hand fangen kannst. Wir könnten uns auch einen Seeigel holen, seine Schale knacken und ihn mit einem Stück Baguette ausschlürfen.«

»Den ganzen rohen Seeigel?«

»Nur seinen Schließmuskel. Köstlich.«

Blanc verzog das Gesicht. »Du weißt genau, was ich meine«, erklärte er und blickte sich um. »Dieser Job muss einen Haken haben. Wir sind nicht hier, um die Schließmuskeln von Seeigeln zu essen. Wir räumen Scheiße weg.«

Commandant Nicolas Nkoulou hatte sie am frühen Montagmorgen auf die *André Malreaux* beordert. Mehr als eine Stunde lang hatte Nkoulou Blanc und Marius zuvor in seinem Büro instruiert. Blanc tat nun schon seit einem Vierteljahr Dienst in der Gendarmeriestation von Gadet, doch alle seine bisherigen Besuche im Büro des Commandanten zusammengenommen hatten nicht so lange gewährt wie dieser eine.

Als *Calanques* wurde, wie Nkoulou ihm ausführlich erklärt hatte, die zerklüftete Felsenküste westlich und östlich von Marseille bezeichnet. Blanc hatte schon vom karibischen Wasser und von harzigen Pinien gehört, von halsbrecherischen Wanderwegen zwischen mürbem Gestein – und von abendlichen Pétanque-Partien vor den *Cabanes*, den Ferienhäusern jener Glücklichen, die in den Naturschutzgebieten gebaut hatten, als das zwar schon illegal gewesen war, aber noch niemand so genau hingesehen hatte. Er war jedoch noch nie dort gewesen.

»Ein Taucher hat dort vor ein paar Wochen unter Wasser eine

Höhle entdeckt«, hatte Nkoulou erklärt. »Die Höhle ist so verwinkelt, dass es lebensgefährlich wäre, dort einzudringen. Aus gewissen Erwägungen hat sich unsere Regierung deshalb entschlossen, den Zugang zu versperren.«

Marius hatte gelacht und gerufen: »Eine zweite Cosquer-Höhle?«

Blanc hatte diesen Namen schon einmal irgendwo gehört, aber er erinnerte sich an keine Einzelheiten mehr.

»Die Höhle, die man 1985 entdeckt hat«, hatte Marius eingeworfen. »Die Höhle mit den Steinzeitbildern, Bären, Löwen, solche Sachen. Tausende Jahre alt und sehr empfindlich. Damit nicht jeder Trottel dort hineinschnorcheln kann, haben sie vor einigen Jahren die Unterwasseröffnung mit Beton und Stahl verrammelt.«

Nkoulou hatte gehüstelt. »Offiziell wissen wir so gut wie nichts. Eine neu entdeckte Unterwasserhöhle, deren Zugang zur allgemeinen Sicherheit versperrt wird. Punkt. Ob dort Bilder von zotteligen Neandertalern an die Wände geschmiert wurden, muss uns nicht interessieren.« Er hatte eine fleckige blaue IGN-Wanderkarte der Calanques auf seinem Schreibtisch ausgebreitet, deren Faltkanten schon mürbe waren. Macht unser Chef Trekkingtouren?, hatte sich Blanc flüchtig gefragt. Nkoulous perfekte Uniform schien ihm von Funktionskleidung und Goretex-Schuhen so weit entfernt zu sein wie eine Priestersoutane von Reizwäsche.

Der Zeigefinger des Commandanten war die Küstenlinie von West nach Ost entlanggefahren. »Das Schiff wartet im Hafen von Martigues auf Sie, Messieurs. Es wird Sie an Cap Couronne vorbeifahren, an Sausset-les-Pins, Carry-le-Rouet … bis hierhin.« Er hatte mit dem Finger auf eine Bucht getippt, deren runde, fast geschlossene Form Blanc unwillkürlich an die Sprechblase eines Comics erinnerte. Erst als sein Chef die Fingerkuppe wieder anhob, hatte er den Namen lesen können: *Calanque des Roches Sanglantes.*

»Dort wird die *André Malreaux* ankern. Das Forschungsschiff gehört zum DRASSM, zum *Département des recherches archéologiques subaquatiques et sous-marines*. Es hat einen Kran an Bord – und ein achthundert Kilogramm schweres Gitter aus massivem Stahl. Vor einiger Zeit hat das Forschungsschiff den Eingang zur Grotte mit einem ultrasensiblen akustischen Scanner abgetastet, der ein 3-D-Modell des Höhleneingangs erzeugt hat, auf dessen Grundlage wiederum ein passendes Gitter an Land gebaut worden ist. Ein paar Taucher werden es einsetzen. Es sollte nicht lange dauern.«

»Und warum sind wir dabei, *mon Commandant?*«, hatte Blanc gefragt. »Ich habe zuletzt als Junge geschnorchelt, im Ärmelkanal, ungefähr drei Meter vom Strand entfernt.«

Nkoulou hatte auf einige dunkle, eckige Symbole auf der Landkarte gedeutet. »Ferienhäuser. Die meisten werden um diese Jahreszeit verlassen sein. Einige Hundert Meter weiter östlich erkennen Sie den Fischerhafen von La Redonne. Da wohnen keine zwanzig Familien. Es werden also wahrscheinlich kaum Menschen in der Calanque des Roches Sanglantes sein. Aber ›wahrscheinlich‹ bedeutet ja nicht ›sicher‹. Und da die Mission der Taucher«, er hatte gezögert, *»eh bien*, sensibel ist, hat mich gestern Abend ein leitender Angestellter des DRASSM gebeten, zwei Beamte abzustellen. Nur zur Sicherheit.«

»Glauben die Eierköpfe aus Paris denn ernsthaft, dass jemand die Froschmänner angreifen könnte?«, hatte Marius wissen wollen.

»Ich vermute eher, dass man seitens der Regierung nicht will, dass jemand zu genau hinsieht, wo die Taucher arbeiten. Sollte sich ein Schwimmer bis zu Ihnen verirren oder ein Fischer seine Fangleine direkt neben der *André Malreaux* ausbringen wollen, dann bitten Sie ihn höflich, sich zum Teufel zu scheren.«

»Und wenn er sich nicht schert?«

»Dann nehmen Sie ihn fest und stecken ihn unter Deck in eine fensterlose Kammer, bis Sie wieder in Martigues ankern.«

»Die Taucher mögen keine Gaffer, was?«

»Ich habe schon mit entspannteren Menschen telefoniert.«

Und so standen Blanc und Marius einige Stunden später am Bug der *André Malreaux* und zählten Fische. Das Schiff war neu, sauber und gut sechsunddreißig Meter lang. Für Blancs in maritimen Dingen ungeschultes Auge sah es nicht aus wie ein Forschungsschiff, sondern wie eine Luxusjacht aus einem James-Bond-Film der Sechzigerjahre. Nur dass sich am Heck, wo ein Milliardär wohl einen Hubschrauberlandeplatz installiert hätte, ein eckiger Kran über ein großes Arbeitsdeck wölbte. Vom Kran aus führte ein straff gespanntes Stahlkabel ins Wasser. Vor einer halben Stunde hatten die Matrosen an ihm das Gitter in die Tiefe gelassen. Jetzt standen noch ein Mann und eine Frau in hellgrauen Arbeitsoveralls am Heck. Die Frau beobachtete aufmerksam den armdicken Draht. Der Mann hielt das Steuergerät des Krans in den Händen, das aussah wie eine übergroße Spielkonsole. Seine Körperhaltung verriet, dass er nicht sonderlich angespannt war. Dort, wo das Stahlseil in den Wellen verschwand, stiegen Luftblasen nach oben. Sechs Taucher arbeiteten irgendwo unter ihnen.

Blanc blickte zum Ufer hinüber. Einige Häuser klebten geradezu an der Steilküste, die meisten schienen nur aus übereinandergeschichteten Terrassen zu bestehen und waren hinter Pinienzweigen, Hecken und Mauern kaum zu erkennen.

»Jede Hütte ein Milliönchen«, bemerkte Marius. »Meeresblick, reiche Nachbarschaft, ruhige Lage.«

»Sehr ruhig.« Blanc nickte. Auf den meisten Grundstücken war überhaupt keine Bewegung auszumachen. Am Rinnstein der schmalen Straße zwischen den Häusern parkte ein Auto. Blanc inspizierte es durch ein Fernglas: Kleine Haufen Piniennadeln bedeckten schon Motorhaube und Dach.

An der nordöstlichen Seite der Calanque bildeten Felsbrocken und Kiesel eine Art Strand. Blanc glaubte, dass man von der Küstenstraße aus mit ein wenig Geschick bis dort hinunterklettern könnte. Doch niemand hatte sich diese Mühe gemacht, kein Schwimmer oder Sonnenanbeter war zu sehen. Weil er nichts weiter zu tun hatte, untersuchte er die Bucht mit dem Fernglas Meter für Meter. Ein paar angeschwemmte Plastikflaschen, Reste eines Fischernetzes, Treibholz. Bis auf eine hölzerne Segeljacht am gegenüberliegenden Ende der Bucht störte kein weiteres Boot die Ruhe in der Calanque. Die Jacht hatte schon dort geankert, als die *André Malreaux* an diesem Vormittag eingelaufen war. Seither hatte Blanc auch ihr hin und wieder Aufmerksamkeit geschenkt. Doch auf deren Deck bewegte sich ebenfalls nichts.

»Schönes Boot.« Er deutete hinüber. »Kostet das auch eine Million?«

»Ich schätze, der Kahn ist nicht einmal zehn Meter lang«, erwiderte Marius. »Der kostet bloß so viel wie ein Auto.«

»Mein Espace ist keine hundert Euro mehr wert.« Blanc betrachtete den hölzernen Rumpf, dessen Lack in der Sonne glänzte. Von Messingrahmen eingefasste Bullaugen reflektierten das Licht, die Segel am Mast schienen sorgfältig verzurrt worden zu sein, alle Leinen waren aufgerollt. »Sieht aus, als könnte man damit direkt Kurs auf ein Museum nehmen«, meinte er bewundernd. »Das muss doch einen Haufen Geld gekostet haben.«

»Geld ist nicht das Problem. Die Jacht ist in den Fünfzigerjahren gebaut worden oder vielleicht sogar schon vor dem Krieg. Wenn du nicht willst, dass dein schönes Holzboot vom Meersalz zerfressen wird, dann musst du ständig basteln. Eine Stunde segeln, zwei Stunden basteln. Wer viel Geld hat, der kann normalerweise auch gut rechnen – und wer rechnen kann, kauft sich ein Boot aus Kunststoff. Holz ist etwas für Wahnsinnige.«

»Wahnsinnige kommen in der freien Wildbahn viel zu selten vor.« Blanc gab Marius das Fernglas und kramte in seinem Rucksack. Er holte seine vierzig Jahre alte Leicaflex SL heraus und drehte ein Hundertfünfunddreißiger-Teleobjektiv in dessen Halterung.

Marius starrte ihn fassungslos an. »Kannst du nicht ein Bild mit deinem Handy machen?«

Blanc wog die schwere Spiegelreflexkamera stolz in der Hand. »Der Apparat ist mir beim Aufräumen in die Hände gefallen. Ich habe ihn vor Jahren in Paris auf einem Flohmarkt gekauft und irgendwann vergessen«, erklärte er. »War gar nicht so einfach, noch einen Film dafür aufzutreiben.« Blanc blickte durch den Sucher und fokussierte. Der Batterietyp für den Belichtungsmesser der Leica wurde längst nicht mehr hergestellt. Er stellte Blende und Belichtungszeit nach Gefühl ein und betrachtete den warmen Braunton vom Holzrumpf, die Schattenspiele der gefalteten Segel, Lichtreflexe auf dem Wasser, im Hintergrund die Felsküste mit dem Fleckenmuster der Pinienkronen. Ein unbenutzter zweiter Anker auf dem Vordeck der Jacht. Ein in der Sonne blitzender Bootshaken. Zu kunstvollen Schlangenfiguren aufgerollte Taue. Die Pinne des Steuerruders, das Endstück dunkel von unzähligen Stunden, die es jemand in der Hand gehalten haben musste. Er drückte den Auslöser und vernahm ein sattes Klack. Geht doch, dachte Blanc, spulte den Film ein Bild weiter und schoss das nächste Foto. Und das nächste.

»Ich hatte eine Minolta. Die muss irgendwo in unserem Keller liegen, wenn meine Frau sie nicht inzwischen in den Müll geworfen hat.« Ein Mann in weißer Uniform war lautlos an sie herangetreten.

»Wollen Sie mal hindurchsehen, Kapitän?«, fragte Blanc und nahm die Leica hinunter. Xavier-Marie Nargeolet war der Kommandant der *André Malreaux* und sah aus wie Sigmund Freud auf Steroiden: klein, drahtig, beweglich, ein Bantamgewichtsboxer, mit dem sich der liebe Gott einen milden Scherz erlaubt hatte, als er auf den Athletenkörper einen kahlen, graubärtigen Gelehrtenkopf pflanzte.

Der Kapitän nickte erfreut, nahm die alte Leica vorsichtig in die Hände und blickte durch den Sucher zum Holzboot hinüber. »*Merde*«, murmelte er nach einem Augenblick. Dann, lauter und immer lauter: »*Merde, merde, merde!*«

Nargeolet warf Blanc den Fotoapparat zu und hob sein Fernglas an die Augen. Nach einem Augenblick ließ er es wieder sinken und schüttelte fassungslos den Kopf, bevor er sich umdrehte und Richtung Achterdeck lief. »Das Schlauchboot!«, schrie er seinen beiden Crewmitgliedern zu. »Macht das verdammte Zodiac fertig!«

»Was ist denn mit der Jacht los?«, rief ihm Blanc verblüfft nach.

»Sehen Sie sich das Wasser an! Ungefähr fünf Meter vor dem Bug!«

Blanc riss die Leica ans Auge, drehte am Objektiv und musterte das stille Meer.

Marius griff nach dem Fernglas. »*Merde*«, hörte Blanc seinen Kollegen murmeln.

Blanc wurde fast verrückt, weil er noch immer nichts erkennen konnte. Endlich sah er im Sucher eine dunkle Kontur zwischen den Wellen, ein Stück weit vor der Jacht. Er hätte dies für ein Stück Treibholz gehalten oder ein Bündel abgerissenen Seegrases. Er fokussierte das Tele genau auf das Objekt, bis auch er es endlich klar erblicken konnte. »*Merde*«, murmelte er.

Im Meer trieb ein Mann in einem dunklen Neoprenanzug. Er lag bäuchlings auf den Wellen, doch sein Kopf war zur Seite, das Gesicht in Richtung der André Malreaux gedreht. Eine Tauchermaske verdeckte seine Züge. Ihr Glas war zersprungen. Denn in der Maske steckte eine Harpune.

Geisterschiff

Blanc stopfte die Leica hastig in seinen Rucksack und eilte über das Deck. Das Zodiac dümpelte schon links neben dem Rumpf im Wasser. Der Matrose hielt es noch an einer Leine fest. »Ich behalte unsere Taucher im Auge!«, versicherte er dem Kapitän gerade.

Nargeolet drückte auf den Starterknopf des Motors, die junge Frau aus der Crew hockte am Bug des Zodiacs. Als sie sah, wie sich Blanc über die Reling zu ihnen hinunterschwang, griff sie unter die Mittelbank und warf ihm wortlos eine orangefarbene Rettungsweste zu. Blanc kannte bislang nur bunte Gummiboote aus der Zeit der Badeurlaube mit seinen Eltern. Er war überrascht, wie stabil sich das Zodiac anfühlte. Obwohl er eins neunzig groß war, stand er sicher im Boot und hatte die Schwimmweste in wenigen Sekunden übergestreift. Nur das Schulterhalfter mit der SIG Sauer behinderte ihn für einen Augenblick.

»Putain!« Marius' hochroter Kopf erschien erst jetzt über der Reling. Er war mindestens zwanzig Kilogramm schwerer als Blanc und nicht gerade der schnellste Sprinter der Gendarmerie.

»Wir haben keine Schwimmweste mehr im Boot!«, rief die junge Frau ungehalten.

»Ich will ja auch nicht aussehen wie ein holländischer Fußballspieler«, schnaufte Marius, überstieg mühsam die Reling und ließ sich auf die mittlere Bank des Zodiacs fallen.

Die Frau zuckte mit den Schultern und ließ die Leine los, Nargeolet drehte den Motor hoch. Sie rauschten über das Wasser, niemand sprach, die Matrosin kniete am Bug und gab ihrem Kapitän mit der Hand Zeichen, wo er hinzusteuern hatte. Kaum eine Minute später stoppte er das Schlauchboot wieder.

»Dem kann niemand mehr helfen«, brummte Marius. Er war der Erste, der über Bord griff und den Toten packte. Blanc half ihm und bekam einen Arm zu fassen, Nargeolet griff nach einer Schwimmflosse, bis er ein Bein so weit zu sich gezogen hatte, dass er das Fußgelenk umklammern konnte. Fluchend und stöhnend zerrten die Männer an der Leiche. Tote waren so schwer zu tragen wie Zementsäcke. Sie wuchteten den Schnorchler mühsam auf den prall aufgepumpten Gummiwulst des Zodiacs, doch er blieb irgendwo an einer Leine hängen.

»Auf mein Kommando«, keuchte Nargeolet. »Eins, zwei, DREI!«

Sie packten energischer zu und hievten den Toten schließlich wie einen riesigen Fisch über die linke Seite ins Zodiac. Die junge Frau übergab sich auf der anderen Seite ins Wasser.

»Sie müssen sich das nicht ansehen«, sagte Blanc schwer atmend zu Nargeolet.

Doch der Kapitän blickte bloß kühl auf den Schnorchler. »Ich habe schon ganz andere Wasserleichen gesehen.«

Der Mann war sechzig Jahre alt, schätzte Blanc, und er war klein gewachsen, doch von jener tiefen Sonnenbräune, die nur durch viele Jahre im Freien in den Körper gebrannt wird. Um seinen kahlen Schädel wandt sich ein Kranz schwarzer Haare, auf seinen Wangen lag ein Bartschatten. Sein Körper steckte in einem Neoprenanzug, der den Leib schützte, nicht jedoch Arme und Beine. Seine Knie waren von frischen Schürfwunden gezeichnet. Der Unbekannte hatte blauschwarze Flossen an den Füßen und trug eine wuchtige stählerne Rolex-Taucheruhr am linken Handgelenk. Der größte Teil seines Gesichts wurde von der zersplitterten Tauchermaske verdeckt.

Die Harpune sah aus wie eine übergroße, schwarze Nadel. Sie mochte einen Meter dreißig lang sein, vermutete Blanc. Das Geschoss steckte tief in der rechten Augenhöhle, vom Auge selbst war kaum noch etwas zu erkennen. Eine dünne Leine führte von der Harpune über den Bordrand bis unter Wasser. Marius zog daran und hielt ein paar Sekunden später die Harpunenkanone in der Hand. Es war eine Art leichtes Plastikrohr mit Pistolengriff und Abzug, ein starker Gummizug schlackerte lose herum.

»Damit spannt man die Harpune«, erklärte Marius. »Das funktioniert im Prinzip wie ein Flitzebogen, nur dass du damit keinen

Pfeil abschießt, sondern ein Stahlgeschoss mit Widerhaken. Damit jagst du kleine Kraken in den Calanques. Du musst schon auf weniger als zwei Meter an sie herankommen, damit so eine Harpune gefährlich ist.«

»Sie war gefährlich genug«, erwiderte Blanc leise.

»Typischer Anfängerfehler«, meinte Nargeolet nüchtern. »Der Kerl schwimmt im Wasser und hat keinen festen Halt, während er die Harpune ins Rohr einlegt. Mit der Maske sieht er nicht gut, er bewegt sich hin und her. Das Meer wirkt hier still wie eine Badewanne, aber das täuscht. In den Calanques zerrt ständig eine Strömung an dir. Der Schnorchler legt den Gummizug um das Geschoss und versucht gleichzeitig, sich gerade zu halten und kein Wasser zu schlucken. Er fummelt am Abzug herum – und plötzlich geht die Harpune los ...« Der Kapitän deutete auf einen kleinen roten Hebel oberhalb des Pistolengriffs, der auf »Off« stand. »Der hatte seine Harpune nicht einmal gesichert. Ein Anfänger eben.«

Blanc betrachtete den muskulösen Körper des Toten, seine tief gebräunte Haut, die teure Taucheruhr; selbst der Neoprenanzug und die Flossen sahen nicht danach aus, als seien sie Sonderangebote von Decathlon. »Er wirkt aber wie ein Profi«, erwiderte er.

Nargeolet zuckte mit den Achseln. »Sie werden ja herausfinden, wer er ist. Der Mann ist Ihr Problem.«

Die junge Frau drehte sich endlich wieder zu ihnen um, blickte kurz auf den Schnorchler, dann in den Himmel. Sie war sehr blass. »Würden Sie bitte dieses ... dieses Ding da aus seinem Kopf ziehen?«, flüsterte sie ihrem Kapitän zu.

Blanc hob die Hand. »Das wird die Gerichtsmedizinerin tun!« Er nickte Marius zu, der bereits sein Handy gezückt hatte und dabei war, die Nummer von Doktor Fontaine Thezan vom Hospital in Salon-de-Provence anzurufen. »Sie soll uns in Martigues erwarten«, fuhr Blanc fort, dann wandte er sich wieder der Matrosin zu. »Mademoiselle ...« Er entzifferte das Namensschild auf ihrem Overall: »... Dufour. Es tut mir sehr leid, aber wir sollten den Toten so wenig wie möglich berühren.«

»Ich werde ihn ganz sicher nicht anrühren!«, rief sie.

»Sehen Sie einfach auf das Meer und versuchen Sie, sich zu entspannen, Mademoiselle.«

»Ich wünschte, wir wären schon wieder auf der *André Malreaux*.«

»Wir müssen vorher noch etwas erledigen.«

Sie blickte ihn alarmiert an.

Blanc lächelte entschuldigend und deutete auf das hölzerne Segelboot, das in ihrer Nähe ankerte. »Ich denke, wir sollten uns dort umsehen«, sagte er.

»Sie glauben, dem Taucher gehörte das Segelboot?«, fragte Nargeolet zweifelnd, während er den Motor startete.

»Von irgendwoher muss er ja gekommen sein«, erklärte Blanc.

»Die meisten Schnorchler gehen von der Küste aus ins Wasser. Touristen. Oder Leute, die in den *Cabanes* wohnen.«

Blanc deutete auf die Felsen. »Der Tote hat Flossen an den Füßen. Wenn er über die Felsen ins Meer gegangen ist, dann müsste dort irgendwo ein Paar Schuhe zu sehen sein und wahrscheinlich auch ein Handtuch und ein T-Shirt. Aber da liegt bloß Treibgut am Ufer.«

Nargeolet zuckte mit den Achseln und steuerte das Zodiac zum Heck der Jacht. »Gehen Sie achtern rüber, da ist die Bordwand so niedrig, dass Sie es ohne Leiter schaffen.«

Am Heck leuchtete das Namensschild des Segelbootes, eine Holzplakette mit geschnitzten und vergoldeten Buchstaben: »*Pytheas*«.

Nargeolet deutete auf einige aufgeklebte Buchstaben und Zahlen unterhalb des hölzernen Schildes. »Die Zulassungsnummer beginnt mit ›MT‹«, sagte er. »Die Jacht ist in Martigues zugelassen.«

»Kommt sie Ihnen bekannt vor?«, fragte Blanc.

»Da dümpeln viele Boote im Hafen.«

Blanc nickte. »Dann wollen wir mal an die Haustür klopfen.« Er schwang sich an Bord der *Pytheas*, pochte mit der Hand gegen das Holzdeck und rief: »Jemand da?« Tiefe Stille umhüllte ihn. Ein Geisterschiff, dachte er.

Eine offene Luke wies ihm den Weg zur Kajüte. Vorsichtig trat er zum Niedergang und beugte sich unter Deck. Vorhänge hingen innen vor den Bullaugen. Als sich seine Augen an das Dämmerlicht gewöhnt hatten, schüttelte er überrascht den Kopf. Blanc hatte erwartet, dass die Kajüte genauso poliert wäre wie das Deck. Doch innen sah es aus, als hätte sich der Inhalt eines schmuddeligen Wohnwagens in eine Werkstatt ergossen. Er blickte backbord auf eine Koje mit speckiger Matratze und eine winzige Kombüse, auf deren einflammigem Gasbrenner die verspritzten Soßen vieler Jahre festgebrannt waren. Gegenüber war eine Art Werkbank an die Bordwand geschraubt worden, auf der Zangen und Hämmer lagen, in einer Schraubzwinge steckte ein technisches Teil, dessen Funktion Blanc nicht verstand. Zwei stählerne Taucherflaschen waren schräg an die Wand gelehnt, Neoprenanzüge unterschiedlicher Größen, Masken und Bleigürtel hingen an Haken.

Marius polterte auf das Deck und drängte sich zu ihm in die Kajüte. »Glaubst du, dass die Jacht dem Toten gehört?«, fragte sein Kollege.

Blanc deutete auf die schmale Koje. »Sieht so aus, als würde es hier nur Platz für eine Person geben. Und die Luke stand offen.«

Marius strich sich nachdenklich über seine dichten, etwas zu langen Haare. Um sein Handgelenk blitzte es. Blanc kannte den Talisman schon, ein Goldkettchen mit einer Plakette der Sainte Geneviève, der Schutzpatronin der Flics – und zufälligerweise der Heiligen, nach der Blancs Frau benannt worden war. Seine baldige Exfrau. Er zwang sich, den Blick von dem Goldkettchen zu nehmen. Marius und er sahen sich in der Kajüte um, ohne etwas anzufassen.

»Wenn ich bei diesen Temperaturen mit einer Harpune Tintenfische fangen wollte«, fuhr Marius fort, »dann würde ich eine Kühlbox mitnehmen. Oder ein paar Beutel Eis in einem Eimer. Irgendetwas, um meine Beute frisch zu halten. Aber davon sehe ich hier nichts. Der Typ da draußen schießt Tintenfische und tuckert anschließend mit seinem schwimmenden Oldtimer bis Martigues zurück? Er wäre erst abends im Hafen, und seine Fische würden inzwischen stinken wie die Unterhose eines Clochards.«

»Alors?«

»Also ist der Tote entweder doch nicht der Besitzer dieser Jacht und treibt hier bloß zufällig herum.«

»Klingt nicht sehr wahrscheinlich.«

»Oder er hat sich die Sache nicht überlegt, bevor er zur Harpune gegriffen hat.«

Blanc deutete auf die schmutzige Kochstelle. »Vielleicht wollte er sich bloß einen frischen Fisch für die Pfanne besorgen«, vermutete er. »Er ankert mit seiner Jacht in dieser schönen Bucht. Das Wetter ist herrlich. Er hat Hunger – und springt spontan über Bord, um sich sein Mittagessen zu fangen. Das wäre genau so eine Situation, wie sie Nargeolet beschrieben hat: Du denkst nicht richtig nach, du passt nicht richtig auf, und plötzlich bist du tot.«

»Ich sehe hier aber weder Pfanne noch Topf. Kein Baguette, nichts zu trinken.« Marius zog sich Gummihandschuhe über und griff unter die Kombüse, wo eine alte, blaue Campinggasflasche stand. Er hob sie an und schüttelte den Kopf. »Die ist leicht. Da ist kein Gas mehr drin. Das wäre nichts mit dem spontan gebratenen Fisch geworden.«

Blanc deutete auf die Pressluftflaschen. »Das sieht nach einer richtigen Taucherausrüstung aus. Und denk an die Rolex am Handgelenk des Toten. Und die *Pytheas* ist gut in Schuss. Du hast es selbst gesagt: Man muss viel Zeit auf diese Holzboote verwenden. Wenn der Tote der Eigner der Jacht ist, dann war das kein Anfänger. Das war niemand, der sich seine eigene Harpune in den Schädel jagt, nur weil irgendwo ein Gummi klemmt!«

Blanc streifte sich ebenfalls Handschuhe über und öffnete die Tür eines Schapps, woraufhin ihm eine speckige Ledermappe in die Hände fiel. Als er sie öffnete, entdeckte er die Kopie der Versicherungspolice und die Zulassungspapiere der *Pytheas*. Und darunter eine Taucherlizenz, einen Führerschein und einen Personalausweis, alles ausgestellt auf einen »Luc Mignaux«. »Laut der Adresse auf seinen Papieren wohnt er in La Redonne.« Blanc zückte seinen Notizblock und notierte die Angaben.

»Das ist das Fischerdorf in den Calanques, ganz in der Nähe. Aber der Hafen ist so flach, da kommst du mit einem Segelboot nicht rein, der Kiel geht zu tief. Wahrscheinlich liegt die *Pytheas* deshalb in Martigues.«

Blanc schaute auf das Geburtsdatum im Ausweis und rechnete nach. »Luc Mignaux ist einundsechzig Jahre alt.«

»Der Typ, den wir aus dem Wasser gezogen haben, hatte Muskeln wie ein dreißigjähriger Bodybuilder. Aber er hatte Altersflecken auf den Händen.«

Blanc verließ die Kajüte und sprang wieder in das Zodiac. »Würden Sie bitte auf das Meer sehen, Mademoiselle Dufour?«, bat er. »Ich muss mich leider doch am Toten zu schaffen machen.« Er holte tief Luft und zerrte an der Maske, wobei noch einige Splitter abbrachen. Die Harpune blieb im Auge stecken, doch es gelang ihm, die Maske so weit vom Kopf zu lösen, dass sie das Gesicht freigab. Er hielt den Ausweis neben den Kopf des Toten und verglich das Foto mit den verunstalteten Zügen. »Das ist unser Mann«, murmelte Blanc nach ein paar Augenblicken.

Krämpfe schüttelten die junge Frau, weil sie wieder würgen musste, aber ihr Magen längst leer war.